Matem o Presidente

SAM BOURNE

Matem o Presidente

Tradução de
Clóvis Marques

1ª edição

EDITORA RECORD
RIO DE JANEIRO • SÃO PAULO
2017

CIP-BRASIL. CATALOGAÇÃO NA PUBLICAÇÃO
SINDICATO NACIONAL DOS EDITORES DE LIVROS, RJ

B778m
Bourne, Sam, 1967-
  Matem o presidente / Sam Bourne; tradução de Clóvis Marques. – 1ª ed. – Rio de Janeiro: Record, 2017.

  Tradução de: To Kill the President
  ISBN 978-85-01-11226-2

  1. Ficção inglesa. I. Marques, Clóvis. II. Título.

17-44894
CDD: 813
CDU: 821.111-3

Título original:
To Kill the President

Copyright © Jonathan Freedland 2017

Texto revisado segundo o novo Acordo Ortográfico da Língua Portuguesa.

Todos os direitos reservados. Proibida a reprodução, no todo ou em parte, através de quaisquer meios. Os direitos morais do autor foram assegurados.

Direitos exclusivos de publicação em língua portuguesa somente para o Brasil adquiridos pela
EDITORA RECORD LTDA.
Rua Argentina, 171 – Rio de Janeiro, RJ – 20921-380 – Tel.: (21) 2585-2000, que se reserva a propriedade literária desta tradução.

Impresso no Brasil

ISBN 978-85-01-11226-2

Seja um leitor preferencial Record.
Cadastre-se no site www.record.com.br e receba informações sobre nossos lançamentos e nossas promoções.

Atendimento e venda direta ao leitor:
mdireto@record.com.br ou (21) 2585-2002.

Para minha irmã Dani:
divertida, afetuosa e sempre uma boa companhia. Mãe dedicada aos seus meninos, sua determinação não conhece limites. Este livro é dedicado a ela, com o amor do irmão.

UM

ALEXANDRIA, VIRGÍNIA, SEGUNDA-FEIRA, 3:20

Tudo começou na noite em que o presidente tentou causar o fim do mundo.

Robert Kassian soube disso quando o celular começou a vibrar na mesinha de cabeceira. Ele acordou assustado, o coração batendo forte. Levou um segundo para entender de onde vinha o som — chegou a se perguntar se havia sonhado. Estendeu o braço, tateando para desativar o alarme. Precisava fazer isso logo, pois sua mulher tinha o sono leve, e, uma vez despertada, não dormia mais.

Só então se deu conta de que não era o despertador, mas uma ligação. As fichas das duas informações seguintes caíram ao mesmo tempo: eram três e vinte da manhã e a ligação vinha da central telefônica da Casa Branca.

— Sr. Kassian?

— Isso — sussurrou ele, saindo de baixo do edredom e se encaminhando para o banheiro, o telefone grudado na orelha. Mal havia aberto os olhos.

— Aguarde um instante, por favor, vou transferi-lo para a Sala de Crise.

Finalmente estava acontecendo. A tal ligação das três da manhã de que todo mundo falava em Washington. Fora nomeado chefe de Gabinete havia apenas quatro meses, e era a primeira vez que recebia um telefonema desses. Claro, já havia enfrentado crises tarde da noite — muitas! — e reuniões urgentes logo depois de o sol nascer. Havia sido um ritmo implacável, sem trégua, desde a cerimônia de posse, em janeiro. E, na última semana, só tinha ficado ainda mais intenso. Mas uma emergência de verdade no meio da madrugada? Era a primeira.

Alguns cliques depois, a transferência foi completada. Na mesma hora ele escutou a algazarra e o som de uma pancada. Uma voz falou ao telefone. Uma mulher, jovem e nervosa.

— Sr. Kassian, aqui é a tenente Mary Rajak. Estamos com um problema, senhor. Acho melhor o senhor vir para cá imediatamente.

Ele começou a ouvir gritos. Ficou se perguntando se alguém estava fazendo aquela mulher de refém. Talvez a Casa Branca estivesse cercada. Fechou os olhos com força, a mente trabalhando a mil por hora.

— Que tipo de problema?

Kassian percebeu que a mulher baixou a voz.

— Tem a ver com o presidente.

Ai, meu Deus. Será que estavam fazendo o presidente de refém? Como alguém teria...

— O que aconteceu?

— Por favor, senhor. Venha logo.

— Estou indo. Mas você pode...? — Ele se deteve. Ouviu alguém gritando. Um homem. A voz parecia vir do quarto ao lado.

— Um instante, senhor. — Ele supôs que a tenente estivesse cobrindo o fone com a mão. — Sim, eu estou falando com o Sr. Kassian nesse exato momento. Ele está a caminho.

Um segundo depois, ele ouviu claramente. Era inconfundível. Não havia no mundo alguém que não fosse capaz de reconhecê-la. Nos dois últimos anos, aquela voz tinha sido ouvida pelo menos uma vez por dia, fosse no jornal ou em algum vídeo viralizado, às vezes zombando de um opositor ou provocando uma pessoa que o interpelasse num comício, outras vezes sendo imitada por um comediante na TV ou por uma criança precoce no pátio da escola. Mas ninguém tinha escutado a voz daquele jeito, berrando enfurecida — de verdade, sem encenação. *Sai da minha frente. Eu sou a porra do seu comandante em chefe, isso é uma ordem.*

Enquanto escutava, Kassian catou uma camisa e pegou o primeiro paletó que encontrou.

— O que diabos está acontecendo aí, tenente?

— É difícil explicar pelo telefone, senhor.

— Essa é uma linha segura.

— Acho que não temos muito tempo, senhor. — A voz dela saiu trêmula.

— Em poucas palavras, tenente.

Ela falou baixinho, como se temesse ser ouvida.

— Coreia do Norte, senhor. O presidente quer ordenar uma ofensiva nuclear.

— Puta merda.

— Pois é, senhor.

— Aconteceu alguma coisa? Algum ataque iminente aos Estados Unidos?

— Não, senhor.

— Mas então que mer...

— Uma declaração, senhor. De Pyongyang.

— Uma o quê?

— Por favor, senhor. É muito urgente.

— Uma declaração? Quer dizer que isso tudo é porque eles *disseram* alguma coisa?

— Exatamente, senhor.

— Ok, ok. O que ele está fazendo agora?

— Ele exige contato com a Sala de Guerra do Pentágono, senhor.

Kassian sentiu o estômago revirar. Ele havia participado de mais de sessenta reuniões de transferência de cargo, briefings de todos os setores do governo americano antes da posse, enchendo sua cabeça de mais informações do que absorvera em todos os seus cinquenta anos anteriores. Mas apenas em uma dessas reuniões tinha sido tomado pelo temor do julgamento divino. Foi quando ele — o presidente eleito — e o secretário de Defesa receberam instruções sobre o procedimento de lançamento de um ataque nuclear.

Era tão simples que dava medo. O presidente só precisava ligar para a Sala de Guerra do Departamento de Defesa, informar os códigos secretos que confirmavam que ele era de fato o presidente e dar a ordem. Só isso. Nenhum processo, nenhuma reunião, nenhuma discussão. E ninguém com autoridade para recusar. Era esse o problema. O sistema permanecia assim desde Truman, permitindo ao comandante em chefe agir em questão de segundos após uma ofensiva contra o país.

Mas ninguém tinha se preparado para uma situação como aquela. Nem para esse comandante em chefe em particular.

— O que eu devo fazer, senhor? — A mulher parecia estar tremendo.

Kassian já estava no andar de baixo. Sua movimentação havia atraído a atenção do pequeno destacamento que fazia a segurança de sua casa. O oficial de comando estava de pé junto à porta da frente. Com a mão direita, Kassian fez um gesto como se dirigisse um carro. Os dois se encaminharam para o veículo.

— O presidente está com os códigos? O assessor militar forneceu os códigos para ele?

— Ele tentou não fornecer, senhor. Protelou o máximo que pôde.

— Mas ele acabou conseguindo?

— O presidente agarrou o pescoço do assessor e ameaçou estrangulá-lo.

— Ok, ok.

Kassian olhou pela janela, vendo a cidade de Alexandria, que ainda dormia, passar acelerada. Mesmo naquela velocidade, dava para ler as placas que surgiram por toda a cidade e — em certos lugares — país afora, enfiadas nos gramados. *Esse presidente não me representa.*

— Você ligou para o Jim? O secretário Bruton. Você fez contato com ele?

— Ele está sendo informado agora, senhor.

— Ok. Enquanto isso, você tem que dizer ao presidente que o procedimento, no caso de uma decisão dessas, requer a presença do secretário Bruton e a minha. Há uma sequência que precisa ser seguida.

— Mas isso não é...

— Só diga isso a ele.

— O senhor quer que eu o chame ao telefone?

Kassian pensou bem. Seus instintos lhe diziam que não adiantaria. O presidente não acataria uma ordem, não vinda dele. Oficiais militares — neutros, anônimos — teriam maiores chances; havia uma possibilidade de que o presidente levasse suas palavras em consideração como a resposta de um sistema, de uma instituição, sem nenhuma hostilidade inerente, sem sentimentos contra ou a favor. Até aquele momento, essa se mostrou a melhor maneira de refreá-lo.

— Não, eu vou falar com ele quando chegar aí.

— Mas pode ser que o senhor não chegue a tempo.

Kassian se lembrou do que a filha do presidente dissera a respeito do pai em uma entrevista num programa de TV durante a campanha eleitoral. "A gente nunca diz 'Não'. A gente diz 'Sim, mas talvez não agora'." O entrevistador havia achado graça, comentando que era meio como lidar com uma criancinha. A filha também rira, dizendo: "O importante é que funciona, né?"

— Tudo bem. Diga a ele que você falou com a gente, que nós o apoiamos e queremos ficar do lado dele nessa, e que a melhor maneira de garantir que essa decisão vai dar certo é esperar a minha chegada e a do secretário Bruton.

Kassian ouviu o barulho de uma pancada. Podia ter sido um punho esmurrando a mesa ou uma porta batendo, ele não tinha como saber ao certo. Esperava que fosse a segunda hipótese. Talvez o presidente tivesse saído furioso da Sala de Crise, contrariado. Talvez estivesse apenas indo para a cama ou ver televisão. O sujeito quase nunca dormia.

Mas então a oficial voltou a falar.

— A ligação foi feita, senhor. Ele está em contato com a Sala de Guerra do Pentágono nesse exato momento.

Kassian sentiu um aperto na garganta. Deus do céu, o que aquele homem estava prestes a fazer?

Ele desligou e deu outro telefonema, digitando o número do celular de Jim Bruton. Era difícil acertar os números; suas mãos tremiam. E, ao levar o celular ao ouvido, só conseguia pensar nas palavras daquele briefing, talvez três dias antes da posse do presidente. *Milhares de armas estarão ao seu comando, senhor, cada uma dez ou vinte vezes mais letal que a bomba lançada em Hiroshima... A retaliação do inimigo será automática, rápida e devastadora. A combinação de um ataque inicial americano com o contra--ataque inimigo levará à morte centenas de milhares de pessoas em questão de horas... Sim, senhor, nós analisamos todas as possibilidades: o cenário mais conservador prevê uma catástrofe global que seria o fim da civilização, senhor... Ao seu comando, oitocentas e cinquenta ogivas nucleares serão disparadas em menos de quinze minutos... Não, senhor. Uma vez dada a ordem, não há como interromper, cancelar nem voltar atrás.*

Sinal de ocupado. Tentou de novo. E mais uma vez. Até que finalmente ouviu aquela que era a marca registrada do amigo, o sotaque arrastado da Louisiana, a única voz em que realmente confiava em Washington, uma voz que ele já ouvira em incontáveis momentos de perigo mortal — embora nenhum deles tão aterrorizante quanto esse.

— Bob, é você?

— Jim, graças a Deus! Ouça, você tem que entrar em contato com a Sala de Guerra agora mesmo, antes que ele complete o procedimento. Você precisa falar para eles...

— Eu já falei. Mandei que eles ganhassem tempo.

— Como?

— Dizendo que está havendo um problema técnico nas comunicações por satélite, que eles não conseguem se comunicar com os submarinos.

— Ele nunca vai acreditar nisso.

— E qual seria a alternativa? Ele parece um animal enfurecido, berrando e xingando. — Bruton baixou a voz de repente. — Ele vai matar todos nós, Bob. Você tem noção disso? Ele está dizendo que quer a Opção B.

— Que opção é essa?

Então Kassian se lembrou — como podia ter se esquecido? — do "livro negro" carregado pelo assessor militar pessoal do presidente, o assessor que o acompanhava o tempo todo, apresentando o cardápio de alternativas, as listas dos diferentes alvos. Só não conseguia se lembrar de qual era a B.

— Coreia do Norte *e* China.

— Meu Deus do céu!

— E é o que ele vai fazer nos próximos sessenta segundos. Assim que o pobre infeliz na Sala de Guerra não tiver mais desculpas para dar.

— Você tem que dizer que essa é uma ordem ilegal.

— Como assim?

— Ligue para a Sala de Guerra. Diga que eles são *obrigados* a desobedecer a uma ordem ilegal.

— Você sabe que isso é mentira, sabe que o presidente tem autoridade total e absoluta. Ele pode fazer a merda que quiser. Eu não posso impedi-lo, o Estado-Maior Conjunto não pode, o Congresso não pode. O show é *dele*. Cem por cento.

— Sim, mas eles só têm que obedecer a uma ordem que seja constitucional.

— E isso significa...?

— Significa que o comandante em chefe tem que acreditar que está defendendo o país de um ataque real ou iminente.

— Bem, talvez ele acredite nisso.

— Essa é uma guerra de *palavras*, Jim. Cinco dias de *palavras*. Nenhuma pessoa com bom senso poderia dizer que estamos sob ameaça de uma *ofensiva*.

— Mas é justamente essa a questão. Ele não tem...

— Bom, diga aos seus homens que eles têm de fazer essa tentativa. Na verdade, eles não precisam tomar decisão nenhuma. É você quem está mandando. Trata-se de uma ordem ilegal.

— Não é assim que funciona. Ele é o comandante em chefe, ele é...

— Não temos tempo para debates, Jim. Simplesmente mande que obedeçam. É isso ou estaremos todos mortos.

Ele desligou. Enquanto o carro entrava na Pennsylvania Avenue, Bob Kassian fechou os olhos e, pela primeira vez desde que era criança, rezou.

DOIS

CASA BRANCA, SEGUNDA-FEIRA, 8:45

— Que merda é essa?

Maggie Costello estava na sala de espera, onde também se encontravam a assistente pessoal de seu chefe e duas outras pessoas. Tinha acabado de notar que na parede atrás da secretária, perto dos retratos dos antigos ocupantes daquele importante cargo — assessor jurídico da Casa Branca —, havia um calendário. Não o tipo de calendário que se costuma ver em prédios do governo em Washington, com fotos espetaculares das grandes paisagens americanas, mas daqueles comuns em oficinas mecânicas. A imagem do mês, maio, era de uma mulher de quatro, olhando para a câmera, vestindo apenas a parte de baixo de um biquíni minúsculo, com a boca aberta e a língua à mostra.

A assistente pessoal, uma mulher negra com seus 50 anos, deu de ombros, resignada.

— Sério, Eleanor, quem colocou isso aí?

A assistente fez uma cara feia para Maggie, como quem diz: *Não vai me arrumar problema.*

Maggie se inclinou para a frente, sua voz se tornando um sussurro:

— Eu não vou contar para ninguém.

Eleanor deu uma olhada ao redor e disse:

— Ordem do Sr. McNamara. Ele espalhou esses negócios por toda a Ala Oeste. Disse que já estava na hora de isso aqui entrar em sintonia com os trabalhadores dos Estados Unidos, de ficar parecendo um ambiente de trabalho americano como outro qualquer.

— Você não está brincando mesmo, está?

A assistente meneou a cabeça.

Maggie se debruçou na mesa, estendendo o braço por cima do ombro de Eleanor, e arrancou o calendário da parede com um puxão. Em seguida, rasgou o papel brilhoso e grosso uma, duas vezes, encaminhando-se para jogá-lo no lixo. Por hábito, procurou a lixeira verde, destinada a papéis.

— Não se faz mais reciclagem, Maggie. Ele acabou com isso também. "Isso aqui não é a Casa Verde das Bichinhas. É a Casa Branca."

— Ele disse isso?

— Ã-rã.

Maggie jogou os restos do calendário de mulher pelada na única lata de lixo que havia e entrou em seu gabinete, batendo a porta.

Ela teria reclamado com seu chefe, o homem que carregava o título de assessor jurídico, mas ele era um titular ausente do posto, um amigo do presidente que havia atuado como advogado quando seus negócios abriram falência e fora premiado com uma benesse na Casa Branca. Maggie o havia encontrado apenas uma vez, no coquetel de comemoração da sua nomeação; desde então, ele nunca mais tinha sido visto por ali.

Ela pegou o celular e mandou uma mensagem de texto para Richard.

Que merda a gente veio fazer aqui?

Nos velhos tempos, uma infinidade de mulheres, em todos os níveis, teria feito exatamente o que ela havia acabado de fazer ou a teria apoiado. Mas agora, nesse departamento, eram apenas ela e Eleanor.

Os outros eram todos homens, quase todos brancos. E o mesmo padrão se repetia no restante da Casa Branca.

Segundos depois, ele respondeu. Tô com o pessoal do Comércio. A gente se fala à noite?

Maggie jogou o celular na mesa, atingindo um retrato seu com o presidente anterior — um pequeno gesto de rebelião nesses novos tempos. Neste momento, ela estava com vontade de amaldiçoar aquele sujeito. Em parte, era culpa dele ela ainda estar ali.

— Ouça, Maggie — dissera ele. — Eu sei o que você pensa do meu sucessor... — Mas ela não deixou que ele concluísse a frase.

— Olha, nem isso eu aguento, para falar a verdade: *meu sucessor*. Como você pode dizer isso, como se fosse algo normal? Não é normal. Ele é um mentiroso, um trapaceiro, um intolerante e não devia nem chegar perto desse lugar.

O presidente no fim do mandato havia tentado parecer compreensivo, como sempre fazia.

— Maggie, você é uma mulher passional. Por isso serviu tão bem a esse governo e a mim. Mas o povo se manifestou. Ele vai ser o meu presidente e deveria ser o seu também.

— Mas não é você que vai ter que ficar aqui e continuar trabalhando!

— Não creio mesmo que eu faça parte do grupo apropriado, demograficamente falando. — Ele sorriu.

— Exatamente. Essa é outra questão. Só tem homem branco. Centenas. Em todas as nomeações. É como se ele ignorasse a existência de milhões e milhões de pessoas.

— Pois então, se você ficar, vai poder compensar um pouco esse desequilíbrio. Mulher, nascida em Dublin. Já são dois itens garantidos.

— Mas...

— Não é só ele que está em questão, Maggie. Assim como não era eu que estava em questão. É o país. Você precisa manter o trem nos trilhos.

— Claro, para ele jogá-lo num muro. Além do mais, o que eu poderia fazer por ele? Ex-funcionária de ajuda humanitária da ONU, ex-negociadora de paz, *mulher*... Eu não sou exatamente o tipo dele, não é?

— Você pode fazer a mesma coisa que fez por mim. Para-choque de problemas-mor. A mulher que sabe ir ao fundo de qualquer crise e consegue resolvê-la.

— Mas isso requer *confiança*.

— Eu sei, Maggie.

— Você confiava em mim e eu confiava em você. Totalmente.

— Eu sei, e valorizo muito isso. Mas você vai dar um jeito. Você sempre dá.

Maggie contemplava a foto, encantada com sua ingenuidade na época. Um ano atrás, ela jamais acreditaria que aquilo fosse possível. Na verdade, ninguém acreditaria.

Então sentiu aquela familiar punhalada de culpa, devidamente acompanhada de enjoo. Parecia vir de um lugar específico, um ponto de repulsa profundo, nas suas entranhas. Se pelo menos não tivesse...

Para tentar afastar esse pensamento terrível, ela escreveu outra mensagem para Richard.

Você pode sair mais cedo hoje à noite?
Vamos comer lá em casa. Estou precisando muito...

Mas, antes que pudesse concluir, a porta de seu gabinete foi aberta. Maggie o ouviu antes de vê-lo.

— Você está apresentável?

Crawford "Mac" McNamara, o principal assessor do presidente. Se Maggie e os outros funcionários sem ligação com partidos que permaneceram no governo se preocupavam em manter o trem nos trilhos, McNamara era o homem que decidia o destino. Até Bob Kassian, oficialmente o chefe de Gabinete, não passava de um burocrata em comparação com McNamara. No sistema solar da Casa Branca, apenas uma estrela brilhava mais.

Naturalmente, Maggie estava muitas luas abaixo dele — mesmo sob o presidente anterior, seu título oficial jamais chegou a refletir sua verdadeira posição —, o que, pelas velhas regras de Washington, significava que um homem naquele cargo jamais se dignaria a lhe dirigir sequer duas palavras, muito menos percorrer todo o caminho até o gabinete *dela*. Mas McNamara supostamente era um fora da lei, o feiticeiro que tinha rasgado o manual de regras de Washington para levar seu homem à presidência. Quem se importa com o protocolo? Memorandos eram coisa de idiota; atas de reunião, pura babaquice. Em vez disso, ele patrulhava diariamente a Ala Oeste, entrando no gabinete de quem bem entendesse, na hora que quisesse. O Salão Oval não era exceção. McNamara era a primeira pessoa a ver o presidente pela manhã e a última à noite; era a voz todo-poderosa ao pé do ouvido dele.

Essa não era a primeira vez que ele ia ao encontro de Maggie. "Não é óbvio?", dissera Richard quando os dois conversaram a respeito disso, comendo comida chinesa em casa certa noite. "Você é a mulher mais atraente no escritório, e ele está... intrigado. Eu ficaria lisonjeado."

A resposta de Maggie não podia ter sido mais curta: *Eca*. E agora ali estava ele de novo, um homem de meia-idade usando uma bermuda cargo com bolsos quadrados enormes e uma camisa do Linkin Park. Estava de meias, mas sem sapatos. Sua cabeça era quase careca.

— Leu o jornal hoje, Costello? — Ele atirou um exemplar do *Washington Post*, que foi parar bem na frente dela. Estava dobrado mostrando uma matéria sobre uma nova pesquisa de opinião, confirmando que o país estava "mais dividido do que em qualquer outro momento desde a Guerra Civil".

— Por que o senhor está me mostrando isso, Sr. McNamara?

— Uuuu, por acaso o meu pai foi autorizado a entrar aqui? *Sr. McNamara*? Quem é esse? Me chame de *Mac*, Maggie. *Mac*. Eu achava

que vocês liberais gostassem desse lance de informalidade no trabalho.
— Ele fez um gesto afetado e elevou o tom de voz. — Ora ora, somos todos *iguais*. Me trate com *igualdade*.

Maggie se lembrou do que havia combinado com Richard. Que talvez pudessem mitigar os efeitos dessa presidência, ainda que de forma modesta, simplesmente estando ali, do lado de dentro. Eles tinham o dever de fazer a diferença, se isso fosse possível. Então ela se imbuiu novamente desse compromisso.

— Em que posso ajudá-lo, Sr... Mac?

— Olha o jornal, Maggie.

— "Estados começam a implementar registro de cidadãos muçulmanos. Arizona e Texas lideram novo programa."

— Não isso. É a matéria que eu marquei, ao lado dessa. Olha só o que o pessoal de 18 a 24 anos pensa de nós.

— Vinte e três por cento aprovam, setenta e quatro por cento desaprovam, três por cento não sabem.

— Exatamente. Vinte e dois no mês passado, agora são vinte e três. Os jovens estão se aproximando, Maggie. Eu *sinto* isso.

Em seguida ele jogou a cabeça para trás e começou a cantar uma música, sua própria versão de um clássico do David Bowie.

— *"Alllllllt-Right, we are the young Americans!"* — Enquanto repetia o verso, ele girava lentamente, de olhos fechados, a cabeça balançando; um roqueiro de meia-idade subindo ao palco em uma turnê nostálgica.

Maggie ficou calada.

— Tudo bem, você me pegou. Não foi por isso que eu vim aqui.

— Se for por causa do calendário, de jeito nenhum aquilo volta para a parede.

— Eu bem que notei que a encantadora Srta. Maio foi dada como desaparecida em combate. A culpa foi sua? Ainda estamos nessa de protestos estudantis?

— Pela definição jurídica de assédio sexual, o simples fato de botar aquilo na parede é considerado criação de ambiente hostil.

McNamara sorriu e meneou a cabeça.

— Nenhuma de vocês entende mesmo, né? Nem um pouquinho. Será que vocês não se dão conta de que foi exatamente por isso que o pessoal elegeu o chefão em novembro? Quer dizer, com certeza contribuiu o fato de o adversário ter colocado em risco a segurança nacional usando um celular não criptografado.

Maggie revirou os olhos.

— Mas o principal motivo foi *exatamente* esse tipo de babaquice. Porque o pessoal estava de saco cheio dessas mocinhas afetadas cagando regra do tipo "ambiente hostil". — McNamara fez as aspas com os dedos, dizendo as duas palavras com uma voz esganiçada, acompanhada de um rebolar afeminado. — As pessoas estão cansadas de ouvir que é crime ser um homem branco normal e de sangue quente.

— Tenho certeza de que você não veio aqui começar a campanha eleitoral de novo, Mac.

— Não, mas, como costuma ser, tudo isso é relevante.

McNamara se sentou em uma cadeira, recostou-se e apoiou os pés sem sapatos, só de meias, na mesa dela. Maggie só faltou recuar.

— O negócio é o seguinte — começou ele. — Eu preciso que você acabe com uma coisa.

Ela ergueu as sobrancelhas.

— Isso surgiu na campanha e agora está voltando.

Maggie continuou em silêncio. Não tinha motivos para facilitar para ele.

Por fim, McNamara baixou a voz.

— Eu acho que vocês de Washington chamam de "epidemia de interesseiras".

Maggie fez uma pausa.

— Você está dizendo que o presidente tem casos extraconjugais?

— Não! — Mac sorriu. — *Casos*, não. Nada que pudesse ser chamado de caso.

— Ah, você quer dizer assédio sexual, ele tem agarrado mulheres por aí.

— Eu estou dizendo que ele tem sido *acusado* disso.

— Novas denúncias surgindo? Gente do passado, alegando que...

— Sim, em parte.

— Ah, não só do passado? Do *presente*. Aqui? Aqui mesmo? Meu Deus, Mac, o último que fez esse tipo de coisa sofreu impeachment.

— Eu não estou preocupado com *isso*. A liderança da Câmara está lambendo a nossa bunda. A língua está lá dentro.

Maggie fez o máximo possível para manter a expressão impassível. Sabia que McNamara queria gerar alguma reação nela, e nem ferrando lhe daria esse prazer. Ele prosseguiu:

— Ninguém vai ter coragem de levar isso adiante. É só lembrar que ele tem mais força do que os congressistas nos seus próprios distritos. Mas é uma chateação. Eu preciso que você acabe com isso.

— Isso parece um assunto para o advogado dele.

— Não. Ele agora é o presidente. Um ataque contra ele é um ataque contra a presidência.

— Não é exatamente assim...

— Além do mais, você é a pessoa certa para isso. — McNamara começou a se levantar. Antes que Maggie pudesse perguntar o que ele queria dizer, recebeu um olhar malicioso. — Você tem o equipamento certo.

McNamara fechou a porta ao sair, e ela finalmente pôde apoiar a cabeça nas mãos. Precisava falar com Richard.

Estavam namorando havia apenas uns dois meses, mas, uma vez que muitos de seus antigos amigos deixaram a Casa Branca, ele tinha se tornado seu confidente padrão. Três anos mais novo que ela e absurdamente atraente — um daqueles caras de Washington que, por mais cedo que seja sua primeira reunião do dia, conseguem correr antes dela —, Richard estava longe de ser normalmente o seu tipo. Ainda que tivesse sido nomeado na transição, ele tivera as mesmas dúvidas que ela quanto à sensatez de fazer parte do novo governo. Juntamente com o ex--presidente, Richard Parris havia sido uma grande influência na decisão dela de ficar. "Maggie, de fora a gente não tem poder nenhum. Imagine como nos sentiríamos culpados se víssemos algo horrível acontecer e pudéssemos ter feito alguma coisa, qualquer coisa, para impedir."

Inicialmente, Richard não entendeu muito bem por que aquela questão mexia tanto com ela. Havia um motivo, mas Maggie tentava ocultá-lo dele, assim como de todo mundo. No fim das contas, certa noite, na cama, ela acabou cedendo e lhe contou. O simples fato de pensar naquilo agora trazia tudo de volta: uma culpa tão presente que era quase física, subindo à superfície como uma rolha. Maggie a empurrava para o fundo de novo, manobra psicológica que fazia pelo menos dez vezes por dia.

Ela desceu a escada para encontrá-lo e propor que dessem uma caminhada. Precisava descarregar. Começou a ensaiar o que diria. *Nós não estamos amortecendo o golpe, Richard. Nós estamos legitimando o golpe. Somos só uma cobertura para eles. Eu não vim para Washington para ajudar um sujeito que abusa de mulheres a se dar bem. Não é esse o motivo...*

Mas seu raciocínio foi interrompido. Tinha acabado de virar o corredor quando viu um grupo de pessoas saindo do Salão Oval. Richard estava entre elas — algo estranho para alguém da posição dele —, mas não a viu. Em vez disso, estava ocupado, sorrindo e gargalhando com a única mulher do grupo, cujos cabelos bastavam para torná-la imediatamente reconhecível. Cheios e brilhosos, eles exalavam riqueza. Ela era inconfundível.

Richard mostrou o celular à mulher, o que provocou um sorriso caloroso nela e um gesto recíproco quando ela fez o mesmo. Os dois rostos — jovens e magníficos, aos olhos de Maggie — pareciam reluzir à luz das lâmpadas fluorescentes. Era evidente. Seu namorado estava flertando com a filha do presidente.

TRÊS

NOVA YORK, SEGUNDA-FEIRA, 9:20

Ter zero carisma tem lá suas vantagens, pensou Bob Kassian. Sentado na classe executiva do voo para Nova York, com apenas um agente do Serviço Secreto ao seu lado, ele não era incomodado por muitas pessoas. Dois ou três passageiros lhe mostraram rapidamente o polegar para cima. Uma repórter da Fox tentara puxar conversa no portão de embarque, mas Kassian tinha dado respostas tão curtas e monossilábicas — no seu quase inaudível sussurro grave —, que a mulher logo desistiu. Quanto aos outros, ele supôs que simplesmente não o reconheciam. Ele não ia a programas de TV aos domingos, fazia poucos discursos. E estava muito bem assim.

    Especialmente naquela manhã. Teria dificuldade de posar para selfies, abrindo um sorriso forçado ao lado dos admiradores com seus bonés de beisebol. Como eles adoravam o seu chefe. Se soubessem o que ele sabia, se tivessem visto o que ele vira poucas horas antes. (Um pensamento sombrio surgiu: talvez não fizesse a menor diferença. Nada parecia alterar a devoção deles àquele homem.)

    Pela milésima vez, Kassian se perguntou se havia feito a coisa certa. Homem dos bastidores, nunca fora um militante político. Tinha se juntado a esse pessoal simplesmente porque eram seus amigos e contatos. Ele havia construído a reputação de um homem capaz de administrar as coisas — coisas importantes — com tranquilidade. Depois do Exército, todo mundo lhe dizia que um talento como o seu o deixaria rico. E estavam certos. Ele foi para Nova York, para uma das grandes financeiras, e ganhou valores inimagináveis. Mas sentiu falta do que mais havia gostado no Exército: um propósito. A política parecia uma segunda alternativa razoável.

E esse emprego? Kassian sabia por que lhe ofereceram o cargo: ele seria apresentado como o adulto responsável da equipe, sua presença calma e tecnocrática serviria como garantia de tranquilidade para um sistema partidário instável. Parecia antiquado, mas ele sentia que aceitá-lo era seu dever patriótico. Se não ele, um daqueles malucos com certeza aceitaria. E, lá dentro, talvez conseguisse exercer alguma influência moderadora, refreando um pouco um presidente que, de outro modo, estaria ouvindo os extremistas rancorosos liderados por Crawford McNamara, que claramente haviam captado a atenção do comandante em chefe.

Agora, no banco de trás do carro que o levava para Manhattan, fechou os olhos, grato por estar ali confortavelmente abrigado, ainda que por pouco tempo.

De alguma maneira, tinham sobrevivido. O sol havia nascido, o céu ainda estava no lugar. A civilização não acabara. Mas ele não podia se parabenizar por isso, nem o seu aliado mais próximo, Jim Bruton. Não tinha sido a intervenção deles que impedira o presidente de dar a ordem.

A verdade era que ele quase o fizera. O presidente havia ligado para o coronel de plantão na Sala de Guerra do Pentágono, que, de acordo com os procedimentos, emitira o código de verificação: Eco Bravo, ou algo assim. O presidente respondera com os códigos que confirmavam sua identidade: por exemplo, Delta Zulu. E então comunicara à Sala de Guerra sua decisão, explicando que havia escolhido a Opção B no cardápio de alternativas de ataque.

Naquele momento — e parabéns para ele pelo esforço —, o coronel sugeriu que o presidente considerasse fazer uma escolha *à la carte* naquela situação excepcional. E excepcional na medida em que os Estados Unidos não estavam sendo atacados, a única eventualidade para a qual todos foram treinados ou preparados. Uma bela tentativa do coronel: pedir um "prato" especial levaria horas ou dias. Isso daria a Kassian e aos outros aquilo de que mais precisavam: tempo. Mas o presidente foi categórico. Opção B. Agora.

Parece que em seguida houve um momento de silêncio na sala. Até a fúria do presidente deu uma trégua por um instante. O coronel deu o sinal à equipe na Sala de Guerra. Começou-se a formatar a "mensagem de ação de emergência" que lançaria as forças correspondentes à escolha do presidente — as bombas que teriam destruído o mundo. Tarefa que teria levado cerca de um minuto.

Mas depois de uns quinze segundos, um jovem analista de inteligência pediu ao coronel que esperasse. Ele tinha acabado de ver um relatório sobre uma nova declaração de Pyongyang, aparentemente voltando atrás em relação à anterior, que tanto ofendera o presidente. A informação tinha acabado de chegar.

A linha entre o Pentágono e a Casa Branca ainda estava aberta, e o coronel declarou:

— Senhor presidente, temos algo que nos leva a crer que os norte-coreanos recuaram.

— Como assim?

— Senhor, eles se renderam completamente. Um humilde pedido de desculpas.

— Tem certeza?

— É a informação que temos, sim, senhor.

— Ok.

Ainda faltavam vinte segundos para a mensagem de ação entrar no ar.

— Isso quer dizer que deseja cancelar a ordem, senhor?
— O que os norte-coreanos disseram exatamente?
— Senhor, temos dez segundos para decidir. Devo cancelar a ordem?
— Eles que se fodam.
— Senhor?
— Está bem, está bem. Cancele.

E foi assim que evitaram o fim do mundo. Um oficial atento pode ter salvado a humanidade. Mais do que atento, rápido nas ideias e criativo, na verdade. Jim Bruton chegou minutos depois ao Pentágono, onde o coronel de plantão discretamente lhe comunicou que a declaração de suposta humildade da Coreia do Norte, fortuitamente transmitida segundos antes de o gatilho ser puxado, foi mais o resultado de boa intenção do que de realidade. O analista tinha interpretado corretamente a situação, compreendendo que seu oficial superior e o secretário de Defesa buscavam desesperadamente uma desculpa para retardar a situação, e havia lhes dado o que queriam. Com isso, dera mais uma dor de cabeça a Bruton — que agora precisava inventar um texto que parecesse um pedido de desculpas plausível de Pyongyang —, mas, considerando o que estava em jogo, era perfeitamente perdoável. Jim havia recomendado de imediato que o oficial e toda a equipe de plantão na Sala de Guerra recebesse uma Medalha de Excelência a Serviço da Defesa.

Kassian chegou ao hotel Waldorf Astoria. Sem olhar para os lados, foi direto para os elevadores, deixando que o agente do Serviço Secreto abrisse caminho, apertasse o botão e selecionasse o andar. Evitando contato visual com os hóspedes, ele se olhou no espelho. Reteve a imagem de sua vasta cabeleira, que, no entanto, parecia ficar mais grisalha a cada dia. Em janeiro, era completamente escura. Ele ainda era alto e magro. Sua mulher insistia que continuava bonitão: "Bonitão de verdade, não bonitão tipo Washington", como ela dizia. Mas o que via nos próprios olhos era algo diferente: um olhar de inquietação e preocupação que se tornava constante. O rosto que olhava para ele parecia assustado.

Desceram no quinto andar e foram para a suíte cujo número Kassian havia recebido. A porta foi aberta por uma mulher loira, simpática e de formas arredondadas na casa dos 40 anos, que se apresentou como embaixadora da Suécia nas Nações Unidas e que lhe pareceu inesperadamente maternal.

Seguiu-se um momento de leve mal-estar enquanto o agente de Kassian verificava a segurança, inclusive — e especialmente — em busca de escutas. Então ele foi apresentado a sua contraparte, que fez o mesmo. Só depois de os dois se darem por satisfeitos, acenando a cabeça para a anfitriã sueca, ela fez um sinal que, um segundo depois, fez uma porta ser aberta — que supostamente dava para um dos quartos. Por ela entrou um homem que Kassian reconheceu como o embaixador da República Popular da China nas Nações Unidas.

Ainda de pé, Kassian estendeu a mão, e o diplomata chinês o cumprimentou com um aperto firme. Kassian sabia que o sujeito era só um ano mais velho que ele: 51. Usava terno azul, gravata creme e óculos exageradamente grandes, num estilo anos setenta. Mas sem nenhuma intenção retrô chique. Eram apenas velhos.

A anfitriã convidou ambos a se sentarem na sala de estar — dois sofás, poltrona, mesa de centro — no meio da suíte. Com um sotaque que parecia indicar uma educação em escolas caras da Inglaterra, ela começou:

— Senhores, como sabem, fomos convidados a disponibilizar um espaço para que pudessem conversar de maneira completamente confidencial, sem nenhum registro. Foi sugestão do Sr. Kassian que os senhores se encontrassem aqui, e não em Washington, onde ele supunha ser mais difícil garantir a discrição, especialmente para si próprio. — Ela sorriu. — O Sr. Kassian também sabia, com todo o respeito ao embaixador da República em Washington, que o senhor, Sr. Lei, é em geral considerado ainda mais próximo e, ouso dizer, mais influente junto ao seu governo em Pequim.

Ela fez uma pausa e prosseguiu.

— Devo frisar que a Suécia não tem nenhum interesse particular em qualquer questão que os tenha trazido aqui. Mas ambos os senhores terão conhecimento do grande e histórico interesse da Suécia na promoção da causa da paz mundial. Se algo puder ser feito para evitar uma guerra, então meu país fará o que for possível. Reitero que o que for dito nesta sala será confidencial. Nem uma palavra a respeito disso será dita por nós. Negaremos que este encontro sequer tenha ocorrido. Ninguém sabe que nenhum de nós está aqui. Este quarto foi alugado em nome de um "empresário sueco anônimo". E, por sinal, não são poucos os empresários suecos anônimos.

A tirada surtiu o efeito desejado, arrancando sorrisos dos dois homens.

— Sr. Kassian, foi o senhor quem sugeriu que nos encontrássemos. Por que não começa?

— Obrigado, embaixadora. E obrigado, senhor, por aceitar o convite tão em cima da hora e vir me encontrar hoje. O senhor sabe, espero, que eu não teria pedido a nossa amiga comum — e Kassian fez um sinal com a cabeça para a embaixadora sueca — que nos reunisse se não considerasse o caso da mais grave importância.

Zheng Lei olhava para ele, impassível.

Kassian olhou para as próprias mãos, perguntando-se se não iriam começar a tremer de novo.

— Não sei quanto o senhor sabe, se é que tomou conhecimento, do que aconteceu ontem à noite na Casa Branca.

Nenhuma reação do sujeito diante dele.

— Mas serei extremamente franco. Não vejo outra maneira.

Kassian pigarreou. Tinha pensado no que diria — no avião, no carro —, mas nem por isso estava preparado para a sensação de dizê-lo de fato.

— Na madrugada de hoje, meu país esteve a dez segundos... menos de dez segundos, na verdade... de lançar um ataque nuclear total à República Popular Democrática da Coreia e — ele sentiu a garganta subitamente seca — à República Popular da China.

A embaixadora da Suécia arfou ao ouvir isso. Um ruído involuntário e totalmente genuíno. Tinha levado a mão à boca. Kassian prosseguiu.

— O presidente deu a ordem. A Sala de Guerra do Pentágono já estava no processo de codificá-la e transmiti-la a comandantes nucleares em todo o mundo, inclusive tripulações e equipes de lançamento baseadas em terra, nas nossas instalações subterrâneas de lançamento e nos submarinos e a bordo dos nossos bombardeiros em voo. Apenas a engenhosa e corajosa intervenção de um dos nossos oficiais, no último instante, fez com que a ordem fosse cancelada.

O embaixador chinês manteve o olhar fixo na mesa de centro entre eles. Kassian decidiu interpretar isso como sua maneira de reagir: talvez o homem receasse olhar em seus olhos, para não se entregar. Kassian retomou a palavra.

— O que motivou o ataque foi a declaração divulgada pela República Popular Democrática da Coreia no fim da noite de ontem, pelo nosso horário. Parecia uma provocação ao presidente. Eu gostaria aqui de citá-la. — Kassian tirou do bolso do paletó um pedaço de papel e o desdobrou. — "O Partido dos Trabalhadores sabe que enfrenta em Washington um tigre de papel, um homem covarde e pequeno. Nós demonstraremos nossa força, pois conhecemos a fraqueza do nosso inimigo."

Zheng continuava em silêncio. Kassian prosseguiu.

— Normalmente, nos governos anteriores talvez, declarações como essa poderiam ser descartadas como meramente retóricas. — Ele julgou ter visto um quase imperceptível assentimento do embaixador com a cabeça, o que o encorajou. — Mas não vivemos tempos normais. Para começar, a República Popular Democrática da Coreia tem manifestado reiteradas vezes sua intenção de construir uma arma nuclear capaz de atingir a Costa Oeste dos Estados Unidos. Capaz de atingir a cidade de Los Angeles. Nossos serviços de inteligência indicam que a República

Popular Democrática da Coreia já está nessa etapa ou perto dela. Mas há outro aspecto, como posso dizer?, mais *urgente* indicando que não vivemos tempos normais. O dirigente do meu país não é um político. Nem um militar. Ele reage a declarações assim — e levantou a folha de papel — como um jovem talvez reagisse em um bar. — Kassian não planejava dizer isso; ficou se perguntando se não havia cometido um erro. — Ele entende como provocação. Acredita que está sendo desafiado a provar que os norte-coreanos estão errados.

Nesse momento, Zheng se endireitou na cadeira, preparando-se para falar. Kassian não sabia se isso significava que obtivera êxito ou não.

— Sr. Kassian, o senhor estudou história? — Seu inglês era impecável.

— O quê?

— O currículo do senhor diz que estudou artes liberais em Princeton. Mas não diz se o senhor estudou história.

— Um pouco.

— Entendi. Bem, eu sou um estudante de história. Minha especialização, na verdade, é na história do seu país. Principalmente do século passado. Eu me interessei muito pela presidência de Richard Nixon. Eu escrevi minha dissertação sobre as relações do Sr. Nixon com a Ásia.

— Ah, sim.

— Sabe por que eu estou tocando nesse assunto?

— Acho que o senhor vai me dizer.

— Porque o Sr. Nixon fazia questão de enviar seus assessores mais próximos, especialmente o Dr. Kissinger, em viagens pelo mundo para avisar a todos que seu chefe era um louco. — E então ele deu um sorriso. — "Doido! Maluco!" Nixon não ficava ofendido. Ele incentivava. Queria que os inimigos dos Estados Unidos ficassem com medo. "Os Estados Unidos têm todas essas bombas, e Nixon é maluco o suficiente para usá-las!"

— E o senhor acha que é o que eu estou fazendo agora?

— A história não se repete, Sr. Kassian. Mas às vezes se parece.

O americano olhou para a embaixadora sueca, como que pedindo ajuda. Ela assentiu com a cabeça, mas apenas para estimulá-lo a retrucar. Não estava ali para tomar partido.

— Sr. Lei, eu corri um grande risco vindo aqui agora de manhã. Meu presidente não sabe que estou aqui. Se soubesse, eu seria demitido. Posso garantir ao senhor que não estou agindo a mando dele.

— Por que veio, então?

— Eu vim aqui porque estou assustado. — Kassian ficou tão surpreso com essas palavras quanto os outros dois, talvez mais. — Acho que o senhor não entendeu o que estou dizendo. Seu vizinho esteve a sete ou oito segundos de desaparecer do mapa nessa madrugada, e o seu país, a segundos de ser atingido por um bombardeio nuclear. Todo o povo norte-coreano teria sido morto, juntamente com milhões dos seus compatriotas. Crianças. Famílias. Talvez até a sua própria família. — Kassian pensou ter visto uma sombra passar pelo rosto de Zheng. — Isso não é uma tática. Não é um jogo. Essa merda é um caso sério.

— Sr. Kassian...

— Não. Me escuta. Eu estou avisando porque acho... não, eu *sei* que isso pode acabar numa catástrofe. Para o mundo inteiro. Ele está disposto a isso. Ele já *fez* isso. Deu a ordem.

— E por que não aconteceu?

— Nós demos um jeito de impedi-lo.

— Como?

O Sr. Kassian lançou um olhar envergonhado para a embaixadora sueca. E percebeu que, involuntariamente, sua voz perdia a força.

— Nós dissemos que a República Popular Democrática da Coreia tinha pedido desculpas pela declaração.

— Entendi.

— Foi o único jeito.

— E agora o senhor precisa que o meu país use sua influência junto à República Popular Democrática da Coreia para convencê-los a fazer valer a mentira que os senhores contaram para impedir que seu presidente "maluco" explodisse o mundo?

— Mais ou menos isso, sim. E os norte-coreanos vão ter de fazer isso logo. E também precisam agir retroativamente, para parecer que emitiram a declaração por volta das três e quarenta e cinco da manhã, no horário da Costa Leste.

Kassian hesitou antes de fazer mais essa exigência. Em parte, por temer que talvez fosse pedir demais mas também por duvidar que sequer fosse necessário. Hoje em dia, provavelmente seria possível forjar um horário sem maiores problemas: em uma época em que todo mundo está sempre pronto a gritar *"fake news"* para qualquer coisa, quem iria saber ou se importar? Não o presidente, certamente, que não presta atenção em detalhes e mal chega a ler os jornais que são colocados na frente dele.

Mas Kassian sabia que não ia funcionar. Crawford McNamara, por exemplo, estava sempre atento aos detalhes e jamais se eximia de ler documentos. Como grande fornecedor de notícias falsas, ele raramente se permitia consumi-las.

— Não será fácil, Sr. Kassian. O povo norte-coreano é bastante orgulhoso. Eles sentem orgulho em desafiar o tirano norte-americano. Jamais vão querer baixar a cabeça.

— Ninguém está pedindo que eles baixem a cabeça, Sr. Zheng. Apenas algumas palavras que nos permitam...

— O senhor parece estar se esquecendo de uma coisa, Sr. Kassian.

— De quê?

— A Coreia do Norte e os Estados Unidos atualmente têm algo em comum. Ambos os países são comandados por homens muito imprevisíveis e de sangue muito quente.

Kassian assentiu. Ele sabia que não era uma boa postura diplomática concordar com críticas ao seu próprio líder, mas não conseguiu evitar. Além do mais, parecia estar dando resultado. Zheng voltou a falar.

— De qualquer maneira, lhe agradeço sua iniciativa. Vou ver o que pode ser feito.

Kassian esperava não ter deixado transparecer seu alívio.

— Fico grato, Sr. Zheng. Mas receio que ainda precise lhe pedir mais uma coisa.

O embaixador continuou em silêncio.

— A verdade é que, enquanto a República Popular Democrática da Coreia for comandada por esse sujeito, a presença dele vai provocar o meu presidente. O senhor talvez diga que isso é injusto ou desproporcional. Ou até que é irracional. E haveria certamente quem concordasse com o senhor. Mas isso é um fato. Enquanto a Coreia do Norte for comandada pelo atual governante, haverá um grande perigo. O risco maior, naturalmente, é para a própria República Popular Democrática da Coreia, mas a China também está ameaçada. Nessa madrugada, ele poderia ter optado por atingir apenas a Coreia do Norte. Mas sua ordem foi de bombardear a China também. Enquanto esse regime continuar no poder, seu país corre um grave perigo. O mundo inteiro corre um grave perigo.

— O senhor está pedindo que a República Popular da China derrube o chefe de Estado da República Popular Democrática da Coreia? Sério? Esse é o pedido que o senhor quer que eu discuta com o meu governo?

Kassian indicou que esse era de fato o pedido.

Zheng sorriu e disse:

— Agora eu sei tenho certeza de que o senhor está sozinho nessa missão. O seu Departamento de Estado jamais teria permitido que o senhor viesse aqui dizendo esses absurdos! Isso é loucura, Sr. Kassian. Completa loucura. É claro que nós jamais faríamos isso. Se derrubássemos o regime da Coreia do Norte, o país desmoronaria em uma hora, e ao anoitecer já estaria completamente sob o domínio de Seul. Meu governo não se esqueceu do que aconteceu com a Alemanha em 1989. O Muro de Berlim foi derrubado e, um ou dois dias depois, a Alemanha era um único país outra vez, dominado pelo lado ocidental. Uma Coreia unida seria algo maravilhoso para os Estados Unidos, mas não tão bom assim para a China. Como vocês dizem por aqui, "já vimos esse filme antes e sabemos como termina".

— Quer dizer então que o senhor não vai colaborar, mesmo que eu tenha sido sincero e dito que estou convencido de que existe um risco de guerra nuclear total no seu território e nas proximidades?

Zheng meneou a cabeça.

— Não posso fazer o que o senhor me pede. — Ele pigarreou. — Lembre-se de que Pequim não é tão diferente assim de Washington. Talvez isso não seja tão evidente. Não tem tanta publicidade. Mas nós também temos disputas internas. Existem facções lutando pelo poder. Se o meu presidente fizesse o que o senhor está pedindo, haveria forte oposição de pessoas muito poderosas. Seria um risco enorme para ele. Por isso não posso fazer o que está me pedindo.

— Lamento muito que as coisas tenham que ser assim.

— Mas posso oferecer outra coisa.

— O quê?

— Tempo.

— Não estou entendendo.

O diplomata chinês tirou os óculos, esfregou os olhos e voltou a colocá-los.

— O senhor disse que tenho certa influência nos círculos governamentais do meu país, e devo admitir, com certa modéstia, que talvez tenha razão. Eis então o que posso lhe prometer: nós lhe daremos cinco dias para resolver o problema com o seu presidente. Durante esses cinco dias, a República Popular da China vai... — e Zheng fez uma pausa, buscando a palavra certa — *conter* nossos amigos na Coreia do Norte. Mas, passados esses cinco dias, não poderemos oferecer nenhuma garantia. E depois disso, se o jovem líder em Pyongyang for provocado mais uma vez, ele terá o direito de reagir com força total. O senhor e eu concordamos que seria uma catástrofe para todos nós. Mas é assim que tem de ser. Repito: o senhor tem cinco dias, Sr. Kassian. Espero, para o bem de todos nós, que os use com sabedoria.

QUATRO

WASHINGTON, D.C., SEGUNDA-FEIRA, 19:02

Maggie voltou para casa às sete da noite. Algo inconcebível, pelo menos no governo do presidente anterior. Naquela época, ela considerava um dia de trabalho de dezoito horas algo perfeitamente normal. Parecia ter acontecido tanto tempo atrás.

O ideal, para ela, seria cair dura na cama, puxar a coberta até a cabeça e não sair de lá por pelo menos uma semana. Era patético, sabia muito bem, inverter tanto assim as prioridades. Mas tudo bem, pensou com seus botões, quando o maior problema que se tem é o "mundo livre" ser liderado por um sociopata fanático — e ainda por cima ele ser o seu chefe. Isso parecia suportável. Mas ver o namorado sorrindo para outra mulher, aí de repente *isso* era demais? Quem é você afinal, Maggie Costello?

A pergunta não era novidade. Estava acostumada a se questionar assim, e quase sempre em circunstâncias como essa. "Problemas de namorado", costumava dizer Eleanor, no trabalho, fazendo Maggie se sentir com 15 anos. A expressão favorita da sua mãe era "dor de cotovelo".

O consenso entre os amigos — e a família — era de que Maggie tinha dedo podre, escolhia homens absurdamente inadequados ou claramente indisponíveis. E com certeza tinha havido vários na primeira categoria. Veio-lhe rapidamente à lembrança Edward, seu primeiro namorado em Washington, extremamente controlador. Que engraçado: os dois moraram juntos, mas hoje em dia ela mal pensava nele.

Houve também alguns na segunda categoria: relacionamentos desde o início fadados ao fracasso. Maggie se lembrou de si mesma bem mais jovem, quando trabalhava para uma ONG no Congo, em uma equipe encarregada de negociar um cessar-fogo. Acabou se envolvendo com um líder de uma das facções armadas, comprometendo sua posição de mediadora. Um erro que havia lhe custado caro. O caso tinha sido intenso, é claro, mas hoje era mais que evidente — e sem dúvida era bastante evidente na época também — que jamais poderia ter dado certo.

Então ela se lembrou de Uri, que havia conhecido em Jerusalém e viera com ela para os Estados Unidos. Ele não tinha nada de inadequado. Era um homem deslumbrante, inteligente, amoroso. E também estava disponível. Queria estabilidade na vida, ter uma família. Era Maggie quem não estava disponível na época, inquieta demais para se fixar em um lugar ou com uma pessoa. Foi ela quem disse não. Com ele, foi só uma questão de ser o momento errado, pensou.

Maggie já estava na cama quando o telefone tocou. Merda. Tinha convidado Richard para que pedissem comida chinesa em casa. E se fosse ele? Não queria vê-lo, mas lhe agradava saber que quisera vir. Ou talvez não. Não sabia o que pensar.

Olhou para o telefone. Não era Richard. Era sua irmã.

— Oi, Liz.

Houve uma pausa, e então:

— Ai, Maggie.

— O que foi? Hein? Aconteceu alguma coisa com as crianças? Elas estão bem?

— Sim. — Liz fungou. — Está todo mundo bem. Não é nada com as crianças.

Verdade seja dita, Maggie não estava acostumada a receber ligações assim da irmã. Não estava acostumada a estar no mesmo fuso horário que ela. Mas o marido de Liz tinha recebido um convite para trabalhar em Atlanta havia dois anos, e eles se mudaram de Dublin. "Agora que a mamãe não está mais aqui, faz sentido, não é?", perguntara Liz. Maggie havia concordado, naturalmente, mas não estava tão convencida assim. O fato de ter o oceano Atlântico separando-a dos parentes mais próximos tinha funcionado muito bem até agora. Por que mexer em time que está ganhando?

— O que foi então? É com você? Você está doente?

— Não. Nada disso. Você se lembra de quando eu falei para você daquela garota da minha turma?

— Qual garota?

Maggie estava na cozinha agora, abrindo e fechando as portas dos armários em busca de uma garrafa de uísque que prestasse. Não queria nenhuma daquelas porcarias *hipsters* que Richard dizia que gostava.

— Mia.

— A que foi estuprada?

— Essa. Um amor de menina. Quieta, mas inteligente. Atenciosa.

— O que aconteceu?

— Bem, ela engravidou.

— Meu Deus!

— Pois é. E queria abortar. Ela pensou muito no assunto. Procurou um psicólogo. E estava tipo: "Eu não posso ter essa criança de jeito nenhum."

— Claro.

— Mas sabe da maior? Graças à merda dessa Suprema Corte, não existia a menor possibilidade de ela conseguir fazer um aborto num raio de mil quilômetros daqui.

— Ah, não.

Maggie encontrou uma garrafa de Laphroaig atrás das latas de tomate pelado; eram muitas latas, com data de validade anterior ao 11 de Setembro. E se serviu de uma dose.

— Não existem mais exceções, lembra? Nem em casos de estupro ou incesto. Talvez "risco de morte para a mãe". Ela voltou a procurar o psicólogo, foi a médicos, tentando provar que sua vida corria risco.

— Você está de brincadeira.

— Não, não estou. E ela não conseguiu encontrar dois médicos que dissessem exatamente isso, que a sua vida corria perigo...

— Por quê? Como pode ser tão difícil assim...

— Eu argumentei com o diretor, dizendo que a gente precisava fazer alguma coisa. Procurei a polícia. Ninguém me ouviu. E Mia dizendo: "Eu sinto que essa coisa está crescendo dentro de mim. Por causa *dele*. Eu não aguento, Srta. Costello. Eu não aguento isso."

Maggie sentiu o horror subindo. Virou o copo inteiro. E se serviu de mais uma dose.

— Continue.

— Eu armei um plano. Pensei: vou arrecadar dinheiro e botá-la num avião para o Canadá. Ou talvez para Cuba ou para algum outro lugar. Mas vou tirá-la daqui e vamos fazer alguma coisa. Eu ia visitar os pais dela hoje à noite para tomar as providências.

— E o que aconteceu?

Nesse momento, sua irmã mais nova deu um gemido terrível. E começou a chorar copiosamente. Maggie entendeu. Mas esperou que Liz dissesse.

— Hoje de manhã... ela não foi à escola. — Mais soluços. — Eu fiquei preocupada. Estava com aquela sensação, sabe?

— Sei.

— Até que, de tarde...

Liz estava com dificuldade para externalizar as palavras.

— De tarde, depois da escola, a irmã de Mia foi para casa. E essa menina tem só 12 anos. Ela chegou em casa. E encontrou... encontrou...

Maggie, horrorizada, esperava o inevitável.

— ... Mia enforcada. A própria irmã enforcada.

Pronto. Maggie sentiu uma contração nas vísceras.

— Liz, querida, eu sinto muito. Que coisa horrível!

— Eu não consigo acreditar, Mags. Que coisa mais cruel!

— É, sim.

— O que está acontecendo com esse país? A gente está mesmo fodido. — Liz assoou o nariz e se recompôs. — Por causa de uma decisão por um voto na merda da Suprema Corte, uma garota linda, inteligente, adorável está morta. *Morta*!

Maggie sabia o que vinha agora.

— E como é que esse voto chegou lá? Hein, Maggie? Como foi?

— Pois é.

— Chegou levado por esse presidente, não foi?, nomeando aquele cretino medieval como juiz da Suprema Corte. Foi assim que chegou.

— Liz...

— Eu não consigo acreditar que você trabalha para esse homem do mal, Maggie. Simplesmente não entra na minha cabeça.

— Não é tão simples assim...

— Minha própria irmã! Minha irmã toda importante, salvadora do mundo, defensora dos pobres e desvalidos, militante contra as guerras, a porra da santa Maggie Costello está trabalhando para esse indivíduo. *Servindo* a esse homem do mal.

— Não é como se eu...

— Eu não quero saber, Maggie. Mia está morta e você está ajudando o sujeito que a matou. E ponto.

E a ligação ficou muda. Maggie, que estivera de pé o tempo todo, despencou em uma cadeira. Não era a primeira vez que percebia que os argumentos mais duros surgem quando se sabe que está errado e o adversário tem razão. E, bem nessa hora, o nó apertado da culpa endureceu dentro dela, ficando mais duro do que Liz jamais poderia imaginar.

Antes que desse tempo de vir à tona, ela ouviu algo lá embaixo. *Richard*.

Até a ligação de Liz, Maggie achava que queria ficar sozinha. Mas agora a ideia de se distrair parecia interessante. E, sem admitir isso para si mesma, ficou feliz com a oportunidade de reequilibrar a balança, pois sabia que Richard insistiria no fato de que ela não estava cometendo nenhum crime, de que também tinha lá suas razões. Coisa em que ela não acreditava, na verdade. Mas seria bom ouvir isso.

Maggie abriu a porta, e, para sua surpresa, não o deixou falar, preferindo lhe dar um beijo demorado. Richard era mais alto que ela, de cabelo escuro e cheio, com um corte retrô, o que fazia com que ele pudesse se passar por um astro do cinema dos anos quarenta. Tinha tirado a barba recentemente, o que Maggie lamentava — pois achava que o fazia parecer francês e intelectual —, em um gesto de consideração pelo novo regime. Richard disse que ouvira comentários de que o presidente considerava homens com pelos na cara "não confiáveis".

Ele correspondeu ao seu beijo, deixando a pasta cair no chão. E foi empurrando-a para o quarto. Tomando a iniciativa, Maggie abriu o cinto e tirou a roupa dele, desfrutando da visão, do toque e do sabor de sua pele. Queria devorá-lo tanto quanto pudesse. Estava com fome. Muita fome.

Eles só passaram a conversar realmente muito depois das nove, acomodados no sofá, vestindo uma mistura de roupas íntimas, calças de moletom e pijamas confortáveis, com, na mesa em frente, uma variedade de embalagens de comida chinesa que pediram para entregar. Uma chuva fraca caía lá fora, a TV estava ligada. Tudo muito aconchegante.

Maggie contou da ligação de Liz. Compreensivo, ele assentia enquanto ela relatava a história, e lhe deu um abraço quando terminou. Ficaram algum tempo assim, em silêncio.

Depois, trocaram uma ou outra fofoca do trabalho. Richard tinha ouvido falar de um ataque de fúria durante a noite; a especulação no gabinete era de que o presidente e a primeira-dama tiveram outra discussão aos berros. Ela quase nunca era vista; os funcionários se referiam à primeira-dama como "a mulher invisível". O que, no entanto, não impedia que ela e o marido tivessem os mais pesados bate-bocas pelo telefone. Segundo Richard, o da noite anterior havia chegado a outro nível.

— Uma verdadeira bomba nuclear.

Maggie ouvia, mas com a cabeça em outro lugar. O dever profissional a obrigava a se segurar. Não podia falar do assunto que a secretária de Crawford McNamara tinha lhe apresentado naquele dia. O que Mac havia chamado de "epidemia de interesseiras" significava, da parte do presidente, um padrão de comportamento que, caso se tratasse de um reles mortal, levaria à punição por assédio sexual ou acusações de violência sexual. Uma faxineira da Residência se queixara ao chefe dizendo que o presidente a havia coagido a entrar em um banheiro de visitantes e a apalpara entre as pernas. O chefe tinha explicado à faxineira — sem dúvida por bastante tempo e detalhadamente — a seriedade de uma acusação dessas e as graves consequências se sua alegação fosse falsa. Como era de esperar, a mulher havia desistido de levar o caso adiante.

Menos agressivo do ponto de vista físico, porém, na verdade, mais chocante, foi o episódio denunciado em um bilhete extremamente discreto enviado pela embaixada da Holanda e encaminhado à Casa Branca pelo Departamento de Estado. O governo holandês declarava que não apresentaria nenhuma queixa formal por enquanto, mas que desejava que fosse registrado que a embaixadora considerava que o presidente a havia beijado de maneira inapropriada em uma recepção diplomática recente, causando-lhe humilhação e constrangimento. Acrescentava que várias testemunhas poderiam confirmar sua versão do ocorrido, de modo que seria "prudente aceitar sua queixa de bom grado e garantir que nada semelhante volte a acontecer".

Maggie tinha ficado perplexa com tamanha cara de pau. Podia imaginar a reação do seu antigo mentor, Stuart Goldstein. *É mesmo inacreditável a audácia desse homem*, teria dito. Comportar-se dessa maneira não apenas com uma empregada doméstica, cuja palavra podia desprezar cruelmente — essa era a realidade na sociedade de Washington —, mas com uma embaixadora estrangeira e na presença de terceiros!

O que tornava o episódio ainda mais grave era que, mesmo que o incidente viesse a público, não havia nenhuma garantia de que fosse gerar algum grande prejuízo para ele, muito menos acabar com seu governo. Revelações igualmente comprometedoras sobre sua conduta surgiram durante a campanha. Pessoas como Maggie na época cometeram o erro de achar que isso acabaria com a candidatura dele. E, como depois se pôde ver, não foi o que aconteceu. Por que seria diferente agora? Desconfiava que os holandeses sabiam disso, motivo pelo qual fizeram a reclamação discretamente.

Ela então se segurou, ouvindo a fofoca de Richard, fazendo um comentário aqui e ali, os dois falando de nada e coisa alguma, andando em círculos em torno dos dois grandes temas que ocupavam a mente de Maggie.

Até que, por fim, da maneira mais tranquila possível, Maggie disse:

— E não é que eu vi você saindo do Salão Oval hoje? Subindo na vida, hein!

— Verdade. A segunda melhor coisa que aconteceu comigo hoje.

Ele deu um tapinha na coxa dela, encarando-a. Maggie sentiu um calor subir ao rosto. Teria interpretado mal a cena que tinha visto? Não seria a primeira vez.

— Como isso aconteceu?

— Frank se ausentou. Eles precisavam que alguém do Comércio o substituísse.

— O substituísse em quê?

— Ora, Mags. Você conhece as regras. Muralha da China. Inclusive aqui.

Maggie pegou um fio de macarrão do prato.

— Você está dizendo que discutiram algo que pode ser do interesse do departamento jurídico da Casa Branca? Eu deveria avisar o pessoal da ética?

— Maggie!

E então, da maneira aparentemente mais tranquila e despreocupada possível:

— Eu vi que a filha também estava lá.

— É, ela passou por lá na hora.

— Ah, quer dizer que ela não estava lá durante a reunião?

— Sabe, eu nem me lembro, sinceramente.

Maggie olhava para o pescoço de Richard, que sempre o entregava. Ele engoliu em seco.

— É simples: ou ela estava lá desde o início ou não estava.

— Isso é um interrogatório? Você vai ler os meus direitos?

— Desculpa.

Maggie se levantou para buscar água na cozinha. De lá, gritou, tentando assumir um tom de casualidade:

— Então, como ela é?

— Quem?

— Você sabe. Vocês pareciam estar se entendendo bem.

— Ora, é como todo mundo diz. Ela é muito charmosa.

— *Très charmante.*

— Exatamente.

Maggie voltou ao seu lugar no sofá. Queria perguntar o que os dois estavam olhando nos celulares, mas se conteve. Não queria que parecesse ter estado espionando.

— E atraente, também.

Richard sorriu, inclinou-se e começou a fazer cócegas em Maggie. E a beijou.

— Maggie Costello, eu acho que você está com ciúmes.

— Claro que não. — Ela riu. — Nada disso. Só a ideia...

— Tem certeza? — perguntou ele, pegando o controle remoto.

— Absoluta. No mínimo porque a última coisa que eu desejaria no mundo seria ter aquele homem como pai.

— Voltamos a esse assunto?

— Eu já contei a você o que McNamara me pediu para fazer hoje?

— Espera aí.

Richard tinha colocado na CNN. Por trás do aviso de "Urgente" era transmitida ao vivo uma imagem de manifestantes na Flórida, em confronto com policiais. Ele aumentou o volume.

... se agravou há mais ou menos uma hora. Como você sabe, Kelly, policiais da recém-criada Força de Deportação dos Estados Unidos foram mobilizados em todo o estado, como parte da primeira fase da operação de detenção de imigrantes sem documentos. Foram enviados para cá muitos homens da Força, e eles estão armados. Mas, como pode ver, encontram forte resistência. Moradores aqui em Miami formaram uma barreira humana, dizendo que não vão deixar os policiais passarem. Mas, como pode ver ao meu redor, Kelly, os policiais estão armados de cassetetes e vão... Atenção, vejam ali... Eles estão espancando dois homens bem na minha frente. Imprensa! Nós somos da imprensa! Me desculpa, Kelly, não sei se você ainda está me ouvindo. Dave, nosso câmera, foi derrubado. Eu vou tentar manter... Nós somos da imprensa! Da CNN! Os homens da Força agora estão investindo contra a multidão. Estão arrebentando a cabeça de qualquer um que apareça pela frente. As pessoas estão gritando e correndo para tentar escapar. Tem crianças aqui, Kelly...

Richard desligou a televisão.

Eles ficaram em silêncio por um momento, até que Maggie disse:

— "Eu não consigo acreditar que você trabalha para esse homem do mal." Liz disse isso.

— Veja bem. Nós já falamos disso. Podemos ser como todo mundo no país e ficar sentados no sofá, vendo o jornal sem fazer nada. Ou podemos ficar exatamente onde estamos agora. Lá dentro. Onde temos a chance de fazer alguma diferença — argumentou Richard.

Maggie tinha se agarrado a essa linha de raciocínio, repetindo-a para si mesma durante meses, feito um papagaio. Era o que sentia, com mais convicção do que qualquer um poderia imaginar. Mais do que ninguém, ela precisava que isso fosse verdade. De que outra maneira poderia melhorar alguma coisa?

— Mas que diferença nós realmente estamos fazendo, Richard? Olhe só ao seu redor.

Ela pegou o controle remoto e ligou a TV de novo. Parecia um campo de guerra. Alguns manifestantes tinham começado a queimar pneus. No canto da tela, viu um policial da Força espancando com um cassetete um homem inerte caído no chão.

Maggie se levantou.

— Isso não está certo, Richard. Alguma coisa vai explodir e muito em breve. Dá para sentir.

CINCO

COMPLEXO WATERGATE, WASHINGTON, D.C., SEGUNDA-FEIRA, 19:25

— Aqui... Uísque, água, sem gelo. Vamos conversar na varanda.

Robert Kassian deixou Jim Bruton conduzi-lo pela sala de estar até o lado de fora. Depois que saíram, Bruton fechou a porta, bem fechada.

— Todo cuidado é pouco.

Era uma noite quente de maio, naquele precioso intervalo entre o inverno de doer os ossos em Washington e a umidade sufocante do verão. Kassian estava na cidade havia mais de dez anos, mas ainda não gostava dela. Com frequência sonhava em voltar para casa, em Cleveland, ou quem sabe se mudar para a Califórnia. No entanto, se em algum momento era possível suportar aquele lugar, era na primavera.

Olhou para o copo engolido pela mão de Bruton e para o seu próprio. Fisicamente, eles formavam uma dupla estranha. Sempre havia sido assim. Bruton era um grandalhão tipo urso. Jogara futebol americano na faculdade, e, embora o tônus muscular tivesse desaparecido, o tamanho continuava o mesmo. Era sempre o homem mais alto e mais largo em qualquer lugar. Kassian era talvez uns dois ou três centímetros mais baixo que ele, não mais que isso. Mas era mais magro, e, bem sabia, dotado de apenas uma parte da presença que o amigo tinha. Bruton falava muito, e com uma voz que exigia atenção. Poucas pessoas seriam capazes de imaginar que os dois tinham um passado em comum.

Bruton começou.

— Então, como foi em Nova York?

Kassian deu uma bebericada e lançou o olhar pelo Potomac. As luzes da cidade cintilavam.

— Nada bom, Jim. Nada bom mesmo.

— Zheng pelo menos entendeu o que você estava dizendo?

— Entendeu. Não tenho muita certeza se acreditou em mim, mas entendeu.

— E vai conseguir a declaração dos norte-coreanos para nós?

— Acho que sim.

— O presidente tocou no assunto?

— No briefing de hoje de manhã, chegou a mencionar. O cara da CIA ficou pálido. Eu rapidamente entrei em cena. Disse que ainda estávamos fazendo a tradução.

Bruton balançou a cabeça.

— Isso é terrível.

— A boa notícia é que Pyongyang não inventou mais nada até agora. Acho que Pequim mandou calarem a boca.

— Por cinco dias.

— Exatamente. Cinco dias.

— E depois?

— A Coreia do Norte teria todos os motivos, considerando o que aconteceu hoje de madrugada, para lançar um ataque preventivo aos Estados Unidos. E a China não pode prometer que vai impedi-los.

Houve um momento de silêncio. O olhar dos dois estava voltado para o Kennedy Center, iluminado e reluzente. Lá dentro, centenas de membros bem remunerados e bem-vestidos da elite da capital com certeza continuavam alegremente desinformados de como chegaram perto, há apenas dezesseis horas, de ser incinerados.

Bruton retomou a palavra.

— Mesmo que Pyongyang aceite Jesus e se comporte direitinho, isso pode voltar a acontecer. Com eles ou com mais alguém.

— Claro que pode.

— E talvez não tenhamos a mesma sorte na próxima vez.

— Numa próxima vez, a Sala de Guerra não vai poder usar o mesmo truque.

Os dois fizeram mais uma pausa. Kassian pensava com frequência no momento seguinte. Estariam ambos assustados com o pensamento prestes a ser expresso, com o seu peso? Ou apenas hesitavam, tentando imaginar qual dos dois teria de dizê-lo primeiro, em alto e bom som?

Por fim, coube a Kassian.

— A situação atual é insustentável.

Bruton assentiu. Kassian prosseguiu:

— A qualquer momento pode ser tomada uma decisão que vai acabar com a civilização.

— E não existe absolutamente nada que possamos fazer para impedir. Estamos impotentes.

— Nessa questão, ele tem poder absoluto. É o monarca nuclear.

Bruton ergueu as sobrancelhas.

— Parece que essa é a expressão técnica, na "comunidade de segurança nacional". Dá para acreditar? Ninguém nem se preocupa em esconder.

— Então ele não tem obrigação nenhuma de debater nada com a gente?

— Nem com a gente, nem com o Congresso. Com ninguém. Ele pode dar esse passo a qualquer momento, por qualquer motivo. E agora sabemos que está disposto a isso.

Bruton virou o uísque em um só gole.

— Você se lembra do juramento que fizemos bem no início?

— Lembro.

E de repente, ali na varanda do Watergate, o chefe de Gabinete da Casa Branca e o secretário de Defesa dos Estados Unidos ergueram a mão direita e, no escuro, declararam:

— Juro solenemente respeitar e defender a Constituição dos Estados Unidos contra todos os inimigos, externos e internos; a ela prestar fidelidade e obediência; e obedecer às ordens do presidente dos Estados Unidos e dos oficiais superiores a mim, de acordo com os regulamentos e o Código Uniforme da Justiça Militar. Que Deus me ajude.

Kassian esvaziou o seu copo de uísque.

— Nosso juramento é de defender a Constituição. É essa a república que temos de salvar. *Contra todos os inimigos.*

— Sim, mas agora você fez um recorte seletivo. E quanto a "obedecer às ordens do presidente dos Estados Unidos"? Isso também está escrito lá.

— Como eu disse hoje de manhã, somos obrigados a obedecer apenas às ordens que respeitem a lei. Um ataque nuclear sem motivo, que vai destruir os Estados Unidos e a maior parte da espécie humana, não pode estar na lei.

Bruton sabia aonde chegariam. Ambos sabiam.

— Então é nosso dever constitucional.

— Sim, Jim, acho que é. Eu acho que somos obrigados por uma questão de honra, em virtude do juramento que prestamos, a fazer tudo o que pudermos para afastar o presidente.

SEIS

CHEVY CHASE, MARYLAND, SEGUNDA-FEIRA, 21:25

Robert Kassian considerou a hipótese de pedir que o agente do Serviço Secreto batesse à porta, mas receou que fosse ser contraproducente. A simples visão de um agente em uma rua do subúrbio (e, por mais que se vangloriassem do contrário, eles sempre eram figuras óbvias) chamaria a atenção demais e poderia assustar o homem.

Mas eles tampouco podiam aparecer por lá assim, sem aviso prévio. Isso também chamaria a atenção. Embora o rosto de Kassian não fosse conhecido, o de Jim Bruton era. Em questão de minutos, alguém teria tuitado uma foto com a legenda: *Adivinhem quem acabou de aparecer por aqui! O que será que *estão* tramando?*

A solução óbvia seria ligar antes. Mas todas as ligações dos dois eram registradas. O mesmo no caso do motorista. Não valia a pena correr esse risco.

Então eles simplesmente entraram no carro oficial de Kassian — que podia ser considerado ligeiramente o menos chamativo dos dois — e pediram ao motorista que batesse à porta e informasse ao Dr. Jeffrey Frankel que o chefe de Gabinete da Casa Branca estava lá fora esperando para tratar de uma questão urgente e perguntar se ele faria a gentileza de convidá-lo para entrar.

Para alívio de Kassian, o médico estava sozinho com a esposa. A casa não estava cheia de adolescentes, não havia nenhum daqueles jantares típicos de Washington — o que, esperava, reduziria a probabilidade de um vazamento. O Dr. Frankel não falou nada no saguão de entrada, embora, ao ver que eles eram dois — que o secretário de Defesa também viera —, tenha franzido as sobrancelhas. Levou-os para seu escritório, que dava vista para a rua.

— Queira me desculpar — disse Kassian, fechando as cortinas sem pedir permissão ao médico. — Só para nos dar um pouco mais de privacidade.

O rosto do Dr. Frankel se contraiu de irritação. Ele parecia ter mais que os 64 anos registrados no banco de dados do pessoal da Casa Branca. Sua fisionomia era marcada, cheia de rugas. Os cabelos que restavam eram brancos e crespos, emoldurando um rosto de passarinho.

Kassian olhou ao redor. Havia fotos em praticamente todas as superfícies disponíveis: Frankel de férias com a esposa na Flórida; Frankel pescando em alto-mar com as filhas; Frankel erguendo uma taça num bar mitzvah; tranquilo e sorridente com os filhos adultos e uma horda de netos, em uma comemoração que parecia ser do Dia de Ação de Graças.

Não havia nenhum sinal de que ele era médico do presidente dos Estados Unidos e de que atendia a vários outros figurões de Washington. Kassian já havia entrado em escritórios particulares da cidade suficientes para saber que era algo inusitado. A ausência de uma "parede do ego" fazia de Frankel uma criatura rara. Todo mundo dizia dar valor à família acima de tudo, mas aquele homem parecia levar isso a sério.

— Dr. Frankel — começou ele finalmente. — É muita bondade sua nos receber em casa de maneira tão inesperada.

— Tudo bem. — Tradução: *Não me faça perder o meu tempo com adulações*. Kassian se lembrou de que, se havia um grupo que era tão convencido quanto o dos políticos, era o dos médicos. Eles raramente se deixavam intimidar.

Bruton falou também.

— Doutor, não estaríamos aqui se não fosse por um problemão daqueles.

— Imagino. Mas por que o seu problema é meu também, Sr. Bruton?

— Porque precisamos da sua ajuda.

Kassian tentou melhorar as coisas acrescentando rapidamente:

— Precisamos do seu *discernimento*.

— Chega de mistérios. Digam o que está acontecendo.

Bruton tomou a frente, como sempre. Passou a relatar o que havia ocorrido durante a madrugada. Soltava um ou outro termo militar, o que sempre é útil para levar a melhor sobre um civil, mas, fora isso, foi direto. No fim, o secretário de Defesa se virou para Kassian. Seus olhos pediam: *Conclua*.

Kassian engoliu em seco e falou:

— Dr. Frankel, a Constituição dos Estados Unidos prevê uma situação como essa. Segundo a Vigésima Quinta Emenda...

— Eu sei o que ela diz. Eu sou o médico-chefe da Casa Branca. Claro que eu sei o que diz a emenda.

— Então agora o senhor sabe por que estamos aqui.

— Os senhores já falaram com o vice-presidente e os outros secretários do governo? A emenda deixa bem claro que qualquer declaração de que o presidente não está apto a "se desincumbir dos poderes e deveres do cargo" precisa partir do vice-presidente e de uma maioria dos chefes dos departamentos do governo federal. É com eles que os senhores deveriam estar falando.

Kassian lançou um olhar para Bruton. O vice-presidente não era propriamente um mistério para eles nem para o restante de

Washington. Um ex-prefeito tirado do anonimato pelo presidente, ele soubera astutamente se tornar uma tela em branco na qual todas as facções podiam projetar suas fantasias. As páginas de opinião dos jornais, assim como muitos liberais da Câmara, achavam que ele seria o moderado a socorrer a república em um cavalo branco. Enquanto isso, a ala ideologicamente pura do partido alimentava a esperança de que fosse um dos seus, aguardando apenas o momento certo para se manifestar. Nenhum dos dois lados podia se escorar em grande coisa além do próprio desejo.

— Senhor, com todo o respeito — disse Kassian —, eu acho que a primeira reação dessas pessoas seria pedir a opinião de um especialista médico.

— É o que eu pediria — acrescentou Bruton, e continuou: — A bola então vai voltar para o senhor, de uma forma ou de outra.

— Especialmente porque o senhor não era o médico particular dele antes de janeiro — reforçou Kassian. — Consideram que o senhor é imparcial.

Frankel se levantou da cadeira e percorreu a curta distância até a porta. Bruton lançou um olhar para Kassian: *Será que ele vai sair? Vai ligar para o presidente?*

Mas, aparentemente, o médico queria apenas andar um pouco pelo escritório. Ele se deteve para observar uma das fotos, que mostrava o que Kassian supôs ser a formatura de um de seus filhos.

— Vou respeitar o caráter confidencial dessa reunião — disse Frankel por fim. — Respeito os cargos dos senhores, assim como respeito o cargo da presidência. E também acredito que os senhores me procuraram em boa-fé. Os acontecimentos que descrevem são de fato alarmantes.

Bruton deu um ruidoso suspiro.

— Fico satisfeito em ouvir isso! As pessoas dizem que o senhor é um homem bom e que...

— Mas não é simples assim.

— Nós entendemos.

— Eu também prestei um juramento. Vocês entendem isso, não é? Eu sou médico. Não posso inventar um diagnóstico, por mais conveniente... politicamente conveniente que seja. No momento em que eu fizer isso, deixo de ser médico. Passo a ser um de vocês.

— Dr. Frankel, quando foi a última vez que o senhor examinou o presidente?

Kassian queria evitar que Bruton fosse duro demais.

— Eu o vejo uma vez por semana. Estive com ele na terça.

— Terça-feira? Portanto, antes da atual... — Kassian hesitou em busca da palavra certa — ... *situação* com a Coreia do Norte. E como descreveria a saúde dele?

— O presidente não é mais jovem. Está com sobrepeso. Tem diabetes, que trata com...

— E a saúde *mental* dele, Dr. Frankel? Como descreveria seu estado mental?

Ao ouvir isso, o médico se deteve. Em seguida, andou mais um pouco, até retornar à cadeira.

— Vejam bem, ele não é como vocês e eu. É... imprevisível. Volátil. Pode ter humores... fortes.

Bruton se agarrou a isso.

— E se essas oscilações de humor o incapacitassem para...

O médico o interrompeu.

— Mas declarar que se trata de uma *patologia* é muito diferente. Afirmar que o incapacita...

Kassian tentava encontrar uma brecha.

— Nós já vimos que é assim que funciona, Dr. Frankel. Vimos como seu temperamento violento e seus humores o levaram a agir de maneira frontalmente oposta ao seu juramento de proteger e defender os Estados Unidos.

— Os senhores têm certeza de que não o viram apenas exercer os poderes e os deveres do cargo de uma forma que vocês e talvez eu não aprovamos? Isso não o torna *incapaz* de exercer essas atribuições. Existe uma diferença aí.

— Pelo amor de Deus, doutor. — Bruton agora estava de pé. — Não estamos na faculdade de medicina. Não estamos num debate. Isso não é um treinamento. O senhor precisa entender que tem muita coisa em jogo.

— Eu entendo.

— É uma questão de vida ou morte. Mas não só de uma ou duas vidas. Estamos falando da vida da porra da espécie humana inteira.

— Eu entendo. Talvez mais do que os senhores se deem conta. Mas também precisam entender que não posso tomar minha decisão com base nisso. — Frankel olhou para os próprios dedos. — Os senhores não precisam me explicar como é grave o que está em jogo. Essa não pode ser uma decisão política. Se for, de nada vai valer. Tem de ser uma decisão médica. E elas não são a mesma coisa.

— O que poderia...

— Eu pude constatar alguns sinais do que os senhores estão relatando. É inegável a existência de sinais de... instabilidade comportamental. Mas o mesmo poderia ser dito de muitos homens, principalmente na idade dele.

— Mas não estamos aqui falando de "muitos homens" — interveio Bruton, já com a paciência se esgotando e a voz se elevando. — Estamos falando do presidente dos Estados Unidos, o homem com o dedo no gatilho de um arsenal que pode destruir a merda do mundo inteiro!

O médico ignorou Bruton. Ele mantinha os olhos fixos nos dedos. Para Kassian, o Dr. Frankel parecia preso nos próprios pensamentos, lutando com um dilema. Até que ele voltou a falar, menos para os dois que para si mesmo.

— A questão médica é: que sintomas teriam de ser constatados para que se caracterizasse uma incapacidade de cumprir suas atribuições?

Teríamos de provar deficiência mental? A tendência a ignorar os fatos ou a agir impulsivamente seriam o suficiente? Ou é preciso que haja provas claras da falta de disposição ou da incapacidade de pensar nas consequências dos próprios atos? Quão alto ou baixo deve ser o nível disso?

— Dr. Frankel?

O médico olhou para a frente, encarando Kassian.

— Eu não posso tomar essa decisão de imediato. Tenho de examinar o paciente, fazer uma bateria de exames. Em condições normais, eu consultaria colegas para...

— Isso definitivamente está fora de cogitação — interrompeu Bruton, elevando a voz.

— O sigilo total, como o senhor sabe, é da maior importância — acrescentou Kassian, fazendo uma pausa para dar peso às palavras. Quando se deu por satisfeito, acrescentou: — Além do mais, não temos tempo. O que aconteceu ontem à noite pode voltar a acontecer.

— Na pior das hipóteses, eu preciso consultar meus arquivos com atenção...

— A respeito dele? — questionou Bruton, mal se contendo. — Ouvi dizer que *não há* registros médicos. Isso foi um problema durante a campanha, não se lembra? A imprensa achava que havia anos que ele não deixava nenhum médico se aproximar.

— O que a fábrica de boatos diz não é relevante para mim. Eu preciso dar uma olhada de novo nas minhas anotações e pesar bem o pedido que estão me fazendo. Não é uma decisão para ser tomada levianamente. Leva tempo.

Bruton parecia a ponto de dar um soco. Kassian interferiu:

— Tudo bem, doutor. O secretário e eu esperaremos no saguão.

— Não. Eu preciso de muitas horas para...

— Se tivéssemos mais tempo, nós o daríamos. Vamos esperar pelo senhor no saguão.

E ambos ficaram esperando, Kassian sentado, Bruton andando de um lado para o outro. Depois de um tempo, a Sra. Frankel apareceu — uma mulher gentil, da mesma faixa etária que o marido —, perguntando se algum deles queria beber algo, talvez uma limonada caseira para aquela noite quente. Kassian estava com sede, mas não aceitou. Tinha a sensação de que qualquer aparência de normalidade tornaria a situação ainda mais enervante, pelo menos para ele.

Por fim, talvez quarenta minutos depois, o médico saiu do escritório. Encarou os dois, olhando de um para o outro, até que finalmente, sem nenhuma expressão que pudessem discernir, disse:

— Entrem. Vou dar minha resposta aos senhores.

SETE

CHEVY CHASE, MARYLAND, TERÇA-FEIRA, 6:05

Pouco depois das seis da manhã, o sol já brilhando, o telefone tocou. O médico atendeu, sem baixar a voz. Ao contrário dele, sua esposa tinha um sono profundo. Não havia risco de ela acordar.

— Sim. Eu entendo. Vou imediatamente. Não, não, você fez certo. Se ele está dormindo agora, ótimo. Não há necessidade alguma de acordá-lo. O quê? Vamos ver isso quando eu chegar. Não demoro.

Vestiu-se rapidamente, tentando imaginar as possíveis hipóteses. Nada do que tinha ouvido parecia alarmante para ele. Mas se tratava de um governo relativamente novo; a equipe da Residência ainda se esforçava para aprender suas novas funções. Ainda não sabiam o que era comum, e isso dificultava resolver o que era fora do comum.

Escovando os dentes, Jeffrey Frankel voltou a pensar no encontro da noite anterior com Robert Kassian e o general Bruton. Nada parecido havia acontecido antes. Na verdade, ele duvidava que já tivesse trocado mais de duas palavras com os antecessores dos dois.

Ficou se perguntando se havia lhes dado a resposta certa. Tinha passado a maior parte da noite se questionando.

Pegou sua pasta, perto da porta, como sempre; apanhou as chaves, no gancho da porta, como sempre; e saiu.

Washington era linda nessa época do ano: o céu azul sem nuvens, as árvores florindo, o sol ainda sem aquele calor sufocante. Frankel olhou para os dois lados da rua — um corredor tinha acabado de virar a esquina, desaparecendo, e não restava vivalma à vista.

Frankel caminhou os cinco metros até o carro, abriu a porta e se sentou no banco do motorista. Apenas quando olhou pelo espelho retrovisor viu dois homens sentados no banco de trás. Tremeu, como se tivesse sofrido uma descarga elétrica de dez mil volts, e ganiu.

Imediatamente uma mão enluvada tapou sua boca, com os dedos ao mesmo tempo bloqueando suas narinas. Ele sentiu o cheiro do látex.

— Não grita. Não fala nada. Começa a dirigir. — Quem falava era o mais velho dos dois: baixo, musculoso, de cara fechada. — Meu ajudante aqui está com uma pistola apontada pras suas costas. Ele vai atirar se você fizer alguma bobagem. Entendeu?

O médico mal conseguia respirar. Começou a pensar no seu coração e na pressão sanguínea. Continuou imóvel.

— O senhor me entendeu, Dr. Frankel?

— Entendi — respondeu ele, com a voz abafada e ininteligível.

— Ótimo. Então dirige até o fim da rua, vira à direita e estaciona. E aí eu vou tirar a mão da sua boca.

O homem mais novo, de cabelo comprido, mantinha-se calado. Só o mais velho e corpulento falava.

— Isso aí. Depois daquele hidrante. Está bom, aqui. Estaciona aqui.

O homem cumpriu o prometido e destapou a boca de Frankel, que arquejava, engolindo em seco.

Eles lhe deram um ou dois segundos para se recompor. Em seguida ordenaram que fosse para o banco do carona. Frankel teve de ajustá-lo para abrir espaço para as pernas: o banco estava ajustado para sua esposa.

Com calma, o mais velho saiu do carro e voltou a entrar, sentando-se ao volante, e também reajustou o assento.

— A gente vai fazer uma viagenzinha. A primeira coisa que o senhor vai fazer é dar o seu celular para o meu colega. Pode ser?

O médico enfiou a mão no bolso e entregou o celular ao sujeito de cabelo comprido. Frankel sempre associava o banco de trás aos filhos e netos. Estava pensando neles agora, perguntando-se se voltaria a vê-los.

— Não se preocupa. Depois o senhor vai receber de volta. A gente só precisa de um pouco de privacidade agora, tudo bem?

— Sim.

— Está bem acomodado? O senhor está bem?

— Sim.

— Ótimo. Não vai levar muito tempo. Vamos chegar em dez minutos. Não tem trânsito a essa hora.

O sujeito sorriu, o que deixou Frankel apreensivo.

Isso obviamente estava relacionado ao encontro da noite anterior. Ele estava sendo punido, embora não soubesse exatamente por quê. Se nunca tivesse aberto a porta para Kassian e Bruton... Se tivesse se recusado a ter aquela conversa... Se tivesse invocado desde o começo o caráter confidencial da relação paciente-médico, batendo o pé dizendo que não tinha mais discussão... Se tivesse deixado a Casa Branca em janeiro, com todo mundo... Se nunca tivesse nem entrado lá... Se tivesse permanecido na clínica particular, atendendo bebês com crises de tosse e idosos com dores pelo corpo em Chevy Chase... Se pudesse ver os filhos de novo...

— Um pouco de música, doutor?

O motorista começou a mexer no rádio.

— Não, eu não quero música nenhuma. Eu quero que me digam o que está acontecendo.

Imediatamente sentiu uma pressão nas costas do assento. Não precisava que explicassem que o sujeito mais novo tinha pressionado mais o cano da pistola contra o banco.

O carro percorria a Military Road, seguindo para leste. O tráfego nunca esteve tão livre. Toda vez que se aproximavam de um sinal de trânsito, Frankel torcia para que ficasse vermelho. E, ao cruzarem a 31st Street, parecia que isso ia acontecer. Ele não tinha como ficar verde por muito mais tempo. Mas ficou.

O carro quase nunca diminuía a velocidade. Só uma vez ele se aproximou tanto de outro veículo que Frankel pôde ver o rosto da motorista. Não teve coragem de bater no vidro da janela, pois achava que seria uma "bobagem" passível de punição com uma bala nas costas. Mas de fato ficou olhando fixamente para tentar atrair a atenção da mulher. Se pelo menos conseguisse fazê-la se virar, moveria os lábios com a palavra "Socorro!". Mas ela não virou o rosto nem uma vez sequer.

Chegaram ao parque Rock Creek, e o motorista parou o carro.

— Muito bem — disse, a voz leve ao desligar o motor, até animada. — A gente fica aqui.

Foi então que Frankel sentiu a ansiedade se condensar em pânico e adrenalina concentrada. Não era um homem propenso a ataques de fúria, raramente gritava, mas naquele momento ouviu-se dizer:

— Eu não vou sair desse carro até me dizerem quem são vocês e o que está acontecendo! Quem são vocês?

O mais velho se virou para olhar para ele.

— Eu sinto muito, doutor, mas não podemos dizer. Pode ter certeza de que vai ser melhor para o senhor se fizer só o que mandamos. Tudo bem?

— Não. Não está tudo bem. Eu exijo que digam agora mesmo quem são vocês. Caso contrário, eu não saio daqui. Se não gostarem, vão ter de atirar em mim.

E ele cruzou os braços, num gesto de desobediência que podia ter aprendido com o neto de 3 anos.

Diante disso, o sujeito mais velho fez um sinal com a cabeça para o mais novo, que saiu do carro, fechou a porta traseira e imediatamente abriu a porta do banco de Frankel. Enquanto isso, o outro também saiu do carro, fechando a porta e dando a volta para que os dois — bastante musculosos — se aproximassem dele, enquanto Frankel continuava sentado dentro do carro. O mais novo se debruçou para dentro e, de uma só vez, liberou Frankel do cinto de segurança e o puxou para fora, arrastando-o pela lapela do blazer esportivo.

Em seguida, em um movimento que deve ter parecido cômico — uma paródia dos números de dança dos filmes da MGM de que sua mãe tanto gostava —, cada um deles pegou um braço do médico e o enroscou no seu, então começaram a caminhar, elevando Frankel do chão. Ele ouviu o ruído eletrônico do seu Honda sendo trancado, percebeu que as chaves foram colocadas de volta em seu bolso e se sentiu ridículo, erguido com tanta facilidade por aqueles dois homens. Dava para notar que eles não faziam o menor esforço.

Rapidamente entraram pelas alamedas sinuosas do parque, sem reduzir o passo, mesmo com o terreno fofo e úmido. Chegaram a uma espécie de declive, onde as pétalas caídas das flores primaveris já entravam em decomposição. Era um lugar magnífico, iluminado apenas por um ou outro raio de luz solar matinal.

— Muito bem, chegamos — avisou o mais velho, retardando o passo e pousando Frankel no chão. — A pistola, por favor.

O mais novo enfiou a mão no paletó e apresentou uma arma que um segundo ou dois depois o médico reconheceu como a sua. A Colt .25 de sua mulher, uma pequena pistola automática niquelada para ficar mais "atraente", com direito a uma moeda de níquel incrustada na coronha. Fora a palavra usada por ela quando a comprou: "atraente". Ele havia pedido que a esposa não a levasse para casa; não queria saber daquilo. E, no entanto, ali estava a arma. Como aquilo tinha ido parar na mão daqueles homens?

— Muito bem, as coisas vão funcionar da seguinte maneira, Dr. Frankel: o senhor vai fazer exatamente o que dissermos, e do jeito mais direto e simples. Caso contrário, se complicar as coisas, o senhor ainda vai morrer, mas, depois que estiver morto, talvez daqui a alguns dias, vamos voltar para matar a sua esposa e talvez um dos seus netos. O Joey, por exemplo. Ou talvez a Olivia. Ela é uma gracinha. Só que, no caso deles, vai ser mais demorado e doloroso. Tudo bem? Estamos entendidos?

— O quê? O que você está dizendo?

— Nós estamos dizendo que o senhor vai nos ajudar aqui agora, pegando essa pistola, botando debaixo do queixo e apertando o gatilho. Não se preocupe, nós ajudamos. Mas, infelizmente, tem que ser com as suas digitais.

Frankel sentiu um aperto nas entranhas. Estava muito confuso, mas acreditou no que aqueles psicopatas estavam dizendo: que não hesitariam em matar sua família. Eles queriam que parecesse um suicídio, e Frankel não tinha alternativa senão cooperar.

E, no entanto, como instinto de sobrevivência, seu corpo se rebelou contra a decisão que até certo ponto havia tomado. Ele começou a se contorcer, a resistir. Porém, o homem mais novo simplesmente o agarrou com mais força, com enorme facilidade, como se estivesse apertando um parafuso no torno. O médico ficou preso naquele palmo de terra, sentindo o sujeito mais velho abrir seus dedos e enfiar a pistola na sua mão.

Chegou a pensar em pegar a arma e usá-la contra eles, mas não havia como. Eles o seguravam pelo punho; controlavam perfeitamente o ângulo. E agora, com a facilidade de quem manipula um manequim, ou uma boneca de criança, eles puxaram seu braço, até que sentiu o metal frio do cano na pele macia do queixo.

Agora sentia os dedos de látex puxando seu indicador e passando-o pelo gatilho. Ouviu o barulho dos dois se posicionando no solo, para saírem do caminho da bala. E, consciente de sua total impotência, da inutilidade de qualquer gesto, sentiu seu dedo se encurvar apertando mais o gatilho, e mais, e mais, até não sentir mais nada.

OITO

WASHINGTON, D.C., TERÇA-FEIRA, 7:25

Acordou com uma mensagem de texto, seu celular emitindo um alegre som de sininho que nem de longe refletia seu estado de espírito. Maggie olhou para o travesseiro ao lado e viu que Richard já havia saído — a corrida matinal, sem dúvida.

Ela estendeu o braço para pegar o telefone, consciente nesse leve movimento de que estava meio de ressaca. Agora se lembrava. Tinha começado cedo na noite anterior, entornando o Laphroaig enquanto falava com a irmã, que tinha lhe contado aquela história terrível. E então as palavras de Liz voltaram. *Eu não consigo acreditar que você trabalha para esse homem do mal, Maggie.*

Ela desbloqueou o celular com a digital, pressionando o indicador sobre o círculo na parte inferior da tela, e semicerrou os olhos para ler a mensagem.

Era de Crawford McNamara:

Preciso ver você urgentemente.

Uma coisa Maggie havia notado nesse sujeito. Sua comunicação por escrito era completamente livre das palhaçadas sexistas, dos falsos flertes e do evidente racismo que impregnavam sua fala. Nos e-mails e nas mensagens de texto dele, não havia nada daquela disposição alegre de quebrar supostos tabus do politicamente correto. Esperto como era na política, ele tomava cuidado para não deixar rastros que pudessem levar a uma denúncia na capa do *Washington Post*. Não entregaria um arquivo de e-mails comprometedor de mão beijada ao WikiLeaks nem a mais ninguém para ser publicado durante a campanha de reeleição, que, Maggie não tinha a menor dúvida, McNamara certamente já estava planejando.

Começou a caçar alguma roupa limpa para vestir. Estava prestes a resgatar uma blusa do cesto de roupa suja quando encontrou uma ainda embrulhada no celofane da lavanderia. Não gostava dela, mas servia.

Com apenas meia xícara de café no estômago ainda revirado por causa do uísque da noite anterior, estava diante de McNamara vinte minutos depois.

— O negócio é o seguinte — começou ele, sem esperar que Maggie se sentasse.

Quando ela se sentou, McNamara se levantou para andar pelo gabinete, dando voltas em torno dela, obrigando-a a torcer o pescoço para manter contato visual. Maggie notou que havia uma citação em um bordado típico da Nova Inglaterra exposta atrás da escrivaninha. "Melhor viver um dia de leão do que cem anos de cordeiro." O autor não era citado, mas ela conhecia a fonte. O maldito do Benito Mussolini.

— Tinha uma pessoa correndo hoje de manhã, e não estou falando do seu namorado, outra pessoa, no parque Rock Creek.

— Ok.

— E ela estava ouvindo o Gabfest, a NPR ou alguma outra merda liberal nos seus fones de ouvido de última geração, quando, advinha só, tropeça num par de pernas. E era um cadáver.

— Certo.

— Ela chamou a polícia do parque, porque é uma boa cidadã, e eles identificaram o corpo, e você jamais conseguiria imaginar quem era.

Maggie esperou a revelação, mas se deu conta de que McNamara esperava por ela. Fechou os olhos por um breve momento.

— Vai me dizer que você quer mesmo que eu adivinhe?

— Eu achei que podia ser divertido. Mas esquece.

Agora ele estava sentado na escrivaninha de frente para ela, de tal maneira que seus joelhos, peludos e expostos na bermuda cargo, estavam a poucos centímetros do rosto de Maggie. McNamara usava um perfume caro.

— O morto é ninguém menos que o Dr. Jeffrey Frankel, daqui mesmo.

— O médico da Casa Branca? Jesus!

— Exatamente. Parece que ele estourou os próprios miolos bem cedo pela manhã.

— Meu Deus! E por que ele faria isso?

— Eu não sei. Nem você sabe. Nem ninguém. Pelo menos ainda não. Mas vou dizer para você o que eu sei.

— O quê?

— Que, assim que essa morte for anunciada, e digo daqui a uns dez segundos, talvez cinco, duzentos malucos vão dizer por aí que foi um assassinato. E em coisa de dez minutos vão circular teorias sólidas apontando culpados e motivações. E hoje à noite, talvez amanhã de manhã no máximo, todos os babacas dos Estados Unidos vão estar compartilhando algum blog qualquer chamado "As perguntas sem resposta sobre a morte do Dr. Jeffrey Frankel".

— E você sabe disso porque você...

— ... porque eu sou o *rei* desse mundo. Isso mesmo, Costello. — Ele voltou a se levantar. — Eu era o dono e senhor supremo desses domínios. Essa gente é a minha gente. Os caras virgens e solitários que moram no porão da casa da mamãe que nunca leram uma teoria da conspiração sem acreditar, que nunca viram alguém morto por causas naturais a menos de quarenta quilômetros da sede do governo... Eles são — e neste momento McNamara ergueu os braços como um pastor na TV, imitando o sotaque de sulista — *a minha gente*.

— Eles vão ficar eufóricos.

— Eles vão *adorar*. Bill O'Reilly vai ter orgasmos por seis meses. Eu sei porque teria o mesmo efeito em mim e nos meus velhos camaradas nos bons tempos.

— Não faz tanto tempo assim.

— Verdade... — Ele empostou a voz, como se estivesse fazendo uma narração. — "O caminho partindo dos campos mais selvagens da direita nacionalista até a Casa Branca revelou-se mais curto do que qualquer um deles jamais teria esperado." Mas eu sei que nem por isso você se ressente de mim. Eu sei que você vai cumprir seu dever solene.

— Que é...?

— Você vai conduzir a investigação independente da Assessoria Jurídica da Casa Branca incumbida pelo presidente de apurar esse trágico acontecimento.

— Eu?

— Sim, você. Sua reputação a precede, Srta. Costello. Por isso eu pedi a você que lidasse com essa história da epidemia de interesseiras. — Ele viu que Maggie se retraiu, mas ignorou. — O que, por sinal, pode deixar de lado por enquanto. Vou transferir essa questão de saúde pública para outra pessoa. Olha só, eu sei que você livrou os caras anteriores de merdas bem sérias. A questão é que você está aqui para solucionar problemas, e no momento temos um problema daqueles para ser solucionado. Além disso...

— Além disso, o quê?

— Tanto lá fora quanto aqui dentro, todo mundo sabe que você não é uma de nós. Na verdade, eu sei que você *odeia* a gente. Mas isso vem bem a calhar. O fato é que você não é uma legalista. Não é uma partidária fanática, todo mundo sabe disso. — McNamara lhe deu uma piscadela, o que a deixou ainda mais apreensiva. — Para começo de conversa, os debiloides... desculpe, os *cidadãos preocupados* vão considerar que se trata de uma tentativa de acobertamento. Mas por que a respeitada Maggie Costello, fiel servidora da outra equipe, se envolveria numa operação de acobertamento para ajudar o atual presidente?

Maggie sentiu aflorar a velha culpa, seguida por sua companheira de sempre: uma produção de bílis digna de alguém no convés de um navio balançando.

— Não se envolveria. Porque eu não faria isso mesmo. E não vou fazer.

— Exatamente.

McNamara comemorou com uma espécie de aplauso vertical, deixando uma das mãos cair em cima da outra, em um movimento de corte.

— Essa é a minha garota! Seja tão independente e rigorosa quanto quiser. Faça o que for necessário. As teorias da conspiração vão começar dentro de uma ou duas horas. Seu trabalho é...

— Descobrir a verdade.

— Eu ia dizer que o seu trabalho é acabar com essas histórias. Cortar o fornecimento de oxigênio de que elas precisam. Como vai fazer isso é você quem sabe. Mas eu conheço esse fenômeno. Já vi acontecer um milhão de vezes. Sua missão é cortar o mal pela raiz. Não me decepcione.

NOVE

CASA BRANCA, TERÇA-FEIRA, 9:15

— Jim, você tem um momentinho, por favor?

Estavam saindo do Salão Oval depois de mais uma reunião da cúpula para discutir o impasse com a Coreia do Norte. O presidente estivera meio calado, pensou Bob Kassian. Tinha percebido que ele ficava brincando com uma caneta entre os dedos e de tempos em tempos se voltava para a televisão, permanentemente sintonizada em um canal de TV a cabo com uma programação agressiva ("Ajuda no escoamento dos fluidos dele", explicara McNamara, para em seguida fazer uma referência maliciosa à primeira-dama). A TV estava no mudo, mas as legendas davam grosso modo, embora com certo atraso, a ideia da conversa que rolava no ar. Kassian não estava em um bom ângulo, mas o que via não lhe agradava nada.

... se colocou contra a parede. Eu concordo com Mark e John. A essa altura, se não houver uma reação militar, vai ficar parecendo que o presidente amarelou. Não dá para fazer ameaças e não cumpri-las...

Não era a primeira vez que Kassian se via amaldiçoando a mídia. Talvez não se dessem conta da atenção que recebiam do presidente, especialmente a televisão. Para eles, podia não passar de palavras ao vento para preencher o tempo que no ar, mas elas tinham consequências. O presidente encarava cada observação dos comentaristas como um desafio. Não, era algo ainda mais básico. Uma *provocação*. Quando diziam que estava sendo fraco, ele atacava só para mostrar que era forte. Tudo bem quando se tratava apenas da campanha presidencial. Tudo bem quando sair atacando significava apenas xingar um senador ou um deputado que havia ferido seu ego. Mas, agora, o que estava em jogo era mais sério.

De fato, Kassian havia feito perguntas discretas ao mordomo-chefe da Residência. E constatou que pouco depois de uma da manhã de ontem o presidente quisera ver as gravações dos programas dominicais de debates que foram ao ar na véspera. Vários donos da verdade exigiram uma demonstração de "firmeza" por parte dos Estados Unidos frente às provocações de Pyongyang. Para Kassian, era bastante provável que essas incitações à ação por parte de alguns comentaristas da NBC e da CBS, e não a declaração do Partido dos Trabalhadores da República Popular Democrática da Coreia, tivessem levado o comandante em chefe à beira de uma guerra nuclear.

A reunião no Salão Oval tinha sido inteiramente dedicada à questão com a Coreia do Norte. Como costuma acontecer, os mais cautelosos eram os que tinham visto combates armados com os próprios olhos. Aqueles cuja familiaridade com a guerra se limitava a ter em casa a versão do diretor de *O resgate do soldado Ryan* se mostravam mais entusiastas. Era mais um fato que Kassian não suportava na vida da capital.

A certa altura, a discussão passara à declaração sobre o "tigre de papel" emitida por Pyongyang, a que havia desencadeado o ataque de fúria do presidente tarde da noite. Kassian sentiu os músculos das costas tensos. Seu olhar cruzou com o de Jim Bruton o mais brevemente possível. Ambos se prepararam para a inevitável resposta do presidente: *Sim, claro, mas eles me pediram desculpas por isso.* Nesse momento, os outros fariam cara de surpresa e pediriam para ver o texto, e as coisas ficariam muito complicadas.

Mas, graças a Deus, ele não estava prestando atenção. Tinha os olhos fixos na TV, e principalmente, como Kassian desconfiava, nos cabelos lisos e loiros e nas reluzentes pernas depiladas da âncora matinal da Fox, sentada no sofá entre dois homens brancos de meia-idade.

Uma nova preocupação tomou o lugar da primeira. E se o presidente perguntasse por que a mídia não estava alardeando o humilhante recuo que ele havia imposto aos norte-coreanos? Mas essa era a vantagem de se trabalhar para um sujeito aparentemente acometido de um caso extremo de transtorno de déficit de atenção, um homem que tinha dificuldade de se concentrar em qualquer assunto por mais de alguns segundos: fazendo a coisa direito, não era difícil levá-lo a mudar de assunto.

Agora que estavam saindo, tendo decidido apenas que se encontrariam de novo em vinte e quatro horas, ou mesmo antes, Kassian conduziu o secretário de Defesa o mais sutilmente que pôde por um corredor e até a passagem coberta, a colunata que dava para o Jardim das Rosas.

Ele só mudou de comportamento depois de se certificar de que não estavam sendo observados nem ouvidos. Os dois já haviam conversado por telefone naquela manhã, e agora podiam retomar de onde haviam parado.

— Já soube do Frankel? — começou Bruton. — O estado do corpo dele?

— Eu soube — respondeu Kassian.

— Minha Nossa Senhora, Bob. Estivemos com o homem poucas horas antes. Não podia ser mais óbvio.

— Olha só, Jim. Eu fiquei sabendo que McNamara espera colocar um novo médico no lugar amanhã de manhã. Talvez até hoje à noite.

— Nossa! Que rapidez!

— É como se ele não quisesse arriscar nada.

— E não devia ser você? A escolha do médico da Casa Branca não cabe ao chefe de Gabinete?

— Claro que *devia* ser. — Kassian deu uma olhada ao redor. Viu dois repórteres se encaminhando para a sala de coletivas de imprensa. (A morte de Frankel já havia sido anunciada?) — Mas adivinha quem se meteu nisso hoje no café da manhã?

— Está brincando. A filha? O genro? Não me diga. Os dois?

— Não sei, Jim. Talvez. Mas, por mais cedo que eu chegue aqui, McNamara já está por perto. Ele se encontra com o chefe na Residência toda manhã. Toma café, joga conversa fora. Mede a temperatura da filha...

— E do genro.

— A corte imperial toda. Tsar, tsarina...

— Ele é um bom Rasputin.

— Enfim — suspirou Kassian —, ele passou a minha frente nessa. E agora vai fazer o que todo mundo queria fazer desde o primeiro dia.

— Nomear o médico da família?

— Isso. O leal servidor.

— O cara que aprovou aquela declaração de merda durante a campanha? — Bruton se permitiu um sorriso. — É mesmo incrível que esse imbecil não tenha sido descartado há muitos anos.

— Bom, agora ele está numa posição segura — comentou Kassian. — E podemos esquecer a ideia de ele assinar um atestado médico de "incapacidade".

— Por isso o querem aqui. Ele vai ter uma única missão.

Os dois estavam lado a lado, virados para fora. Kassian se perguntava se não estariam muito expostos.

— Frankel tinha razão num ponto.

— O quê?

— A Vigésima Quinta Emenda não diz nada sobre a opinião de um especialista. Nada sobre um atestado médico.

— E...?

— Isso dificulta ainda mais as coisas. Para nós, eu digo. — Kassian tirou do bolso da camisa um livreto fino, do tamanho de uma carteira. — Já que esse é o documento que juramos defender, eu achei que devia dar uma olhada. Reli hoje de manhã.

Ele começou a folheá-lo, e chegou a uma das últimas páginas.

— Aqui vai — avisou. — O principal é a Seção Quatro.

E leu em voz alta:

— "Quando o vice-presidente e a maioria dos principais titulares dos departamentos executivos, blá-blá-blá, transmitirem... sua declaração por escrito de que o presidente está incapacitado de exercer os poderes e os deveres do cargo, o vice-presidente imediatamente assumirá os poderes e os deveres do cargo como presidente em exercício."

— Quer dizer que precisaríamos do vice e de uma maioria do Gabinete — interveio Bruton. — *E*. Não *ou*. Caralho! Precisaríamos das duas coisas.

Ele torceu no chão a sola da bota de caubói, como fez ao apagar um cigarro na estrada para Bagdá. Sua frustração era visível.

— Desconfio que não temos a menor chance de embarcar o vice nessa — comentou Kassian. — Ele não seria capaz.

— As pessoas diriam que ele só estaria pensando em si mesmo.

— Ele estaria morto para as bases se apoiasse uma artimanha dessas. Para sempre. E ele é esperto. "O assassino nunca herda a coroa."

Kassian colocou o documento de volta no bolso.

— E se o Gabinete se reunisse, sem ele, e redigisse a declaração? Se a apresentasse ao vice como um fato consumado? Nada relacionado a ele. Assim, não poderia levar a culpa disso. Teria apenas de cooperar.

Bruton meneou a cabeça.

— Isso é muito bom na teoria. E ele sabe o que está acontecendo. Ou pelo menos deveria saber, sendo como é. Mas e os outros? Olhe só para eles, Bob. Eu me sento à mesa com esses caras. São umas vacas de presépio.

Enquanto estiverem ganhando sua alfafa e sua ração, eles assentem. Já viu algum deles manifestar dúvida a respeito de alguma coisa?

— O Tom anda preocupado, isso eu sei.

— O secretário de Agricultura? E você acha que o presidente vai ser afastado do cargo porque ele perdeu o Departamento de Agricultura?

— Barbara também está insatisfeita. O Departamento de Saúde e Serviço Social é importante.

— Sim, mas o marido de Barbara é trans, Bob.

— Como é?

— Fazendo a transição para virar mulher.

Kassian fez uma expressão de espanto.

— Eu não sabia.

— McNamara está se agarrando a isso há semanas. Assim ele fica com a vantagem. — Bruton arregalou os olhos, como quem dissesse: *Se cuida que a maré não está para peixe.*

— Nós fizemos o possível com o médico, mas isso não nos ajudou — declarou Kassian, consciente de que ambos deviam voltar para seus gabinetes antes que alguém (McNamara) começasse a desconfiar. — Não podemos contar com o vice. Não podemos contar com o Gabinete. Não dispomos de nenhuma das ferramentas necessárias para disparar a Vigésima Quinta nem temos nenhuma perspectiva nesse sentido.

Bruton deu um suspiro.

— Voltamos ao impeachment.

— Já vimos isso, Jim. "Traição, suborno ou outros crimes e contravenções graves."

— Mas o que diabos poderia ser um crime ou uma contravenção mais grave que ordenar o fim do maldito mundo? Meu Deus!

— Olha só, você não precisa *me* convencer. É o Capitólio que temos de convencer. E eles estão bonitinhos e alinhados com ele. *Aterrorizados* só de pensar em desagradá-lo. E, de qualquer maneira, não acreditariam em nós. Não temos a menor chance de conseguir uma prova, a não ser que nos disponhamos a tornar público o que aconteceu ontem. O que por si só poderia desencadear uma guerra nuclear.

— Está dizendo então que não temos alternativa? — perguntou Bruton.

— É, acho que sim.

Fez-se silêncio entre os dois, preenchido pelo que ambos sabiam mas não queriam dizer. Na verdade, isso vinha pairando sobre eles desde aquela primeira ligação nas primeiras horas do dia anterior. Os dois sabiam disso perfeitamente.

Até que Kassian, tão habituado a deixar que Bruton tomasse a frente, falou primeiro.

— A Vigésima Quinta Emenda está fora de cogitação para nós. Assim como o impeachment. Não por razões que alguém pudesse defender, não por causa de servidores do Estado com uma visão diferente do que pode ser melhor para a segurança do país, mas por causa de políticos pensando no que é melhor para suas carreiras.

Bruton assentiu, deixando assim Kassian falar pelos dois — e dizer o que faltava.

— Mas nem por isso deixa de ser verdade que esse homem representa um claro e imediato perigo para a república, para a Constituição e para a segurança do mundo.

Foi o suficiente para Bruton. Como se fosse a deixa que esperava, ele se empertigou e ajeitou o paletó. Olhou bem nos olhos do chefe de Gabinete. Kassian ficou se perguntando se o secretário de Defesa estaria a ponto de prestar continência.

Em vez disso, Jim Bruton falou, em uma voz ao mesmo tempo tranquila e firme:

— Parece mesmo que esgotamos todos os outros meios. Como patriotas que prestaram o juramento de defender o país contra todos os inimigos, externos e internos, acredito que só nos resta uma alternativa. Acredito que seja nosso dever matar o presidente.

DEZ

GABINETE DO MÉDICO-LEGISTA CHEFE, WASHINGTON, D.C., TERÇA-FEIRA, 10:21

Maggie pensou em se dirigir primeiro à Polícia dos Parques, que estava encarregada da investigação da morte do Dr. Jeffrey Frankel, mas seu instinto lhe disse que isso poderia esperar. Tomou então um táxi para a E Street, sudoeste: o Gabinete do Médico-Legista Chefe.

A caminho, notou um enorme mural na lateral de um prédio. Nele se via um presidente com caninos de animal e chifres de diabo, acompanhado pelas seguintes palavras em letras garrafais: *Não em nosso nome.*

Ao chegar, apresentou suas credenciais da Casa Branca e pediu para falar com o responsável. Imediatamente foi apresentada a uma mulher, a Dra. Amy Fong, que a conduziu a um gabinete, fechou a porta e perguntou se tinha vindo identificar o corpo.

Maggie teve de pensar rápido. Havia presumido que algum parente já o tivesse feito. E, se ninguém tivesse aparecido ainda, certamente apareceria. Claro que não lhe cabia, mal tendo conhecido Frankel, responsabilizar-se por um ato final e até mesmo íntimo como esse.

Mas também avaliou as possíveis consequências de uma resposta errada. Se dissesse não, então por que estaria ali? Por que lhe dariam acesso ou qualquer informação? Por outro lado, se respondesse que sim, com certeza teriam de lhe mostrar o corpo, o que era crucial.

— Isso mesmo — respondeu ela.

As duas atravessaram um corredor, passando por uma série de portas duplas, e depois outro, até por fim chegarem às salas de exame. Enquanto caminhavam, a Dra. Fong explicava que a identificação teria de ser feita rapidamente.

— Estamos sob uma pressão enorme com relação ao tempo. A família quer que o enterro aconteça ainda hoje. Acho que é porque eles são judeus.

E lá estava, estendido em cima de uma bancada espessa, o corpo branco e inerte de um homem na casa dos 60 anos. Maggie se permitiu apenas dar uma olhada do pescoço para cima: o suficiente para ver que, embora restasse boa parte do rosto, a parte posterior da cabeça parecia reduzida a uma maçaroca cheia de sangue.

Não era a primeira vez que Maggie refletia sobre a estranha irrealidade de um corpo morto. Para ela, parecia um boneco de cera ou um objeto de cena de um filme, falso. Como se, uma vez extinto o sopro de vida, o corpo humano passasse por completo para outro reino. Ou talvez fosse apenas o que precisava dizer a si mesma.

A mulher e o médico encarregado do exame, que, observou Maggie, tinha sangue no macacão e nas luvas de látex, trocaram algumas palavras. O sujeito pegou uma prancheta e uma caneta, virou-se para ela, pediu que confirmasse nome, data de nascimento e endereço — e ela deu o da Casa Branca — e a convidou a "identificar o falecido".

Agora não havia escapatória. Maggie tinha de ficar ao lado do médico na bancada e olhar diretamente para o rosto do morto.

Ela já vira cadáveres. Séculos atrás, em uma missão de mediação no Congo, tinha sido levada ao local de um massacre; o líder de uma das facções se recusou a continuar participando dos diálogos se Maggie, como chefe das negociações, não visse com os próprios olhos "o que os nossos inimigos estão fazendo com a gente".

Mas na época ela não precisara olhar com tanta atenção — nem de tão perto — para uma pessoa específica quanto agora.

Como já havia podido perceber, o rosto permaneceu basicamente intacto. O crânio, porém, estava um horror, uma bagunça enrijecida de sangue, massa cinzenta e ossos. O contraste entre a parte anterior e a posterior — entre um rosto que ainda representava a ideia de uma pessoa, capaz de sorrir ou de olhar, e um amontoado de massa coagulada que faria qualquer um recuar em um açougue — paralisou Maggie por um instante. Ocorreu-lhe o pensamento nauseante de que a distância entre o ser humano e os animais é muito menor do que costumamos imaginar.

E então ela percebeu outra coisa. Duas pequenas reentrâncias na ponte do nariz do morto, vestígios de uma vida inteira de uso de óculos. E por um segundo estava de volta à Irlanda: uma criança, sentada no colo do avô, fascinada pelas mesmas marcas em seu rosto, sulcos cavados pelo tempo que pareciam indicar que o homem idoso era igual às rochas e aos penhascos, antigo como a geologia.

Pelo que teria passado aquele médico que estava em cima da bancada, talvez com a idade de seu avô quando ela era pequena, para botar uma pistola embaixo do queixo e puxar o gatilho? Por que teria chegado a tal ponto de desespero?

E outra imagem veio espontaneamente. Viu a mocinha de 17 anos de que Liz havia lhe falado na noite anterior. Mia. Imaginou-a pendurada no quarto, tudo porque não sabia como se livrar de uma gravidez que lhe havia sido imposta. Uma criança com outra criança na barriga, e tinha sido encontrada por outra criança, a irmã de apenas 12 anos.

Involuntariamente, Maggie fechou os olhos. Tanta dor neste mundo. Parecia transbordar. Como se existisse mais sofrimento do que cabia nele. E não havia como negar que o homem para quem trabalhava, o homem a quem servia, ainda o aumentava. Diariamente, com suas leis, seus esquadrões de deportação, seus insultos, sua bílis e sua perversidade, ele aumentava esse volume já excessivo de tormento e aflição. E novamente Maggie ouviu a voz de Liz, mais alta que nunca. *Eu não consigo acreditar que você trabalha para esse homem do mal.*

— Tudo bem, Srta. Costello?

Ela abriu os olhos, só então se dando conta do tempo que os mantivera fechados.

— A senhorita está se sentindo meio fraca? Gostaria de um copo d'água?

— Eu estou bem.

— Acontece muito por aqui. — Era Fong, entregando-lhe um copo descartável com água gelada.

Maggie bebeu e se forçou a sorrir. Depois respondeu à pergunta do médico.

— É o Dr. Jeffrey Frankel, médico da Casa Branca.

— A senhorita conhecia o falecido há mais de três anos?

— Sim.

— E qual é sua relação com ele?

O presente do indicativo a obrigou a fazer uma pausa.

— Trabalhamos no mesmo lugar.

— E a senhorita não tem a menor dúvida de que este é o Dr. Jeffrey Frankel?

— Não, nenhuma.

— Muito bem.

Dito isso, ele puxou para cima o lençol que estava na extremidade da bancada, cobrindo o ombro de Frankel e depois o rosto. Até onde ele sabia, encerrava-se ali a participação de Maggie. O médico fez um pequeno gesto com a cabeça para a colega, como que indicando que Maggie devia se retirar.

— Me desculpe — interrompeu ela. — Eu gostaria de fazer uma pergunta. Com base no que viu, algo poderia indicar que não foi um suicídio?

A mulher se manifestou antes que o colega pudesse responder.

— Nós vamos divulgar um relatório no devido momento. Uma vez que o exame esteja plenamente concluído.

— Compreendo — disse Maggie. — É que fui mandada aqui pela Casa Branca. Também vou ter de apresentar um relatório completo. — Registrando a expressão impassível da mulher, Maggie acrescentou: — Ao presidente. Ele quer saber o que aconteceu com seu médico particular.

Os dois funcionários se entreolharam. Sentindo uma abertura, Maggie foi em frente.

— Eu vou deixar claro que o que vou transmitir são constatações extraoficiais e provisórias, aguardando confirmação. — E disse ainda: — Não vou registrar nada por escrito enquanto não recebermos seu relatório oficial.

Aparentemente, era a garantia que a mulher esperava. Em Washington, a capital mundial do não-posso-me-comprometer, o medo do que estivesse escrito era o maior fantasma.

— Tudo bem, Srta. Costello. Pode fazer uma ou duas perguntas ao meu colega. Mas não há nenhuma garantia de que ele possa responder.

— Claro. Doutor, o senhor viu algo que pudesse gerar dúvidas de que o ocorrido aqui tenha sido suicídio?

— Nada até o momento.

— Do ponto de vista da balística, de resíduos ou marcas de queimadura nas mãos, posição dos ferimentos de entrada e saída, tudo...

— Tudo isso. Tudo aponta para suicídio.

— Ele simplesmente colocou uma pistola debaixo do queixo e puxou o gatilho?

— Isso ou bem perto. Parece que foi dessa forma. Receio que sim.

— E o senhor provavelmente viu o relatório policial?

O médico olhou para a chefe, que fez um gesto de assentimento.

— Sim. — Ele levantou de novo a prancheta. — E a polícia esteve aqui comigo. Pouco antes de a senhorita chegar.

— E o que o policial viu...

— A policial.

— ... o que a policial viu considerou de acordo com uma constatação de suicídio?

— Sim. O morto foi encontrado com uma pistola na mão direita. Perfeita identificação das digitais.

— Tudo na posição certa? A pistola segurada da maneira correta?

— Sim.

— O ângulo de acordo com os ferimentos?

— Como já disse, sim.

— Nenhuma anomalia ou discrepância?

— Nenhuma.

— Caso encerrado? Posso dizer ao pres... aos meus superiores que se trata de um caso trágico mas incontestável de suicídio?

— Isso mesmo, sim.

— Ok — concluiu Maggie, preparando-se para sair. — Obrigada.

Já estava quase na porta quando se virou e disse:

— Só por desencargo de consciência. Eu sei exatamente o que o meu chefe vai me perguntar. Deve ter fotos da cena do crime. Será que eu poderia dar uma olhada rápida? — Fez-se uma pausa que não agradou a Maggie. — Para eu poder dizer na Casa Branca como o Gabinete do Médico-Legista Chefe foi cooperativo?

— Eu já expliquei que temos pouquíssimo tempo, Srta. Costello. Além do mais, são provas. Eu realmente...

— Eu entendo. Só as fotos de como o Dr. Frankel foi encontrado. Ele e o presidente se conheciam há muito tempo. Os dois eram bastante próximos.

A mulher nem se esforçou para esconder sua relutância, suspirando enquanto indicava com a cabeça que o colega levasse Maggie até o computador que se encontrava sobre uma mesa alta, perto da bancada de exame. Ele puxou uma cadeira com rodinhas e, com Maggie e Fong olhando por cima de seus ombros, clicou várias vezes até abrir a pasta de fotos. Pelas indicações de horário, Maggie viu que foram tiradas às sete e doze de hoje.

Eram dezenas de fotos.

— Tem como só ir dando uma passada nelas? — perguntou Maggie, tentando manter um clima descontraído.

As primeiras fotos mostravam Frankel deitado em uma parte do parque bastante arborizada, a mais ou menos cinco metros da pista de corrida, em meio aos arbustos. Da pista até o local onde se encontrava o corpo via-se uma trilha de folhas e galhos pisoteados.

As fotos agora se aproximavam, focalizando o corpo. Frankel vestia calça e blazer esportivo, estava de camisa e sem gravata. Mocassins de couro bem engraxados. Clássica elegância informal de Washington. E estava de óculos.

Maggie tocou no ombro do médico.

— Os óculos. Ele estava usando...

— Sim. Quando o corpo foi trazido para cá, estava de óculos. Nós os tiramos, assim como os demais objetos pessoais.

— Ok.

Ele continuou passando as imagens. A polícia havia tirado fotos do morto de todos os ângulos. Também tiraram fotos do terreno próximo. Maggie viu várias imagens de cascas de árvore respingadas aparentemente de sangue, pedacinhos de ossos e massa encefálica.

Parecia haver algo destoante na imagem que estava vendo, algo que não dava para identificar muito bem.

Por fim, havia uma dezena de fotos de um carro: um Honda Civic, estacionado perto de Rock Creek. O carro de Frankel, mostrado de todos os ângulos, por dentro e por fora. Ela o examinou com atenção, procurando se colocar no lugar de alguém fã de teorias da conspiração, tentando notar o que lhe chamaria a atenção. O exterior não apresentava nenhum sinal particular, mossas ou arranhões que pudesse notar. O carro parecia bem usado, muito longe de qualquer ostentação, para um homem que devia ter um bom salário, mas, fora isso, perfeitamente comum. O interior estava em bom estado — ela reparou em alguns CDs no nicho perto do freio de mão e em uma lata de líquido descongelador de vidro na porta do carona. Olhava e continuava olhando, mas não parecia haver mais nada.

Na verdade, só depois de se despedir, agradecendo à Dra. Fong e ao seu colega, tendo chamado um táxi e já sentada no banco de trás, olhando pela janela, de volta para a Casa Branca, foi que lhe ocorreu algo. Seus olhos tinham passado por esse detalhe sem que ela compreendesse o significado. Até agora.

ONZE

CASA BRANCA, TERÇA-FEIRA, 18:16

Normalmente, Bob Kassian temia ocasiões como esta. Ele fazia o possível para chegar tarde e sair cedo, o que, como chefe de Gabinete, era não só possível como esperado. Naturalmente, ele era ocupado demais para passar mais que alguns preciosos minutos em uma recepção, fazendo a social com diplomatas e seletos "líderes empresariais". (No governo anterior, uma festa dessas também incluiria alguns jornalistas e acadêmicos, especialistas na área em questão, mas McNamara havia decidido que estava "farto de especialistas", de modo que esse hábito tinha chegado ao fim. Kassian não concordava com isso, mas não disse nada. É preciso escolher suas batalhas.) Na verdade, se o chefe de Gabinete prolongasse muito sua presença, isso seria encarado como uma suspeita falta de energia e de prestígio. A Washington oficial ficaria decepcionada.

Mas esta noite era diferente. Não o evento propriamente dito — uma recepção no Salão Leste para o rei da Arábia Saudita era tão sem graça quanto qualquer outra. Mas era uma ótima oportunidade para conversar discretamente com o secretário de Defesa sem ser notado.

Caso tivessem se encontrado no gabinete de Kassian na Casa Branca, teria parecido deliberado demais; uma reunião, não apenas uma conversa. E mais ainda se Kassian tivesse ido até o Pentágono. Mas alguns minutos de conversa em uma festa? Perfeitamente natural. Em especial durante uma crise nuclear, quando os principais envolvidos discutiam vinte e quatro horas por dia. Se alguém os visse tendo uma conversa animada, a interpretação mais perigosa possível seria de estarem cimentando uma aliança pelas costas do assessor de Segurança Nacional; em outras palavras, uma disputa de terreno completamente normal em Washington. Ninguém imaginaria que estivessem tramando o assassinato do presidente dos Estados Unidos. Esconder-se em plena luz do dia — uma tática que sempre dera muito certo para eles.

Agora retomavam de onde haviam parado mais cedo. Uma vez tomada a decisão principal, estabelecendo o objetivo, rapidamente passaram ao método. Falaram primeiro das alternativas "diretas", nas palavras de Kassian.

Havia alguma maneira de eles mesmos matarem o presidente? As vantagens eram óbvias. Não dependeriam da discrição ou da determinação de ninguém. Podiam agir com rapidez, quando bem quisessem. Mas seria possível?

Teriam condições de ficar sozinhos em uma sala com o presidente, talvez com uma seringa contendo alguma droga capaz de provocar um ataque cardíaco? Onde obteriam uma substância dessas sem levantar suspeita? E sua aplicação não poderia deixar traços?

Eles estavam certos de que era possível obter respostas para essas perguntas. Mas na análise das diferentes hipóteses, deparavam-se sistematicamente com os mesmos obstáculos. Havia o puro e simples fato de que o presidente quase nunca ficava sozinho. Pelo contrário, era o ser humano mais intensamente protegido do mundo. O Serviço Secreto mobilizava seis mil, setecentas e cinquenta pessoas exclusivamente para a missão de mantê-lo são e salvo. Havia agentes na Residência, no gabinete, aonde quer que ele fosse. Ainda que solicitasse uma conversa pessoal e reservada com o chefe de Gabinete ou o secretário de Defesa, haveria sempre a possibilidade de alguém aparecer a qualquer momento. A única pessoa que poderia ter motivos para ficar sozinha com o presidente, exigindo total privacidade, com tempo e espaço para fazer o que precisasse ser feito, era seu médico particular. Mas ele estava morto.

Ainda que encontrassem um jeito de contornar esse obstáculo, coisa que nem Kassian nem Bruton conseguiam enxergar, eles se depaxariam com a outra dificuldade, ainda mais séria: o fato de que qualquer uma das alternativas "diretas" imediatamente os transformaria em suspeitos. Se Jim, por exemplo, saísse de uma conversa privada no Salão Oval minutos antes de o presidente ser encontrado morto, seria o primeiro a ser acusado. Claro que poderiam arquitetar algum tipo de demora para servir de álibi, mas se a morte viesse a ser caracterizada como consequência de assassinato, e não de causas naturais — sabendo-se que uma eventual necropsia seria extremamente detalhada —, a conclusão automática seria de se tratar de obra de alguém de dentro. Talvez nenhum dos dois fosse identificado como o assassino, mas não restaria dúvida de que o presidente teria sido assassinado por alguém próximo do poder.

Nenhum deles precisava desenhar o que era óbvio para ambos: as consequências pessoais não eram uma questão no momento. Seu medo não era de que um deles ou ambos tivessem de enfrentar a justiça e pagar pelo crime do assassinato de um presidente. Não era esse o motivo pelo qual teriam de evitar qualquer imputação de culpa.

— Se apontassem para você, Jim, dá para imaginar? — perguntara Kassian. — O secretário de Defesa? Seria um golpe militar.

Muitas pessoas, sustentou ele, inclusive os milhões que não aguentam o presidente, ficariam chocadas com a brutalidade de tal ato e o aparente desprezo pela democracia e pela Constituição. Considerando-se as divisões evidenciadas na eleição e o ódio despertado desde então pelo presidente, ambos acreditavam que um resultado assim poderia dividir o país em dois. Dava para imaginar: de um lado, os jornais, as cidades e os estados litorâneos, boa parte da comunidade de inteligência; do outro, condados rurais, os responsáveis pela ordem pública e pela gestão de fronteiras. Cada lado com seu próprio partido político, com a simpatia por sua própria rede de TV, com suas próprias cores: uma guerra civil entre vermelhos e azuis.

Eles concordavam que os Estados Unidos sempre tiveram o potencial de voltar a fazer exatamente isso; o conflito mais mortal já enfrentado pelo país tinha sido contra si mesmo. Um homicídio cometido pelo chefe das Forças Armadas seria a centelha necessária para reacender a fogueira.

Por isso, nenhum dos dois poderia brandir o punhal. Nenhum deles duvidava de que tivesse coragem de cometer o ato sem pensar nas consequências — mesmo que isso significasse pôr em risco a própria vida e a própria liberdade. O foco da conversa naquele salão lotado, enquanto aguardavam a chegada do rei do deserto, não era salvar a própria pele, mas a república.

Um homem com um terno caríssimo, o cabelo escuro bastante cheio, andava de um lado para o outro pela sala, esperando para se apresentar. Bruton se virou e estendeu a mão.

— Que bom ver o senhor por aqui! — saudou, a fórmula padrão de Washington, uma garantia sutil contra a possibilidade de não se lembrar da pessoa. Apenas um novato na capital cometeria o erro de dizer: "Prazer em conhecê-lo."

O sujeito era, afinal, o embaixador do Egito, encantado por ter algum tempo com o secretário de Defesa. Ele disse algo sobre uma futura visita de seu presidente, e Bruton respondeu que ficaria satisfeito por encontrá-lo para discutir a cooperação entre os dois países, lembrando-se de acrescentar, a tempo, que naturalmente também consultaria seus colegas. Não havia necessidade de irritar o Departamento de Estado.

O embaixador se despediu com um gracioso aceno de cabeça e se retirou. Fatalmente seriam interrompidos de novo. Não tinham muito tempo.

— Se não nós, quem? — questionou Bruton para retomar a conversa. Mas, sem esperar a resposta, deu a sua própria. — Bob, não estamos sozinhos nessa. Tem figurões que pensam como nós: em Langley, entre os militares, caramba, até no Serviço Secreto. Eu poderia formar um grupo num piscar de olhos, não tenho a menor dúvida. Todos eles gente boa.

— Eu sei, Jim. Mas é arriscado demais.

— Não se a gente escolher as pessoas certas.

— Basta um para dar tudo errado, Jim. — Kassian falava com os lábios semicerrados, baixando ainda mais a voz. — Uma pessoa que concorde com a gente sobre o homem estar fora de controle, mas que ache que isso já seria ir longe demais. Que considere que o nosso plano, sabe, violaria a Constituição.

— Tudo bem, então é só essa pessoa não entrar na jogada.

— Mas e aí? Você não vai simplesmente receber um aperto de mão e ouvir um "Me desculpa, Jim, você não vai poder contar comigo nessa", com um desejo de boa sorte. É claro que essa pessoa vai se sentir na obrigação de avisar ao presidente. O que mais ela poderia fazer?

— Tudo bem.

— Basta que uma pessoa reaja desse jeito. Uma só. — Kassian fez uma pausa. — Você precisa ter em mente, Jim, que nenhum deles passou pelo que nós passamos ontem.

Fez-se um silêncio entre os dois enquanto tentavam imaginar como explicar a situação para alguém, transmitir o que testemunharam: um presidente americano que se dispunha... mais do que isso, que estava *decidido* a dar a ordem que poderia destruir toda a vida humana, ou pelo menos fazer com que não valesse mais a pena viver neste mundo.

— Só nós dois então — concluiu Bruton. — E não vai ser a primeira vez.

— Mas o fato é que não podemos ser só nós dois — retrucou Kassian.
— Esse é o nosso problema. Para o bem do país, precisa parecer que não tem nada a ver com a gente. Tem de ser um ato público, cometido por um estranho qualquer.
— Lee Harvey Oswald.
— John Wilkes Booth.
Bruton concordou.
— Temos de arrumar alguém muito específico.
— Sim, Jim, temos, sim. E quase não temos tempo para isso.

DOZE

CHEVY CHASE, MARYLAND, TERÇA-FEIRA, 18:45

Maggie havia assistido a esse ritual algumas vezes, porém a intensidade desta vez a impressionou como se fosse a primeira.

A porta estava aberta, e uma multidão saía para a varanda. Maggie abriu caminho com dificuldade, exatamente como tinha feito certa vez em Jerusalém e, recordou-se, melancólica, não muitos anos antes, ali em Washington. Ninguém a deteve, ninguém perguntou quem ela era. A casa estava de luto, e qualquer um que aparecesse supostamente vinha prantear o morto.

Ela conseguiu chegar à sala de estar, ainda mais atulhada que o saguão. Parecia que estava no metrô na hora do rush; mal conseguia mover os braços. Viu pelo menos uma dezena de colegas da Casa Branca, inclusive vários homens cujos rostos agora ficavam estranhos por causa dos quipás.

Um homem que lhe pareceu um rabino postou-se de pé à frente, iniciando orações em hebraico. Alguns passaram a entoar animadamente as cantigas antigas, outros apenas murmuravam, e outros ainda permaneceram respeitosamente em silêncio. Todos pareciam assoberbados pela dor. Vários exibiam expressões de desespero.

Maggie passou os olhos pela sala. Pessoas de todas as idades. Muitos eram evidentemente contemporâneos do Dr. Frankel, homens que ela supunha serem colegas de profissão, além de outros que considerou serem advogados ou contadores. Mas também havia muita gente da sua idade: certamente, amigos dos filhos de Frankel.

Em duas paredes havia espelhos cobertos com lençóis. Ela se lembrou. Isso também era uma tradição judaica. Lembrou-se de ter recebido essa explicação em Jerusalém: não havia espaço para vaidade ou cuidado consigo mesmo quando todo o foco devia estar voltado para os mortos.

Mas, no restante do espaço disponível nas paredes, assim como nas estantes cheias de livros e bibelôs, com direito a um candelabro de oito braços, uma taça de prata e dois castiçais antigos, viam-se fotos de família. Dezenas. Imagens de crianças na praia, atuais e de trinta anos atrás; fotos de formatura; retratos em preto e branco de americanos na virada do século, a cabeça erguida na típica pose do imigrante aspirando à respeitabilidade.

Na estante mais próxima, algo atraiu o olhar de Maggie. Um convite impresso com uma fonte ornamentada em um cartão branco.

Jeffrey e Helen Frankel, juntamente com Philip e Miriam Stern, convidam para o casamento de seus filhos, Sheryl e Mark...

Não havia nenhum nome impresso no espaço abaixo. Maggie estreitou os olhos para ver a data. Um casamento no verão, dali a apenas seis semanas.

Era só algo circunstancial, nada que pudesse ser apresentado em um tribunal, mas estava evidente que Jeffrey Frankel era um homem de família, cercado de gente que ele amava e que o amava, com planos para um futuro próximo. Maggie havia conhecido algumas pessoas que sofriam depressão com ideação suicida. Mas não era o que via ali.

Agora o rabino falava em inglês.

— E os dias do homem são como relva. Como uma flor do campo, ele também floresce...

E ouviu novamente o hebraico, um elogio fúnebre proferido por uma das netas adolescentes do falecido, uma jovem bem articulada cujo lábio inferior começou a tremer quando chegou ao último parágrafo do discurso escrito, e por fim uma instrução do rabino para que os convidados fizessem uma fila para transmitir suas condolências à família. Esse era o ritual de que Maggie se lembrava. Na verdade, era o motivo de ela estar ali.

Estava prestes a entrar na fila quando um antigo colega da Casa Branca apareceu ao seu lado, inclinando-se para lhe dar um beijo no rosto e um aperto em seu ombro: um gesto de solidariedade entre pessoas de luto. Era Ben Jackson, integrante do Conselho de Segurança Nacional; ele estava logo no início da carreira quando ela fazia parte da equipe de política externa, embora tivessem mais ou menos a mesma idade, porém Jackson tinha subido na carreira no governo anterior, partindo semanas depois da eleição do novo presidente.

— Eu não vi você no enterro — começou ele, mas logo acrescentou, antes que ela pudesse falar: — Que coisa horrível! Como estão por lá?

Jackson não precisava esclarecer o que queria dizer com "lá".

— Na verdade, eu mal passei pelo gabinete hoje. Mas sem dúvida as pessoas vão reagir muito mal.

— E você, Maggie? Como têm sido para você esses últimos meses?

Ela fez o possível para não se alterar, embora com a impressão de ter contraído os ombros. Será que ouviu um tom de presunção na pergunta? Ou, na melhor das hipóteses, um julgamento implícito? *Eu não consigo acreditar que você trabalha para esse homem do mal.*

— Bem — ela sorriu —, é diferente. Quanto a isso não há dúvida.

— É muito corajoso da sua parte não sair, tenho de reconhecer. Alguns de nós estávamos conversando numa noite dessas, e dizíamos:

"Tudo bem, eu não conseguiria fazer isso, mas convenhamos que é um alívio saber que tem gente boa lá, tentando fazer a coisa certa."

Maggie deu um sorriso sem graça, meio desconsertada com a ideia de que "alguns de nós" estavam falando dela em Washington.

— Bem, eu faço o possível.

— Mas o que diabos ele está fazendo com os norte-coreanos? É como se toda vez que ele visse uma onça precisasse cutucar com vara curta. — Jackson ilustrou o que queria dizer sacudindo no ar uma vara imaginária. — E o que ele falou sobre os negros não serem "americanos de verdade" porque não *escolheram* vir para cá...! Meu Deus, será que ele não ouve as próprias palavras?

A cabeça de Maggie começou a pesar. Jackson não tinha culpa. Seus amigos diziam as mesmas coisas para ela sempre que tinham a oportunidade. E Liz também, claro. E sua cabeleireira. Praticamente todo mundo, exceto Richard. Ela não tinha como discordar quanto a essas questões. Eles estavam certos. O que o presidente dizia nos comícios, na televisão ou on-line era — oitenta por cento das vezes — ou algo pavoroso ou mentira. Ou as duas coisas. Ela não tinha como defender.

Era óbvio para qualquer um que observasse de fora. Maggie não podia continuar por lá. Mas o que ninguém conseguia entender era por que ela não podia sair de jeito nenhum.

Maggie parou de ouvir. Mas, de cabeça baixa, sua atenção se fixou nos sapatos de Ben Jackson. Absolutamente nada de interessante neles: perfeitamente padrão, sapatos pretos de um cara de Washington. Só que uma coisa os distinguia em uma cidade onde homens bem-sucedidos sempre usavam camisas bem passadas e sapatos engraxados: estavam salpicados de lama.

Jackson continuava falando, algo a respeito dos interesses do presidente como empresário, mas ela o interrompeu:

— Você foi ao enterro, não foi?

— O quê? Sim.

— Agora mesmo? Veio direto para cá?

— Sim.

— E foi lá que você sujou os sapatos?

— O quê? — Ele olhou para baixo. — Ah, sim. Muita chuva por lá. E você tem de chegar à beira do túmulo e cavar com uma pá. Não quero criticar nem nada, mas essa coisa toda é meio medieval...

Maggie, porém, não prestava atenção nele. Estava recordando. Voltava a visualizar a foto que lhe havia sido mostrada no gabinete do médico-legista.

É possível que, vendo fotos de um indivíduo com o cérebro estourado, outras pessoas não conseguissem evitar ficar olhando direto para a cabeça. Mas Maggie tinha olhado para a cabeça de Frankel pelo mínimo de tempo possível. Quando a Dra. Fong e o colega lhe mostraram as fotos do corpo, os olhos dela foram atraídos para a direção oposta — para os pés do morto.

Algo neles lhe parecera estranho naquele momento, sem que ela pudesse compreender o quê. Até agora.

Tinha caído uma chuva de primavera na noite anterior, uma chuva fraca — e até romântica, quando a ouvia bater na janela acompanhada de Richard —, mas que por horas caía e parava. As fotos de Rock Creek confirmavam que as pancadas de chuva não se limitaram a Dupont Circle — a poucos centímetros do corpo de Frankel, as trilhas tinham ficado enlameadas, o solo, empapado. Mas, ainda assim, os sapatos dele não tinham nenhum vestígio de sujeira. Imaculados, como se tivessem pisado apenas no carpete da Ala Oeste. Ele teria de ter caminhado com extremo cuidado pelo parque para mantê-los daquele jeito, e, mesmo assim, não teria conseguido evitar um respingo ou outro. Mas por que alguém teria todo esse cuidado se estivesse prestes a acabar com a própria vida?

Agora Maggie juntava isso a outra coisa estranha que havia notado nas últimas fotos mostradas pelo médico-legista: as imagens do interior do carro. Frankel era um homem alto. Havia notado isso simplesmente vendo-o passar pela Casa Branca. O documento que tinha olhado no Gabinete do Médico-Legista Chefe registrava sua altura: um metro e oitenta e cinco. Mas, na foto, o banco do motorista parecia muito à frente, perto do volante. Como costumava ficar no carro de Liz. Sempre que a visitava em Atlanta e pegava o carro emprestado, Maggie precisava chegar o banco para trás para ter espaço para as pernas, muito mais compridas que as da irmã. Não havia como Frankel dirigir seu carro com o banco naquela posição.

Não, Maggie tinha certeza. Alguém levara Frankel até o parque Rock Creek. E o médico não havia caminhado até o local onde seu corpo foi encontrado. Maggie o imaginou sendo carregado, talvez inconsciente, no ombro de um homem, ou então levantado por duas pessoas, sem encostar os pés no chão. Uma delas, usando luvas, devia ter colocado a pistola na boca de Frankel ou debaixo de seu queixo, forçando seu dedo no gatilho. Mas quem teria feito isso? E por quê?

E a polícia? O Gabinete do Médico-Legista Chefe deve ter visto o que ela viu. Eles *tinham* de ter visto. Com certeza teriam comunicado as duas anomalias à polícia ou, caso não tivessem, teriam presumido que a polícia perceberia. Eram mais que óbvias, certo? Motivo suficiente para, no mínimo, exigir uma necropsia mais detalhada, para fazer outros exames.

Mas isso podia não ter acontecido, e agora não aconteceria mesmo. Frankel havia sido enterrado horas antes, rapidamente, de acordo com o costume judaico. Deve ter sido uma exigência da família. Embora coubesse perguntar por que o Gabinete do Médico-Legista Chefe tinha concordado, quando era evidente que havia perguntas sem resposta indo de encontro a um veredicto inequívoco de suicídio.

Ben Jackson perdera interesse na conversa. Vendo outra pessoa, deu mais um beijo na bochecha de Maggie e insistiu que tinham de marcar um almoço. Ela assentiu se despedindo e deu uma olhada na fila à sua frente, que se movia a passos de tartaruga. De trás dela, vinha a conversa de um casal, talvez na casa dos 30 anos.

— ... e Laura eram muito ligados. Você se lembra do discurso que ele fez no casamento dela? E como a mãe dela implorava para ele se sentar, porque parecia que ele não ia acabar nunca?

— Ele estava muito orgulhoso.

— Não sei como ela vai ficar depois disso.

— E a Sheryl? Não vai ser...

Mas o resto se perdeu quando foram sufocados por um forte abraço de outro amigo.

Maggie olhou para a frente e teve aquela sensação que hoje em dia surgia com menos frequência, mas que ainda doía. Apesar de viver nos Estados Unidos há tantos anos, não tinha raízes como as outras pessoas; não conseguiria encher daquela maneira uma sala com amigos e parentes. Em Dublin, sim. Mas não ali. Aquele lugar nunca seria a sua casa.

Estava quase na sua vez. Havia chegado à frente da sala, onde cinco pessoas estavam sentadas em cinco cadeiras baixas. Presumiu que três delas seriam os filhos adultos do Dr. Frankel — entre eles, as duas filhas, Laura e Sheryl —, mais a esposa e um homem mais velho que devia ser seu irmão. Também se lembrava disso. Eram as pessoas que deviam estar oficialmente de luto, a família mais próxima.

O homem diante dela se encaminhou para o grupo, trocando apertos de mãos com os outros antes de se prolongar falando com o filho de Frankel. Inclinou-se para dar um abraço desajeitado no amigo de luto, que permaneceu sentado.

Maggie então se adiantou, apresentando-se ao filho, às filhas e ao irmão, explicando que trabalhava na Casa Branca com Frankel e que lamentava muito sua perda. Ao se postar diante da viúva, ela lhe deu um aperto de mão e disse:

— Sra. Frankel, meus sentimentos. Deve ser muito difícil.

A mulher assentiu, sem dizer nada.

Maggie tentou de novo.

— Ninguém consegue entender. Realmente não dá. Não parecia mesmo... ser do feitio dele.

Helen Frankel agarrou as mãos de Maggie e falou:

— É claro que não era do feitio dele! Jeffrey jamais faria uma coisa dessas. Jamais!

— Mas a polícia diz que a arma era dele.

— Na verdade, era minha. Ele não queria armas em casa. Nunca botou as mãos nela. Fui eu... — E ela fungou. Maggie viu que seus olhos estavam vermelhos.

— Foi a senhora?

— Sim, fui eu. Eu que disse que a gente devia ter uma arma. Para nossa segurança. — Ela balançou a cabeça, furiosa consigo mesma. Ainda segurava as mãos de Maggie. — Foi um erro terrível. Terrível.

E Maggie, pressionando para confirmar o que já sabia, assentiu e disse:

— E ainda com o casamento de Sheryl chegando...

Depois desse comentário, a Sra. Frankel apertou ainda mais as mãos de Maggie.

— Pois é, entende? Não faz o menor sentido. A senhora conhecia o Jeffrey. Ele *vivia* para a família. Ele não teria perdido o casamento da filha querida por nada nesse mundo.

— Ele tinha todos os motivos para viver.

— Ele queria ver Sheryl ter filhos. Adorava ser avô, a senhora sabe.

— Não faz o menor sentido.

— Ele adorava a vida! Era um homem que adorava viver.

Maggie percebeu que o casal atrás dela se aproximava mais. Eles tinham parado de conversar com as outras pessoas da família e agora davam sinais tácitos mas inconfundíveis de que ela devia encerrar e ceder a vez. Estava na hora de agir.

Olhando bem nos olhos transtornados da viúva, Maggie disse:

— O que estou tentando entender é se aconteceu alguma coisa, talvez algo fora do comum, sabe, que talvez o tenha incomodado.

Então, a mulher olhou por cima dos ombros de Maggie, para o casal que estava atrás dela. Maggie temeu que o momento se perdesse, que o encanto se quebrasse. Tentou manter o olhar de Helen fixo no seu.

— A senhora se lembra de qualquer coisa, Sra. Frankel? Algo que tenha acontecido nos últimos dias que possa ter incomodado o seu marido?

Ela baixou os olhos.

— Ele parecia feliz. Falava de passar as férias na Europa, depois do casamento. Nós nunca fomos a Roma. Não juntos, eu fui uma vez, antes de nos casarmos, mas...

— Será que aconteceu alguma coisa no trabalho?

— Ele não falava do trabalho. Não trazia trabalho para casa.

— Talvez algo com o presidente? Talvez o presidente...

Maggie se conteve. Percebeu que um pensamento havia atravessado os olhos da Sra. Frankel, como um avião no céu.

— A única coisa que me ocorre...

— Sim.

— Falando em trazer trabalho para casa...

Maggie fez um gesto de assentimento.

— ... ontem à noite. Aconteceu uma coisa incomum, eu suponho.

Maggie permaneceu calada, consciente de que assumia um risco, pois o casal atrás dela podia aproveitar a pausa para entrar na conversa com a Sra. Frankel. Mas o instinto lhe dizia que precisava ficar em silêncio.

— Jeffrey raramente recebia visitas em casa. Mas o Sr. Kassian e o general Bruton vieram aqui ontem à noite. Eles foram para o escritório de Jeffrey com ele.

— O secretário de Defesa? E o chefe de Gabinete? Aqui? Ontem à noite?

— Eu ofereci limonada para eles.

— E a senhora sabe por que eles estiveram aqui?

— Eles recusaram. Mas era caseira. A noite estava tão quente!

— A senhora sabe o que eles queriam, Sra. Frankel? Pode ser importante.

Mas ela já estava olhando para outra direção, estendendo os braços para abraçar a mulher que já estava cansada de tanto esperar. Maggie ouviu as palavras abafadas: "Nossos profundos sentimentos, Helen." Maggie se foi, esgueirando-se pela multidão, saudando com uma erguida de sobrancelhas os colegas que encontrava, mais ex-colegas que atuais. Mas não estava a fim de conversar. Precisava sair dali, respirar. Precisava ficar bem longe daquele lugar e absorver o que tinha acabado de ouvir — e o que aquilo significava.

Agora não restava dúvida de que o Dr. Jeffrey Frankel, médico do presidente, havia sido assassinado. Muito mais difícil de encarar era o fato de que sua viúva inadvertidamente apontara o dedo da suspeita para duas das principais figuras do governo dos Estados Unidos.

TREZE

WILLARD HOTEL, WASHINGTON, D.C., TERÇA-FEIRA, 18:53

— E sem olhar o celular.
Robert Kassian não disse nada. Estava olhando o celular.
— Bob!
Sua mulher não o estava vendo, mas sabia. Ela estava no banheiro, aprontando-se para a recepção: a segunda da noite. Kassian havia se despedido de Jim Bruton, dera um jeito de sair do Salão Leste e tinha vindo direto para cá.
Sentado na beira da cama à espera dela, Kassian se perguntava se o acesso àquela suíte seria um benefício concedido a Pamela por fazer parte da diretoria ou se teria sido dado em consideração às necessidades dele, como chefe de Gabinete da Casa Branca? Sendo esse o caso, era de fato um gesto atencioso. Privacidade, um espaço para encontrar sua mulher e fazer a transição do dia de trabalho para a noite; era bem útil. A menos — e a simples ideia o deixou horrorizado — que alguém do seu gabinete o tivesse *exigido*, encarando esse pequeno gesto "sem fins lucrativos" como uma das grandiosas "ações beneficentes" às quais a Casa Branca estava acostumada. Pensou em mandar um e-mail a sua

secretária, mas depois refletiu melhor. E se Pamela botasse a cabeça para fora do banheiro e o apanhasse em flagrante?

Ela estava lá dentro ajustando o vestido ou retocando a maquiagem, não sabia muito bem qual dos dois. Ele havia entrado uma vez, para opinar sobre as joias — brincos ou pulseira ou ambos? —, e ela já parecia quase pronta. O que não queria dizer nada. Era perfeitamente possível que a escolha de um colar tivesse desencadeado uma reformulação completa, inclusive do vestido.

Normalmente, gostava desse ritual. Ainda apreciava ver a esposa de lingerie. Sentia certo prazer na seriedade de tudo isso. E gostava particularmente dessa ocasião — o jantar anual da Aliança pelos Desabrigados, para levantar fundos para os sem-teto da capital. Era uma causa nobre, e, por causa da posição que Pamela ocupava na diretoria, ele comparecia simplesmente como seu cônjuge.

Claro que passariam a noite fazendo fila para falar com ele, exatamente como fizeram no evento da Casa Branca anterior, quase todas as vezes em vão. A alta sociedade de Washington só queria saber de proximidade com o poder, disso ele sabia. Kassian ocupava um poleiro cobiçado demais na selva da capital para ser ignorado. Mas pelo menos eles teriam de disfarçar um pouco. A noite não era dele, mas de Pamela. Podia fazer o que normalmente preferia — manter-se mais reservado —, e dessa vez as pessoas veriam isso como modéstia, admirando-o por ser um parceiro que apoia a esposa e um homem esclarecido.

Mas aquela exigência de que ficasse longe do celular? Era ridícula. Normalmente, até vai. Mas não eram dias normais. Teria de ficar grudado nele, caso o presidente decidisse despejar todo o arsenal nuclear americano sobre a Coreia do Norte e a China ou montar algum outro show de horrores, ainda nem sequer imaginado. Mas não disse isso. Claro que não disse. Pamela era a única pessoa a quem Robert Kassian jamais podia dizer não.

Ele olhou pela janela, na direção da 14th Street. Eles estavam tão perto da Casa Branca que havia manifestantes por todo lado. Quase em frente havia um grupo misto, de negros e brancos, mas em sua esmagadora maioria jovens, com o habitual repertório de faixas e cartazes: "Ele não me representa", "Somos melhores que isso", "Não em nosso nome" e um outro que tinha começado a aparecer recentemente: "Somos todos filhos de Deus". Havia buzinaços e cantorias, mas lá de cima era difícil para Kassian distinguir as palavras. No entanto, dava para adivinhar.

Finalmente Pamela apareceu, e logo eles se encaminhavam para o Salão Pierce, no térreo. Kassian caminhava deliberadamente atrás da mulher, deixando que ela cumprimentasse as pessoas antes, quando alguém se aproximava de mão estendida. Pamela estava radiante; e ele se orgulhava dela. Quando enveredava entusiasmada em uma conversa com algum benfeitor importante, ele se permitia dar uma olhada no celular. No Twitter só se falava da morte de Frankel. O corpo mal tinha sido enterrado e o disse-me-disse já comia solto.

Queria que a @CasaBranca explicasse a demora entre a hora da morte e a divulgação dela. Precisaram de um tempo para ajustar a história?

Não era um maluco qualquer. Ou melhor, era um maluco qualquer, mas um com um público enorme. Kassian clicou e descobriu que o homem que fazia a pergunta tinha um milhão e duzentos mil seguidores.

O que é que o médico da @CasaBranca Geoffrey Frankel sabia e quando ficou sabendo

Essa vinha da conta de alguém que se intitulava "apresentador de um talk-show conservador" e "colaborador da Fox News". Provavelmente o fora um dia, mas ainda assim sua pergunta com o nome escrito errado e sem pontuação tinha merecido mil e quatrocentos retuítes.

Veio um reforço da esquerda, de um site especializado em vazamentos de documentos confidenciais:

A grande mídia diz que é um absurdo falar que Frankel foi silenciado por ter informações que podiam comprometer a presidência. Isso não é de modo algum absurdo. Não faltam precedentes.

Entre os jornalistas liberais e os da grande imprensa, o tom era diferente. Alguns compartilhavam links para artigos sérios sobre suicídio de homens mais velhos. Outros lamentavam a facilidade de acesso a armas, que podia "transformar um estado emocional ruim numa catástrofe".

Outros ainda assumiam a postura de paladinos da moral. Uma mulher logo no começo se saiu com esta:

Por favor, vamos deixar a família Frankel passar pelo seu luto em paz?

Ao passo que um funcionário do governo anterior tuitava:

Eu conheci Jeffrey Frankel. Um americano bom e leal. Seria demais pedir que esperássemos 24 horas para começar a especular?

E um apresentador da MSNBC tentou mandar a mesma mensagem fazendo um pouco de graça:

Sugestão. Quando um ser humano, alguém com família e entes queridos, é encontrado morto, será que não podemos calar a porra da boca? *chega*

Mas é claro que não adiantava nada. Ninguém parava de falar sobre a morte de Frankel. A direita partia do princípio de que a esquerda tinha se livrado do médico porque ele sabia demais do presidente anterior, apesar de não explicar que ameaça isso poderia representar. A esquerda acreditava que a direita o havia matado porque ele certamente criaria problemas para o atual presidente revelando algum segredo devastador. Outros ainda, querendo parecer sofisticados, argumentavam que a Casa Branca estava em guerra, com facções que apoiavam e outras que rejeitavam o presidente, e este último grupo teria matado o médico nessa guerra civil interna. Os adeptos dessa linha de raciocínio em geral mencionavam McNamara como chefe da facção legalista, mas não se entendiam quanto aos dissidentes. Dois ou três mencionaram a secretária de Saúde e Serviço Social, e só. Alguém mencionou Bruton; mas o próprio Kassian não era mencionado.

Chegou a hora do jantar. Seu lugar à mesa ficava ao lado de Helene Kitson, a formidável executiva-chefe da Aliança pelos Desabrigados. Kassian a conhecia e gostava dela, mas percebeu logo de cara que o jantar não seria fácil. Como uma mulher negra chegando aos 40 anos, seria um milagre estatístico se ela não fosse fiel seguidora do outro partido, mesmo em circunstâncias normais. Mas as circunstâncias não eram nada normais. E hoje a expressão dela era fulminante. Ainda assim, Kitson conseguiu saudá-lo de maneira bastante cordial.

— Sr. Kassian, estamos muito gratos pela sua presença aqui essa noite.

— Estou muito contente por estar aqui, Helene. E, por favor, me chame de Bob.

— Bob.

Ele começou a cortar sua pirâmide de salmão defumado enquanto se preparava.

— E então, Helene, o que você está achando?

— Posso ser totalmente franca?

— Acho que você vai ser de qualquer modo. — Kassian sorriu.

— Eu temo que essa cidade exploda.

Ele parou de comer e apoiou os talheres de prata.

— É mesmo?

— Ã-rã, de verdade. Essa cidade é racialmente diversificada mas também é racialmente dividida.

— E é assim há muito tempo, Helene. — Ele lamentou tê-lo dito: parecia conformista. — Mas o que eu queria dizer é: prossiga.

— Olha só o que aconteceu em Phoenix na semana passada. Jovens brancos fazendo arruaça em bairros latinos, chutando portas, quebrando vitrines, agredindo qualquer um que suspeitassem ser imigrante ilegal...

— O governador já restabeleceu a ordem na região.

— Sim, depois de vinte e quatro horas de um verdadeiro *pogrom*.

— Foram cenas terríveis mesmo, sem dúvida. Mas não podemos culpar...

— Eu não estou culpando ninguém, Sr. Kassian.

— Bob.

— Eu não estou *interessada* em culpar ninguém, Bob. O que me interessa é *prevenir*. Mas o que eu quero dizer é que não há motivos para que isso não venha a acontecer aqui também.

— Em Washington?

— Claro. As pessoas acham que aqui o problema é só entre negros e brancos, mas não é. Existe quase um milhão de latinos na região metropolitana de Washington.

— Um milhão?

— Sim. Se levarmos em conta os que vêm trabalhar. Um milhão.

— E muitos são ilegais?

— Muitos não têm documentos, naturalmente. Mas não é essa a questão. O problema é as pessoas *acharem* que eles não têm documentos.

— E saírem atrás deles.

— A simples ideia de uma força de deportação legitimou esse tipo de comportamento. Você precisa entender isso, Bob. No momento em que o seu presidente começou...

— O *nosso* presidente. Ele também é o seu presidente.

— No momento em que ele criou essa força de deportação, praticamente declarou que essas pessoas são um inimigo interno. Passaram a representar um alvo legítimo.

— É claro que eu não posso concordar com isso — comentou Bob, terminando de comer sua entrada. Era uma construção que usava com frequência ultimamente. Talvez ninguém notasse a sutileza contida na frase, naquele "não posso", mas ele tinha plena consciência. Talvez um advogado fosse capaz de perceber, mas Kassian sabia que não dizia exatamente a Helene Kitson que *não* concordava com ela, apenas que não podia concordar. Havia nisso uma insinuação suficiente de que talvez quisesse concordar com ela, se isso fosse possível em sua posição. Se ela o entendia dessa maneira, já era outra questão.

— E sabe o que é incrível? — Kassian notou que ela mal havia tocado na comida. — Ninguém vai ter coragem de escrever sobre isso.

— Aqui em Washington? Você tem certeza? — Kassian sorria. — O pessoal aqui não costuma ter medo de expor opiniões incisivas.

— Ah, era assim que *costumava* ser, eu reconheço. Mas, Bob, não me diga que não está vendo. Tudo aqui está mudando. *Já* mudou.

— Mudou? Em que aspecto? — Ele encontrou os olhos de Pamela, do outro lado da mesa. Sua esposa percebia que Kitson estava aprontando uma das suas. Moveu os lábios para dizer uma só palavra: "Desculpa."

— A imprensa! Os jornalistas andam muito mansos! Desde aquele lance com a Receita Federal. Está todo mundo com medo de receber o mesmo tipo de atenção.

— Acho que isso seria novidade para os meus colegas de trabalho na assessoria de imprensa do presidente — disse Kassian, abrindo um sorriso cansado, embora soubesse que Kitson tinha razão. No primeiro mês no cargo, o presidente havia mandado a Receita Federal atrás do dono de um dos maiores grupos de imprensa do país, em busca de "irregularidades" nas questões fiscais da empresa-mãe. Quando a oposição denunciou a flagrante tentativa de amordaçar a imprensa crítica, seus defensores ocuparam os canais de TV a cabo para dizer que não era nada disso, que o presidente estava só fazendo com que "os mais ricos do país pagassem devidamente seus impostos". Naturalmente, isso foi o suficiente para que comediantes de programas que passam tarde da noite fizessem piada sem parar, ressaltando que havia mais provas de que Elvis ainda estava vivo do que do pagamento de um único centavo de imposto de renda pelo presidente.

As objeções mais sérias vieram das palavras do próprio presidente. Durante a campanha eleitoral, ele advertira de modo explícito o dono desse jornal, exatamente aquele que não se cansava de alfinetá-lo, dizendo que, se fosse eleito, mobilizaria toda a máquina do governo federal para ir atrás dele. Na época, muita gente descartou isso como mera fanfarronice. Acreditava-se que ele estava brincando, falando como Tony Soprano, bancando o valentão. Mas aquela, pensou Kassian, tinha sido uma ocasião, uma de muitas, em que teria sido mais sábio acreditar nas palavras do presidente de maneira séria e literal.

É possível que Kitson tenha lido a mensagem labial de Pamela, pois agora, recostada na cadeira, deixando que o garçom levasse seu prato, disse:

— Desculpe por estar te perturbando. Você fez a gentileza de vir ao nosso jantar anual, e eu aqui batendo sem dar trégua. Minha mãe não acharia nada bonito. — Ela abriu um sorriso largo de conciliação, e Kassian fez o melhor que pôde para retribuir.

— Pois então me diga: como estão as coisas no abrigo? Vocês estão conseguindo tudo de que precisam?

— Bem, eventos como esse ajudam. E a dedicação e a generosidade de pessoas como Pamela.

— Que bom.

— Mas é claro que a necessidade é muito grande. — Kitson fez uma pausa. — Não quero começar a bater em você de novo.

— Tudo bem.

— Bom, o fato é que a pobreza não está diminuindo, digamos assim. As pessoas enfrentam muitas dificuldades. Inclusive gente que costumava ter uma rede de apoio.

Ele fez um gesto para que ela explicasse.

— Veteranos.

— Mas essa é uma questão que sempre existiu, não é mesmo? — comentou Kassian, rapidamente acrescentando a palavra "infelizmente" no fim da frase.

— É verdade. E a maioria deles conta com a assistência aos veteranos. Mas estou falando de um tipo específico de veteranos.

Kassian franziu a testa.

— Latinos.

— Ah.

— Eles nem sempre querem buscar assistência federal.

— Porque exigiriam...

— Documentos. Muitos não têm documentos.

— Mas se usaram farda, se eles serviram...

— Às vezes não é nem por causa deles, mas das famílias. Talvez não houvesse problema para os próprios veteranos, porque eles serviram, mas eles podem ter um irmão, ou mulher, ou irmã, ou a mãe. As novas regras...

— O decreto presidencial?

— São muito duras, Bob. E estão sendo implementadas duramente. Então um veterano que um ano atrás teria pedido ajuda federal, talvez agora não queira estar no radar de ninguém. Eles não querem ouvir alguém batendo na porta da casa da mãe.

— Eu não sabia mesmo.

— A gente não fala muito disso. O pessoal da comunicação diz que é muito "polêmico".

Os dois sorriram. E ela mais uma vez pediu desculpas.

— Olha só, estou fazendo isso de novo. Falando de desgraças! Não adianta nada. Se o comitê soubesse que estou dizendo essas coisas... Eu devia estar aqui para *inspirá-lo*.

— Não, não, você está mesmo me inspirando. Está sim.

Kitson deu uns tapinhas agradecidos no antebraço dele e se virou para falar com o homem que estava do outro lado dela. E, enquanto as engrenagens começavam a funcionar em sua cabeça, Kassian refletiu sobre o significado da palavra *inspiração*. Se significava dar uma ideia, era exatamente o que Helene Kitson, diretora executiva da Aliança pelos Desabrigados, tinha acabado de fazer.

QUATORZE

WASHINGTON, D.C., TERÇA-FEIRA, 21:35

Passando os olhos pelos tuítes com a hashtag #MortedeFrankel, Maggie constatou, embora fosse duro reconhecer, que McNamara estava certo. Os malucos viciados em teorias da conspiração só falavam disso.

O médico da Casa Branca havia sido assassinado pelo ocupante anterior da Casa Branca. Havia sido assassinado por ordem do *próximo* ocupante da Casa Branca (que aparentemente já havia sido escolhido e atualmente cumpria mandato como líder da minoria no Senado). Ou então havia sido assassinado pela inteligência russa, como demonstração de até onde conseguiam chegar. Tinha sido assassinado por um esquadrão da morte norte-coreano para servir de advertência ao belicoso presidente dos Estados Unidos. Assassinado pelas indústrias farmacêuticas, pois vinha pressionando o presidente a tomar medidas contra o alto preço dos remédios. Já o ex-mago imperial da Ku Klux Klan achava que todo mundo estava esquecendo o principal:

Frankel era judeu. A elite banqueira dos Rothschild matou um dos seus para confundir as pistas. Mas não vai funcionar! #SupremaciaBranca

Tuítes, postagens no Facebook, blogs — o mundo estava cheio de especialistas em uma morte que tinha acontecido poucas horas antes e sobre a qual praticamente não havia informações. Gente como Maggie, aqueles de quem ela se sentia próxima e que seguia nas redes sociais, se uniam em tom de desaprovação. Estava claro que o Dr. Frankel era um homem perturbado que fora levado a uma atitude extrema, lamentavam. Quão doente era a nossa cultura para as pessoas não conseguirem aceitar essa triste verdade?

Normalmente, Maggie estaria alinhada com esse grupo. Porém, com base não em seu preconceito mas em tudo o que tinha visto e descoberto hoje, era obrigada a concluir dessa vez que, mirando no que viam e acertando no que não viam, as teorias da conspiração tropeçaram na verdade.

Não em todo aquele besteirol sobre a Coreia do Norte ou o líder da minoria, é claro, mas no fundo de verdade sem o qual elas não existiriam. Todas as teorias da conspiração consideravam que a alegação de suicídio era mentirosa, e nesse ponto estavam certas.

Mas divergiam na motivação. Por que alguém desejaria eliminar o *médico* da Casa Branca? Ninguém poderia estar mais distante das disputas políticas que ele. O Dr. Frankel era um homem estritamente apartidário, que havia servido não só ao presidente anterior como ao que o tinha antecedido. Maggie verificara o arquivo pessoal do médico, gentilmente fornecido por Crawford McNamara. Não havia o que dizer, nenhuma queixa contra ele, nenhuma alegação de indiscrição. Mesmo que alguém achasse que ele sabia demais, não havia motivos para suspeitar que fosse abrir a boca. E, até onde ela sabia, nunca o tinha feito.

Maggie pressentia que a chave do enigma estava no encontro que Frankel tivera com Bruton e Kassian na noite anterior. Era coincidência demais que o médico tivesse acabado morto horas depois da visita a sua casa de dois dos homens mais poderosos da Casa Branca, e, portanto, do mundo.

Mas o que eles poderiam querer com Frankel? O médico estava muito abaixo de Bruton e Kassian na cadeia alimentar de Washington, uma cidade onde essas coisas contavam. O fato de o procurarem em sua casa era particularmente intrigante. Ainda que precisassem encontrá-lo, por que Kassian — como chefe de Gabinete — não o teria simplesmente convocado a sua sala? Digamos que Kassian estivesse preocupado com a saúde do presidente; talvez tivesse visto resultados de exames alarmantes. Poderia muito bem desejar ter uma conversa discreta. Mas como isso tudo poderia envolver o secretário de Defesa?

Então caiu a ficha: Maggie não sabia quase nada sobre nenhum dos dois, na verdade. Eles foram nomeados quando ela estava na fase de negação, mal conseguindo prestar atenção nas notícias. Tinha passado a maior parte daquele período de transição tentando resolver pendências para o presidente que estava saindo, ouvindo-o tentar convencê-la a ficar pelo bem do país ou querendo se encolher debaixo das cobertas, jurando só sair de lá depois de quatro anos, do fim daquele pesadelo. Isso quando não estava xingando o candidato derrotado, ou se odiando por... tudo.

Como consequência, não tinha lido os longos perfis de Bob Kassian nem visto as seções do Senado para a confirmação de Jim Bruton no cargo. Ambos foram nomeados pelo novo presidente, e, para Maggie, isso já era condenação suficiente.

Por isso ela tratou de mergulhar no laptop para ver o que encontrava. Primeiro Kassian. Velho militante do partido, breves passagens pelo mundo corporativo, mas, fora isso, funcionário dedicado e homem de ficar nos bastidores — sua carreira na capital tinha começado em cargos de assistente legislativo e depois diretor legislativo do principal senador de Ohio (que fora, conforme Maggie lia agora, um dos que demoraram para apoiar o presidente nas eleições primárias). Kassian tinha se tornado diretor da sede do partido pouco antes do último ciclo eleitoral. Eles perderam, mas ninguém o culpou. Pelo contrário, um perfil publicado na *New Yorker* afirmava que todo mundo considerava que ele havia sido o responsável por estancar o sangramento. "Com Kassian, uma catástrofe certa se transformou em mera derrota."

Era firme, e, para dizer a verdade, meio não-fede-nem-cheira. Nunca tinha concorrido a nenhum cargo, embora inevitavelmente comentassem que poderia voltar ao seu estado depois de servir à Casa Branca para tentar ocupar a mansão do governador. Mas ele nunca tinha enfrentado os holofotes implacáveis de uma campanha, processo que tendia a deixar exposta uma vida inteira.

O único ponto interessante que encontrou, que geralmente ocupava um ou dois parágrafos, era o fato de Kassian ser veterano de guerra. Ele havia servido no Exército depois da faculdade, 75º Regimento de Infantaria, com direito a um período no Iraque durante a operação Tempestade no Deserto. Não faltavam citações repletas de lugares-comuns — "Foi um privilégio servir ao meu país..." ou "Nós que vestimos o uniforme da pátria..." —, mas nenhum detalhe. Maggie se perguntava, considerando as capacitações e a carreira que Kassian viria a ter no futuro, se ele na verdade não havia passado de um burocrata de farda cáqui, confinado a uma escrivaninha no quartel-general. Já conhecera muitos homens do Exército assim: a única arma que já dispararam enfurecidos foi um teclado de computador.

O secretário de Defesa era um sujeito de perfis muito mais claros. Figura fácil nos talk-shows de domingo, o general Bruton havia desempenhado um papel decisivo como comandante na segunda Guerra do Golfo — embora muitos desconfiassem que a atenção do presidente tivesse sido atraída para ele mais por seu desempenho como comentarista em programas de TV do que no campo de batalha. (Em geral, o presidente tendia a nomear pessoas que apareciam com frequência na televisão; ele pouco fazia para desmentir a impressão de que basicamente sua percepção do mundo, mesmo agora, ocupando o Salão Oval, não era nutrida por relatórios dos serviços de inteligência, por assessores, por livros ou pela opinião especializada de laboratórios de ideias, nem mesmo pela imprensa mais abalizada, mas por gurus da TV que cuspiam frases de impacto.)

Bruton também havia sido diretor de uma empresa por um breve período, o que deu uma ideia a Maggie. Ela retornou à aba que havia deixado aberta no computador, com o perfil mais completo de Kassian, o do *Wall Street Journal*. Percorreu o texto até chegar à época em que ele fizera parte do conselho diretor de duas empresas antes de voltar à política. Uma delas era uma gigante farmacêutica; a outra, uma companhia de planos de saúde — em ambos os casos, interesses específicos do seu antigo chefe no Senado. Estaria aí — na medicina — a ligação com Frankel?

Então Maggie passou ao artigo referente a Bruton. Sua experiência corporativa era maior; ele havia atuado como diretor ou membro do conselho de várias empresas. Como se poderia esperar, eram todas fornecedoras de equipamentos e serviços para a indústria de defesa — uma delas fabricava GPSs de última geração, havia outra relacionada a "logística" e uma terceira era um desses empreendimentos de "avaliação estratégica de risco" que sempre pareceram bastante duvidosos a Maggie, pois ficavam naquela zona obscura entre a inteligência do governo e empresas privadas visando ao lucro. Ela não era ingênua; sabia que esses dois mundos se comunicavam por uma porta giratória e que a maioria dessas empresas tinha militares reformados e antigos homens da CIA como funcionários. Mas a coisa toda nunca tinha cheirado muito bem.

Maggie se recostou na cadeira e esfregou os olhos. Esperava encontrar ali a convergência de interesses entre Kassian e Bruton que de algum modo explicasse aquela visita noturna a Frankel e tudo o que se seguiu. Mas não via a conexão.

Um barulho na porta. Maggie olhou o relógio. Era tarde, Richard costumava chegar mais cedo. Apesar da hora, apesar do cansaço, apesar da concentração na tarefa, ela sentiu aquele familiar formigamento causado pela ansiedade. Mas reprimiu o desejo. Precisava se concentrar.

Ele chegou, atirou a pasta no sofá e se jogou em uma cadeira.

— Sério, aquele lugar estava uma *loucura* hoje.

— Por causa de Frankel?

— Só se falava disso. E tinha toda aquela bizarrice acontecendo no gabinete dele.

Maggie lhe passou um copo de uísque, que ele rejeitou. Sem pensar, ela própria o bebeu.

— Que tipo de bizarrice?

— Gente entrando e saindo; secretárias, funcionários.

— Você viu isso?

— E todo mundo saindo com caixas. Removendo os arquivos, imagino.

— Removendo os arquivos?

— Eles diziam que estavam seguindo instruções da polícia para fechar a sala. Mas eu não vi policial nenhum.

— Quer dizer então que fecharam a sala dele?

— Disseram que era o que estavam fazendo. E acho que no fim das contas acabaram trancando mesmo. Mas não deve ter sobrado muita coisa lá dentro depois que terminaram.

— Meu Deus!

— Eu sei. Você está cuidando disso, não é?

— Sim.

— Foi o McNamara que colocou você nessa?

Maggie não respondeu. Estava pensando.

Ele se levantou, foi até a cozinha e se serviu de um copo de água com gás.

Maggie o chamou, tentando fazer uma pergunta sem parecer que a fazia. Richard era duro de roer; tinha grande chance de ele falar da muralha da China entre os dois. Casualmente, perguntou:

— E quem mandou as secretárias tirarem as coisas de Frankel?

— Ouvi dizer que foi Kassian. Parece que ele deu a ordem de manhã cedo. Logo que souberam.

De manhã cedo. Então Kassian teria ficado sabendo disso antes mesmo de Crawford McNamara? E, neste caso, como? Maggie tentou reconstruir mentalmente uma sucessão exata de acontecimentos. Se Kassian havia tomado conhecimento da morte de Frankel antes da chegada de qualquer notícia oficial à Casa Branca, isso levantava imediatamente uma clara suspeita.

— Bom, e você, Mags? Como foi o seu dia?

Ela começou a relatar a cena na casa de Frankel, todo o pesar que sentiu por lá, a proximidade da família e dos amigos, o fato de nada apontar para um suicídio, até onde via. Richard assentia, dizendo que era a mesma coisa que as pessoas estavam falando no trabalho. Que Frankel era das antigas, meio difícil, mas estável. Ninguém jamais havia suspeitado que ele tivesse alguma doença mental. Alguns usavam justamente isso para dizer que nunca se sabe, que as pessoas são capazes de esconder até os segredos mais sombrios. Mas a maioria achava que a coisa toda era mesmo meio... suspeita.

A essa altura, os dois estavam sentados no sofá, e talvez fosse o uísque ou quem sabe a simples presença dele, mas o fato é que Maggie finalmente perdeu a batalha que vinha travando desde que ouviu um barulho na porta. Ela o queria. E a intensidade disso quase a surpreendia. Precisou apenas encostar seus lábios nos dele, e se sentiu devorada pelo desejo.

Mais tarde, enquanto Richard dormia, ela contemplava o teto, repassando todos os pontos de novo e de novo. Havia contado a ele que Helen Frankel mencionara uma conversa entre seu marido e Kassian e Bruton, e Richard, em vez de desconsiderar, levara isso a sério. Ela se sentiu encorajada. Estava certa de que a resposta residia, de alguma maneira, naqueles dois homens.

A reação óbvia seria entrar com o pé na porta no gabinete de Kassian logo de manhã e exigir uma explicação sobre a visita noturna à casa do Dr. Frankel. Mas isso seria se precipitar, antes de acumular provas e avaliar todas as implicações dessa atitude; não, ela já havia cometido esse erro antes, com enormes e terríveis consequências. Enquanto voltava a sentir aquela náusea familiar, Maggie jurou que não cometeria o mesmo equívoco.

E ali mesmo, no escuro, esticou o braço para pegar o celular, retomando de onde havia parado no laptop. O peito nu de Richard, subindo e descendo a cada respiração, foi iluminado pela tela.

Ela voltou a examinar o perfil de Bruton. Uma ideia se formava.

Como todo artigo sobre o secretário de Defesa, esse também direcionava quase toda a atenção para sua atuação durante a invasão do Iraque em 2003. Sua reputação havia sido construída lá. Mas é claro que sua carreira militar não havia começado nessa operação, pensou Maggie. Considerando a idade de Bruton, ele devia ter entrado em ação muito antes.

Ela percorreu aquele artigo e outros, mas todos eram irritantemente vagos. Decidiu então buscar novos caminhos. Usando apenas uma das mãos, digitou *Jim Bruton Tempestade no Deserto*.

Como esperava, rapidamente veio a confirmação. Ele era um veterano da Guerra do Golfo. Porém, sobre o papel que desempenhou não havia quase nada. Ambos estiveram lá, Kassian e Bruton. Mas os detalhes sobre o que fizeram ou onde estiveram eram bastante escassos. Ambos eram figuras públicas, gente cuja vida pregressa em geral se transformava em um livro aberto. Contudo, no caso dos dois, esse capítulo parecia ser deliberadamente obscuro.

Maggie não estava entendendo. Não sabia por que, nem que possível ligação isso poderia ter com a morte de Frankel, mas algo lhe dizia que precisava desvendar esse passado. Teria de descobrir o que já intuía ser um segredo de muito tempo, compartilhado por dois homens que agora estavam bem no centro do poder dos Estados Unidos.

QUINZE

PENTÁGONO, QUARTA-FEIRA, 11:02

— Soldado, descansar.
— Sim, senhor.

Jim Bruton esperou o clique que indicava que a porta do seu gabinete estava fechada para então dar um abraço no sujeito à sua frente. Não o habitual abraço fugaz e automático entre dois homens, mas um cumprimento prolongado, durando um pouco mais que o normal. Era verdadeiro o afeto entre eles.

— Faz quanto tempo, sargento? Três anos? Quatro?
— Seis anos e sete meses, senhor. A última vez que nos vimos foi em Fort Bragg. Eu trabalhava como treinador e o senhor foi...
— Fazer o discurso de formatura. Claro. Boa memória, sargento.

Houve uma pausa. Jim pensava em como a situação era estranha, dois homens que se chamavam de "sargento" e "senhor", pois sempre havia sido assim, e mudar isso agora seria ainda mais estranho. Como o chamaria? Sargento Garcia? Julian? Nada soava adequado.

Ele examinou o homem à sua frente. Bruton estava contente de ver que parecia em excelente forma. Com 45 anos, os cabelos já grisalhos e cortados rentes, ele não apresentava o menor sinal da barriga protuberante que a vida em Washington havia conferido a Bruton (embora não a Kassian, como pudera notar). Era difícil dizer por causa das roupas civis, mas Garcia parecia esbelto, os músculos firmes. Na rua, poderia se passar por um ex-atleta, talvez um treinador profissional. Mas seus olhos tinham o brilho roubado por um cansaço que Bruton reconhecia. Ele mesmo o tivera um dia. Talvez ainda tivesse.

— Bem, como pode ver, a vida apronta das suas — começou, fazendo um gesto mostrando a sala. Desconfiava que o velho companheiro não se sentia confortável ali. Bruton estava acostumado com isso. O Pentágono era um lugar intimidante para quem não estivesse habituado. E isso até fazia parte do objetivo: passar uma imagem de poder era exatamente a função daquele departamento. O que se aplicava particularmente àquele refúgio sagrado, o gabinete do secretário. Muitos veteranos do Pentágono jamais entraram naquela sala.

O ambiente era praticamente concebido para intimidar. Era natural que tivesse a localização de maior prestígio do vasto complexo, no terceiro andar do mais externo dos cinco "anéis" do Pentágono, logo acima do grande pórtico de entrada, de frente para o rio. E era enorme, com três espaços para reuniões no mesmo salão, incluindo uma mesa circular para quatro pessoas de um dos lados e uma retangular, para dez pessoas, do outro. Nas paredes, as habituais bandeiras e os retratos dos antigos secretários, claro, mas também uma grande tela digital horizontal mostrando as horas do dia em Washington, Londres, Bagdá, Cabul, Islamabad, Seul e Moscou. (Para Bruton, isso parecia pretensioso, mas ele nunca arrumou tempo para tirá-la dali.) O carpete era de um tom azul forte, presidencial. E acabava aí a semelhança com o Salão Oval: este era muito maior.

Mas nada disso era a verdadeira causa do desconforto que imaginava que Garcia estivesse sentindo. Mesmo que o gabinete fosse pequeno e modesto, o visitante certamente estaria se remexendo na cadeira. O problema, imaginava Bruton, estava no fato de o sujeito ter passado a maior parte da vida em ação, atuando nas sombras, se virando para se safar. Apesar de estar reformado há alguns anos, ser convocado de uma hora para outra para a sede administrativa, tendo de se comportar como funcionário de uma grande organização, devia fazê-lo se sentir deslocado. Mesmo que essa organização fosse o Departamento de Defesa, para Julian Garcia não deixava de parecer um ambiente civil, e, portanto, estranho. Era provável que até o simples fato de estar tão próximo de uma cidade americana lhe causasse estranheza — a carreira no serviço ativo de inteligência, em campo e não atrás de uma mesa, significava que ele estava mais acostumado com as ruelas de Cabul ou com os desertos do Iraque. As pessoas costumavam falar da institucionalização de quem seguia carreira a vida inteira em uma empresa. Mas se falava muito menos de homens como Garcia, que se desinstitucionalizavam. E, no entanto, era um fenômeno que existia. Bruton sabia disso, pois quase havia acontecido com ele.

— E o que o senhor anda fazendo, sargento?

— O de sempre para homens como eu, senhor. Consultoria de segurança. Sauditas. Emirados.

— Eu tinha ouvido algo a respeito. Tivemos sorte de o senhor estar no país. Tão em cima da hora.

— Visitando a minha irmã, senhor. Coisa de família.

— Sim. Estou sabendo. Eu sinto muito.

— Mas saiba que onde quer que eu estivesse, senhor, em qualquer lugar do mundo, eu teria vindo. Basta chamar.

— É bom saber, sargento.

— É verdade. O senhor salvou a minha vida duas vezes, e essas duas são apenas as que chegaram ao meu conhecimento.

— Ora, nós cuidávamos uns dos outros. Todos nós. Era o nosso trabalho.

— *É* o nosso trabalho, senhor. Sempre.

Bruton deu um inconfundível suspiro de alívio. Aquele "sempre" era particularmente bem-vindo.

— Imagino que o senhor queira saber por que o chamei aqui.

E fez um gesto para que se sentassem à mesa menor.

— Li na sua pasta que, mesmo no fim do seu tempo de serviço, o senhor era considerado o melhor atirador das Forças Armadas. O senhor se lembra de qual foi a sua pontuação final?

— Eles não dizem, senhor. Só se passamos ou não no teste.

— É verdade. Agora eu me lembro. — Ele não falava apenas com o visitante, mas consigo mesmo. — Bem, *eu* sei qual foi a sua pontuação. O senhor fechou com média de trinta e nove vírgula noventa e seis. Um total de quase quarenta.

Garcia fez um gesto quase imperceptível de assentimento. Bruton prosseguiu:

— O senhor foi um soldado excepcional, Garcia. Realmente o melhor dos melhores. Tem capacitação de primeira em informática e experiência de contrainteligência em campo. Eu li atentamente o seu arquivo.

Observando seu interlocutor, notou que Garcia aceitou o elogio sem ficar cheio de si. Bruton percebeu que ele estava esperando suas ordens. O secretário de Defesa se inclinou para a frente.

— Diga-me, sargento Garcia. Você deixou o serviço ativo há quase dois anos. Seria natural que relaxasse um pouco, que...

— Eu continuo na ativa, senhor. Ainda em forma. Preciso estar. Para os meus novos... clientes.

Bruton percebeu a hesitação na última palavra.

— Ótimo, então. Pois preciso incumbi-lo de uma missão que vai exigir grande precisão. É de enorme importância e sigilo que o senhor receba ordens apenas de mim. Ninguém mais tem conhecimento disso nem pode vir a ter. Caso algo sobre essa missão vaze, eu negaria e teria de tomar medidas drásticas para sustentar a negativa. O que poderia significar até medidas drásticas contra o senhor, sargento.

— Entendo, senhor — disse Garcia.

— Eu preciso que o senhor elimine um alvo importante.

Garcia não assentiu nem meneou a cabeça. Continuava na espera.

— Esse alvo estará muito bem protegido. Extremamente bem protegido. E o senhor terá de eliminá-lo em um lugar público. Além disso, não basta não ser pego. Não pode haver nenhum rastro de provas ou suspeita que, por causa da nossa relação, de algum modo venha a me envolver. Logo o senhor saberá por quê. Se, para isso, precisar envolver outra pessoa, pode fazê-lo, mas nas mesmas condições. Teria de ser alguém a quem confiaríamos nossas vidas. O senhor compreendeu bem até aqui?

— Sim, senhor.

— Também devo avisar que o senhor não terá o tempo de que precisa, nem perto disso. A missão precisa ser concluída nos próximos três dias. O senhor terá de começar seu trabalho assim que sair deste gabinete. Está acompanhando?

— Sim, senhor.

— Ótimo. Gostaria de poder gratificá-lo por isso, mas não posso. Nem sequer posso pagá-lo. Posso lhe dar alguns milhares de dólares em dinheiro para os custos básicos. Ajuda logística e certo apoio. E só.

— Não preciso de pagamento, senhor.

Bruton ficou comovido com a lealdade do sujeito e — embora pudesse parecer brega dizê-lo em voz alta — seu senso de dever.

— Eu ainda não lhe disse qual é o alvo da operação.

— Não, senhor.

— Mas antes preciso dizer algo. Quero que saiba que ainda sou aquele cara que o senhor conheceu no campo de batalha, quando estávamos lado a lado, até o pescoço de sangue, merda e mijo. Ainda sou aquele cara que se orgulhava de ser o comandante do senhor e de tantos outros grandes homens, inclusive os que nunca voltaram. Eu estava disposto na época a dar a vida por este país e ainda estou. Quero que saiba que nada disso mudou. Não mudou para mim, e, desconfio, não mudou para o senhor.

— Com certeza, senhor.

— Na ordem que vou lhe dar, estou agindo como patriota, alguém que jurou defender esta república. E, quando aceitar essa ordem, sargento, espero que também veja que estará igualmente agindo como patriota, servindo ao nosso país, que ambos amamos.

— Entendo, senhor.

— Muito bem. Fico feliz por estarmos nos entendendo. Pois, sargento Garcia, o seu alvo é o presidente dos Estados Unidos.

Fez-se uma pausa enquanto Garcia baixava a cabeça, absorvendo o que tinha acabado de ouvir. Algo em sua expressão dizia a Bruton que aquela ordem não representara uma completa surpresa. Talvez Garcia o tivesse intuído antes mesmo de entrar pela porta, talvez até antes de chegar a Washington naquela manhã. Ele não era nenhum tolo; era perfeitamente capaz de ler os jornais, como qualquer um.

De modo que não deixava transparecer choque, e sim o peso da missão que havia acabado de ser depositado em seus ombros. E então, em um gesto que talvez tenha surpreendido a ambos, Julian Garcia ficou de pé e ali mesmo, em seus trajes civis, levou a mão direita à testa em pronta continência ao secretário de Defesa. Olhando para a frente, limitou-se a dizer:

— Sim, senhor.

DEZESSEIS

LANDMANNALAUGAR, ISLÂNDIA, 7:40, TRÊS SEMANAS ANTES

Ele gostava dos dias longos. O nascer do sol às quatro da manhã e o pôr do sol às onze da noite — adorava essa época do ano, a sensação de um dia sem fim. Era sempre a mesma coisa. Birkir Arnason cambaleava pelo interminável inverno de longas noites e, no início de janeiro, quando o sol só mostrava a cara durante quatro ou cinco horas por dia, chega, ponto final. Estava na hora de sair dessa ilha estranha e se mandar para, que inferno!, a Califórnia; não faltavam convites.

Mas então a primavera chegava, e com ela as noites claras e as manhãs em que não tinha a menor dificuldade de pular da cama às cinco, pois lá estava o sol dando bom-dia. E seu país pronto para ser desembrulhado, depois de meses encoberto por camadas de neve, revelando-se límpido e perfeito.

Sempre dizia que o melhor de ter criado uma start-up não era o dinheiro, mas a autonomia que ele possibilitava. Não tendo nem chegado aos 30, chefiava uma empresa de duzentos empregados na sede, em Reykjavik, e centenas de outros pelo mundo, cotada na bolsa a um valor que significava que estaria sentado em dezenas, talvez centenas de milhões de dólares, se resolvesse vender tudo. Mas o melhor era isto: de manhã, em um dia de semana em maio, ele podia resolver que não queria ir ao escritório, que preferia pular no seu super-Jeep, com os pneus absurdamente largos e o chassi ridiculamente alto, e dirigir para as montanhas, passando por lagos cujas águas chegavam à altura da cintura e estradas cheias de pedras do tamanho de um punho fechado. Bastava enviar um e-mail. Ninguém perguntava aonde ele iria. (A maioria desconfiaria.) Ninguém perguntava quando voltaria. Ninguém o julgava. Ele era o chefe e tinha liberdade.

E agora, caminhando, fechava os olhos e respirava o ar puro. Nem precisava olhar ao redor. Sabia que à direita havia colinas que tinham adquirido um tom bem específico de verde, uma cor de cobre enferrujado. Sabia que bastava se virar para a esquerda para ver o campo de rochas que parecia um jardim de esculturas caótico, cada formação um duende moldado na lava cinzenta. Estivera ali tantas vezes que seria capaz de apontar seus personagens prediletos — o advogado, debruçado para sustentar sua argumentação; a freira; a mãe com o filho —, todos congelados para sempre.

Agora ele subia uma encosta íngreme, escarpada apenas o suficiente para valer a pena. Deixou que os pensamentos vagassem para o trabalho. Teria sido bom permanecer tão inflexível? A oferta proposta o teria tornado inacreditavelmente rico. Nunca mais precisaria trabalhar na vida. Poderia vir para cá todos os dias e passar os invernos em Malibu ou Sydney ou onde quisesse. Por um conjunto de jogos e aplicativos, era um dinheiro absurdo. Seus sócios tinham razão: eram jovens, teriam outras ideias. Não seria sua última aposta.

Mas não era essa sua maior preocupação. Não ficava preocupado com o que seu negócio significava para si próprio, mas com o que significava para o comprador. Não era a mesma coisa. Para ele, o começo da empresa foi puro entusiasmo, um jogo que queria jogar com os amigos; eles o inventaram porque gostavam dele. E agora o jogo havia se espalhado pelo mundo inteiro, encantando crianças em todas as línguas. Além do mais, sem querer parecer pomposo, também servia para lhes ensinar algumas coisas. Toda vez que davam uma resposta errada, elas viam a resposta certa. Era apenas um aplicativo, mas atento aos fatos. E até mesmo à verdade. Significava algo.

Birkir não estava convencido de que os interessados na compra da empresa enxergavam a coisa da mesma maneira. Para eles, era um pé em um mercado que ainda não haviam conquistado. Um modo de desenvolver fidelidade de marca nas crianças, conquistando cedo sua preferência, transformando-as em clientes para a vida inteira. (As pesquisas evidenciavam notável longevidade dos hábitos de consumo desenvolvidos na infância.) Por isso, quaisquer que fossem as promessas dos interessados, ele sabia que o nome do aplicativo, o nome que tinha escolhido com os sócios (e que lhes ocorrera em uma noite em que comiam batata frita na Vitastigur, ainda no primeiro ano da faculdade) acabaria sendo descartado. Seria substituído por aquela única palavra. Tinha de ser. Por que outro motivo estariam dispostos a pagar bilhões de dólares por alguns jogos?

Seus sócios queriam desesperadamente que ele dissesse sim. Quando chegou ao alto da colina, contemplando a neve que ainda cobria as montanhas vale afora, sucumbiu mais uma vez ao sentimento de culpa — com seu decisivo poder de veto no negócio, Birkir se interpunha entre os sócios e uma fortuna capaz de mudar a vida de qualquer um. Eles queriam tocar a vida. Ele lhes negava um futuro. Mas, mesmo assim, sabia que respeitavam seu julgamento. Quando lhes pedia que confiassem nele, que seriam capazes de fazer ainda mais milagres juntos, eles acreditavam. Mas agora, sob aquele vasto céu azul, isso só servia para fazê-lo se sentir ainda mais culpado.

Ele olhou para a cabana de montanhistas que marcava o início e o fim da trilha, lá embaixo. Não costumava ter muita gente por lá de manhã tão cedo. Havia apenas um outro caminhante solitário, todo de preto, que ele vira cerca de duzentos metros atrás, talvez uma alma semelhante à sua. Birkir continuou andando.

Descendo pela trilha, ficou maravilhado pela milésima vez com as fendas no solo das quais emanava vapor, às vezes em filetes finos que ondulavam, outras chegando a parecer colunas de fumaça de uma locomotiva. A sensação de que o solo sob seus pés não passava de uma tampa desse caldeirão borbulhante e turbulento o deixava empolgado na infância e ainda hoje. Quem poderia dizer que mistura sísmica era preparada lá embaixo? Todo esse campo de lava tinha se formado tão recentemente que era possível estabelecer a data. Ele havia aprendido na escola: 1477. Imagina só, o planeta tomando forma sob os nossos olhos. Debaixo dos nossos pés.

Ele se virou para trás. Tinha ouvido ruído de passos e esperou ver alguém vindo em sua direção, um caminhante que tivesse avançado com rapidez. Mas não havia ninguém.

O que significava que Birkir Arnason estava completamente despreparado para o golpe que recebeu. De repente, levou um encontrão violento na altura do diafragma, como se tentassem derrubá-lo em uma partida de rúgbi. Dois braços fortes envolveram sua cintura, enquanto um ombro empurrava seu quadril. Ainda de pé, ele foi arrastado uns quinze metros para fora da trilha.

Até aquele momento, a surpresa o havia impedido de reagir. Só então ele começou a dar socos, distribuindo pancadas na figura vestida de preto que não o soltava. Não dava para ver seu rosto. Ele continuava de cabeça baixa, como se quisesse derrubá-lo. Tudo que Birkir conseguia fazer era bater nas costas do sujeito. Mas de nada adiantava.

Dava para perceber que agora estavam em um terreno mais macio, lamacento. Já estava difícil respirar o ar. E também era mais difícil de enxergar; estava envolvido por uma névoa. Sentia que o terreno ficava úmido — e quente.

E veio então, fulminante, um pensamento, contundente como o ataque de segundos atrás. Ele compreendeu.

Essa compreensão o fez resistir, ganhando novo vigor com a adrenalina. Esforçando-se muito, Birkir colocou as mãos no pescoço do agressor e começou a apertar.

Mas isso não durou muito. O homem simplesmente soltou a cintura dele, transferindo sua energia para os braços, que usou para arrancar do pescoço as mãos de Birkir. Mas isso deu à presa uma oportunidade de escapar do predador. Birkir começou a correr. Tropeçou, mas logo estava de volta à trilha.

Agora conseguia tomar impulso. Sentiu que ganhava velocidade. Estava descendo a encosta. Se pelo menos conseguisse chegar à cabana, alguém...

Mas então ele caiu, dando de cara no chão. Só ao se ver estendido no solo é que se deu conta de que o sujeito o tinha agarrado pelo tornozelo.

Birkir deu um jeito de se desvencilhar e se levantou. Mas demorou apenas um ou dois segundos para que o homem de preto, também ofegante, pulasse em cima dele, agarrando-o enquanto, sob o peso do próprio corpo, o arrastava pela trilha, e depois para fora dela. Birkir voltou a sentir o vapor e o calor.

Em seguida, com um empurrão nas costas, estava de novo no chão. O agressor o puxou pelos tornozelos por cerca de um metro ou dois, enquanto pedras e plantas arranhavam e rasgavam sua pele. Nessa posição, ele não tinha chance. Sua cabeça parecia estar explodindo por causa da queda. O homem era forte demais para ele. Birkir sabia o que esperar.

Agora estava sentindo o fedor de enxofre de um lago geotérmico quente. Mesmo nesse momento, seu cérebro funcionava o bastante para concluir que o sujeito tinha escolhido muito bem o lugar, atacando exatamente onde os lagos eram mais perigosos, atingindo temperaturas muito além do ponto de ebulição.

Birkir lutava, sacudindo-se, tentando se desvencilhar, mas no fundo sabia que de nada adiantava. Não conseguia ver o indivíduo que estava para fazer aquilo com ele: seu rosto estava encoberto pelos vapores quentes.

Seria essa sua própria voz implorando misericórdia? Ele nem conseguia distinguir. Apenas se perguntava se seria atirado na água fervente de cabeça, o que por certo teria a vantagem de deixá-lo inconsciente de imediato, ou se sentiria a própria carne queimar primeiro. Seu cérebro foi tomado pelo pavor de ser escaldado vivo.

Nos últimos segundos, Birkir se perguntava se alguém um dia ficaria sabendo o que havia lhe acontecido, se restaria algum traço de seu corpo ou de suas roupas. Ou ele se dissolveria naquelas águas até o último fio de cabelo?

Tentou extrair algum conforto final desse pensamento — estava para ser devorado por uma paisagem que ele amava.

DEZESSETE

CASA BRANCA, QUARTA-FEIRA, 9:23

Andando pelos corredores, Maggie tentava captar o que Richard havia descrito, a sensação de um lugar mergulhado em boatos e especulações. O problema era que muitos dos seus antigos contatos não estavam mais ali. Naturalmente, suas fontes mais confiáveis de fofoca no trabalho foram embora na transição. Ainda havia muitos rostos que ela não conhecia. E, sobretudo, não tinha como saber se eram amigos ou inimigos.

O ponto de partida óbvio seria Eleanor, mas ela não estava por lá. Maggie tinha acabado de pegar um bloco de anotações, pronta para organizar as ideias em uma de suas longas páginas amarelas, quando a última pessoa que gostaria de ver no mundo — o homem que ela não estava preparada para encontrar — apareceu. McNamara.

Ele anunciou sua presença com a gracinha de sempre, botando primeiro a cabeça pela porta para depois bater. Um aparente gesto de cortesia, que, no entanto, não lhe dava chance de recusar a visita.

— Ora, ora, se não é Margaret Costello, ás da investigação!

— Oi, Mac.

— Eu não vou dizer isso, ok? Porque, se dissesse, estaria criando um "ambiente hostil" — de novo as aspas no ar —, então eu *não estou* dizendo nada disso. Estamos entendidos? Mas, cá entre nós, Richard é um cara de sorte, hein. Essas calças, nossa! Sexy!

— Totalmente inapropriado.

— Mas não se esqueça de que eu não disse nada disso. Nem uma palavra.

— Um dia desses, Sr. McNamara, eu vou colocar o meu celular nessa mesa, gravar como o senhor fala com as funcionárias e processá-lo até o senhor sair com uma mão na frente e outra atrás.

— Quando você vem com o milho, Srta. Cossstello, eu já volto com o fubá — retrucou ele, dando ênfase ao "S", quase sibilando seu sobrenome. — Meus nerds já estão cuidando disso. Mas, agora, vamos ao que interessa. Como vai o Misterioso Caso do Médico Suicida?

Maggie quase sentiu a própria carne sendo dilacerada. A ideia de estar trabalhando e colaborando com aquele sujeito a deixava perplexa. Mas agora, pensava com seus botões, tinha seus motivos para continuar ali. McNamara que se foda. Ela queria descobrir o que havia acontecido com Frankel porque um crime fora cometido e não podia ignorá-lo. Continuar naquele trabalho lhe permitiria chegar à verdade, independentemente de ajudar McNamara ou não.

— Bom, eu já sei o que o senhor queria de mim nessa história.

— Encerrar o caso.

— Mas receio que não seja tão simples como esperávamos.

Nesse momento McNamara se sentou, puxando uma cadeira e descansando os pés na mesa dela. Como estava de short, Maggie acreditou que havia o risco de acabar vendo o que definitivamente não queria ver. Assim, manteve o olhar fixo nos olhos dele.

— O que aconteceu?

— Receio que essa história de suicídio não faça sentido.

— Merda. — Ele mordeu a unha do polegar. — Por que não?

Instintivamente, Maggie não disse nada do que tinha visto no Gabinete do Médico-Legista.

— Pela maneira como a família falou dele.
— Você esteve com a família?
— Ontem à noite.
— Você foi ao *shiva*?
— Sim.
— Antes você do que eu.
— Hã? O que foi que você falou?
— Deixa pra lá. O que você descobriu?

Maggie balançou a cabeça e decidiu manter o foco. Não se esqueça de que é do seu interesse manter esse canal aberto, pensou.

— Sabe como é... Todos os motivos para continuar vivendo. Casamento da filha chegando. Avô dedicado. Uma vida feliz.

McNamara estava mordendo as unhas de novo.

— Nenhum histórico de doença mental? Depressão?
— Nada que ninguém tenha comentado. Pelo contrário. Um sujeito firme, estável.
— Será que as pessoas não querem apenas preservá-lo? Com vergonha de o homem ter um parafuso solto?
— Não, acho que não.
— Digamos então que você esteja certa.

McNamara cruzou as pernas, o que fez Maggie olhar para o chão. Ele estava tão perto que ela distinguia cada pelo de sua panturrilha. Sentia seu cheiro, uma fina camada de perfume caro por cima do suor e do fedor podre que imaginava haver por baixo.

— Quem diabos iria querer a morte do médico da Casa Branca? Quem sequer se importava com o cara?
— Para começar, você mesmo. Se achasse que ele podia saber algo constrangedor sobre o presidente. Ou que pudesse prejudicá-lo.
— Ora, ora. Não me diga que anda lendo essas merdas na internet.
— Eu dei uma olhada, sim. Você não?
— Não se deve beber do próprio mijo, Maggie. A primeira lição do manual.

Ela hesitava agora, tentando decidir o que devia falar da visita de Kassian e Bruton ao Dr. Frankel tarde da noite. Seu instinto dizia: nada. Seu nível de confiança em McNamara era zero.

Contudo, sendo realista, quais as chances de McNamara já não saber o que ela sabia? Zero, também. Não estaria revelando nada novo. Vendo a reação dele, no entanto, poderia ganhar algo. Também poderia acumular crédito com o chefe, convencendo-o de que, embora não fosse uma aliada, pelo menos poderia lhe ser útil. Quanto mais informações lhe desse, mais poderia receber dele. Era como as coisas funcionavam na capital: informação era a moeda de troca.

Mas, ainda assim, Maggie se conteve. Só por enquanto, pensou. Logo poderia mudar de ideia. Porém, no momento, manteria aquilo para si. O que tinha em mãos era precioso. Valia a pena guardar.

Eleanor não precisava de nenhum incentivo para falar com ela, basicamente porque as duas se tornaram amigas no dia em que Maggie apareceu por lá. Na época, ambas eram novatas, e acabaram confessando uma à outra que se sentiam impostoras. Maggie era irlandesa, ex-funcionária de ajuda humanitária que havia ganhado experiência como negociadora de paz, sempre mais à vontade no trabalho de campo do que navegando pelos pântanos de Washington. Eleanor era negra, vinte anos mais velha que Maggie e já estava na meia-idade quando se conheceram, uma mulher com filhos já adultos. Seu currículo consistia em décadas trabalhando como secretária do então recém-empossado presidente no seu estado de origem. Para ela, Washington era tão distante quanto Versalhes, mas nem de longe tão interessante. As duas se deram bem imediatamente.

— Café? — perguntou Maggie.

Eleanor não precisava que ela insistisse. Saíram juntas do gabinete, atravessando a praça Lafayette para ir ao Au Bon Pain na 17th Street com a H — um ponto de encontro habitual.

Nas primeiras centenas de metros, Eleanor foi detalhando as atrocidades em série cometidas por Crawford McNamara no ambiente de trabalho. Em condições normais, ela teria deixado a Casa Branca depois da eleição. Sentia-se um peixe fora d'água na nova configuração tanto quanto Maggie. Mas, como ela mesma dizia, não estava em uma idade "em que simplesmente se arruma um novo emprego". O ex-presidente havia lhe oferecido um organizando a vida dele pós-Casa Branca. Mas, depois de oito anos em Washington, seus filhos estavam bem estabelecidos e tinham arrumado um trabalho. Ela não podia simplesmente ir embora.

Eleanor precisou falar aos berros para se fazer ouvir acima do barulho dos manifestantes, cujos protestos de "Esse presidente não me representa" se tornaram uma programação permanente, quase uma vigília, em frente à Casa Branca.

— O problema é que coisas assim não acontecem todo dia, Maggie. Acontecem *toda hora*.

— Não dá para aguentar.

— Antes podia até ter um "incidente" ou outro de seis em seis meses. E muitas vezes eles eram bem sutis, se é que você me entende.

— Como a história de Shapiro com o café.

— Exatamente! Coisas irritantes. Talvez meio antiquadas. Mas nada parecido...

— Com essa misoginia completa e deslavada.

— Pois é! Muito diferente.

— Num nível totalmente diferente. E sabe o que mais? Esse *governo* inteiro é assim. Dez vezes por dia acontecem coisas que em tempos normais bastaria uma para ser um verdadeiro escândalo.

Eleanor balançou a cabeça e disse:

— Eu ainda adoro esse seu jeito de dizer "verdadeiro", Maggie.

Depois de pedirem o café, Maggie perguntou a Eleanor se tinha ouvido alguma novidade — referindo-se às secretárias e assistentes pessoais da Ala Oeste, que sempre sabiam de tudo.

Como era de esperar, praticamente ninguém acreditava que Frankel tinha se matado. Não combinava com ele; não fazia sentido. O que era bom de ouvir, embora Maggie tenha tomado o cuidado de não dizer nada do que descobrira.

E foi então que ela fez a pergunta que se revelaria crucial.

— Você ficou sabendo de algo estranho nos últimos dias? Quer dizer, fora *tudo isso*, obviamente. — As duas sorriram, reconhecendo ao mesmo tempo como seu local de trabalho, antes incomparavelmente eficiente e livre de escândalos, havia se transformado em um verdadeiro hospício. — Alguma coisa que pudesse ter sido, sei lá, motivo de estresse para o Dr. Frankel?

— Bom, você deve ter ouvido falar do que houve domingo à noite...

— O grande pega pra capar com a patroa?

— O quê?

— Ele não teve uma briga feia com a primeira-dama?

— Ah, sim, talvez tenha sido isso.

— Não, continue — pediu Maggie. — O que você ia dizer?

— Bom, talvez seja besteira. Você sabe como são as pessoas, elas normalmente falam muita merda.

— Tudo bem, mas me anime um pouco. O que foi que você ouviu?

— Só que ele teve um ataque de fúria no meio da noite. Ele convocou assessores, acordou todo mundo, entrou furioso na Sala de Crise.

— Na Sala de Crise?

— Foi o que eu ouvi.

— E você sabe do que se tratava?

— Só sei que ele estava xingando e berrando. Parece que o pessoal da Residência ficou apavorado.

— E o que pode ter provocado isso?

— Você conhece Martinez, o mordomo?

— Ele não foi demitido?

— Vai embora no verão. Enfim... Ele disse que o patrão estava vendo os talk-shows de domingo à noite. Você sabia que ele grava tudo?

— Então teve a ver com isso?

— Talvez. Quer dizer, com esse cara, quem diabos sabe de alguma coisa?

No caminho de volta, Maggie ouviu mais queixas de Eleanor a respeito de McNamara, e depois a amiga passou a falar do filho, até entrar no eterno tema do namorado imprestável da filha. Por fim, ela ergueu as sobrancelhas, o que, como Maggie já sabia, significava uma pergunta sobre como iam as coisas com Richard. Pensou em confessar sua preocupação com o flerte que julgava ter surpreendido com a "primeira-filha", mas achou melhor não. Só pareceria ridículo. Além do mais, sempre havia sentido da parte de Eleanor uma vaga desaprovação no que dizia respeito a Richard. Nada que pudesse identificar com clareza, mas o suficiente para não ter vontade de lhe fornecer mais munição.

As duas se despediram no corredor, e Maggie foi direto para a Sala de Crise.

Ela não conhecia o oficial de serviço, mas não se deixou intimidar. Perguntou se poderiam conversar em uma sala ao lado. Dava para perceber que ele havia sido transferido temporariamente da CIA, o que Maggie decidiu tomar como vantagem. Ele devia estar acostumado com investigações internas na Agência feitas pelo gabinete do inspetor-geral, por isso simplesmente disse que ele devia considerar que ela estava fazendo um trabalho equivalente para a Casa Branca.

Então lhe perguntou o que havia acontecido na noite de domingo.

Ele a olhou bem nos olhos e disse que não tinha sido informado a respeito.

— De quê?

— Do que aconteceu domingo à noite.

— Mas você sabe se aconteceu alguma coisa?

— Como eu disse, senhora, não estava de plantão e não fui informado sobre o incidente.

— Quer dizer que houve um incidente?

— Não fui informado, senhora.

Eles ficaram assim, dando voltas, até que Maggie, exasperada, pediu para ver o registro de eventos daquela noite. E ele empacou de novo, dizendo que precisaria de uma autorização do comandante.

— Tudo bem. — Maggie suspirou. — Eu gostaria de ver a escala de plantões das duas últimas semanas. — E, antecipando-se a qualquer nova resistência, acrescentou: — De acordo com o decreto presidencial 13.490, Compromissos Éticos do Corpo Executivo, Seção Sete, cláusula de Execução de Ordens, eu tenho autoridade para exigir uma análise imediata desses documentos. Que é o que estou fazendo. Agora. — E deu um sorriso gracioso.

O oficial tentou dizer que levaria algum tempo para conseguir uma cópia impressa. Maggie logo tratou de cortá-lo, dizendo que ele podia poupar o tempo de ambos se sentando em frente a um computador e percorrendo a escala na tela. Ela ficaria de pé atrás dele, acompanhando.

Sua relutância era evidente, mas ele fez como foi ordenado, percorrendo a relação na tela até chegar à mudança de turno ocorrida nas primeiras horas da madrugada de segunda-feira. Como Maggie esperava, havia cinco nomes: três oficiais de plantão, uma assistente de comunicação e um analista de inteligência. Ela anotou os cinco nomes, mas sabia que, para o que precisava, o que importava era a oficial de comunicação.

— Mary Rajak — repetiu Maggie. — E como eu posso entrar em contato com a Sra. Rajak?

— Receio que a tenente Rajak esteja de licença, senhora.

Maggie podia jurar ter vislumbrado um leve sorriso.

— Licença? Por quanto tempo?

— Indefinido, senhora.

— Não estou entendendo.

— A tenente Rajak está de licença por motivo de saúde, Sra. Costello. Foi afastada por causa de estresse.

DEZOITO

EAST FALLS CHURCH, VIRGÍNIA, QUARTA-FEIRA, 12:44

Julian Garcia teria largado tudo, onde quer que estivesse na face da Terra, para atender a um chamado de Jim Bruton, o homem que para sempre teria como seu comandante. Mas, no fim das contas, não tinha precisado se deslocar muito.

Quando recebeu a ligação do secretário de Defesa na noite anterior — *número desconhecido*, como aparecia no seu celular —, ele estava na Filadélfia visitando a irmã. Depois do que os dois passaram, não seria certo deixá-la sofrer sozinha. Embora tantos anos tivessem transcorrido desde que moraram sob o mesmo teto, mesmo considerando que seu marido e seus filhos eram estranhos para ele, Garcia achava que ajudaria um pouco simplesmente estar com alguém cujas lembranças se confundissem com as dele.

Além do mais, ele tinha outro motivo para fazer a breve viagem para o sul, até Washington.

Ficara sabendo da situação de Jorge Hernandez talvez umas seis semanas antes. Os caras da companhia tinham lá seus meios de se manter em contato. Não podiam usar Facebook nem e-mail, obviamente. Mas sabiam dar um jeito. Jorge dizia que eram "sinais de fumaça".

Assim, quando recebeu a ligação de Bruton, ele imediatamente se lembrou de Jorge. Garcia planejou na mesma hora: iria ao Pentágono e em seguida viria diretamente para cá. Sabia que estava se desviando demais, não tinha tempo a perder. Bruton o incumbira de uma missão de um mês inteiro para ser concluída em três dias. Mas, como tinha dito ao secretário de Defesa, eles faziam parte de um grupo em que todos cuidavam uns dos outros. Sempre.

A casa de Hernandez era modesta, um casebre na Roosevelt Street, com um carro pequeno na frente. Tudo arrumado e projetado para não chamar a atenção. Garcia reconheceu esse esforço — nos lugares onde havia morado, tinha dado um jeito de fazer com que tivessem a mesma aparência.

Assim que Hernandez abriu a porta, Garcia viu que a situação era mesmo horrível, como tinha ouvido dizer. O colega estava encurvado, a pele do pescoço flácida, no rosto uma sombra pálida entre o cinza e o amarelo.

Jorge conseguiu dar um sorriso.

— Bem-vindo ao circo de horrores — saudou.

Levou Garcia até uma sala de estar com poucos móveis — duas poltronas de couro sintético e uma enorme TV sintonizada em um canal de notícias da TV a cabo —, então desapareceu na cozinha e voltou com duas cervejas.

— Eu sei que ainda é cedo.

Os dois brindaram com as garrafas e Hernandez falou primeiro, batendo no próprio peito.

— Está bem aqui. Na garganta. No *esôfago*, como dizem os médicos. Resumindo: não posso comer muito e vou morrer logo.

Garcia engoliu a cerveja.

— Eu soube.

Uma longa pausa, e Hernandez prosseguiu:

— Que bom que você veio. É bom poder se despedir.

Garcia não contestou.

— Até um gato tem apenas sete vidas.

Os dois sorriram. E Garcia voltou a falar:

— E quantas vezes você enganou esse filho da mãe?

— Que filho da mãe?

— O anjo da morte. Cinco? Seis?

Hernandez gostou da pergunta. Contou nos dedos.

— Baçorá, duas vezes. Tora Bora, duas. Tikrit, uma. Paquistão, uma.

— E quando ficou cara a cara com Osama?

— Nem estava contando essa. Sete.

— No mínimo.

Outra pausa, outro gole de cerveja.

— Mas pelo menos consegue ir levando?

— A merda é essa. Eu estou acabado, mas ainda funciono. Consigo andar, consigo dirigir. Se não soubesse e desse de cara comigo, você pensaria: "Tudo bem. Ele talvez ainda tenha um ou dois anos."

— Mas...?

— Provavelmente algumas semanas. Mas uma coisa eu posso dizer. A única coisa pior que morrer é ficar o tempo todo falando disso. Diga lá, então, o que o traz à ensolarada Virgínia?

— Não posso falar sobre isso.

— Ah, interessante! Bem que eu queria ter algo de que não pudesse falar. De verdade. *Uma missão*. Seria ótimo. Em vez de ficar sentado aqui o dia todo, vendo esse babaca.

Ele fez um gesto para a TV — sem som —, onde o presidente discursava para vários repórteres no Salão Oval. As legendas diziam que ele estava condenando imigrantes. Não só os ilegais, mas todos.

— *Somos uma grande nação, mas nem tão grande assim* — dizia o presidente. — *E, se falarmos da última eleição, contando apenas as pessoas cujos avós nasceram aqui...*

Jorge Hernandez deu um sorriso amargo.

— Acho que nenhum de nós dois passaria por esse crivo.
— Não.
— Dá para acreditar? A gente serve para matar e ser morto pelo país, mas o nosso presidente diz que não merecemos votar.

Hernandez começou a tossir.

— Vai com calma, parceiro — disse Garcia, inclinando-se para pegar a garrafa de cerveja da mão do amigo.

— Eu estou bem, eu estou bem. — Hernandez passou a mão na espuma, parte cerveja, parte saliva, que tinha caído nas coxas. — Mas eu até que gostaria de fazer alguma coisa. Não tenho ninguém aqui.

— E o seu sobrinho? Aquele para quem você sempre escrevia.

— O Antonio? Eu o mandei para a faculdade. A A&M do Texas. Ele já estava na pós-graduação. O garoto é praticamente um gênio, Julian.

Garcia percebeu que vinha um "mas".

— Mas depois que o meu irmão se foi, a mulher dele... Ela nunca gostou de mim. A mãe não me deixou mais falar com o garoto. Seis anos sem nenhum contato.

— Que merda, cara.

— Ele foi deportado duas semanas atrás. Colocaram o garoto... que já é Ph.D. ou qualquer coisa assim... Colocaram o garoto num ônibus e o jogaram no México.

— Mas a sua família nem...

— ... nem é do México. Exatamente. Mas, para esse cara — e ele apontou para o presidente mudo na TV —, a gente é tudo igual.

Hernandez tossiu mais um pouco e voltou a falar.

— Mas você já sabia disso. Eu fiquei sabendo da sua mãe.

Garcia assentiu.

— Não me diga nada, é claro, mas essa missão é de alto risco?
— É.
— A sua vida corre perigo?
— Se eu fizer tudo certo, sim.

— Como assim?

— Pode parecer estranho, mas estou achando que a única forma de garantir todos os objetivos da missão é alguém ser pego. Eu posso colocar tudo em risco se continuar livre, se não for capturado. Eles precisam colocar a culpa em alguém para poderem dizer: "Caso encerrado."

— E quando você diz "capturado"... não sei quem é o inimigo... mas, se você for capturado, o que acontece? Essa gente faz prisioneiro? Ou você vai acabar com a cabeça cortada no YouTube?

— Isso, não.

— Mas talvez morto?

— Talvez.

— E você faria isso? Faria isso por ele? — Dessa vez Hernandez nem olhou para a TV.

— Não, eu não faria isso por ele.

Os dois ficaram em silêncio. Garcia ouvia o tique-taque do relógio na cozinha do amigo.

Por fim, Hernandez perguntou:

— Por que você veio aqui hoje?

— Eu vim me despedir, Jorge.

— E um moribundo tem o direito de fazer um último pedido, não tem?

— Sim, tem.

— Pois me diga: tem alguém no mundo em quem você confia mais do que em mim?

— Ninguém.

— Muito bem. Então ouça o que eu vou dizer.

DEZENOVE

SILVER SPRING, MARYLAND, QUARTA-FEIRA, 12:58

Maggie acabou descobrindo que Mary Rajak morava com outra mulher, que também trabalhava na Agência de Inteligência de Defesa. Ela ainda era jovem o suficiente para que houvesse a possibilidade de as duas apenas morarem juntas, ou podiam ser um casal. Não tinha como saber com certeza; os arquivos não falavam nada a respeito disso.

Parada no carro um pouco adiante na rua, mas ainda com visão da entrada da casinha de fachada de madeira onde ambas moravam, na Leighton Avenue, Maggie deu mais uma olhada no material impresso que havia obtido (com a ajuda de Eleanor). Eram dados do arquivo de pessoal, contendo, portanto, poucas informações: nascida e criada no interior do Nebraska, carreira universitária espetacular, direto para a Agência de Inteligência de Defesa, analista com uma avaliação excelente. Maggie não precisava consultar um arquivo para saber disso. Era óbvio. Só os melhores eram destacados para a Casa Branca.

Estava ali há vinte minutos, tentando traçar uma estratégia. Tinha pensado em enviar uma mensagem de texto, mas não conseguiu encontrar o tom certo. Tudo o que escrevia parecia uma armadilha ou uma pegadinha. *Oi, Mary, você não me conhece, mas eu sou sua colega de trabalho na Casa Branca...*

O rádio do carro estava ligado. Verificando a hora, Maggie aumentou o volume.

Essa é a NPR News em Washington. Os Estados Unidos pediram calma no atual impasse nuclear com a Coreia do Norte. Depois de um encontro com o presidente da França no Pentágono esta manhã, o secretário de Defesa, Jim Bruton, disse que espera que os norte-coreanos "parem e reflitam", em vez de permitir que a situação se agrave ainda mais.

Mas fontes diplomáticas em Pyongyang dizem que acreditam que qualquer pausa deva ser breve, e que planos para novos testes nucleares continuam de pé...

Maggie ouviu com atenção a reprodução da entrevista com Bruton. Ele parecia firme, até mesmo inflexível. Mas não imprudente, não se mostrava belicoso. Considerando o presidente a que estava subordinado, Maggie achou sua voz inesperadamente tranquilizadora.

Minha mensagem a Pyongyang é clara. Trata-se de uma disputa que podemos resolver com calma, e é essa a nossa intenção. Mas que fique bem claro: os Estados Unidos estarão sempre dispostos a se defender, se necessário mediante o uso de força esmagadora.

Maggie ficou se perguntando a quem realmente era destinada essa observação. O destinatário mais óbvio era a República Popular Democrática da Coreia. Mas ela desconfiava que também havia uma questão interna — sempre havia. Instintivamente, se indagava se o comentário sobre a "força esmagadora" não servia para acalmar a facção mais beligerante da Casa Branca, talvez até o cara lá de cima.

O rádio passou para outra matéria, sobre a indignação generalizada provocada por um tuíte enviado pelo presidente no meio da noite, relacionado a uma cantora de 16 anos que tinha acabado de ganhar um concurso na televisão. Maggie percebeu a vergonha na voz da repórter que teve de ler o conteúdo do tuíte: *Essa saia é curta demais para uma adolescente. Mas se quiser fazer um show particular para mim na @CasaBranca a resposta é sim!* Grupos de mulheres repudiaram a fala do presidente. Seus aliados disseram que era evidente que ele tinha tentado fazer um elogio bem-humorado à jovem, que havia declarado à Fox News que ficara "lisonjeada" com seus comentários.

Em seguida, veio uma matéria sobre o luto no Vale do Silício por causa da morte trágica do islandês Birkir Arnason, um pioneiro das novas tecnologias — desaparecido fazia algumas semanas, a polícia havia chegado à conclusão de que ele tinha caído acidentalmente em um lago geotérmico em uma trilha montanhosa da Islândia. Mas Maggie não estava prestando atenção. Pensava em Bruton e na situação com a Coreia do Norte. Não muito tempo atrás, ela estaria envolvida em uma crise dessas. O presidente anterior certamente desejaria ouvir sua opinião, especialmente em matéria de estratégias de negociação. Afinal, era a sua especialidade: mediação de paz. Ela conseguia imaginar o que diria, se estivesse presente. *Precisamos dar uma oportunidade para eles descerem do salto. Permitir que não se sintam humilhados...*

Mas isso foi séculos atrás. Ela não estava naquela sala agora. Estava ali, com uma missão a cumprir.

Por mais que odiasse a ideia, Maggie entendeu que só havia uma maneira. Teria de bater à porta de Mary Rajak, simples assim.

Sabia que ela estava em casa. Seu carro estava estacionado na rua, a placa constava em seu arquivo pessoal. Maggie arriscou ir até lá e bateu. Bater à porta, em vez de tocar a campainha, de certa maneira parecia menos invasivo. Nenhuma resposta.

Tentou de novo. Nada. Experimentou a campainha. Nada. Virou-se e deu uma olhada no gramado da frente. Precisava ser aparado.

Maggie abriu a porta de tela, aproximou-se até quase encostar a boca no vidro e falou.

— Mary, não aconteceu nada de errado, pode ficar tranquila. Meu nome é Maggie, eu trabalho na assessoria jurídica da Casa Branca, estou do seu lado. Só preciso conversar. — Ela fez uma pausa, e então repetiu, para garantir: — Pode ficar tranquila, não se trata de nenhum problema com relação a você.

Nada ainda.

Maggie não se afastou, mas decidiu correr um risco calculado. Na verdade, chamar de "calculado" era exagero. Não passava de um palpite. Ela bateu na porta de vidro.

— Só para você saber, Mary, eu já trabalho na Casa Branca há alguns anos. Não fui nomeada pelo atual presidente. — Fez uma pausa para esperar que a informação fosse assimilada. — Eu vim para trabalhar com o presidente anterior.

Maggie percebeu algum movimento, uma sombra que ela presumiu ser Mary. Deduziu que a oficial estivera sentada na escada, fora de seu campo de visão.

Segundos depois, lá estava ela, do outro lado do vidro. Usando calça de moletom cinza e uma camiseta folgada, parecia pálida, tensa, o cabelo preso em um prático rabo de cavalo. Seus olhos estavam fundos. Sem sorrir, perguntou com a voz tranquila:

— Posso ver a sua identificação?

A porta se abriu um pouquinho, permitindo que Maggie introduzisse seu crachá da Casa Branca e o segurasse por tempo suficiente para Mary Rajak poder ler. Por instinto, recuou um passo, dando espaço à outra.

Por fim, a porta se abriu completamente. Mary não disse nada. Ela simplesmente deu meia-volta e caminhou até a cozinha. Maggie foi atrás. Sentaram-se a uma mesinha. Mary não lhe ofereceu nada para beber. Maggie não considerou isso uma grosseria, mas a confirmação de que o estado da mulher era péssimo.

— Mary, eu agradeço por ter me recebido. Obrigada.

Não houve resposta. Maggie pensou no arquivo pessoal, inclusive na foto radiante. Aquela Mary Rajak era dinâmica, confiante. A mulher que tinha à frente, encurvada, apática, parecia outra pessoa.

Maggie tentou de novo.

— Eu sei que você estava de serviço na noite de domingo. No turno da madrugada de domingo para segunda.

Um leve gesto de assentimento.

— E desde então você não voltou. Suponho que tenha acontecido alguma coisa naquela noite. Alguma coisa ruim.

Mary olhou nos olhos de Maggie. Era uma expressão acusatória, porém, mais do que isso, era de... mágoa. Maggie compreendeu a expressão dela.

— Você ficou decepcionada. Eu acertei, Mary? — Nova pausa. — Com quem?

Mary resolveu falar. Com a voz baixa, disse:

— Se eu falar para você, o que vai acontecer comigo?

— Não vai acontecer nada, a menos que você queira. O que você me disser vai ficar sob o mais estrito sigilo. Não vou usar as informações, a menos que você decida que quer que eu faça alguma coisa.

— Nem vai dizer a ninguém que a gente se falou?

— Não, a menos que você queira. — Maggie sorriu. — Olha só, Mary. Eu sei que aconteceu alguma coisa naquela noite e preciso ter uma ideia do que foi. Não preciso contar como fiquei sabendo. É assim que funciona. O pessoal da Casa Branca tem autorização para falar comigo e eu tenho autorização para manter o que me dizem em sigilo.

Mary se levantou, foi até a geladeira, voltou com uma garrafa de 7-UP e dois copos e os botou na mesa. De repente, Maggie se deu conta de como ela era jovem. Quase sem querer, botou as mãos sobre as de Mary.

— Não precisa ter pressa.

Mary começou a descrever uma hora inteira de confusão e terror. O presidente apareceu de repente na Sala de Crise pouco depois das três da manhã, completamente desvairado e enfurecido, falando da Coreia do Norte, da Opção B e de "dar uma lição nesses filhos da puta". Atrás dele vinha o assessor militar, agarrado à pasta contendo o livro negro e os códigos nucleares. A "bola nuclear".

— Nunca na vida eu vi um homem tão transtornado — comentou Mary.

Vermelho de cólera, o presidente imediatamente exigiu contato com a Sala de Guerra do Pentágono. Foi tudo muito rápido, a equipe de plantão não conseguia entender o que estava acontecendo.

— Nós tínhamos passado a noite acompanhando os acontecimentos, como sempre. Nenhum atentado contra os Estados Unidos, nenhum lançamento de míssil, nenhum teste, nenhuma informação de ameaça iminente. Não estávamos entendendo.

Maggie não conseguia acreditar no que estava ouvindo. Tentou controlar sua expressão facial para parecer tranquila. Sabia que pessoas na situação de Mary se sentiam mais à vontade se achassem que estavam apenas confirmando informações já conhecidas. Qualquer sinal de que de fato estivessem fazendo uma revelação espantosa poderia assustá-las, e fazer com que se fechassem. Mas, embora pudesse pelo menos tentar manter uma expressão contida, não tinha controle sobre a própria palidez. E Maggie começou a sentir que o sangue era drenado de seu rosto. Desconfiava que tinha ficado branca feito um fantasma.

Mary continuou.

— O oficial encarregado tentava acalmar o presidente. "Por favor, explique exatamente o que quer que façamos, senhor", esse tipo de coisa. Ele só queria que o homem parasse para respirar um pouco. Mas não adiantava. "Mas que merda você tem a ver com isso?", dizia ele.

Maggie assentiu.

— Ele só queria que o colocassem em contato com a Sala de Guerra. E a gente sabia muito bem o que isso queria dizer. Afinal, ele estava com a bola de futebol bem ali do lado.

— Ela estava na mão do assessor?

— Sim, ele estava com a pasta e eu via as mãos do sujeito tremendo.

— E o que você fez?

Maggie conseguia imaginar a resposta.

— É estranho. Mesmo sem dizer nada, ninguém precisava falar, a gente meio que sabia que tinha de ganhar tempo. O encarregado se virou para nós e, só com os olhos... ele meio que arregalou os olhos, assim... dizia, tipo: "Façam alguma coisa, qualquer coisa, para enrolar."

Maggie sabia o que esperar.

— E, como encarregada da comunicação, você começou a fazer ligações.

— Sim. Eu liguei para o secretário de Defesa.

— É o que você foi treinada a fazer num caso como esse?

— Não. Justamente. A norma diz que, se o presidente quiser ordenar um ataque nuclear, ele pode fazer isso. Simples assim. Não precisa consultar ninguém.

— Então por que você ligou para o secretário de Defesa?

— Você não está entendendo? A gente estava *desesperado*! Aquele cara ia acabar com a porra do mundo!

Só nesse momento Maggie notou as pontas dos dedos de Mary; estavam vermelhas, com a pele arrancada em torno das unhas, em carne viva.

— Claro. Eu entendo perfeitamente. Foi uma boa ideia chamar o general Bruton. Ele ajudou?

— Nem sei o que ele fez. Eu só queria que eles fossem para lá.

— Eles?

— Ele e o Sr. Kassian.

Então era isso, pensou Maggie.

— Algum deles conseguiu falar com o presidente?

Nesse momento, Maggie notou que Mary pareceu ficar incomodada, e suas costas se enrijeceram. Ela se levantou, foi com o copo até a pia e começou a lavá-lo.

— Mary?

Ela não disse nada. Simplesmente permaneceu ali de pé, de costas para Maggie.

— Aconteceu mais alguma coisa, Mary?

Maggie se levantou, aproximou-se de Mary e colocou a mão no ombro dela.

— Tudo bem, não precisa me contar.

Lentamente, Mary se virou até ficar de frente para Maggie. Seus olhos estavam cheios de lágrimas. Ela pegou um lenço e assoou o nariz.

— Na verdade, eu achei que você tinha vindo por causa disso. Achei que tivesse ouvido falar. Ou talvez que houvesse uma gravação ou algo do gênero, embora eu não acredite que eles façam isso, não tenho certeza.

A pobre mulher parecia bastante confusa. Maggie fez um gesto indicando a mesa.

— Por que você não me diz com as suas próprias palavras?

— Eu consegui ligar para o secretário Bruton. Então avisei ao presidente. Disse que ele podia atender à ligação numa das salas de reunião. E ele falou: "Por que você não me mostra onde fica?" Eu saí da sala e ele foi atrás de mim, depois pediu que eu bloqueasse as janelas. Você sabe...

— Sim, sei.

Era uma característica das salinhas que faziam parte do complexo da Sala de Crise: apertando-se um botão, era possível tornar as vidraças opacas, permitindo que o presidente conversasse com algum líder de outro país ou com um dos seus generais em total privacidade.

— Eu fiz o que ele mandou e me virei para o telefone para colocar o secretário Bruton na linha, mas, antes mesmo de tirar o fone do gancho, o presidente agarrou o meu punho. Achei que ele só queria me impedir de completar a ligação.

Maggie assentiu. Esperava que seu olhar transmitisse toda a compaixão e empatia que sentia. Pensava não só na mulher com quem falava mas também em Liz, sua irmã, e na aluna dela, Mia, a jovem assustada de 17 anos que havia tirado a própria vida. E na faxineira da Residência da Casa Branca. E nas incontáveis outras.

Mary assoou o nariz de novo.

— E foi aí que ele... ele..

— Tudo bem, Mary.

— Ele veio para cima de mim. Com a mão. Ele simplesmente colocou a mão *lá*. E com força, apertando muito. — Ela olhou para o chão. — E também me disse uma coisa.

Maggie deu um tempo para se certificar de que Mary queria que ela perguntasse.

— O que ele disse, Mary?

— Ele disse: "Não fala nada. Não pensa em nada. Vocês não precisam pensar. O cérebro aqui sou eu. Vocês não passam..."

Mary baixou a cabeça, parecendo sem forças. Mesmo sem se ver em um espelho, Maggie sabia que estava ruborizada: sentia o calor emanando. Era como se sua vergonha palpitasse.

— Vocês não passam do quê, Mary?

— Ele disse: "Vocês não passam... de uma boceta. É isso que vocês são."

— E ele disse isso enquanto estava com a mão em você?

— Eu fiquei com *tanta raiva*, sabe? Não tinha nada a ver com sexo. Era como se fosse só um objeto que ele queria apertar com muita força, como se estivesse se livrando de todas as suas frustrações.

— Eu entendo. E sinto muito. E o que aconteceu depois?

— Ele saiu correndo de volta para a sala principal, e não sei o que aconteceu depois. Eu simplesmente fiquei lá naquela sala de reunião tremendo. Não conseguia voltar. Não dava. Eu fiquei lá naquela sala... e acabei vomitando na lixeira.

Maggie apertou a mão de Mary.

— Foi muita coragem sua me contar tudo isso, Mary. Imagino que não tenha contado a mais ninguém.

— Eu não queria. — Ela olhou para Maggie, os olhos vermelhos. — Tinha medo de que pudesse comprometer a segurança nacional. Será que informações desse tipo não podem ser usadas contra os Estados Unidos?

Maggie queria abraçar aquela mulher, poucos anos mais nova que ela, mas tão cheia de idealismo e inocência. Mary queria ver o melhor do seu país, queria ver o melhor até de um presidente que havia abusado de sua confiança, que havia abusado dela.

Maggie ficou ali por mais um tempo, segurando a mão de Mary Rajak, repetindo várias vezes a verdade óbvia mas necessária — não era culpa dela — e tentando fazê-la ver que tinha agido de forma totalmente correta. Sua decisão de ligar para Kassian e Bruton pode ter impedido uma catástrofe global.

— Sabe o que me conforta? — disse Mary, fungando, pouco antes de Maggie se retirar. — Bem, a gente estava tentando ganhar tempo, não é? Por isso talvez, mesmo que tenha sido tão terrível, aqueles segundos na sala ao lado tenham feito alguma diferença.

À porta, Maggie lhe deu o número do seu celular e voltou para o carro, imaginando aqueles minutos de absoluta loucura três noites atrás. Imaginava as ligações para Kassian e Bruton, assustando os dois no meio da noite. Imaginava as conversas que cada um deles tivera com Mary, e depois entre si. E começava a perceber como haviam transcorrido as horas seguintes, até que o Dr. Jeffrey Frankel caísse morto com o cérebro espalhado entre galhos, pedras e lama no parque Rock Creek.

E, quando se deu conta disso, Maggie entendeu o que estava por vir.

VINTE

WASHINGTON, D.C., QUARTA-FEIRA, 14:42

Na escola, sua professora tinha dito que ele mentia tão bem que um dia poderia se tornar um escritor. Ele havia rido dela, alto, para que os colegas ouvissem. Queria que soubessem que, assim como eles, considerava a ideia fresca demais — "muito gay", nas suas palavras — para sequer ser levada em consideração. Afinal, ele era Julian Garcia, o garoto mais forte do quarteirão. Seria um soldado.

Ele agora se lembrava dela, da professora — o nome dela era Srta. Green —, e decidiu ali mesmo, em silêncio e sozinho, lhe dar algum crédito. Ela vira alguma coisa nele, e não estava errada. Ele realmente sabia mentir. E gostava de inventar histórias. Mas ele também estava certo. Tinha virado um soldado.

Tornara-se sargento dos Rangers, participando de operações secretas. Inicialmente, boa parte de seu trabalho dependia de força física, do preparo que havia desenvolvido ao ser transferido dos Rangers para treinar em Fort Bragg com o 1º Destacamento Operacional Delta de Forças Especiais: a Força Delta. Já no processo de seleção, Julian tivera de participar de uma "marcha coletiva" noturna de vinte e oito quilômetros, cronometrada, carregando quinze quilos na mochila. Feito isso, foram mais sessenta e quatro quilômetros — novamente cronometrados — com uma mochila de vinte quilos por terreno acidentado e íngreme. No fim, ele estava vencendo distâncias de cento e sessenta quilômetros ou mais, aprendendo a ignorar o peso nas costas, mesmo quando cavava marcas profundas nos ombros, e percorrendo enormes distâncias sem nenhum equipamento — não havia celulares na época —, exceto sua arma. Uma bússola era um luxo raro.

Com o tempo, havia se tornado um especialista. Saía-se bem nas aulas de línguas — no seu caso, árabe e russo —, mas era particularmente bom com um teclado. Desde o começo da internet, percorria com facilidade seus atalhos e caminhos escondidos. Fora emprestado duas ou três vezes ao Comando Cibernético, aprofundando seu conhecimento de contrainteligência. Ele sempre acompanhava os desenvolvimentos tecnológicos — com a combinação de criptografia e da sua imaginação, Garcia rapidamente se tornou especialista em percorrer o mundo on-line disfarçado, às vezes sob uma identidade falsa, mas sempre sem deixar nenhum vestígio.

Era a preparação perfeita para a missão que precisava cumprir. Mas, enquanto mergulhava nele, foi percebendo que as capacitações técnicas serviriam apenas até certo ponto. Não era uma simples questão de algoritmos e habilidades de hacker. Tratava-se de um projeto que exigia imaginação. Ele estava envolvido na criação de um personagem fictício, exatamente como a Srta. Green havia proposto aos alunos em uma daquelas tarefas das quais ele tivera de fingir não gostar. A diferença era que esse personagem não viveria nas páginas de um livro de exercícios, mas no mundo real. Ele estava criando um homem.

Deu uma olhada nas pessoas ali presentes naquele meio de tarde. Os típicos frequentadores de uma biblioteca pública: um grupo de estudantes, supervisionado por três ou quatro professoras; um homem mais velho, digitando com apenas um dedo, alternando o olhar entre o teclado e o monitor a cada tecla digitada, com papel e caneta ao lado; um outro lendo metodicamente o jornal do dia, percorrendo cada página como se fosse um livro; mais outro adormecido na cadeira, roncando tão baixinho que ninguém teve coragem de acordá-lo. Não era preciso dizer que, como estava em Anacostia, quase todos, jovens e velhos, eram negros. Ele olhou ao redor para ver se era o único latino presente. Se fosse, e se alguém viesse a se lembrar disso, não seria nenhuma catástrofe.

Enfiou a mão no bolso e pegou um pen-drive novo com muita memória. Encontrou a entrada USB no computador, uma máquina velha e razoavelmente barulhenta, e o encaixou.

Em seguida, abriu o navegador e digitou cinco letras: T-A-I-L-S. Apareceu uma série de resultados, e ele clicou no segundo. Abriu-se então uma página tão básica que poderia ter sido criada como parte de um projeto escolar. Em roxo e branco, com apenas um logotipo, sem fotos nem vídeos, a página se apresentava como *"the amnesic incognito live system"*, prometendo "Privacidade para todos, em todos os lugares". Garcia clicou em "Instalar" e esperou que o software fosse baixado para o pen-drive.

Feito isso, retirou o pen-drive e pegou o laptop na mochila. Era um aparelho básico comprado uma hora antes com o dinheiro vivo que tinha recebido — embora tenha tomado o cuidado de arranhá-lo um pouco para não chamar a atenção com um laptop novo em folha. Encaixou o pen-drive e inicializou o computador usando o Tails, em vez do próprio sistema operacional. Desse modo, poderia vagar pela internet em total anonimato, sem deixar vestígios naquele laptop ou em qualquer outra máquina. Se quisesse enviar uma mensagem, seria criptografada. Dispunha agora de acesso on-line por uma via de mão única: ele teria acesso ao mundo inteiro, mas ninguém teria acesso a ele.

Olhou para a tela em branco, um quadro à espera do artista. Começou pela etapa mais básica da identidade moderna, um perfil no

Facebook. Deixou o espaço da foto em branco; cuidaria disso depois. Por enquanto, o importante eram as palavras.

E escreveu em espanhol:

Jorge Hernandez. Patriota, militante, combatente!

Gostou do detalhe do ponto de exclamação. Perguntou-se então se não seria melhor em itálico.

Jorge Hernandez. Patriota, militante, combatente!

Assim ficou melhor. Talvez maiúsculas na palavra *COMBATENTE!* Sim, excelente.

Ele hesitou, sentindo mais uma vez uma pontada de culpa. Sabia que seu velho amigo estava para morrer, que Hernandez achava que teria mais algumas semanas, no máximo, mas ali estava Garcia matando-o uma segunda vez — sujando seu nome. Os dois, Jorge e ele, conversaram por bastante tempo sobre isso. Hernandez, porém, havia se mostrado inflexível.

Ele sempre foi um sujeito inteligente, mas a doença parecia ter deixado sua mente ainda mais aguçada. Com poucas perguntas bem direcionadas — e com as respostas sinceras de Garcia —, tinha compreendido a missão confiada ao amigo. A inesperada convocação a Washington, além do fato de o antigo comandante de ambos ter sido nomeado secretário de Defesa, falavam por si.

— O cara tem o Exército americano inteiro sob seu comando — comentara Hernandez, sorrindo. — Por que diabos chamaria um velho *chicano* fracassado como você?

Julian havia tentado resistir, dizendo que Jorge não tinha motivo algum para se meter nisso.

— Viva os seus últimos dias em paz.

— É exatamente o que eu não quero. Ficar sentado aqui definhando, vendo televisão e comendo comida de bebê sem gosto. Eu sou um soldado. É a única coisa em que sempre fui bom.

Quanto à missão propriamente dita, não foi necessário muito esforço para convencê-lo. Para começo de conversa, ele tinha para com Jim Bruton a mesma dívida de lealdade que Garcia e todos os outros tinham. "Eu já estaria debaixo da terra há muito tempo se não fosse por ele." Mas o alvo também fazia sentido para Hernandez. Em suas próprias palavras: "A única família que tenho no mundo é o meu sobrinho. E esse babaca o expulsou do país."

Garcia explicara o que estava em jogo — todo o processo acabaria com a reputação de Jorge.

— Depois que você morrer, muita gente vai te odiar.

— Eu não estou nem aí. Vou estar morto.

Garcia advertiu: isso botaria o nome da sua família na lama.

— Veja bem, meu amigo. Minha mãe já morreu. Eu não sou casado, não tenho filhos.

— Mas tem o seu sobrinho.

— Algo me diz que ele vai entender.

No fim, Garcia tinha cedido à determinação do velho companheiro. O homem se mostrava irredutível.

— Eu estou morrendo, Julian. Se você me deixar ajudá-lo nessa missão, vai estar me dando uma salvação. Vou poder acreditar que a minha vida tem algum sentido.

— A coisa pode ficar muito feia, Jorge. Do jeito que...

— Não diga mais nada. É o que eu quero. Meu último pedido.

Garcia assentiu. Os dois trocaram um aperto de mãos e se abraçaram, selando o acordo.

E agora lá estava ele, diante daquele computador. A primeira tarefa seria reunir as postagens que, com alguns toques no teclado, levaria a máquina a achar que foram feitas por Jorge Hernandez, não hoje, mas ao longo dos dois últimos anos. Isso levaria um tempo, mas não deixava de ser divertido. Tinha encontrado no Facebook alguns sujeitos que, concluiu ele, compartilhavam dessa nova visão política de Hernandez. Examinou os artigos e os vídeos que postaram e, quando batiam com ela, ele simulava que Hernandez também os havia postado.

E uma postagem foi levando à outra. Condenações da retórica do presidente contra a imigração de dezoito meses atrás; condenações dos seus atos contra imigrantes ilegais desde a posse. Vídeos da Univision, artigos publicados nas páginas de opinião do *Miami Herald* e do *La Opinion* e uma boa quantidade de memes e GIFs. Ele gostou particularmente de um GIF do então candidato comendo um taco, ao qual acrescentou uma zombaria de Hernandez.

Quer saber onde você devia enfiar esse taco, babaca?

Na maior parte dos casos, compartilhava os artigos e os posts sem fazer nenhum comentário, mas eventualmente acrescentava alguma observação pessoal. Nessas situações, trazia à memória um punhado de cartas e e-mails que Jorge tinha lhe mostrado para lhe dar uma ideia de como escrevia. (Naturalmente, e de maneira bastante útil, Hernandez, assim como Garcia — e como todos eles —, não tinha nenhum perfil em redes sociais; era um território virgem.) Então, para ficar de acordo, não deixava de incluir pelo menos um erro de ortografia em cada postagem criada. Para introduzir uma reportagem da ABC News sobre a Força de Deportação, ele escreveu:

Nao da pra deportar uma comunidade inteira.

Garcia passou os olhos pelo que já havia feito até o momento. Ainda não havia clicado no botão que colocaria a página no ar. Isso também podia esperar. Jorge Hernandez não estava pronto para ser mostrado ao mundo. Garcia imaginou o contexto em que aquilo seria lido e por quem. Como buscariam por pistas, como precisariam de uma ou duas frases que se destacassem para dar sentido à loucura que teriam acabado de testemunhar. Desse ponto de vista, ele sentia que ainda estava faltando alguma coisa.

Em seguida, tomou uma decisão unilateral, fora do âmbito do que tinha acertado com o secretário de Defesa. Uma rápida busca apresentou múltiplas alternativas, mas ele acabou optando por um versículo encontrado em Salmos, 146, 9. *O Senhor guarda os estrangeiros.*

Garcia releu o trecho e achou uma boa escolha. Orgulhoso de suas origens, sentiu-se satisfeito por saber que, graças a esse acréscimo, quando as pessoas tentassem entender o que Hernandez tinha feito, não falariam só de suas origens étnicas. Não iriam se referir ao seu ato apenas como obra de um "latino louco".

Voltou a ler o versículo e tratou de acrescentar outros do mesmo tipo. Ao lado de uma foto de uma criança de 6 anos chorando em Laredo, Texas, separada dos pais por um pelotão da Força de Deportação, lia-se:

Em nome de Jesus parem com as deportações!

Junto à imagem do presidente no púlpito da Casa Branca, com os olhos esbugalhados em explosões satânicas vermelhas, escreveu:

Com labareda de fogo, tomando vingança dos que não conhecem a Deus e não obedecem ao evangelho de nosso Senhor Jesus Cristo!

E, acrescentando uma notícia em espanhol de três meses atrás afirmando que o governo pretendia construir campos de concentração para imigrantes ilegais, ele copiou e colou outra citação bíblica, dessa vez do Deuteronômio. Leu-a uma vez e voltou a lê-la. Tentou imaginá-la como uma captura de tela reproduzida no jornal da TV, horas depois daquela que seria a maior notícia desde 1963. Assentiu com a cabeça para si mesmo. Surtia o efeito que desejava: uma advertência de além-túmulo.

Minha é a vingança e a recompensa; porque o dia da sua ruína está próximo.

VINTE E UM

CASA BRANCA, QUARTA-FEIRA, 15:10

Maggie estava em seu gabinete, e volta e meia olhava de relance para a porta, atenta à possibilidade de uma visita indesejada de McNamara. Ela a havia fechado e, se não fosse um gesto que poderia ser interpretado pelos colegas como paranoia ou mesmo loucura, também a teria trancado e passado um ferrolho. Pensara na hipótese de calçá-la com uma cadeira, mas chegou à conclusão de que isso também poderia parecer... excêntrico.

Já havia mastigado a ponta de duas canetas e estava na terceira. Cacete, que vontade de fumar! Surgiu uma lembrança de uma daquelas noites na África, ou em Jerusalém, quando, não importando o estado de estresse em que se encontrasse — impasse nos diálogos, acusações mútuas entre as partes, ou contra ela própria, por algum ato de traição imperdoável —, ela tirava alguns momentos para ficar lá fora, sob as estrelas, e fumar. E o melhor era quando não estava sozinha, mas fumando com alguém. Um dos maiores prazeres da vida, o cigarro pré-coito.

Um prazer que ainda não havia compartilhado com Richard — e que provavelmente nunca compartilharia. Como a maioria das pessoas com menos de 35 anos em Washington, Richard via o próprio corpo como as leis federais veem as terras naturais do Ártico — um domínio puro e sagrado que não pode ser violado de modo algum. (Ou melhor, corrigiu-se Maggie, como as leis federais *viam* as áreas naturais. Na primeira semana no cargo, o presidente tinha reduzido drasticamente as áreas de reserva nacional, sobretudo para que seus parceiros pudessem fazer o que tanto desejavam havia décadas: perfuração em busca de petróleo.) Consumo mínimo de álcool, consumo zero de nicotina ou quaisquer outras substâncias artificiais, prática frequente de exercícios intensos.

Naturalmente, esse comportamento tinha lá suas vantagens — e Maggie se viu pensando mais uma vez na rigidez dos músculos de Richard. Era estranho reconhecer isso a essa altura da vida, mas ela jamais tinha experimentado uma atração sexual assim. Atração nem era propriamente a palavra. Não abrangia tudo. Richard exercia um *poder* sexual sobre ela.

Maggie voltou para a tela, obrigando-se a se concentrar. Mas entendia que estivesse dispersa. Ainda estava chocada com o que a tenente Rajak lhe dissera, cada palavra parecendo tão verdadeira.

Em condições normais, um relato vívido e brutal de um ato de violência sexual perpetrado pelo presidente bastaria para deixá-la abalada. Mas a verdade estarrecedora era que, àquela altura, uma coisa dessas já não era surpresa para ninguém. Levando em consideração tudo o que vinha daquele homem, essas revelações perderam o impacto. Maggie temia que estivesse acontecendo com o povo americano o que acontecia com ela. As pessoas estavam ficando acostumadas. Embora ela jamais fosse ser capaz de reconhecer isso na presença de Mary Rajak.

Não, o que realmente tinha mexido com Maggie fora o relato de um presidente capaz de ordenar um ataque nuclear à Coreia do Norte e à China, um ato que, na melhor das hipóteses, causaria a morte de centenas de milhões de pessoas. Ainda que as ameaças norte-coreanas se revelassem vazias, e seus mísseis, incapazes de atingir a Costa Oeste dos Estados Unidos, a China não teria problemas dessa natureza. Vastas extensões dos três países envolvidos seriam reduzidas a cinzas. E a loucura certamente iria se espalhar. Não restaria mais nada.

E o que teria provocado isso? Algumas palavras incendiárias — e imbecis — de Pyongyang. Nada que não pudesse ser resolvido com uma declaração feroz de um porta-voz. Ela meio que se perguntava se não seria uma tática, um plano montado pelo presidente — talvez junto com o lunático que tinha colocado no Departamento de Estado — para deixar apavoradas todas as capitais estrangeiras, na Ásia e além. O velho truque de Nixon. Mas, quando Nixon o fazia, era apenas para mandar um sinal. Certa vez, ordenou a seu secretário de Defesa que pusesse as forças nucleares americanas em alerta máximo. Isto ninguém podia ignorar: dezoito B-52s cheios de bombas nucleares voando em direção à União Soviética, pelo amor de Deus! Mensagem: Nixon não está brincando.

No entanto, pelo relato de Mary, não era esse o caso. O presidente não estava apenas tentando mandar uma mensagem ou assustar os inimigos dos Estados Unidos. Até onde Maggie sabia, eles nem tinham como tomar conhecimento do ocorrido. (Apesar de Mary ter feito aquele comentário estranho... *Ou talvez que houvesse uma gravação ou algo do gênero*. O que diabos ela queria dizer?) Além do mais, Nixon ordenara apenas um alerta. Por sua vez, de acordo com Mary, o atual presidente tinha ficado furioso e ordenado um *ataque* de verdade. Não se tratava de mandar a porra de um sinal. Quando o outro lado tomasse conhecimento, o mundo inteiro já teria sido exterminado.

Tinha à sua frente o registro de todas as ligações que passaram pela mesa da Casa Branca, conectando todos os funcionários. E corroboravam perfeitamente o que Mary havia falado. Constavam chamadas da Sala de Crise para o celular pessoal de Kassian às três e vinte da manhã e para o de Bruton um minuto antes. Havia então uma segunda ligação para Bruton pouco depois, certamente a que Mary esperava transferir para a sala de reunião ao lado. Tinha durado apenas alguns segundos, e batia com o que Mary dissera: ao agarrar seu punho, o presidente interrompera a ligação antes que fosse transferida.

Mais que tudo, porém, ela precisava dos registros de ligações dos telefones de Bruton e Kassian. Se estivesse determinada o suficiente, poderia conseguir isso também. Mas a autorização teria de passar por um processo complexo e burocrático que deixaria evidente para ambos que estavam sendo investigados. Talvez precisasse até da permissão do próprio presidente. Fora de cogitação.

Ainda assim, havia muita coisa que ela podia analisar sem precisar passar por tudo isso, devido à autoridade do gabinete de assessoria jurídica. Maggie rapidamente tratou de consultar os registros de entrada e saída de pessoas na Casa Branca. Verificou que o crachá de Kassian tinha sido usado às três e quarenta e um da manhã de segunda-feira, e o de Bruton, dois minutos antes. O suficiente para confirmar que Mary dizia a verdade.

Em seguida, ela passou à agenda eletrônica de compromissos do chefe de Gabinete. Constatou que a maior parte dos compromissos de Kassian da manhã de segunda-feira tinha sido cancelada. O que também corroborava o depoimento de Mary — depois de um incidente daquela natureza, ele com certeza tomaria providências. Teria de se reunir com uma série de pessoas para minimizar os danos.

Mas era curioso: não havia registro de nenhuma dessas novas reuniões. Seria de esperar que houvesse um encontro com o chefe do Estado-Maior Conjunto, talvez uma reunião de avaliação com a equipe do turno da noite na Sala de Crise, e certamente uma conversa com Bruton. Mas parecia que a manhã inteira tinha sido apagada sem que nada fosse posto no lugar. A única coisa inserida entre sete e quarenta e cinco e onze e quarenta era um número: #018779411.

Não parecia um número de telefone, embora ela tenha ligado para se certificar, acrescentando uma série de códigos de área em diferentes combinações. Nenhuma funcionou.

Maggie então buscou o número no banco de dados da Casa Branca. Nada.

Mastigava com ainda mais intensidade a ponta da caneta, amaldiçoando o dia em que havia parado de fumar. Procurou um chiclete de nicotina na gaveta da mesa. Onde é que tinha visto um número como aquele?

Abriu a própria agenda eletrônica e fez uma busca por um número semelhante. Digitou 01877 para ver o que acontecia. Nada.

Tentou 018. Um resultado. Uma reunião com o Conselho de Segurança Nacional de algum tempo atrás chamada "Novas estratégias para Israel/Palestina, preparação para 2018". Inútil.

Nessa nova tentativa, incluiu a hashtag na busca. Nada para #018. Mas, quando tentou #01, apareceram vários resultados. Junto a uma data do início de janeiro do ano anterior, #014555621. No último mês de outubro, #014234998. Agora Maggie entendia. Eram números de reservas, atribuídos pela agência de viagens da Casa Branca toda vez que um funcionário viajava a trabalho. Com alguns toques no teclado, Maggie constatou que o número na agenda de Kassian se referia a um voo para Nova York. Viu também que a reserva fora feita naquela manhã. O que quer que ele tivesse ido fazer lá, só podia ser em consequência da quase catástrofe encenada durante a madrugada.

Tentou fazer o mesmo em relação a Jim Bruton. Muito mais difícil, pois o Pentágono tinha seus próprios protocolos. Maggie não podia simplesmente sair revirando os arquivos eletrônicos de lá com a mesma facilidade que tinha na Casa Branca.

Felizmente, ainda tinha um bom contato no Pentágono, alguém que, do mesmo modo que ela, havia permanecido após a mudança de governo. Um tipo clássico de Washington, daqueles de que costumava zombar chamando de "insuportável de chato": todo certinho, sem senso de humor. Mas, meu Deus, como os tempos mudaram! Agora ela certamente valorizava homens como Nick, funcionários de carreira sem vínculo com nenhum partido que se mantinham estritamente fiéis a coisas sem graça como fatos, provas e leis. O país estaria acabado sem eles.

— Nick, aqui é Maggie Costello.

A voz soava sóbria, uma conversa entre funcionários públicos.

— E aí, Maggie! A que devo a honra?

Ela explicou que estava tentando seguir a pista de algo na área dele, uma questão sobre a qual ainda não podia dar detalhes. Alguém alegara ter se encontrado com o secretário de Defesa como um álibi, e a única maneira de verificar era saber se o secretário de fato havia se encontrado com essa pessoa nos três últimos dias. Antes que Nick pudesse recusar, ela acrescentou:

— Basicamente, entre umas seis da manhã de segunda e agora.

Não era o tipo de informação que os funcionários gostavam de divulgar. Maggie desconfiava que, se o pedido tivesse partido de praticamente qualquer outra pessoa, Nick teria recusado. Mas ele sabia que ela trabalhava para o setor da Casa Branca encarregado de fiscalizar o respeito à lei e a preservação dos padrões éticos. O que lhe dava margem para fazer perguntas sobre qualquer empregado do governo e esperar respostas. Nick consideraria lhe ajudar um dever profissional.

— Tudo bem, eu posso consultar a agenda — disse ele. — Que nome você está procurando?

— É esse o problema, Nick. Eu ainda não posso revelar. — Ela estreitou bem os olhos, torcendo para que isso bastasse. — Será que você não pode passar o olho no que tem aí? Eu sei que o secretário começou o dia bem cedo na Casa Branca. Muito cedo.

Nick passou a ler em voz alta a agenda de reuniões, enquanto Maggie anotava o mais rápido possível. Mas o resultado era uma sopa de letrinhas de iniciais e abreviaturas, enquanto ele metralhava os encontros de quinze minutos do secretário de Defesa com o chefe do CENTCOM, do DARCOM ou do COSCOM. Parecia interminável.

Maggie lhe agradeceu e explicou que tinha outro pedido, talvez mais delicado. Ao ouvi-lo, ele não deixou transparecer nenhuma reação, dizendo apenas que entraria em contato se e quando tivesse alguma informação, o que ela considerou uma recusa, educada mas compreensível.

Maggie desligou e ficou contemplando a folha amarela do bloco de anotações com as séries de horários ao lado de várias sequências de letras. Com um pouco de ajuda do Google, não foi difícil decodificá-las, até que circulou dois dos itens.

Um deles era *Compromisso particular, endereço particular, Chevy Chase, Maryland,* na noite de segunda-feira. O que seria, Maggie concluiu, a visita com Kassian ao Dr. Frankel.

O outro era mais intrigante. Era o único compromisso da agenda que fugia ao formato aplicado a todos os demais. Às onze da manhã de hoje, Jim Bruton se encontrara com uma pessoa ligada ao SOCOM, operações especiais. Só que a pessoa não era identificada. O único registro a seu respeito era *nome não fornecido.*

Maggie se levantou. Um pensamento se formava. Ela precisava caminhar.

Atravessou um corredor e depois outro até chegar a um conjunto de gabinetes oficialmente atribuídos à primeira-dama, embora atualmente fossem mais usados pela filha do presidente. Inclusive, Maggie a via agora de costas — aqueles cabelos impecavelmente modelados descendo por um vestido justo e sem dúvida caro. Parecia estar envolvida em uma conversa animada com alguém que estava deixando seu gabinete. Seus ombros se sacudiam. Ela estava rindo.

E, ao virar para entrar em outro corredor, mudando de ângulo, viu quem merecia tão enlevada atenção da primeira-filha, embora na verdade seu instinto já tivesse lhe dado a resposta.

Com os olhos grudados no olhar da mulher, oferecendo-lhe aquele sorriso radiante, lá estava Richard, mais bonito do que nunca.

VINTE E DOIS

NOVA DÉLHI, ÍNDIA, 19:30, DUAS SEMANAS ANTES

A noite não trouxe trégua. Olhando por cima do ombro do seu motorista, Aamir Kapoor viu que a temperatura lá fora era de quarenta e cinco graus, pelo menos de acordo com o medidor do painel, do qual, considerando o preço do carro, não tinha motivos para duvidar. Qualquer pessoa em sã consciência ficaria naquele casulo de ar-condicionado e mandaria o motorista dar meia-volta para levá-la de volta a Lutyen's Delhi e ao não menos refrigerado conforto do lar.

Mas certas coisas não estão ao alcance da razão, nem mesmo da sanidade mental. Tendo sentido a necessidade de prestar suas homenagens, de inclinar a cabeça em sinal de respeito, não podia ignorar esse impulso. Seria superstição? Em parte. Mas preferia pensar que era um ato de amor. Não pelo santo homem sufi há muito morto, cujo santuário ficava em uma das ruas estreitas, agitadas e superlotadas de Nizamuddin West, mas por outro homem que tinha partido mais recentemente.

O que pensariam do seu ritual seus parceiros de negócios internacionais, aqueles que só o viam no escritório em uma reluzente torre de aço e vidro ou em jantares comemorando a assinatura de um contrato enquanto comia comida japonesa em um hotel cinco estrelas da cidade? Alguns certamente o julgariam encantador, um hábito exótico simplesmente *fascinante*.

Contudo, ele suspeitava que a maioria acharia uma atitude bárbara, primitiva. Eles ficariam constrangidos ao vê-lo sem um terno escuro, qualquer um de todos aqueles que tinha mandado fazer na Jermyn Street, em Londres, usando em vez disso a velha e meio surrada *kurta* que pegara no guarda-roupa do pai dias depois da morte do velho — e que de vez em quando ainda levava ao nariz na esperança de recuperar alguma lembrança. Se seus sócios americanos, por exemplo, o seguissem por essas ruelas, se tivessem contato direto com esse calor, com essa poeira, com essa sujeira, seriam lembrados de que estavam lidando com um país que até podia *parecer* de Primeiro Mundo, mas onde metade da população, seiscentas milhões de pessoas, sequer tinha um vaso sanitário em casa. Como seu velho amigo Swapan costumava dizer: "Esse país está boiando na merda e ninguém fala nada sobre isso."

Aamir pediu ao motorista que parasse para deixá-lo saltar.

— Dê uma volta — sugeriu. — Eu mando uma mensagem quando terminar.

Uma visita ao santuário, uma rápida tigela de *nihari* de carneiro e pronto. Seria sua dose mensal, o suficiente para suportar as próximas semanas.

E Aamir sentia que, considerando o que estava por vir, precisaria mesmo dessa força. Precisaria de toda a sua determinação para enfrentar aquele plano e os homens que estavam por trás dele. Há não muito tempo, tinha muitos aliados: no conselho municipal, no governo federal, em sua própria diretoria. Mas desde que o principal investidor tinha sido — como era mesmo a palavra que eles usavam? — *elevado* a um novo papel, os antigos amigos de Aamir de repente mudaram completamente de atitude.

Agora eles viam o mérito do esquema do americano: construir um parque temático no estilo californiano com foco na "tradição indiana", no coração de um dos bairros históricos mais antigos de Nova Délhi, abarcando séculos de história e deixando talvez vinte e duas mil pessoas sem teto. "Uma hora de enchente em Uttar Pradesh mata essa mesma quantidade de gente. Qual é o problema?" Essas foram as exatas palavras de uma pessoa que um dia ele havia considerado um amigo. A conquista de um enorme poder político podia ser bastante persuasiva, constatava Aamir.

Ele precisaria, portanto, de nervos de aço para segurar a onda. Ir ali em uma noite de quinta-feira, como seu pai fazia toda semana, com certeza ajudaria.

Aamir dispensou o Porsche e passou a caminhar para o oeste, sentindo-se imediatamente grato pela aglomeração, pelo barulho, até pelo fedor. Seus amigos europeus diziam que precisavam ir para as montanhas da Escócia ou para os Alpes para relaxar, arejar as ideias. Para Aamir, era justamente o contrário. O fato de estar ali, naquele quilômetro quadrado apinhado de gente em becos estreitos com barraquinhas e lojas minúsculas, lhe permitia pensar. Baldes de óleo fervendo por todo canto, borbulhando enquanto transformavam massa folhada e legumes picados em chamuças, o calor que emanava da boca dos fornos *tandoor*, o suor dos corpos pelos quais passava, os odores corporais se igualando, algo inevitável até para os mais cuidadosos — nada disso o incomodava. Pelo contrário, isso lhe permitia relaxar, se desconectar do escritório e de todas as suas ligações e e-mails e entrar em outro estado.

Ele se aproximava do santuário, esse lugar que havia sido tão importante para seu pai. Se dependesse de Aamir, uma estátua seria erguida em homenagem ao seu velho ali mesmo. Quem melhor representava a grandeza da Índia que seu pai, um homem que havia começado a vida puxando um riquixá naquelas mesmas ruas e se esforçara tanto para conseguir rupias suficientes para que Aamir, seu filho predileto, frequentasse uma escola de elite, com uma ajudinha de uma bolsa de estudos para jovens superdotados? Quem mais?

Ele cruzou com algumas mulheres brancas na casa dos 30 anos — ali elas sempre pareciam mais brancas do que nunca — e passou pelo açougue, com seus enormes pedaços de carne de búfalo iluminadas agressivamente pelo neon, capaz de tornar vermelho-vivo o sangue que coagulava no chão. Sentiu o cheiro da carne, ao mesmo tempo doce e em putrefação. Uma cabra abriu caminho por suas pernas e seguiu em frente.

Cumprimentou com um gesto de cabeça o vendedor que arrumava suas réplicas de plástico do Taj Mahal — cada uma com um relógio barato incrustado, programado para tocar na hora das orações —, bandeiras verdes e cartazes de Meca. E se desvencilhou dos primeiros que apareceram no leilão pelo direito de tomar conta dos seus sapatos, todos muito apressados.

Primeiro ele deu algumas rupias a uma menina que vendia oferendas ao santo. Como sempre, comprou algumas balas e um punhado de pétalas vermelhas. A combinação preferida do pai.

Em seguida, tirou os sapatos, colocando-os na estante à direita. Tinha se vestido como achava que seria adequado, como sempre. Mas não o suficiente. À exceção de dois pares de botas de caminhada robustas — de mochileiros —, os outros calçados guardados ali mal podiam ser considerados sapatos. A maioria não passava de trapos amarrados.

E entrou no santuário propriamente dito, com suas colunas de mármore com sulcos, os arcos decorados com padrões verdes, rosa e dourados, e depois, no interior da câmara, as paredes de mármore perfurado formando complexos padrões de treliça, verdadeiras filigranas de intricada geometria. A superfície do mármore já estava desgastada, friccionada ao longo de séculos por dedos como os seus. Ele olhou para o teto, pintado de vermelho, azul e mais uma vez dourado, exatamente como fazia na infância. Os candelabros agora pareciam mais próximos dele do que na época, quando lhe davam a impressão de estar suspensos no próprio céu.

Fez uma breve pausa para observar os peregrinos que pressionavam as mãos ou a testa na pedra (relativamente) fria. Alguns afixavam fitas brilhantes ou amuletos reluzentes nas treliças para dar força às orações pela cura de uma doença, pelo sucesso nas provas, por uma gravidez, especialmente se trouxesse um menino.

Aamir não precisava ficar muito tempo no santuário. Sua homenagem era menos ao santo e mais ao lugar e àqueles para quem ele era tão importante. Talvez não passasse de um culto dos antepassados. Essa ideia, mesmo com a leve acusação de primitivismo nela implícita, não o incomodou.

No pátio de mármore, ele parou para ouvir. Com os amigos, e mesmo com a esposa, fingia não gostar de música qawwali, com sua percussão repetitiva. Mas ali, naquele lugar, sempre ficava comovido com a música que aqueles homens, horas a fio sentados de pernas cruzadas sobre tapetes finos, conseguiam produzir. Dizia-se que eram membros de uma mesma família que tocava ali havia séculos. Culto aos ancestrais, mais uma vez.

Saiu para comer algo. E nem mesmo a essa altura, quando já era seguido e observado por quase trinta minutos, tinha se dado conta dos homens cujos olhos não o largavam.

Passou direto pelas primeiras vendinhas de comida (chamar de "restaurante" seria exagero). Tinha em mente um destino específico, o de sempre. Com os pratos de metal e as mesas de fórmica, não constava em nenhum guia turístico. Mas o tempero do cozido de tutano que preparavam, o sabor adocicado das cebolas roxas, a textura do *naan* — seria uma traição ir a qualquer outro lugar.

Na primeira mordida, foi levado de volta à infância, os sabores fazendo sua mágica imediatamente. Mas, ainda assim, alguma coisa lhe parecia estranha. Voltou a olhar para a frente e viu um rosto familiar, sorrindo afetuosamente para ele — um velho amigo do seu pai. O homem foi até Aamir, que se levantou, e os dois se abraçaram. O sujeito pouco disse, mas assentia com a cabeça de satisfação pelo que aquele menino havia se tornado. Como se o seu sucesso fosse uma vitória coletiva para as pessoas daquelas ruas.

Mas o incômodo não passou. Quando o velho se afastou, Aamir continuou com a sensação de que era observado. Deu uma olhada naquele lugar minúsculo, todas as mesas ocupadas, enquanto dezenas de pessoas ainda esperavam de pé, fazendo fila até a rua. Não notou nada de estranho, exceto um movimento rápido; teve a impressão de que alguém dera as costas para esconder o rosto assim que ele ergueu o olhar.

Ainda estava na metade da refeição, mas Aamir resolveu que era melhor pagar a conta. Botou várias cédulas nas mãos do dono, pagando pelo menos o dobro do valor, e saiu às pressas, mergulhando na torrente humana que, bem sabia, praticamente o arrastaria dali.

Mas, ainda assim, não conseguiu se livrar daquela sensação. Olhou para trás. O homem que havia se movido rapidamente no restaurante para não ser identificado — ágil, de maçãs do rosto pronunciadas — agora o encarava fria e deliberadamente.

Nervoso, Aamir se virou de novo para a frente e, nesse momento, sentiu um empurrão no ombro esquerdo. O adolescente que esbarrara nele não se desculpou nem hesitou, seguindo em frente e desaparecendo na multidão. Instintivamente, Aamir levou a mão ao ombro. Fora atingido com força; estava doendo.

O caminho à frente se bifurcava. Iria pela esquerda, para o oeste, que levaria ao crematório e ao carro. Faria uma ligação e sairia dali.

Estava prestes a enfiar a mão no bolso para pegar o celular e se sentir mais seguro quando levou outro encontrão, dessa vez por trás. Virou-se e se deparou com outro jovem o encarando, com um sorriso que lhe pareceu... debochado. Não havia dúvida: o esbarrão tinha sido proposital.

Aamir deu meia-volta. O sujeito do restaurante que o encarara continuava olhando para ele fixamente, mas agora estava muito mais perto. Aproximava-se dele.

O suor e o calor estavam ficando insuportáveis. Aamir sentia o tecido de algodão grudando em suas costas. Uma cabra apareceu na sua frente e ele quase caiu. O cheiro de incenso, desagradável e enjoativo, da infinidade de santuários minúsculos daquela área invadia suas narinas. Queria sair dali desesperadamente.

Tentou ir para a esquerda na bifurcação, mas a rua estava apinhada, com uma maré humana intransponível. Quando tentou avançar para a esquerda, foi empurrado e, a menos que já estivesse paranoico, forçado a recuar. Sentiu mãos em suas costas, cutucando-o e até mesmo o conduzindo. Olhou de novo ao redor, mas não viu o homem que o encarava antes.

E agora que tinha se enveredado por ali, talvez seguir pela direita não fosse má ideia. Iria até a delegacia. Apalpou o bolso da calça para sentir a carteira. Ainda estava lá. Poderia assim provar quem era e pedir ajuda, apesar de suas roupas.

Então sentiu um novo cheiro, muito mais agradável. Havia barracas vendendo goiaba, melão e algumas mangas do início da estação trazidas do sul para a cidade. A rua dava em uma pequena praça que estava começando a ganhar movimento. Aamir viu as lojas de perfumes e alguns prédios de apartamentos de quatro andares, com suas janelas panorâmicas que não serviam para absolutamente nada, imitando o estilo de Nova York, e suspirou.

Procurou alguma placa com o nome da rua; ligaria para o motorista e pediria para encontrá-lo ali. Colocou a mão em um bolso, depois em outro, começou a se apalpar e entendeu. *Merda*. Então havia sido para isso aquela encenação toda lá atrás. Tudo não passava de um golpe.

O homem que o encarava e os adolescentes trombadinhas estavam armando juntos, um bando com a intenção de furtar seu celular. E pensar que ele crescera naquelas ruas... Era tão ingênuo quanto aquelas mulheres. Iria à delegacia.

As ruas que percorria agora estavam muito mais vazias que as anteriores — e mais escuras. Chegou a um cruzamento. Estava tão escuro que era difícil enxergar. Virando à direita, encontraria uma área mais residencial. Precisava ir para a esquerda.

E lá estava ele, como se o esperasse. O mesmo sujeito que o encarava, sozinho. Aamir se virou para ir na outra direção, mas deu com quatro homens. Dentre eles, tinha certeza, estava o que havia lhe dado o segundo empurrão. A expressão em seu rosto passara do deboche para um sorriso malicioso.

Decidindo tomar a iniciativa, Aamir pegou a carteira, retirou um maço de dinheiro e disse:

— Toma. São quase quarenta mil rupias. Pode pegar. E me deixa em paz.

Os caras nem se mexeram. Continuavam parados, olhando fixamente, como seu líder.

Aamir voltou o olhar para a rua de onde tinha vindo. Ela estava bloqueada por outro bando de rapazes. Todos com o mesmo olhar ameaçador, voraz.

Aamir não levaria uma surra deles. Podia estar na casa dos 40 anos, mas não era nenhum bobo. Não era um turista. Era filho daquele lugar horrível, capaz de deixar para trás gente muito pior que aqueles zés-
-ninguém. E saiu correndo.

Foi para a esquerda. Tendo de enfrentar apenas um, era a escolha óbvia. Embora tentasse se convencer de que o verdadeiro motivo era o fato de já ter decidido antes por essa direção — e estava irredutível.

Tratou de se esquivar do homem que o encarava e que no fim quase não ofereceu resistência — na verdade, o sujeito praticamente saiu do caminho. Aamir atribuiu isso ao seu próprio gênio e ao elemento surpresa. O fato é que esses marginais gostavam de bancar os durões, mas na hora do pega-pra-capar não eram homens para entrar em uma briga. *Garotos idiotas*, pensou Aamir. *Deviam ter ficado com o dinheiro.*

Olhou para trás. Eles começaram a persegui-lo, embora avançassem lentamente. Aamir teve certeza de que viu um brilho metálico. Correu mais ainda.

Fez uma volta fechada e passou pelo posto de gasolina. Os homens estavam se aproximando; ele não só ouvia seus passos como sentia seu calor, ou seria imaginação sua? Pensou da lâmina e se forçou a correr mais rápido.

Muitos anos se passaram desde que tinha vivido naquelas ruas. Não fosse isso, teria se lembrado de que, ao passar pelo posto de gasolina, precisaria parar de correr. Caso contrário, chegaria à Mathura Road, uma rodovia de quatro pistas de tráfego intenso e caótico.

Onde um homem poderia ser atropelado por uma Mercedes em alta velocidade, morrendo tão rápido e em meio a tanto calor e barulho que mal notariam o que tinha acontecido — e onde ninguém pensaria que o ocorrido fosse algo além de um simples, porém trágico, acidente.

VINTE E TRÊS

WASHINGTON, D.C., QUINTA-FEIRA, 3:43

Maggie se perguntava como Richard conseguia dormir daquele jeito. Sem se mexer, quase sem emitir nenhum som, em um sono profundo, de costas para ela. Talvez fosse devido ao preparo físico.

Um ex certa vez tinha pedido para filmá-la dormindo, mas Maggie rejeitou terminantemente a ideia. Uma câmera no quarto era algo fora de cogitação — isso estaria a um clique e um término de virar "revenge porn" em letras maiúsculas. De modo que ela não sabia como ficava quando dormia. Mas acreditava fortemente que tinha um sono agitado, mudando de posição, virando-se e se ajeitando, e provavelmente resmungando o tempo todo. Talvez por causa da nicotina e das bebidas.

Qualquer que fosse a explicação, o fato é que ela estava acordada agora. Com a mente agitada, como alguém zapeando a TV. Às vezes repassava a fita da conversa com Mary Rajak, a oficial de comunicação tão traumatizada quanto qualquer vítima de agressão sexual e aterrorizada como qualquer um teria o direito de ficar se tivesse contemplado o abismo do apocalipse nuclear — e não só isso. Para Maggie, seus olhos, naqueles buracos profundos, pareciam os de uma mulher de coração partido.

Ela olhava para o teto. Visualizava Richard e a linda, empetecada e esbelta filha do presidente. Os dois pareciam feitos um para o outro. Ambos podiam ter saído direto de um anúncio de perfume em uma revista, com os traços perfeitamente esculpidos e os corpos de academia.

Pare com isso, disse a si mesma. *Chega*. Se não consegue dormir, pelo menos pense em coisas relevantes. Maggie estendeu a mão para o chão ao lado da cama, para a pilha de edições ainda não lidas da *New Yorker*. Havia um bloco de anotações por ali. Pronto. Havia uma caneta na mesa de cabeceira, junto ao rádio. Por fim, tateou para encontrar o celular, acendeu a lanterninha e se posicionou para iluminar as páginas amarelas compridas.

Começando por Kassian e Bruton. O que ela sabia? Ambos correram para a Casa Branca no meio da madrugada, impedindo uma verdadeira catástrofe. Em seguida, Kassian havia cancelado todos os compromissos para ir a Nova York. Por que Nova York? Logo depois de quase entrar em guerra com a Coreia do Norte — só podia ser a ONU. Nada mais fazia sentido. Mas ele não tinha ido à sede da ONU; Maggie verificara. Onde, então? E para se encontrar com quem? Certamente não...

Ela se ajeitou e analisou o que tinha escrito até o momento. Parecia uma porção de besteira sem sentido. Ao seu lado, Richard estava deitado com o lençol puxado até a cintura. Maggie se perguntou o que aconteceria se levantasse o tecido ligeiramente. Não queria acordá-lo, mas adorava olhar para ele, ver o comprimento de suas costas, a curva de suas nádegas e a saliência de seu quadril encobertos pelo algodão egípcio. Eles fizeram sexo apenas algumas horas antes, mas ela estava faminta de novo... Afastou esse pensamento.

Depois, naquela noite, eles foram à casa do Dr. Frankel. Por que alguém procuraria o médico do presidente? Só havia duas possibilidades: ou para dizer algo ao médico, ou querendo ouvir algo dele. Mas o quê? Será que eles achavam que o presidente estava escondendo alguma coisa? Ou talvez Kassian ou Bruton soubessem de algum segredo médico que precisassem transmitir a Frankel. Mas isso não fazia sentido. O médico já saberia de tudo o que houvesse para se saber...

Richard se mexeu. Ela ficou parada. Não queria que ele se mexesse. Precisava pensar, continuar escrevendo. Se Richard acordasse, certamente perguntaria no que ela estava trabalhando. Os dois tinham ficado bons em policiar a muralha da China que construíram entre si, ainda que Richard estivesse o tempo todo tentando escalá-la para dar uma espiada do lado dela. Eles sempre brincavam com isso, dizendo que o trabalho dele no Comércio devia ser um tédio, já que Maggie raramente tentava descobrir alguma coisa, ao passo que o dela evidentemente era emocionante, a julgar pela maneira como ele a interrogava o tempo todo. "Você fica ouvindo todas as fofocas e diz que esse é o seu trabalho, Mags. Vamos lá, me dá só um gostinho."

Ele não deixava de ter razão. O gabinete da Assessoria Jurídica tratava de questões ligadas ao pessoal: ética, conflitos de interesse, questões disciplinares. Era seu trabalho saber os podres de todo mundo. Se os papéis se invertessem, Maggie não se mostraria menos intrometida. Ter curiosidade é normal. No entanto, ninguém duraria mais que um dia em uma função como a dela se não fosse capaz de ser discreto. Era preciso guardar segredo, inclusive dos entes queridos. Até dos tão próximos que dá para sentir o cheiro da pele...

Maggie se forçou a se concentrar. A visita tarde da noite à casa do Dr. Frankel. Era óbvio que estava ligada ao que havia acontecido na noite anterior. Ela circulou os nomes de Kassian e Bruton. Com certeza eles ficaram aterrorizados. Ambos acreditavam que o chefe não havia acabado com o mundo por muito pouco. Achavam que ele tinha enlouquecido. Procuraram o médico para perguntar se era verdade. O presidente era mentalmente instável? E, se fosse...

A noite estava quente. Maggie ficou pensando na filha do presidente. Ela estaria na cama agora, seminua? O marido estaria com ela? Se estivesse, ela estaria pensando em Richard? E o que Richard fazia ao telefone mais cedo, quando Maggie saiu do banho? Será que estava mandando mensagens para aquela mulher? Será?

Cacete, pensou Maggie com seus botões, cai na real! Ela não se lembrava da última vez em que havia sentido tanto ciúme. Talvez na adolescência, em Dublin, com Liam Mangan, seu primeiro amor. Uri tinha sempre uma fila de mulheres lindas atrás dele, mas nunca pareceu interessado em ninguém além dela. Edward era possessivo e ciumento, e Maggie odiava isso. Agora se perguntava se havia sido assim para ele: a imaginação solta, as imagens na cabeça, visualizando sua amada com outra pessoa...

Maggie mudou de posição novamente, como se assim pudesse se forçar a pensar em outra coisa. Refletiu se devia usar o celular para ligar o ar-condicionado. Se havia uma coisa que ela gostava nas novas tecnologias, era disso. O aplicativo no celular, com o pequeno ícone de uma casa com uma chaminé, que lhe permitia aquecer ou resfriar o quarto, mesmo se não estivesse presente — ou estando presente, mas sem vontade, como Liz costumava dizer, de "tirar sua bunda irlandesa preguiçosa da cama". Liz a havia chamado de "velha desleixada" quando instalou o aplicativo no celular, para logo em seguida fazer a mesma coisa no próprio aparelho. "Não que eu realmente use isso", insistia ela, em uma série de mensagens que para Maggie soavam ligeiramente na defensiva. "Da última vez que eu liguei o aquecimento central, a casa ficou cheia de fumaça. Além do mais, a gente está torrando aqui em Atlanta..."

Foco, Maggie. Foco. E se o presidente realmente fosse, digamos, mentalmente instável? O que significaria? Era isso que o chefe de Gabinete e o secretário de Defesa queriam ouvir do médico? *É claro que não.* Eles já sabiam disso. Sabiam que Frankel teria de declarar o presidente incapaz para o exercício do cargo... Meu Deus, era isso!

Agora tudo vinha de uma vez, com a clareza dos insones. Ela começou a escrever compulsivamente. Eles foram até lá para exigir que o médico da Casa Branca atestasse que o presidente era mentalmente incapaz de ocupar seu cargo, mas o médico havia se recusado. E horas depois estava morto. Claro que o mataram. É claro! Claro, claro, claro! Quando descobriu o que eles pretendiam, que planejavam derrubar o presidente, o Dr. Frankel sabia demais. Com uma palavra sua, a vida dos dois estaria arruinada, eles seriam encarcerados por sedição ou traição ou qualquer merda dessas. Então os dois foram lá na manhã seguinte, ou talvez tenham ligado — sim, foi isso, eles ligaram de casa ou mandaram alguém ligar, alguma outra pessoa, um capanga, um matador de aluguel ou quem sabe um soldado. Por isso Bruton tinha se encontrado com alguém do SOCOM! Ele mandou alguém do Comando de Operações Especiais fazer isso!

Não, não, apaga isso. Pensa. Não faria sentido. Frankel já estava morto quando Bruton se encontrou com o cara "sem nome fornecido", isso foi ontem de manhã. Quem quer que fosse, Bruton deve tê-lo encontrado por algum outro motivo.

E agora, finalmente, outro pensamento veio à tona. Algo que seu inconsciente já sabia havia algum tempo, possivelmente desde que ela vira a referência ao SOCOM na agenda de Bruton, talvez até mesmo antes disso. É possível saber de alguma coisa sem saber que se sabe, ou sem conseguir admitir que se sabe, nem mesmo para nós mesmos. Maggie tinha de vencer a relutância em escrever isso — e mesmo em pensar nisso.

Mas não podia ser mais óbvio. Ela se endireitou, sentada de olhos bem abertos. Frustrados na tentativa de fazer com que o presidente fosse afastado do cargo por motivos médicos, eles chegaram à conclusão de que não havia alternativa. Primeiro teriam de matar Jeffrey Frankel. E, depois, matariam o presidente.

A noite estava calma. Richard continuava imóvel; a rua, em silêncio. Mas sua mente estava agitada. Os pensamentos se acumulavam, atropelando-se, zunindo como o som de uma concha quando colocada ao ouvido. O sangue pulsando em suas veias.

Uma parte sua estava chocada com o que julgava ter descoberto. Ela imaginava as consequências para a nação, já tão dividida internamente. Seu país mergulharia em uma guerra civil. Bastava ver como o assassinato de Kennedy tinha assombrado os Estados Unidos durante décadas. Por mais que se odiasse aquele homem — e, meu Deus, não faltavam motivos para isso —, certamente essa não seria a maneira de se livrar dele. Se o motivo para se opor ao presidente era o fato de ele estar acabando com a democracia, como justificar seu afastamento pelo mais antidemocrático dos meios: o assassinato? Seria destruir a democracia para salvá-la. Pura loucura.

Maggie tentou imaginar como as coisas se desenrolariam, não na teoria, mas na prática. Tinha lido o bastante para saber que o assassinato de JFK traumatizara os Estados Unidos em um momento em que o país parecia cheio de esperança, transformando a década de sessenta em um período marcado pela violência política e por mais assassinatos. Mas agora as coisas não estavam ainda piores? Mesmo levando em consideração apenas os anos desde que ela havia se mudado para cá, os Estados Unidos ficaram mais polarizados. As pessoas se tornaram violentas nas redes sociais, ofendendo quem quer que tivesse uma opinião diferente. Dava para imaginar como os eleitores do presidente ficariam se seu herói fosse assassinado? A fúria não teria limites. Ele se tornaria um mártir, e seus eleitores se voltariam contra qualquer um que considerassem inimigo. Maggie duvidava que a ira fosse ficar limitada a tuítes ofensivos e postagens infames no Facebook. Imaginava perfeitamente o clima de ódio se irradiando pelas ruas. A situação podia ficar feia, e muito rápido. Espontaneamente, formou-se em sua mente uma imagem de Liz com os filhos, as crianças fugindo de uma multidão enfurecida que atirava pedras. E de repente ela foi acometida pela sensação de náusea familiar. Que confusão! Se ela pelo menos não tivesse...

Afastou esse pensamento e se concentrou em como havia matado a charada, concedendo-se um momento de satisfação profissional com a própria engenhosidade.

Tentou imaginar como seria contar a McNamara, entrando no gabinete dele para lhe informar que tinha superado suas expectativas, que havia desvendado o mistério. Não precisou visualizar isso por muito tempo para sentir repulsa. Por que dar alguma coisa àquele sujeito? A menor migalha de informação secreta de que dispusesse seria explorada exclusivamente para seus fins deturpados. Essa lição ela certamente aprendera: qualquer informação só podia ser liberada depois de analisadas todas as implicações, a começar pela maneira como seria usada. Maggie pensou em McNamara e em seu círculo de seguidores — os "Mac boys", como a imprensa chamava, ou os "servos do Big Mac", segundo um meme que circulava pelo Twitter —, e lhe pareceu insuportável a ideia de que pudesse, ainda que por um momento, ser considerada um deles.

Mas voltou a olhar para seu bloco de anotações, contemplando a conclusão a que havia chegado, e sentiu a pulsação ainda mais rápida. Lá dentro, uma vozinha secreta sussurrava: *Graças a Deus tem alguém fazendo alguma coisa para acabar com esse circo de horrores.* Liz tinha razão quando disse *Eu não consigo acreditar que você trabalha para esse homem do mal.* Pois agora dois sujeitos do bem iam impedi-lo.

A razão interveio, puxando a rédea para contê-la. Como esses caras podiam ser "do bem" se dispunham-se a matar um inocente, um médico que amava a família e havia dedicado a vida a curar os enfermos? Como podiam ser do bem se consideravam a possibilidade de matar, de assassinar alguém? Talvez fossem apenas um tipo diferente de mal. Ela também já vira isso antes.

Eram quase cinco da manhã. Maggie foi ao banheiro jogar água fria no rosto. Precisava se acalmar, esfriar a cabeça.

Ao voltar, veio a tentação. Estava bem ali na mesa de cabeceira, do lado de Richard na cama. Seu celular.

Bom, pensou com seus botões. *Se Richard não estava mandando mensagens para aquela mulher, talvez seja melhor para ele que eu fique sabendo. Para que ficar sob essa nuvem de suspeita, logo ele, um cara fiel e atencioso?* Ela não podia lhe perguntar diretamente. Uma vez feita, uma pergunta dessas não podia ser desfeita. Ficaria sempre presente, uma sombra sobre o relacionamento dali em diante. Uma quebra de confiança.

Muito melhor fazê-lo logo agora, discreta e silenciosamente.

Sem o menor barulho, Maggie pegou o celular dele, pressionou o botão e a tela acendeu. *Deslize para desbloquear.* Foi o que ela fez, e apareceram duas opções:

Toque para Touch ID ou Código de Acesso

E ele ali ao lado, dormindo profundamente. Seus dedos, longos e finos, os mesmos dedos que a haviam acariciado, entrado nela, poucas horas antes, repousavam sobre o lençol, ao seu alcance. Ela aproximou o celular da sua mão direita e, com o mais suave dos movimentos, pousou seu indicador sobre o botão. A tela se iluminou e ela afastou o celular dele. Enquanto ela se deitava de novo, Richard respirou fundo, mas sem se agitar.

Maggie foi direto para as mensagens. O primeiro nome, lá em cima, era o seu, convidando-o a vir para sua casa. Logo abaixo, um colega dizendo que os documentos de que ele precisava ficariam prontos na segunda. Em seguida, uma mensagem do irmão sobre um jogo do Orioles. Nada da filha do presidente.

Então ela foi para a caixa de e-mails. Nada de significativo. O que não era muito surpreendente. Nos últimos anos, ninguém mais fazia nada de importante por e-mail. Ela checou o WhatsApp: nada. E o Signal: nada.

Mas o ícone do aplicativo seguinte dizia apenas Notas. As duas primeiras pareciam inofensivas, até que ela abriu a terceira.

Maggie sentiu a testa se enrugar, um vazio no peito. O arquivo consistia em uma série de mensagens do Signal copiadas e coladas em um único documento, dezenas de mensagens, remontando meses antes, todas escritas em tom de familiaridade ou até mesmo de intimidade. Mas não eram mensagens entre Richard e a filha do presidente.

Eram mensagens entre Richard e Crawford McNamara.

Companheiro! Liga agora na Fox. Ela está mandando ver.

Nenhuma pista sobre o objeto do comentário, mas a concisão e a ausência de formalidades indicavam contato frequente, senão constante. Era uma conversa entre amigos.

E a resposta de Richard:

Concordo totalmente. Ela mandou bem! E não podia estar mais gostosa

Maggie sentiu que estava ficando pálida. A sonolência tinha ido embora. Estava sentada empertigada. Percorreu as mensagens, em sua maioria no mesmo tom de camaradagem.

Outra de McNamara.

Bom trabalho no Oval hoje. O chefão gosta de você. E a princesa toda molhadinha por você, companheiro...

Maggie olhou para Richard, ainda dormindo. *A princesa*. Só podia ser uma pessoa. E a maneira como McNamara se referia a ela, como se fosse um voyeur, se masturbando com a ideia dos dois jovens transando... Ele estava cafetinando a filha do presidente.

A mensagem seguinte a deixou confusa. Dessa vez, de Richard para McNamara.

Pacote do meio do Atlântico despachado. Suponho que tenhamos o endereço de entrega do próximo. É só dizer que eu arrumo.

Havia outras dessa mesma natureza, e então uma que causou um calafrio em Maggie. De novo de Richard:

Tem coisa mais divertida do que esses liberaloides dando chilique por causa do cadastro de muçulmanos? Eu adoro essa merda. Quase me dá vontade de começar de novo o lance das estrelas amarelas — luas crescentes amarelas, que tal? — só para ver esse pessoal dando um showzinho. Você não disse que o chefe estava a fim?

Resposta de McNamara: Ainda não é um bom momento. A proibição precisa estar totalmente em vigor. Barrar todos os turbantes estrangeiros, de tudo quanto é lugar (especialmente da Europa). E, quando a gente tiver o cadastro dos turbantes "americanos", aí podemos fazer isso. Amarelo: descarado demais? Ou vale a pena pra curtir?

Richard: Sim, curtir, cara, curtir! Pra quem tem colhões enormes e peludos — e eu sei que você tem —, ter medo do quê? De alguma resistência de (((você sabe quem)))?

McNamara: Você está mostrando sua juventude e inexperiência. Regra número um da capital: nunca, jamais contrariar (((os poderosos detentores do poder global)))

Maggie fechou os olhos, devastada por uma onda de repugnância, física e visceral. O calafrio que havia sentido antes se espalhava por todo o seu corpo — era como se ela tremesse inteira, por dentro e por fora. Os parênteses triplos já eram demais. No início, foram uma espécie de aperto de mãos secreto no universo da *alt-right*, três parênteses de cada lado do nome de alguém suspeito de ser judeu. Quando a coisa caiu nas redes sociais, muitos judeus — e outros — passaram a usar o símbolo eles próprios. Como o rei da Dinamarca usando a estrela amarela durante a ocupação nazista: um gesto desafiador de solidariedade. Maggie achava que isso tinha acabado com a brincadeira. Mas ali estavam os dois alegremente fazendo a mesma coisa para mostrar como odiavam judeus. Ela leu a resposta de Richard:

Richard: Ingenuidade minha, Yoda. Por favor, me introduza nos costumes de quem judiiiiia.
McNamara: Dinheirrro eles gostam.
Richard: Muito dinheirrro eles têm.

Maggie estava enojada. O homem deitado ao seu lado, o homem que havia deixado penetrá-la, era um fanático racista — inteligente, sofisticado e bem-vestido, mas um neonazista convicto. Ela sentiu ânsia de vômito.

Mas também sentia um impulso masoquista que a fez continuar percorrendo as mensagens, uma terrível compulsão a se expor àquilo completamente. Mas eram tantas. Richard e McNamara pareciam acostumados a trocar de doze a quinze mensagens por dia. Havia outra sobre a filha.

Estive na Residência hoje. Nem sei se o marido está tão interessado. Ele trabalha demais! Então talvez possa ter uma abertura — se é que me entende ;)
Resposta de Richard: Quero abrir caminho nessa abertura
McNamara: Entra na fila. Bem, talvez eu possa fazer a Rosemary ver qual é a dos dois.

Outra que ela não conseguiu decifrar. De McNamara:

Nossos amigos vão precisar de instruções sobre o próximo pacote. Carregamento em Nova Délhi, detalhes de expedição como discutido.

Que diabos isso podia significar? Talvez tivesse algo a ver com o trabalho de Richard no Comércio. Mas sua atenção logo foi desviada, pois nesse momento ele se mexeu, a mão instintivamente buscando sua perna nua, para repousar em sua pele. Um reflexo de desejo pulsou nela, passageiro mas suficiente para deixá-la revoltada consigo mesma, com o funcionamento animal e irracional do corpo. Maggie se esquivou de seu toque.

O sol começava a nascer. Ela permaneceu deitada, rígida e tensa, consciente de que devia botar o celular de volta no lugar, antes que ele acordasse. Mas precisava ler tudo aquilo.

Agora uma mensagem inusitadamente longa de Richard.

Você se lembra daquela palestra na conferência de Utah? Do francês, o que trabalhava na Frente Nacional. Precisamos encontrar um jeito de adaptar essa mensagem para o público americano. O principal: não há motivo para que cada grupo étnico nos Estados Unidos celebre as próprias tradições, exceto a raça branca. Os brancos, especialmente os homens brancos, precisam ter o seu orgulho. "Somos filhos do sol!" Adoro essa frase. Quer que eu redija alguns parágrafos para o presidente?

As mãos de Maggie tremiam enquanto ela rolava a tela para baixo, passando o olho nas mensagens o mais rápido que podia. Já havia chegado a fevereiro, quando ela e Richard estavam envolvidos fazia apenas algumas semanas.

De McNamara: Como vai o Matagal Vermelho?

Richard: Eu já disse: ela pode ser irlandesa, mas não é ruiva. Nem na cabeça nem lá embaixo.

McNamara: Sonhar não custa nada. Eu adoro uma piranha com uma pitada de páprica.

Richard: Você é nojento.

McNamara: Mas, falando sério, você já conseguiu alguma coisa? Além de chatos irlandeses?

Richard: Na verdade, ela é bem limpinha nessa área. Nada ainda. Mas ela tem relação com toda a turma anterior. Acho até que pode ter algum contato com o ex p.

McNamara: É mesmo?

Richard: Por enquanto é só um talvez. Mas uma coisa eu posso dizer. Ela odeia o nosso homem. Mas odeia *mesmo*. Às vezes eu preciso consolá-la, garantir que "estamos fazendo a coisa certa". Dá uma peninha.

McNamara: Que divertido!

Richard: Pois é.

McNamara: Olha só, você não está fodendo com ela pra se divertir. Espionagem, meu garoto. Trabalho de inteligência.

Richard: Eu sei.

McNamara: E ela não faz a menor ideia?

Richard: Do quê?

McNamara: Ora, de que está dormindo com o inimigo.

Richard: Nenhuma.

VINTE E QUATRO

WASHINGTON, D.C., QUINTA-FEIRA, 7:15

Garcia tinha tomado várias decisões sobre "Jorge Hernandez". A primeira era que ele teria de se parecer o máximo possível com o verdadeiro Jorge Hernandez. Um latino que havia servido nas Forças Armadas. Não se dava muito com ninguém. Era passional sobre a situação do país.

A segunda decisão era que, quando "Jorge Hernandez" tivesse de adentrar no mundo real, ele seria muito parecido com Julian Garcia. O que não era muito difícil. Tinham mais ou menos a mesma idade, uma altura próxima e, até a doença devastadora ter acabado com o amigo, um porte físico parecido. O racismo cuidaria do resto: se — quando — as pessoas vissem uma foto de Hernandez, poucas seriam capazes de jurar que não era o sujeito de mesmo nome que viram brevemente um ou dois dias antes. Um hispânico parrudo, no fim da casa dos 40 anos; não eram todos iguais?

Por enquanto, o verdadeiro Hernandez estava em uma poltrona reclinável em sua sala, vendo o antigo companheiro com as mãos na massa. Garcia estava ocupado com as paredes. A próxima tela em branco de sua série.

Abriu a bolsa e pegou sua pilha de papéis. Havia conseguido menos exemplares de jornais do que gostaria e material impresso do computador demais. Mas tinha dado um jeito nisso. As matérias de jornal, algumas de até dois anos antes, recortadas cuidadosamente com um bisturi das pilhas mantidas na biblioteca — não a de Anacostia, mas a construção bem mais imponente que era a Martin Luther King, no noroeste da capital —, ostentavam variadas tonalidades de amarelo. Garcia havia planejado uma gradação. Os artigos de um ano antes passaram uma hora expostos ao sol na tarde de ontem. Os de seis meses, meia hora. E assim por diante. Com a intensidade do sol em Washington no mês de maio, mesmo poucos minutos fizeram os recortes parecerem mais velhos.

Ele começou a colar uma seleção na parede, alternando com algumas reproduções de páginas da internet. Alguns dos artigos on-line ocupavam sete ou oito folhas de papel A4, incluindo os comentários. Ninguém em pleno juízo afixaria na parede aquilo tudo — e, assim, Garcia decidiu que Hernandez afixaria aquilo tudo.

Havia trazido alguns Pilots vermelhos e pretos para circular certas manchetes, além de barbante e clipes, para reunir as reportagens. Mas então se deu conta de que aquilo parecia um clichê de Hollywood. Hernandez não estava fazendo uma apresentação de PowerPoint; ele não queria convencer ninguém. Estava apenas botando para fora o conteúdo da própria mente perturbada. Portanto, Garcia sublinhou algumas palavras-chave: *deportação, confinamento, esquadrões de sequestro, famílias.*

Depois de mais ou menos uma hora, ele recuou para examinar sua obra. Tinha coberto bem mais da parede do que pretendia. E fazia sentido. Se tivesse se limitado, como planejava inicialmente, à área acima da mesa, teria parecido muito arrumadinho, muito controlado — como os avisos escolares ou aqueles calendários com montagens de fotos da família encontrados em cozinhas do subúrbio. Espalhar papel pela parede inteira era mais radical. Tinha a intensidade necessária.

Garcia percorreu a parede como se seus olhos fossem a câmera de um jornal da TV fazendo uma lenta panorâmica. O que veriam?

Uma manchete com letras garrafais na capa do *New York Post*: "Sem documentos, sem casa." Uma foto do presidente com o rosto retorcido de ódio, parecendo cuspir o pior dos palavrões, começando com a letra "F", do alto da tribuna. Ao lado, uma imagem do presidente dançando com três encapuzados da Ku Klux Klan. Era uma montagem. Mas Garcia decidira que o seu Hernandez, com sua mente doentia, acreditava que era real.

As matérias dos jornais eram uma mistura de relatos das detenções forçadas de imigrantes ilegais pela nova Força de Deportação dos Estados Unidos e de manifestações de protesto contra elas: a corrente humana formada em Miami, os pneus incendiados nos levantes/*pogroms* de Phoenix; a marcha "Esta é a nossa casa" em Washington. Os detalhes eram menos importantes que a impressão geral.

Mas Garcia não tinha acabado. Em seguida, ele pegou aquele que seria o ponto emocional central da história que contava e no qual havia trabalhado com Hernandez. Os fatos eram extraídos da vida de Julian Garcia, mas reproduzidos de maneira que fossem compatíveis com a de Hernandez, caso alguém resolvesse verificar (o que, sem dúvida, fariam). E então, com a devida solenidade, prendeu na parede um retrato de Alicia Hernandez, a falecida mãe de Jorge. Escolheu um ponto bem no centro do conjunto.

Recuou mais uma vez, avaliou tudo e considerou que estava bom. Olhou para Jorge, que assentiu. Funcionava.

Havia um último detalhe. Pegou um mapa da capital e o pregou em uma parte da parede que já estava coberta. Usando o Pilot vermelho, circulou uma área bem ao norte do Cemitério Nacional de Arlington, Virgínia, onde no dia seguinte ocorreria uma cerimônia que seria transmitida pela TV — e na qual, naturalmente, o convidado de honra seria o presidente dos Estados Unidos.

VINTE E CINCO

DUPONT CIRCLE, WASHINGTON, D.C., QUINTA-FEIRA, 7:16

— Bom dia, amor! — A voz de Richard estava animada, descansada.
— Bom dia!
— Dormiu bem?
Maggie se preparou para a primeira mentira do dia. Sabia que haveria muitas, muitas outras.
— Na verdade, sim, eu dormi bem. E você?
— Bem.
Ele se virou para lhe dar um beijo. Ela permitiu que Richard se aproximasse, mas não se mexeu. Ele recuou, com uma expressão de perplexidade.
— Eu ainda não escovei os dentes — justificou-se ela.
Na verdade, Maggie havia passado as últimas horas acordada, deitada ao seu lado, rígida feito uma tábua, olhando para o teto. Seu corpo se congelara, evitando a proximidade com aquele homem. Sua mente girava sem parar, horrorizada com o que tinha descoberto, enojada com ele, mas, sobretudo — e inevitavelmente —, perplexa consigo mesma por ter sido tão idiota. Como não tinha percebido isso? Como perdera de tal maneira o discernimento? Como, como, como?

Ela foi a primeira a se levantar da cama, mais uma quebra do padrão. Não estava lidando bem com a situação.

— Vai correr agora de manhã?

Maggie notava a tensão na própria voz, muito aguda. E, se ela percebia, ele também percebia.

— Não — respondeu Richard, espreguiçando-se languidamente, seu abdômen ficando rígido. Mais uma vez ela sentiu o apelo instintivo do desejo e recriminou o próprio corpo por se deixar atrair com tanta facilidade, tão pronto a traí-la. — Pensei em tomarmos banho juntos... e depois um café da manhã bem tranquilo. Que tal?

— Na verdade, eu preciso começar cedo hoje. Muita coisa. — Era o segundo "na verdade". Estava ficando evidente. Ela se virou e foi para o banheiro, onde o estrago seria menor.

Deu uma olhada no próprio rosto no espelho. O vermelho de seus olhos ficava ainda mais destacado por causa das olheiras escuras embaixo deles. Seus cabelos estavam sebosos. Ela entrou no chuveiro, torcendo para que Richard não fosse atrás.

Mas ele foi, abrindo a porta, entrando e começando a se ensaboar. Seu pênis meio ereto roçou na sua coxa, como por acidente. Em qualquer outra ocasião Maggie não teria conseguido resistir, ela teria se virado e começado a beijá-lo e tocá-lo. Também agora sua pele e seu sistema nervoso reagiram automaticamente da maneira habitual. Mas, no mesmo instante, sentiu uma raiva profunda se agitando, em parte no cérebro mas sobretudo na boca do estômago. As coisas que Richard tinha dito àquele homem horrível. O racismo repugnante: *Quase me dá vontade de começar de novo o lance das estrelas amarelas.* Referindo-se aos brancos como "filhos do sol", citando com aprovação aquele maluco neonazista. E a misoginia por trás daquele asqueroso romancezinho enrustido entre os dois: *E não podia estar mais gostosa... Quero abrir caminho nessa abertura.* Cada uma daquelas mensagens voltava agora, como aconteceu naquelas agonizantes últimas horas da madrugada.

Mas o que pesava em suas entranhas como uma pedra era o que ele tinha falado dela. Estremeceu ao se lembrar das palavras na tela brilhante: *Na verdade, ela é bem limpinha nessa área*. Aquela conversa toda sobre a cor dos seus pelos pubianos.

E depois, mais vergonhoso, mais doído, foi o modo como McNamara lembrara Richard de seu propósito, de sua missão. *Olha só, você não está fodendo com ela pra se divertir. Espionagem, meu garoto. Trabalho de inteligência.* Ela havia sido mesmo uma idiota, igualzinha a uma adolescente de um colégio de freiras enganada por um cretino que chega com uma conversa fiada jurando que só quer botar a mão na calcinha dela porque a ama. Por que cometia sempre o mesmo erro?

Maggie saiu apressada do chuveiro, cobrindo o máximo possível do corpo, odiando-o por ter sido tocado por Richard.

Queria expulsá-lo dali, dizendo que ele era um vigarista mentiroso, trapaceiro e desprezível; gritar até ficar rouca, cuspir seu ódio em Richard até ele se encolher, ferindo-o tão profundamente que jamais se recuperaria, obrigando-o a engolir o próprio veneno até sufocar.

Naturalmente, logo em seguida ele diria a McNamara que ela sabia: a irlandesa sacou tudo. Ela ficaria de fora, ou pelo menos seria posta para escanteio — uma possibilidade, pensou, seria ela se tornar uma inspetora do Departamento de Agricultura. A ideia parecia tentadora. Ela podia ir agora mesmo para a Casa Branca e pedir demissão, pular fora antes de ser chutada. Podia dizer a McNamara o que realmente pensava dele e daquele ignorante pomposo, pervertido e mentiroso que ele chamava de senhor presidente.

E poderia correr para longe, muito longe daqueles homens cruéis, intolerantes e *repugnantes*, com seu projeto de acabar com os Estados Unidos e o mundo. Ligaria para Liz para dizer que tinha dado um basta, que havia feito o que precisava fazer, que pedira demissão e passaria a combatê-los de fora — e Liz diria quanto se orgulhava da irmã, que sempre soubera que Maggie era uma mulher de princípios, corajosa, uma lutadora, e quem sabe não pegaria um voo para Atlanta para ver seus sobrinhos maravilhosos e talvez até se mudasse de Washington para recomeçar.

Por mais tentador que fosse, Maggie sabia que não poderia fazer nada disso. Na calada da noite, antes de desbloquear o celular do filho da mãe, ela havia chegado bem perto de entender o que estava acontecendo ali. Em seu estado febril e insone, começara a ver os contornos de uma tentativa do chefe de Gabinete da Casa Branca e do secretário de Defesa de afastar do cargo o presidente dos Estados Unidos, primeiro recorrendo à Vigésima Quinta Emenda da Constituição, e depois, vendo esse caminho impedido, ou pelo menos ela o supunha, mandando matá-lo.

Não estava convencida de estar certa. Pior ainda, não estava convencida de que eles estavam errados. Ficava indo e vindo. Se fosse o caso de decidir nesse exato momento, estaria pronta para entrar no gabinete de Kassian, cumprimentá-lo e perguntar onde tinha de assinar para aderir ao plano.

Era, em certa medida, sua raiva de Richard falando, sabia muito bem. Mas não era só isso. Ela ficava inconformada com esse presidente e com tudo o que ele representava. Lamentava o que ele estava fazendo com o país que havia aprendido a amar. Ressentia-se do impacto que ele já causava na vida das pessoas com quem ela se importava. Pensou na aluna de Liz, pendurada naquela corda. Pensou em Mary Rajak, agarrada, abusada e devastada. Pensou em todas as famílias que foram separadas, nas deportações e nas prisões, no banimento de gente que supostamente teria uma fé equivocada. Pensou em todo o sofrimento que esse presidente vinha causando — e no fato de que o mandato dele mal havia começado.

Mas então ela se lembrou de Jeffrey Frankel, um homem inocente, amado pela família, assassinado pelo simples fato de estar no caminho. Por mais que ela simpatizasse com Kassian e Bruton, não era motivo para executar um homem bom a sangue-frio. Que tipo de pessoa faria uma coisa dessas? E, se eram capazes de fazer algo dessa natureza, que destino poderia aguardar um país governado por homens assim?

E bem sabia que essas eram considerações de importância secundária em comparação com a principal e inevitável — grande demais para ser ignorada, embora ela viesse tentando deixá-la de lado em seu horizonte mental. É claro, não gostava desse presidente. Como, aliás, metade da população (na verdade, mais da metade, se forem contabilizados os votos que ele havia recebido). Mas ele fora eleito de acordo com as regras do processo democrático. Matar o presidente não era simplesmente matar um homem mau. Era também matar a ideia de que a política pode ser resolvida com argumentação, debate e eleição. Caso se permitisse que Kassian e Bruton alcançassem seus objetivos, caso ela não fizesse tudo ao seu alcance para impedi-los, seria o mesmo que declarar — para usar a linguagem com a qual havia sido criada na Irlanda — que a bala era mais forte que a urna, que esta precisava ceder diante daquela. E não queria viver em um mundo assim.

Estranhamente, desconfiava que o mesmo se aplicava ao chefe de Gabinete e ao secretário de Defesa. Eles não pareciam ter o perfil típico do golpista fascista; não queriam fazer parte de alguma junta de governo. Mas, assim como Mary Rajak e algumas outras pessoas, os dois viram do que aquele homem era capaz. Viram-no dar a ordem que teria matado milhões de seres humanos inocentes, a ordem que poderia — e não era nenhuma hipérbole — ter exterminado toda a civilização. Em comparação a isso, talvez parecesse válido sacrificar a vida do Dr. Frankel: entregar uma vida para salvar a humanidade. Diante da catástrofe que seria imposta ao planeta, toda aquela conversa de democracia devia parecer um tanto abstrata. Tão palpável quanto o vento.

Ainda assim, tinha de haver outra saída. Essa não podia ser a única alternativa. Ou permitia-se que a democracia prevalecesse, deixando o mundo vulnerável a um homem capaz de mandá-lo para o espaço no instante em que sentisse seu orgulho ferido, ou salvava-se o mundo e destruía-se sua democracia mais importante, possivelmente desencadeando uma guerra civil. Tinha de haver outro caminho. Se Maggie possuía um talento natural, era como negociadora de paz; para começo de conversa, era o que a havia levado a Washington. E, se os mediadores tinham um lema profissional, era justamente que, sempre que uma bifurcação surge no caminho, deve-se procurar uma terceira via. Os dois lados vão dizer que é isso ou aquilo, do nosso jeito ou do jeito deles. Sua função é encontrar uma saída de que nenhum dos dois goste muito, mas com a qual ambos possam conviver.

Era isso o que teria de fazer agora. Não podia conscientemente permitir que um assassinato fosse levado a cabo, não se não quisesse ver os Estados Unidos mergulharem em uma segunda guerra civil e se de fato acreditasse na democracia no lugar da violência. Para outros talvez fosse possível, mas não para ela. Com aquela conhecida pontada de culpa, Maggie se lembrou de que já havia causado danos suficientes. Aquele segredo que carregava nas costas, um saco cheio de chumbo, nunca pareceu mais pesado. Aquela confusão toda, toda ela, era culpa sua.

Maggie teria de cavar fundo, revolver suas forças mais íntimas, e aguentar tudo isso. Teria de esconder de Richard o que havia descoberto — e, mais difícil ainda, esconder até que sabia de alguma coisa.

Trocou-se rapidamente no banheiro mesmo para evitar vê-lo. Vestiu as roupas que encontrou no caminho, resgatando uma saia do cesto de roupa suja. Ela só estava com uma manchinha; esfregou-a com um pouco de saliva no dedo e tentou se convencer de que a marca tinha ficado menos visível. Sentindo-se protegida com as roupas, secou o cabelo e se maquiou meio apressada, tentando sem êxito ocultar as olheiras com corretivo. Estava com uma aparência horrível, mas não havia como melhorá-la. O importante era se aprontar para evitar a perspectiva do "café da manhã bem tranquilo" que Richard tinha em mente. Alegaria pressão no trabalho.

Estava pegando as coisas na sala e jogando-as na bolsa quando Richard apareceu, o cabelo ainda molhado, uma ou duas marcas de umidade na camisa. Ele se vestira bem rápido. Estava com o celular na mão direita.

— Correndo para sair, querida?

— Sim, eu preciso ir. Dia terrível pela frente.

— É mesmo? Reunião logo cedo?

Maggie procurava as chaves, feliz por evitar contato visual.

— Só muita coisa acumulada.

— É, você está meio tensa mesmo. Tem certeza de que não sou eu que estou cansando você, amor? — Richard sorriu. E, como Maggie não disse nada, acrescentou: — Ou é toda essa coisa da investigação?

Ela parou de ajeitar as almofadas no sofá e olhou para ele. Tudo o que via era o celular na mão de Richard. Teria feito alguma bobagem durante a noite, algo que a havia denunciado? Tomara o cuidado de não abrir nenhum e-mail ainda não lido — isso sempre denunciava que alguém andara fuxicando. Talvez alguma outra coisa? O aplicativo de Notas teria deixado algum vestígio, mostrando a Richard a última vez em que tinha sido aberto?

— Isso — respondeu ela. As chaves estavam na fruteira (que não continha nenhuma fruta desde o Natal). Ela já estava com tudo de que precisava. E desesperada para dar o fora. E então, como se se desculpasse por não poder dizer mais nada, com um dar de ombros meio cômico, acrescentou: — Essa maldita muralha da China. Me desculpa.

— Problema nenhum — disse Richard, ainda com o celular brilhando, enorme, na mão. — Eu só queria bater papo, sabe, no café da manhã...

— Seria ótimo. — Maggie deu seu melhor sorriso, mas desconfiando que devia estar meio hesitante. E se virou para a porta da casa. — Enfim...

— Maggie.

Ela se virou de novo.

— Diga.

— Olha, talvez não seja nada. Mas eu andei pensando, sabe, o que aconteceu...

Maggie franziu a testa.

— Com você, eu digo. — Ele viu que a ficha não tinha caído. — Com o presidente anterior.

— Ah! — A bílis da culpa começou a subir dentro dela. Richard era praticamente a única pessoa com quem tinha falado a respeito disso. A ideia de que ele pudesse usar aquilo contra ela lhe deu vontade de fechar os olhos de exaustão e desespero. Mas Maggie sabia que não podia demonstrar nada disso. — O que que tem?

— Nada especificamente. Só que estamos vivendo um momento muito intenso. Tem muita coisa acontecendo.

— Com certeza.

— Talvez então seja melhor tomar cuidado, Maggie. Eu só queria dizer isso.

— Tudo beeeem — fez Maggie, como que respondendo a uma tia excêntrica de coração enorme.

— Vai com calma, Maggie. Vai com calma.

Só agora seu olhar cruzava com o dele. Por um breve instante, muito menos que um segundo, Richard manteve uma expressão séria, fria. Mas logo, talvez consciente de que seu rosto era analisado, deixou que os traços tomassem a forma dos de um homem terno e adorável.

— Tenha um ótimo dia, querida!

VINTE E SEIS

NOVA YORK, QUINTA-FEIRA, 7:53

— *Voltamos com o* **Bom Dia, Joe** *aqui na MSNBC. Vou dizer a vocês, eu achava que já tinha visto de tudo desse presidente...*
— *É mesmo.*
— *Mas na noite de ontem, na verdade, nas primeiras horas da madrugada...*
— *Três e onze da manhã, pelo horário da Costa Leste.*
— *Obrigado, três e onze da manhã, horário da Costa Leste, eis o que o presidente dos Estados Unidos disse no Twitter. Vamos ver projetado ali na tela. Ok. Mika, você vai ler para nós?*
— *Eu não vou imitar a voz!*
— *Não, só as palavras já são suficientes. Pode começar.*
— *Ok, lá vai. "O pessoal da causa negra me ataca por conta de direitos históricos. Muita culpa branca na 'escravidão'. Ninguém sabe de fato o que aconteceu".*
— *Pode deixar aí na tela. Ok, olhem com atenção. Quer ler de novo?*
— *Não, obrigado pela gentileza!*
[Risadas]
— *Eugene, por que você não começa com a sua reação?*

[Silêncio, e então mais risadas]

— Vou falar uma coisa, Joe... Quer dizer, não sei nem por onde começar! Vou aqui relembrar algumas coisas um pouco, tudo bem? Posso?

— Claro.

— Isso não é exatamente uma novidade, né? Ou melhor, isso é novidade, esse assunto específico. Mas o presidente questionar fatos básicos? Nenhuma novidade aí. Ele já fez isso com as mudanças climáticas. Já fez...

— Já fez com o número de votos que recebeu, com os índices de criminalidade.

— Exatamente. Com certeza, fez, sim. E não vamos nos esquecer de quando ele disse que milhões de pessoas recebem salários de seis dígitos do governo federal por empregos que não têm e que não existem. Você se lembra dessa?

— Lembro.

— Parece que a gente já se acostumou. Sabe como é, essa história de "a presidência da pós-verdade" e tudo mais. Mas agora é diferente. Ele está se referindo a um acontecimento histórico. Talvez o fato histórico mais importante em termos do destino do país.

— Houve uma guerra civil por causa disso.

— Exato. E agora vem o presidente no meio da noite negar esse fato? Dizer que nunca aconteceu? Como é que pode? Estou eu aqui sentado, como descendente de escravos que foram trazidos para o país...

— Mas ele disse que não aconteceu? Ele disse: Ninguém sabe de fato o que...

[Conversa cruzada]

— Por favor, um de cada vez. Gente, por favor. Eugene, pode continuar, conclua o que estava dizendo.

— É o que ele sempre diz! "Ninguém sabe de fato." Isso é se recusar a ver, é negação. Ele falou a mesma coisa no caso das mudanças climáticas. "Ninguém sabe de fato." Pois eu vou dizer uma coisa, senhor presidente. Nós sabemos sim. E como sabemos! Temos registros. Temos documentos. Temos os manifestos de carga dos navios, com a lista da "carga". E sabe qual era essa carga? Os bisavós dos meus bisavós, que foram trazidos para cá... Me desculpem, fico muito emocionado.

— Tudo bem, isso...

— Você não tem por que se desculpar.

— ... é uma questão sensível. O presidente mexeu numa ferida aberta.

— Mas o fato... e você sabe que eu te amo, Joe, mas, mesmo isso, quando você diz "Ele mexeu numa ferida aberta", fica parecendo apenas que ele disse alguma coisa polêmica, como se tivesse dado uma opinião polêmica sobre alguma coisa. Mas não se trata de uma opinião. Ele não disse: "Ah, eu acho que a escravidão foi uma coisa boa." Ele disse "A. Escravidão. Não. Existiu." Isso é muito diferente.

— Mark, não gostaria de comentar?

— Vejam bem, eu ia dizer que a reação ao tuíte mostra...

— Já retuitado vinte e duas mil vezes.

— ... que essa... Sério? Vinte e duas mil? Caramba! O que eu ia dizer, e acho horrível ter que dizer isso, mas essa reação mostra que tem muita gente disposta a aderir a esse tipo de mensagem. A elite liberal vai ficar horrorizada, claro. Mas a base vai adorar. E o que eles vão adorar é exatamente o fato de a elite liberal ter odiado, inclusive gente desse programa e dessa rede especialmente.

— Gene?

— Eu só estou tentando dizer... e não estou apontando para você, Mark, eu realmente não estou... mas esses são os meus antepassados. Na verdade, fica parecendo que foi na história antiga. Mas não tem tanto tempo assim. Quando eu era criança, tinha gente cujos avós foram escravos. Deu para entender? De modo que... Imaginem se ele tivesse dito "Ninguém sabe de fato sobre o Holocausto. Vocês sabem, essa história toda sobre Auschwitz, ninguém sabe de fato." Imaginem o que a gente estaria dizendo. Nós...

— Logo vamos ter que fazer um breve intervalo...

— Estaríamos dizendo que ele era um negacionista do Holocausto, Mika. Ninguém diria: "Ele está se opondo a essa história de politicamente correto" ou "Está provocando a mídia mainstream". A gente diria que era um negacionista do Holocausto.

— Negacionista da escravidão.

— Por que então isso seria diferente?

— Muito bem, mas eu queria só saber o que vocês acharam desse tuíte postado pelo presidente um pouco depois do primeiro. OK, vamos ver na tela. Aí está. Vai ler para nós, Mika?

— Então, é uma espécie de subtuíte. Ele tem feito muito isso. Meio que está citando um tuíte que recebeu, aplaudindo o que ele tinha dito antes sobre a escravidão. A resposta que o presidente recebeu dizia: "Parabéns por dizer isso, senhor presidente." E a resposta dele foi: "Os americanos querem esse debate. A imprensa mentirosa quer impedir isso. Tarde demais!"

— Mas é justamente essa a questão. Esse tuíte, o que dizia "Parabéns", veio de uma conta que na verdade pertence a uma grande organização pela supremacia branca. E o presidente já teve problemas antes por replicar tuítes deles...

— Aquele meme com a estrela judaica, a estrela de davi...

— Exato. De modo que vai ser outra questão polêmica, como se ele estivesse apoiando esse grupo...

— Mesmo sabendo quem são essas pessoas.

— E tem mais. Houve uma verdadeira chuva de tuítes do presidente nessa noite em que a gente poderia imaginar que ele estivesse focado na situação com a Coreia do Norte...

— Pois é, o que torna isso ainda mais incrível...

— Mark, vamos voltar ao assunto, eu prometo!, mas vamos só deixar Mika ler esse último tuíte do presidente. Foi mandado às...

— Três e dezoito da manhã.

— Correto. Três e dezoito. Então, pode ler esse último para nós?

— Tudo bem. O último. Depois chega!

[Risadas]

— Ele está citando de novo uma resposta que recebeu. Dessa vez, alguém com nome de usuário de @AmericanoOrgulhoso1776, dizendo: "Eles ficam sempre de mi-mi-mi por causa da 'escravidão'", e reparem no destaque, "mas onde estão as provas?"

— Eugene, eu estou vendo a sua cara.

— Eu fico impressionado de verdade. Impressionado e decepcionado. Que esse seja o líder da... eu nem... nem...

— Nem tem palavras.

— Nós entendemos. Eu entendo perfeitamente. Eu nasci na Geórgia. Representei a Flórida no Congresso. Sou filho do Sul. Mas vamos ajudar os telespectadores, especialmente os telespectadores jovens. Pode ser que quem esteja nos vendo não conheça a história toda. O presidente por assim dizer lançou o desafio, a questão está em pauta. Então, quando voltarmos, Gene, depois da pausa para os comerciais, quero que você responda a isso como se estivéssemos num tribunal, porque a gente sabe que as pessoas podem inventar coisas, falsificar documentos, de modo que quais seriam de fato as provas de que houve escravidão nos Estados Unidos? Gene?

— Ele está tirando o microfone.

— Gene, por favor. Gene, não... por favor, volta. Eugene. Eu sinto muito, pessoal, parece que ele se foi. Saiu do estúdio. A gente volta logo.

VINTE E SETE

CASA BRANCA, WASHINGTON, D.C., QUINTA-FEIRA, 8:04

Não era fácil conseguir uma reunião com o chefe de Gabinete da Casa Branca, nem com esse nem com qualquer um dos antecessores. Ele era o regente da orquestra, o guarda de trânsito e ao mesmo tempo o diretor-executivo e chefe de equipe da Casa Branca. Fazia o trânsito fluir tranquilamente, era o gerente de linha de todo mundo, mas também era, com frequência, o principal estrategista, o assessor de maior confiança e o braço direito do presidente. Era o representante do presidente na Terra mas também sua estrela guia.

Talvez o segredo menos bem guardado de Washington fosse que Bob Kassian cumpria apenas metade dessas tarefas para o atual presidente. Ele sem dúvida era o principal encarregado de operações, o homem que fazia a máquina funcionar. Por isso era admirado, considerado essa figura rara na capital: um administrador altamente capacitado. Mas ninguém fingia que ele era o confidente do presidente. Todo mundo sabia que Kassian só havia sido nomeado para calar a boca dos figurões do partido, como alguém que pudesse fazer a ponte entre o presidente — tão alheio aos costumes de Washington — e todos os demais na capital. Fora designado como medida de segurança, uma maneira de o novo ocupante da Casa Branca garantir a uma nervosa classe governante que não perderia as estribeiras.

Ainda assim, embora todo mundo soubesse que ele não fazia parte do círculo mais próximo do presidente — em cujo centro se encontrava Crawford McNamara —, sua agenda estava sempre cheia. Maggie teria de usar todo seu charme e sua habilidade para conseguir cinco minutos com Kassian, não na semana que vem nem no mês que vem, mas hoje. Agora.

E ela não se sentia charmosa nem habilidosa. Sentia-se suja, não só usada por McNamara e seu... como chamar Richard? Garoto de programa? Prostituto? mas também completamente deixada para trás. Tinha sido induzida a cair em uma armadilha político-amorosa, levada pelo próprio desejo por um sujeito estupidamente atraente, aparentemente sensível e receptivo. Ela não era melhor do que aqueles homens alienados levados repetidas vezes a revelar informações sigilosas ou sensíveis pela sedução de uma espiã inteligente e bonita. Maggie se lembrava de ter zombado daquele general que perdeu o emprego — e pagou uma multa pesada — por entregar informações confidenciais à amante. "Ele devia aprender a manter a boca fechada", dissera ela, fazendo eco a todas as outras mulheres em Washington. Pois é, ela não se saiu melhor que ele.

No caminho, comprou café. Depois de uma noite daquelas, precisava de um *espresso* duplo só para ficar acordada. Enquanto estava na cafeteria, viu uma ligação perdida de Nick, seu contato no Pentágono.

Ela havia encerrado a ligação de ontem arriscando a sorte, pedindo detalhes do currículo de um antigo veterano. Especificamente, o histórico do serviço militar de um certo Robert Kassian.

Se Nick se sentiu desconfortável com o pedido, sua voz não deixou transparecer. Mas Maggie supunha que ele invocaria a desculpa da muralha burocrática, não propriamente se recusando a atender ao seu pedido, mas simplesmente jogando-o para o fundo da gaveta eterna de Washington.

— E aí, Maggie. — Uma voz confiável como a do serviço de hora certa. Ela se preparou para ouvir "Ainda não podemos compartilhar essa informação", ou então, se ele se sentisse mais expansivo, "Sugiro que você mesma pergunte ao Sr. Kassian sobre os dois anos que faltam".

— Oi, tudo bem?

— Olha só, você já está no trabalho? No 1.600?

— Ainda não, mas chego lá daqui a uns cinco minutos.

— Ok. Me liga quando chegar. Use o Signal.

Maggie fez como Nick havia pedido, usando o Signal — o aplicativo que prometia criptografia máxima — do próprio celular. Estava de porta fechada.

— Muito bem, é claro que você não conseguiu essa informação comigo. O protocolo diz que o Departamento nunca fala dessa categoria de veteranos por motivos que já vão ficar óbvios. Além do mais, eu preciso me certificar de que essa informação vai ser exclusivamente para o seu uso.

— Vai ser, sim.

— E de que você não vai usá-la em forma escrita ou em qualquer documento para circulação, distribuição ou reprodução.

— Pode deixar.

— Foi mal, Maggie. As regras não são minhas!

— Eu entendo.

— Provavelmente é melhor você não anotar nada. Em lugar nenhum. Nem num bilhete para você mesma.

— Ok. Esse suspense está me matando!

— Muito bem, então. Robert G. Kassian serviu no Regimento Ranger entre 1989 e 1990, como você sabe. De 1992 a 1995 ele foi alocado na DIA.

— Agência de Inteligência de Defesa.

— Isso mesmo. Agora, o período a que você se refere vai de março de 1990 a agosto de 1992. Nessa época, o sargento Kassian serviu no Destacamento Operacional Delta de Forças Especiais.

— A Força Delta.

— Isso.

— Então isso seria durante a primeira Guerra do Golfo.

— Sim, entre agosto de 1990 e junho de 1991 o sargento Kassian ficou alocado no golfo Pérsico e imediações.

— Entendo. Isso significa que ele estava na Força Delta ao mesmo tempo que...

— Correto. Essa informação é altamente sigilosa, Maggie.

— Claro.

Maggie sentia a dívida entre os dois crescendo.

— No golfo Pérsico, o oficial de comando do sargento Kassian nas operações especiais era o major James Bruton. Eles faziam parte de uma companhia de elite, o *crème de la crème*.

— E qual era a missão dela?

— Maggie, eu preciso insistir mais uma vez: isso é exclusivamente para o seu uso.

— Totalmente.

— Essa companhia era pequena. Funcionava como uma célula. No início, em operações de busca e destruição, procurando e eliminando lançadores de mísseis Scud de Saddam.

— E depois?

— Com o fim da primeira fase de hostilidades, a companhia passou a ações diferentes. Sua área básica de especialização eram os assassinatos direcionados.

VINTE E OITO

FALLS CHURCH, QUINTA-FEIRA, 8:44

Caro senhor presidente

Fico tentando pensa em algum motivo para o senhor merece viver. Talvez o senhor mude. Talvez deixe as pessoas continuarem vivendo como a gente vivia antes. Talvez pare de dizer que gente como eu nao e americano de verdade mesmo eu tendo ido a uma guerra que quase perdi a perna e o senhor era tao bosta de galinha que se livrou dos combates e ainda contava vantagem como se isso mostrasse que era muito esperto.

Por que o senhor mudaria, por que? O senhor ganhou muito dinheiro, tipo uma das pessoas mais ricas do mundo e agora tem poder tambem. Entao por que mudaria? O que o senhor faz, essa bosta toda que o senhor faz te fez ficar rico e poderoso.

Minha mae amava o Estados Unidos sabia? Ela amava mesmo esse pais e disse quando a gente era criança que a gente tinha que agradece por estar no melhor pais do mundo e a gente acreditava. Foi por isso que eu virei soldado porque eu acreditava nessa porcaria toda.

E agora o senhor vem e no inicio todo mundo diz que nao preciza se preocupa que ele so esta inventando essa merda toda fasendo isso para consegui votos ele nunca vai fazer nada disso de verdade eles nunca iam deixa que tem leis e tribunais e ele nao pode. Tipo a gente esta no Estados Unidos e ninguem pode simplesmente sai prendendo as pessoas e expulsando, tipo nao e assim que funciona.

Eu realmente acreditava nisso e agora sei que eu so QUERIA acreditar o que e muito diferente. Nao e a mesma coisa. La no fundo acho que eu sabia que o senhor estava falando serio, falando serio de verdade. Ia pegar gente como a minha mae e bota num onibus — na merda de um onibus — e levar para a fronteira e jogar eles do outro lado. Mesmo se essa mulher teve um filho no exercito que teria coragem de morrer pelo Estados Unidos mesmo ai o senhor jogaria ela como se fosse um saco de merda que o senhor nao queria como se tivesse jogando fora o lixo.

Nao esta certo e se o senhor algum dia desse algum sinal que ia muda talvez eu me sentisse diferente. Mais o senhor piora tudo todo dia dizendo essas coisas do povo latino e tambem botando os mussulmanos numa lista como eles sendo inimigo e dizendo que os pretos levam vida de merda e que a gente devia fica feliz porque eles quase não votam esta tudo errado cara esta errado.

E as vezes eu acho que o senhor quer que todo mundo no estados unidos se odeia e ai ninguem vai odia o senhor ou entao e tipo o senhor nao gosta do senhor mesmo e nao quer que ninguem goste dele mesmo mais algumas pessoa sao boas como minha mae era boa mais agora ela esta morta e o senhor matou ela porque ela nao podia se cuidar sem mim tao longe e precisava de mim para cuidar dela e so por que ela e latina nao quer dizer que e do Mexico ela era de El Salvador mais o senhor jogou ela no Mexico mais ela nao conhecia ninguem la e foi por isso que ela ficou doente e morreu e eu odeio o senhor e o unico jeito de fazer o senhor para e se eu encontrasse outro jeito de fazer o senhor para seria melhor mais não posso e sei que eles vao me matar quando fizer isso mais vou fazer mesmo assim pela minha mae e todas as outras maes e filhos que nao podem reagir e eu ainda amo esse pais mas ninguem ia entende isso deus abençoe a America.

Sentado em um café na West Broad Street, Julian Garcia releu e se perguntou se não era exagerada. Menos é mais, essa era sempre a melhor

política. Perguntava-se se essa fronteira não tinha sido ultrapassada. De nada adiantaria se parecesse exagerado. Mas o fato é que precisava estar de acordo com o ato que aquilo aparentemente explicaria. Não havia muito espaço para sutilezas.

Além do mais, o público principal era o que viria depois do acontecimento. Precisava fazer sentido para essas pessoas. Tinha de parecer plausível. Garcia submeteu a carta ao mesmo teste que aplicara à instalação artística que havia montado na parede da sala de estar de Hernandez. Imagine se fosse apenas uma captura de tela ou uma citação no jornal ou no Facebook. Serviria para isso?

Ele verificou a gramática e a ortografia. Meio exagerado? Ou muito pouco? Garcia se atinha à regra que havia aprendido nos períodos que passou emprestado na Agência de Inteligência de Defesa: o disfarce tem de ser o mais próximo possível da realidade. Com base nas amostras da escrita de Hernandez que ele pudera ver, estava bom. Seu amigo era um soldado extraordinário, mas os dois tinham tomado caminhos diferentes nas operações especiais. A palavra escrita havia se tornado uma ferramenta crucial para Garcia, mas nem tanto para Jorge.

No entanto, se aquele documento parecia verdadeiro, Garcia sabia que não era por causa da ortografia nem da pontuação. Era por contar uma história, transmitir uma fúria que era real. E essa fúria, essa história, pertenciam ao próprio Garcia.

Quando os dois se encontraram, Jim Bruton havia feito apenas a mais breve alusão a isso. Garcia dissera que tinha visitado a irmã para cuidar de questões familiares, e Bruton havia comentado: "Sim. Estou sabendo. Eu sinto muito."

Na época, ele não tinha prestado atenção; seu comandante estava simplesmente sendo educado. Entretanto, não muito depois, e especialmente quando passou a trabalhar com Hernandez, Garcia se convenceu de que as circunstâncias da morte de sua mãe desempenharam um papel importante no fato de Bruton tê-lo escolhido. O general não contava apenas com a lealdade de sangue que compartilhavam como soldados — muito embora pudesse fazê-lo, na verdade. Ele confiava no fato de Garcia sentir raiva do homem que era convidado a... eliminar.

Não que isso fosse relevante. Na verdade, era completamente irrelevante. Tratava-se de uma missão que seria levada a cabo com profissionalismo. Era vital ter isso em mente. Qualquer assassino militar diria a mesma coisa. Nunca se deve odiar o alvo. Caso se passe a odiá-lo, o fracasso é certo.

Decidiu que o conteúdo estava ok. A aparência o preocupava mais. O ideal seria ter feito com que o próprio Jorge escrevesse a carta, mas, como tinham começado cedo naquela manhã, com Hernandez abrindo sua casa e deixando Garcia montar a colagem na parede, ele havia ficado cansado. Além disso, Julian queria sair cedo da casa de Jorge para não prolongar demais sua estada e correr o risco de ser visto. Por isso, tinha pedido ao amigo que escrevesse algumas linhas, observando-o, e ficou por isso mesmo.

Mais tarde, longe da casa, Garcia praticara emular a caligrafia de Jorge repetidas vezes, até se dar por satisfeito com a semelhança. Havia percebido que, independentemente da doença, escrever não era fácil para Jorge, cada palavra desenhada com muito esforço. A pontuação parecia um luxo inalcançável, como acontecia com muitos dos homens com quem tinham servido ao longo daqueles anos. Assim, enquanto escrevia, Garcia visualizava os homens de sua companhia e os cartões ou as cartas que muito eventualmente mandavam para casa. E, então, enchera páginas e páginas de caligrafia até parecer boa.

Postaria a carta no correio ainda hoje. Não naquele bairro. Jorge estava furioso, mas não era burro. Além do mais, pensava Garcia, o seu Jorge era um homem determinado. Não queria o Serviço Secreto batendo à sua porta cedo demais, antes que concluísse sua missão. Ele não faria nada que pudesse ser rastreado com muita facilidade. Enviaria seus e-mails para a Casa Branca da biblioteca pública de Anacostia;

forjaria datas anteriores, mas ninguém perceberia que isso tinha sido feito. (E pareceriam partir de um computador normal — evidentemente, o sistema Tails não estaria ao alcance de alguém como Jorge.) Não poderia haver nenhuma imprudência.

Garcia se deu conta de que trabalhava em um limiar muito sutil. Precisava fazer o suficiente para que, mais tarde, a polícia e a imprensa concordassem que não faltaram avisos, mas não tanto para que houvesse motivos para Jorge ser detido cedo demais.

Garcia tinha um trabalho a fazer. Precisava criar um assassino presidencial. Não um assassino em potencial, nem um suspeito, mas um assassino de verdade. O que significava que ainda havia mais uma tarefa pela frente.

VINTE E NOVE

CASA BRANCA, QUINTA-FEIRA, 9:38

— Que bom vê-la por aqui, Maggie. Tudo bem?

Kassian tinha saído de trás de sua escrivaninha e os dois estavam sentados à mesa redonda onde, Maggie suspeitava, a maior parte do trabalho ali era feita.

Ela não teve de invadir fisicamente seu gabinete, embora estivesse disposta a fazer isso. Simplesmente dissera à assistente e porteira de Kassian que tinha perguntas urgentes a fazer sobre a morte de Frankel e que precisaria de apenas alguns minutos. A assistente pediu que esperasse, o que Maggie fez, vendo-a digitar um e-mail de uma linha que suspeitou ser uma versão resumida do seu pedido. Instantes depois, a assistente propôs que Maggie voltasse ao seu gabinete e ela, a assistente, informaria assim que Bob ficasse livre.

— Nesse caso — disse Maggie —, poderia reformular o meu pedido? Poderia dizer ao Sr. Kassian... ao Bob que eu não quero falar da morte de Frankel, mas do *assassinato* de Frankel, e que gostaria muito que conversássemos antes de uma reunião que tenho marcada com o Sr. McNamara hoje mais tarde?

A mulher não disse nada, embora Maggie jurasse tê-la visto empalidecer à palavra "assassinato". Trinta segundos depois, Maggie foi convidada a entrar.

Até então, Maggie só tivera de lidar muito brevemente com Kassian. O fato de ambos não fazerem parte do círculo mais próximo do presidente não significava que se encontravam com frequência — eram muitos os exilados na Sibéria da Casa Branca para que isso acontecesse. Mas ela sempre o havia achado cortês e educado, competente, embora meio sem graça. Tentava enquadrar isso, e, na verdade, o homem que tinha à sua frente, com o que havia descoberto menos de uma hora antes via Nick no Pentágono.

O fato de Jim "o Bruto" Bruton ter matado alguém com as próprias mãos não surpreenderia ninguém. Mas Kassian parecia mais afável, mais cerebral. Ela diria que ele se encaixa melhor no gênero "analista de defesa", talvez como assessor do Estado-Maior Conjunto, o equivalente militar de um secretário judicial da Suprema Corte. Maggie tendia a pensar em Kassian como alguém com uma carreira-relâmpago nas Forças Armadas, catapultado desde o início aos escalões mais altos, e não como um soldado fardado botando a mão na massa em campo.

Mas, se essa informação havia contrariado suas expectativas, a revelação de Nick reforçava um ponto fundamental da hipótese com a qual trabalhava. Ele lhe dissera que Bruton e Kassian serviram juntos em uma minúscula companhia de elite. Maggie tinha experiência suficiente com guerras para saber que poucos laços entre dois homens eram mais fortes que esse. Aqueles dois tinham um vínculo de sangue. A confiança entre eles seria total e indestrutível.

Além do mais, algo tão raro em Washington, essa ligação era secreta. Não aparecia nos perfis na imprensa e nem uma vez sequer tinha sido mencionada na televisão — portanto, era praticamente certo que o próprio presidente a desconhecia.

— Eu estou bem, obrigada.

Como já havia ocorrido tantas vezes hoje, uma lembrança da noite anterior e dessa manhã — as mensagens no telefone, a expressão no rosto de Richard lhe dizendo que tomasse cuidado — pulsou em seu córtex cerebral. Ocorreu-lhe que devia estar parecendo um caco.

Com um ato de determinação quase físico, ela pôs esse pensamento de lado. Permaneceria focada — *como um raio laser*, como sempre dizia seu antigo chefe Stuart Goldstein — no que importava.

— Eu preciso falar com você sobre o Dr. Frankel.

Ele assentiu, inabalável. Se estava sentindo uma ponta de culpa que fosse, não deixou transparecer. Talvez isso fosse ensinado nas operações especiais: assassinato sem culpa.

Maggie relatou o que tinha descoberto até então: uma história pessoal e uma vida familiar que não condiziam com suicídio, discrepâncias de perícia sem explicação no local do ocorrido — os sapatos sem lama, o banco do motorista na posição errada — e, hoje mesmo, mais cedo, registros de celular com uma ligação suspeita convocando o Dr. Frankel a sair de casa em um momento que fugia de sua rotina.

— E, acima de tudo — concluiu ela —, a viúva do Dr. Frankel disse que algo totalmente fora do comum aconteceu na noite anterior à morte dele.

— O quê? — perguntou Kassian. Uma jogada de profissional: ver o que a interlocutora sabe, pois talvez ela não saiba de nada.

— Eu achei que talvez você soubesse, Bob.

— Prefiro que você me diga, Maggie.

Os dois fizeram uma pausa em um impasse de profissionais. Maggie acabou sorrindo e disse:

— Você e o secretário de Defesa fizeram uma visita inesperada. À casa do Dr. Frankel.

— Sim, fizemos.

— Ajudaria nas minhas investigações se você pudesse me dizer qual foi o objetivo dessa reunião.

— Eu acho que "reunião" não é bem a palavra certa.

— E qual seria então, Bob?

— Eu diria que foi uma conversa.

— Ok. Ajudaria nas minhas investigações se você pudesse me dizer qual foi o objetivo dessa *conversa*. — Maggie sorriu, um sorriso que já havia operado milagres algumas vezes, desarmando senhores da guerra em Darfur e líderes de colonos na Cisjordânia. Agora, depois do que lera no celular de Richard, ela se perguntava se esse poder não estaria começando a ruir. Involuntariamente, veio-lhe a imagem da filha do presidente.

Kassian se levantou e voltou à sua escrivaninha. Pegaria um documento decisivo capaz de explicar tudo? Chamaria sua assistente para pedir que Maggie fosse convidada a se retirar? E se abrisse uma gaveta para pegar uma arma...?

Mas ele simplesmente começou a digitar alguma coisa no computador, que passou a reproduzir música clássica em um volume alto.

— Rosemary não gosta — comentou ele, fazendo um gesto referente à música. — Mas me ajuda a relaxar. Assim como isso aqui. — E mostrou um *kombolói*, um desses cordões de contas gregos encontrados em qualquer *souk* em Bagdá ou Damasco. — Acho que temos essa parte do mundo em comum.

Maggie assentiu, mas não ia deixá-lo mudar de assunto. A música atrapalhava — ela precisava elevar a voz.

— O que era assim tão urgente para que vocês precisassem encontrar o Dr. Frankel em casa à noite numa segunda-feira? Por que não podia esperar até a manhã seguinte?

Ela achou melhor por enquanto não revelar o que sabia do incidente na Sala de Crise.

— Maggie, se importa se eu fizer uma pergunta a você?

Ela ficou em silêncio.

— Por que você ainda está trabalhando aqui?

— O quê?

— Quer dizer, você fazia parte da equipe do presidente anterior. Todo mundo sabe disso. Uma das suas assessoras de maior confiança. Todos achavam que você sairia com ele. Mas ainda está aqui.

— Olha só, se quiser fazer a minha avaliação anual, acho que hoje talvez não...

— Não me entenda mal. Eu acho *ótimo* que você tenha ficado. Acho mesmo. Precisamos de gente do seu calibre na equipe. Tem tanta gente que...

A frase ficou no ar.

— Por que vocês foram juntos, você e o Sr. Bruton?

— Quer dizer, esse presidente? Você não acredita nele, não é? Não pode acreditar. Eu li o seu currículo. Você é a última pessoa do mundo que desejaria trabalhar com ele.

— Vocês chegaram sem aviso prévio às nove e meia da noite. Por que não houve nenhuma ligação antes? O que era tão urgente que precisava ser feito logo, naquela noite, e pessoalmente?

— Eu acho que você é patriota em relação ao seu país de adoção. Mas não a vejo como alguém com vocação para apoiar o...

Maggie o interrompeu.

— Digamos que eu acredite no cargo da presidência. É a isso que sirvo. Enquanto eu acreditar que posso contribuir com alguma coisa. Mas, voltando à minha pergunta, você conseguiu o que queria, Sr. Kassian? Conseguiu o que foi buscar?

— Eu não...

— Ou o Dr. Frankel disse não? Ao seu plano, a você e a Bruton? Ele se recusou a participar do esquema?

— Você não entende mesmo.

— Pois então me ajude. Me diga o que aconteceu.

Ela se perguntava se sua voz era ouvida por cima da música, que estava ficando mais alta.

— Eu não posso dizer nada a você, Maggie. Só que eu fiquei tão surpreso... e alarmado... com a morte do Dr. Frankel quanto você. Talvez até mais. O mesmo vale para Jim.

— Quer dizer que vocês...

— Não tivemos nada a ver com isso. Claro que não.

Ele olhava para os dedos. Parecia abatido, oprimido por algo que não estava dizendo.

Maggie se calou. Tinha a sensação de que Kassian estava prestes a dizer mais, de que ele *queria* dizer mais, talvez até se livrar de um peso.

Ele ergueu o olhar, que cruzou com o seu.

— Existem coisas envolvidas nisso muito maiores do que você pode imaginar. O mais inteligente talvez fosse ficar de fora. Recuar, ver o que acontece. Sempre é possível investigar depois. — Ele sorriu. — Washington é uma cidade construída num pântano, você sabe disso. Talvez seja melhor contornar, em vez de se arrastar nele. Você entende o que estou dizendo, Maggie?

Ele se levantou, dando a entender que a conversa havia acabado e estava na hora de ela se retirar. Mas Kassian tinha uma última coisa a dizer.

— O amor à pátria assume muitas formas, Maggie. Como eu já disse, acho que você ama esse seu país. Mas talvez esse país nem sempre a ame.

TRINTA

HOLKHAM BEACH, NORFOLK, INGLATERRA, 9:10, ONZE DIAS ANTES

Havia lugar mais perfeito no mundo? Ele já viajara para todo lado e ainda não tinha encontrado um lugar que o comovesse como aquele. A praia, tão ampla e, na maré baixa, tão profunda, que mal dava para distinguir os limites da água no horizonte distante. As dunas sempre mudando, se remodelando em novas formas a cada dia. E acima um céu vasto, uma tela de um azul límpido e um laranja resplandecente. Enquanto o restante do país, inclusive cidadezinhas a poucos quilômetros de distância, sufocava debaixo de céus sujos, essa praia, sabe-se lá como, era contemplada com a claridade da luz do sol. Era como se a Inglaterra quisesse causar uma boa impressão pouco antes de dar lugar ao mar do Norte, feito a namorada de um marinheiro usando sua melhor roupa de domingo para se despedir na praia.

Só mesmo ali Anthony Vale tinha pensamentos como esse. No restante da semana, sua cabeça estava sempre cheia de casos e reuniões e clientes e precedentes e prazos de faturamento. No trem de volta na noite de sexta-feira, a mesma coisa: ele ainda revisava papéis, mandava e-mails pelo laptop ou, quando não conseguia assento — nada de primeira classe no trem de Londres para King's Lynn —, digitava no celular mesmo. O sábado era uma maravilha, claro. Ficar enrolando na cama, fazer o almoço enquanto Matthew tocava piano. Perfeito. Mas só mesmo quando chegava o domingo é que ele relaxava de verdade. Especificamente na caminhada com o cachorro domingo pela manhã; para ele, esse momento era o melhor de todos. Finalmente podia prestar atenção ao céu, sentir o cheiro do mar e, quando fechava os olhos, enxergar algo que não fosse apenas trabalho.

Buddy estava puxando a perna de sua calça, fazendo aquele barulhinho pidão que para Anthony era irresistível. É engraçado como são as coisas. Ele seria a última pessoa que qualquer um em seu círculo — incluindo ele próprio — imaginaria se transformar em um adorador de cães. Buddy tinha sido ideia de Matthew. Em um fim de semana, ele fez Anthony entrar no carro e começou a dirigir sem dizer para onde iam. Ele presumira que fossem à Union Chapel ou talvez a um recital no Wigmore Hall. Mas foram parar no Canil de Battersea. Foi só bater os olhos naquele white terrier de West Highland que Anthony se derreteu; Matthew nem precisou argumentar. Anthony havia sido fisgado.

Ele encaixou a bola no arremessador, esticou o braço lá atrás e a viu voar para bem longe. Buddy saiu em disparada, com a deliciosa e comovente vontade de sempre agradar. Esses pequenos momentos recarregavam sua bateria para o restante da semana.

E que semana seria! No tribunal, a partir de amanhã, ele enfrentaria a assessoria jurídica mais poderosa que já tivera pela frente. E certamente a mais cara. E todos com certeza representando o cliente mais difícil que ele ou qualquer outro advogado britânico já havia tido. Claro, todo mundo dizia que o Tribunal Superior trataria esse caso como qualquer outro, sem receios nem favorecimentos. Mas ninguém acreditava nisso de verdade.

Oficialmente, a questão jurídica era clara: o governo tinha respeitado suas próprias normas e agido dentro da lei ao impedir que o reclamante assumisse sozinho a propriedade de um negócio do qual já era dono majoritário? O governo tinha razão em alegar que não era do interesse geral que essa empresa sediada nos Estados Unidos, que esse homem, controlasse uma parte tão grande do mercado do Reino Unido que, na verdade, ela passaria — *ele* passaria — a desfrutar de um monopólio?

E, quando ele dizia "o governo", também não era assim tão claro. É verdade que a Autoridade de Competição e Mercados havia recomendado que a incorporação fosse impedida, o que foi aceito pelo departamento governamental responsável. Mas isso foi antes de o reclamante chegar à sua, digamos, posição de influência. Agora que estava lá, diferentes partes do governo tinham pontos de vista diferentes. A lei era algo delicado, e ninguém queria parecer se imiscuir no processo judicial — Deus me livre! —, mas vários colunistas bem informados já haviam publicado que o Ministério das Relações Exteriores e muito provavelmente o próprio primeiro-ministro não ficariam muito infelizes se os colegas do Departamento de Comércio sofressem um revés nos tribunais. Algumas caras feias no governo eram um preço que valia a pena pagar para manter as relações fluindo bem com os americanos. Mas se referiam a um americano — e sua família — em particular.

Buddy voltou com a bola, ansioso pela recompensa. Anthony se abaixou e o acariciou, esfregando especialmente as orelhas, exatamente como ele gostava.

— Bom garoto — disse, esperando compensar com cada palavra, cada carinho, a dor e o abandono que aquela criatura maravilhosa e inocente havia sofrido no início da vida. E jogou a bola de novo.

De modo que o caso de amanhã era mesmo de intimidar, sob todos os aspectos. Ainda assim, Anthony não se deixava abater. Tinha se preparado muito bem. Sabia que argumentos usar, que fraquezas explorar no adversário. Havia fracassado em uma área apenas, a de sempre. Matthew sempre dizia: "Você precisa aprender a delegar!" Era um péssimo defeito, ele admitia. O caso inteiro estava em sua cabeça. Seus colegas conheciam pedacinhos, mas só ele enxergava o todo. Em um quebra-cabeça de mil peças, cada membro da equipe talvez tivesse acesso a uma centena delas no máximo. Só ele tinha a caixa com a imagem completa.

O que aconteceu com aquele cachorro? Normalmente Buddy já teria corrido de volta. Sem dúvida se distraíra com outra bola, ou outro cão, farejando por aí com a curiosidade desenfreada de sempre. Coisinha mais boba e fofa.

Anthony passou o olhar pelo horizonte. Um grupo de caminhantes; um pai tentando empinar a pipa com o filho. Ah, lá está... não, outra raça.

— Buddy! Vem cá, Buddy.

Sempre se sentia ridículo ao fazer isso, prestando atenção na própria voz, no aparente absurdo do afeto que ele, Matthew e Buddy compartilhavam. Tudo bem dentro de casa, mas não para o público ver.

— Buddy, qual foi, cara? Onde você está?

Ele ouviu um latido, que o fez se voltar prontamente para a esquerda. Lá, perto das dunas, um homem tentava conter um white terrier pela coleira. Mas não podia ser...

Anthony apressou o passo, o olhar fixo no animal nas mãos do sujeito. A cor era a mesma, mas não fazia sentido. Quem era aquele sujeito?

Agora, a uns cem metros de distância, viu com mais clareza. O homem recuou, e Anthony presumiu que Buddy viria pulando em sua direção. E o cão de fato se afastou do sujeito, tranquilizando-o. Mas apenas por um segundo. Embora estivesse claro que, sim, de fato era Buddy, ele agora estava preso a uma correia.

— Ei, esse é o meu cachorro — ouviu-se dizer Anthony.

Talvez a distância impossibilitasse que o homem escutasse, porque ele ignorou Anthony completamente, dando as costas para o mar e se virando com um movimento brusco para o bosque.

— Ei! — gritou Anthony.

O homem não se virou e começou a correr para as árvores, seguido por Buddy. Anthony percebia a relutância do cachorro, mas o sujeito devia estar puxando a correia com força.

Anthony começou a correr.

— Ei, você aí! Esse cachorro é meu. Devolve o meu cachorro!

O cara era surdo? Ele nem sequer fez menção de se virar. A essa altura, a raiva misturada à preocupação se transformou em adrenalina, injetada direto no sangue de Anthony. Como aquele sujeito ousava — vestido de preto e com um gorro enfiado na cabeça, em plena manhã de primavera — roubar seu querido Buddy?!

Anthony corria com dificuldade na areia, e depois na grama, até finalmente sentir o solo mais firme, ao passar entre árvores e arbustos. Olhou ao redor, temendo que os tivesse perdido. Até que ouviu aquele som, um ganido baixo e angustiado que reconheceu. Buddy.

Correu na direção do ruído, mas tropeçou em um pequeno buraco. Estendeu as mãos, que pousaram bem em uma moita de cardo. *Merda.*

Ele se levantou, desorientado. Buddy estava sentindo dor, tinha certeza. Não sabia ao certo para que lado seguir. Tentou ouvir o cão de novo, quase querendo escutar aquele gemido, mas havia apenas um silêncio vazio.

— Buddy! — E logo, sem pensar que alguém pudesse ouvir ou no que pensariam da maneira como ele e Matthew falavam com o cachorro e no que isso dizia deles, chamou: — Não se preocupe, Buddy. O papai está aqui.

E então, graças a Deus, sentiu um puxão na perna da calça, olhou para baixo e, louvada seja essa carinha, lá estava Buddy, e no momento em que Anthony instintivamente se abaixou para tocar as orelhas do cão, buscando a origem da dor, percebendo que uma de suas pernas pendia sem tocar o solo, sentiu algo que não entendeu — mais parecendo um som do que uma sensação, uma pancada forte na nuca, onde o crânio encontra o pescoço.

Ele caiu para a frente, quase esmagando Buddy, e o último cheiro que entrou por suas narinas, no momento em que o segundo golpe trouxe uma confirmação e Anthony Vale foi lançado na inconsciência e na morte, foi o odor quente e úmido do animal que amava.

TRINTA E UM

WASHINGTON, D.C., QUINTA-FEIRA, 10:40

A cabeça de Maggie latejava: do café, da exaustão, do encontro com Kassian, do que tinha lido no celular de Richard, do que ele dissera, do que Kassian tinha dito, do fato de uma trama de assassinato estar se desdobrando diante de seus olhos, em tempo real, e de que ela não tinha a menor ideia de como impedi-la.

Kassian a havia ameaçado, ainda que da maneira mais gentil possível: *Talvez esse país nem sempre a ame.* E Richard também: *Melhor tomar cuidado, Maggie.* Um funcionário da Casa Branca já estava morto, e Kassian não a havia convencido de que o Dr. Jeffrey Frankel na verdade não pagara o preço por se interpor no caminho do chefe de Gabinete e seu comandante, Jim Bruton.

Ela entrou no carro, esperando encontrar a única pessoa que considerava capaz de decifrar tudo aquilo. Stuart Goldstein ocupara um papel central em seu afastamento do mundo diplomático depois do episódio de Jerusalém e em seu recrutamento para trabalhar como assessora de política externa de seu cliente, na época um quase desconhecido governador que em questão de apenas dezoito meses seria eleito presidente. Os dois formaram uma dupla das mais improváveis, ela e Stuart: ele, um judeu de meia-idade do Brooklyn, ofegante em sua obesidade mórbida, profundo conhecedor das complexidades cínicas da política e, portanto, das questões humanas; e ela, uma garota irlandesa católica que mal havia saído da casa dos 20 anos, recitando banalidades típicas de concursos de miss sobre tornar o mundo um lugar melhor (ou pelo menos assim lhe parecia ter sido na época). E, no entanto, os dois se deram bem, ligados sobretudo pela lealdade ao presidente a quem serviam. Ela suspirou ao se lembrar daquele sentimento.

Mal havia entrado na via expressa da E Street quando o celular tocou. O nome de quem ligava apareceu na tela: *Liz*. O momento não podia ser pior, quando ela precisava desesperadamente pensar, mas de que outra maneira teria meia hora para conversar com a irmã? Apalpou até encontrar o símbolo do celular no volante e apertou.

— Oi, Liz. Como você está?

— Eu fui demitida, Maggie.

— Você? Demitida? Mas você é a melhor professora do mundo, cacete! Por que fariam isso?

— Você se lembra daquele caso no tribunal de Oklahoma?

— Que caso?

Maggie tinha a nítida percepção do próprio cérebro como um computador sobrecarregado, incapaz de processar mais informações. Se houvesse uma tela em sua testa, teria um círculo rodando sem parar.

— O caso com o conselho escolar. A Suprema Corte.

— Ah, sim. Claro, aquela história do criacionismo. E o que houve?

— Tem um novo conselho escolar aqui. E por causa da decisão judicial, eles decidiram que todas as escolas têm de ensinar criacionismo como ciência. A gente pode ensinar a evolução, mas só como "teoria alternativa"... É a expressão que estão usando, dá para acreditar? Então o diretor, o chefe, ou sei lá como chamam esse cara, chegou para nós hoje, o departamento de ciência todo, e disse: "É assim que vai ser."

E... é isso que me mata, Maggie... Eles não fazem nada, só concordam. Você acredita nisso? Aqueles professores de ciências todos sentados lá abaixando a cabeça, como se estivesse tudo bem. Mas não está nada bem. Nem pensar. Estamos falando de *ciência*. Razão. Não é fé. É o que eu tenho dito para a garotada, não é uma questão...

— Calma aí, Liz. Respira. Você está me dizendo que você *pediu demissão*?

— Não é uma questão de crença. É como se alguém dissesse: "Eu acredito que a Terra é redonda e você acredita que a Terra é plana, e tudo bem, porque cada um tem o direito de acreditar nas próprias crenças e tradições." Vai todo mundo se foder!

— Você não foi demitida. Você pediu demissão por uma questão de princípios.

— Não vou fingir para essas crianças que Adão e Eva são merda de ciência nenhuma. Não são. Tá bom? Pode ser uma historinha fofa, mas é tanta ciência quanto a porra do Papai Noel.

— Então você se recusou, tomou uma atitude.

— Se eu quisesse ser professora de escola dominical, teria ficado na Irlanda, naquele maldito convento. Pensei: o que Maggie faria? Mandaria todo mundo se foder. E foi o que eu fiz.

— Você mandou o diretor da escola se foder?

— Bem, eu disse para ele que fui contratada para ensinar ciências. Se ele precisava de alguém para ensinar contos de fadas, que encontrasse outra pessoa.

— Ah, tá.

— E aí eu mandei ele se foder.

— Caramba! — Maggie saiu da I-66 e entrou na alameda Memorial George Washington. — Você é incrível.

— Não sou. E você teria feito a mesma coisa no meu lugar.

Essas palavras reverberaram um pouco mais que o desejável.

— E o que você vai fazer agora?

Liz começou a responder, mas Maggie mal conseguia ouvi-la. O ar-condicionado tinha começado a funcionar de repente, e o ventilador soprava a toda. Maggie esmurrava os botões, mas nada acontecia.

— Maggie? Você está me ouvindo?

— Liz, eu não estou ouvindo! Espera aí... Eu ligo de volta.

Antes que Liz pudesse responder, a ligação caiu. Maggie achou que não passava de uma perda de sinal, mas um segundo depois o rádio do carro ligou, soltando a todo volume uma barulheira ensurdecedora: o mostrador do painel informava que ela estava sintonizada na estação de heavy metal Sirius XM e que a "música" do momento era "Hammer Smashed Face", do Cannibal Corpse.

Ela girou o botão, mas não fez a menor diferença. O som, tão violento que sacudia o carro, não diminuía. Maggie girou o botão de novo e pressionou o de desligar, mas nada. Agora estava apertando todos os botões que encontrava pela frente. De nada adiantava. Em seguida deu um grito, perfeitamente consciente da inutilidade da ação.

Só uma coisa aparentemente funcionou. Ela havia conseguido baixar o vidro da janela traseira do lado do carona. Mas o ar frio continuava soprando nela com força máxima, gelando o suor em suas costas.

Enquanto tudo isso acontecia, Maggie dirigia a cento e dez quilômetros por hora. Outros carros a ultrapassavam, sem que os motoristas se dessem conta do que estava acontecendo. Ela pressionou o botão do pisca-alerta no centro do painel, mas também não obteve resultado. Só então começou a suspeitar do que estava acontecendo — e ficou aterrorizada.

Fez sinal de que ia mudar de pista, mas, naturalmente, a seta não funcionou. E no exato momento em que ia fazer a manobra, uma nuvem de fluido espumoso cobriu o para-brisa, atrapalhando sua visão. A música — enfurecida, dissonante, estridente — agora já não parecia estar apenas no carro, mas dentro de sua cabeça. Ela não ouvia mais nenhum som, nem do seu carro nem dos outros. Era como se tivesse sido privada de pelo menos dois sentidos, de uma hora para outra temporariamente cega e funcionalmente surda.

Desesperada para ir para o acostamento, ela pisou de leve no freio e sentiu o pavor crescer. Pisou com mais força, só para se certificar. Não restava dúvida. Os freios não funcionavam. Maggie tentou o acelerador, dando uma leve pisada para ver se fazia diferença. Mas não. Não havia como negar: estava em alta velocidade em uma via expressa, em um carro que praticamente não podia controlar.

Segurou o volante com mais firmeza, esforçando-se ao máximo para afastar da mente o barulho metálico que parecia uma serra expelido pelo rádio, que açoitava seu cérebro em golpes sucessivos, um machado cortando um cepo de madeira. Sua pele estava fria e pegajosa ao mesmo tempo. Cada músculo do seu corpo lutava para sair daquele carro. Sabia que ele a levava para a morte.

Maggie entendeu o que estava acontecendo. Tinha lido a respeito disso não fazia muito tempo: hackers que aprontaram uma para expor uma falha no software favorito das grandes empresas de carros, demonstrando que pela internet podiam assumir o controle de praticamente qualquer veículo, através do sistema de entretenimento a bordo. De um laptop em qualquer lugar do mundo, eles podiam enviar comandos eletrônicos não só para o painel — operando o rádio ou o ar-condicionado — mas também para o motor, para o volante ou para o sistema de freios. Alguém sentado diante de um teclado ou de uma tela a quilômetros de distância dali estava dirigindo aquele carro. Mas quem quer que fosse, Maggie sabia que não tinha nenhum mecanismo para ver a pista à frente dela, para ver os obstáculos ou os riscos que se interpunham no seu caminho. O carro não tinha câmeras voltadas para o tráfego. Ela estava sendo conduzida por alguém a distância, e essa pessoa estava vendada.

Maggie viu uma chance de mudar de pista, de se aproximar do acostamento. Girou o volante e, para seu alívio, pelo menos isso funcionou. Isso eles haviam lhe concedido. Ela pisou no freio, na esperança de que talvez também tivesse sido restabelecido. Mas não foi o caso. Continuava sem funcionar, inútil. Se um carro parasse de repente à sua frente, ela bateria direto nele, causando a sua morte e sabe Deus de quantas outras pessoas.

Isso lhe deu uma esperança, uma esperança arriscada. Ela olhou para o painel. O mostrador dizia que a estação de heavy metal agora tocava Morbid Angel; o nível de barulho continuava o mesmo. Mas ela também viu, logo abaixo do botão do pisca-alerta, o círculo verde iluminado que estava procurando.

Maggie se manteve na pista do meio e, olhando para trás, mudou de novo de pista. Agora estava na de tráfego mais lento. O acostamento ficava à sua direita.

Uma pisada no acelerador confirmou que ele continuava sem funcionar. Sua única alternativa era esperar. Aproximavam-se as placas da saída para Rockville. Maggie se perguntava lá no fundo se seus controladores invisíveis não iriam de repente assumir a direção e conduzi-la para onde bem entendessem — uma estrada vizinha, um recuo desativado, um descampado. Será que se tratava disso? Um sequestro, além de um roubo eletrônico de carro? Mas as saídas passavam, e o carro seguia em frente a uma velocidade constante de cento e dez quilômetros por hora — uma caixa de metal precipitando-se para um desastre que ela não podia impedir. E se seus captores estivessem lhe oferecendo a oportunidade de fazer uma escolha: saltar e morrer instantaneamente na pista ou esperar pelo choque inevitável? Qual seria a pior morte, a mais dolorosa? Qual geraria mais danos a outras pessoas?

Maggie via a traseira do carro da frente se aproximar, um SUV com um para-choque dos mais sólidos. Olhou pelo retrovisor uma vez e depois outra. Ninguém perto demais. O velocímetro indicava que continuava a cento e dez, a mesma velocidade que havia mantido na pista rápida. A matemática mais simples revelava que logo ela bateria no carro à frente.

Quem poderia estar dirigindo um SUV na pista de baixa velocidade de uma via expressa de Maryland em um dia de semana de manhã? Ela visualizou: uma jovem mãe, com o bebê preso a uma cadeirinha no banco de trás. Maggie imaginou Liz em Atlanta, mimando seus dois bebezinhos no carro. Sentiu seu rosto se contorcer com o que estava prestes a fazer.

O SUV estava mais perto, a uma velocidade provavelmente mais próxima dos noventa que dos ameaçadores cento e dez dela. E aquilo não era um adesivo de "Bebê a bordo"? Seu pavor aumentou.

Havia entre eles a distância de dois carros, nada mais. Maggie olhou para o painel. Não indicava nada ainda, embora, se houvesse algum alarme, ela sabia que não o ouviria. O rádio abafava tudo. Não era à toa que se considerava um método de tortura disparar música *hardcore* nos ouvidos dos presos: o barulho era insuportável.

Agora via o alto da cadeirinha do bebê no carro à frente e, embora não tivesse certeza, o contorno da cabeça de uma criança. Ela devia mudar de pista, se jogar no acostamento e torcer para que o pior não acontecesse. Precisava encarar os fatos: a aposta não tinha dado certo. Estava ferrada. Tudo o que podia fazer agora era tentar impedir que sua morte acabasse com a vida de outras pessoas.

Botou as mãos no volante, preparando-se para desistir e jogar o carro para o lado quando viu o círculo verde no painel ficar vermelho. Estava funcionando?

E então sentiu: o motor desacelerando com a súbita mudança de marcha e os freios, vigorosa e automaticamente acionados, fazendo o carro parar abruptamente. Maggie sentiu a cabeça ser projetada para a frente e depois voltar.

Seu plano tinha funcionado. O sistema de alarme do carro contra colisões frontais havia enganado o controle dos hackers.

Com o coração martelando no peito, ela ligou o pisca-alerta e virou o volante para a direita, em direção ao acostamento. Mas de nada adiantou. O carro estava parado, com o motor morto. Não saía do lugar. Ela olhou para trás pelo retrovisor: vários carros vinham em sua direção, na mesma pista.

Maggie abriu a porta e pulou para o acostamento, esperando que a porta aberta servisse de advertência para os outros motoristas. Uma fração de segundo depois, um carro chegou e desviou pouco antes do impacto. E então outro e um terceiro, que buzinou furiosamente ao arrancar o retrovisor do lado do motorista.

Maggie se afastou correndo do carro e foi em direção ao trânsito para alertar os veículos que se aproximavam e lhes dar tempo de frear ou mudar de pista. E ficou ali, agitando os braços como um sinal de trânsito desesperado, sofrendo o impacto aterrorizante do ar deslocado com a passagem de cada automóvel. Nem teve tempo de perceber que suas mãos e seus joelhos tremiam.

Mas nem nesse estado sua mente parava de zumbir. Pelo contrário, latejava com duas questões. Depois do encontro dessa manhã, Robert Kassian havia tido tempo de providenciar aquela manipulação letal do seu carro? Os recursos à disposição do chefe de Gabinete da Casa Branca e do seu aliado, o secretário de Defesa, seriam tão bons a ponto de fazer algo assim com tanta rapidez?

E, ao mesmo tempo, ela se perguntava: o homem que até poucas horas considerava algo próximo de um namorado teria descoberto que ela havia espionado seu celular, lendo suas mensagens mais confidenciais? Em caso positivo, ele teria compartilhado essa informação com Crawford McNamara? E McNamara teria à sua disposição meios suficientes para ordenar uma ação de hackers contra Maggie, uma ação que facilmente poderia ter posto fim à sua vida e à vida de várias outras pessoas inocentes, inclusive a de pelo menos uma criança?

O mais terrível dessas perguntas que fazia a si mesma em rápida sucessão, enquanto via se aproximarem as luzes de um carro de polícia, era o fato de saber a resposta de todas elas.

TRINTA E DOIS

OLNEY, MARYLAND, QUINTA-FEIRA, 12:23

— O que temos, então?

Clássico Goldstein. Sem tempo para gracinhas.

— Uma bagunça daquelas. É isso que temos.

— Por que não começa me dizendo em quem você confia? Mas cuidado: a resposta certa em Washington é e sempre vai ser...

— Ninguém com duas pernas.

— Boa menina. Alguém lhe ensinou bem.

— Foi você mesmo, Stuart.

Maggie olhou ao redor. Aquele lugar era maravilhoso na primavera. Arborizado, cuidado com esmero, tranquilo. Era de fato ridículo que, de todas as pessoas, Stuart Goldstein estivesse ali. Ele era extravagante, desgrenhado e uma criatura da cidade. Sempre parecera um peixe fora d'água em Washington, quanto mais em Olney, na bendita Maryland. Para um nova-iorquino como ele, movido a sanduíche de pastrami e picles, o Distrito de Colúmbia já era o fim do mundo. Mas aquele lugar era o fim do fim do mundo.

No entanto, depois do que havia acontecido na estrada, ela não conseguia pensar em um lugar mais agradável para se estar. Já era seu destino inicial, mas, mesmo que não fosse, teria vindo para cá.

A polícia havia chegado rapidamente. Ela explicou que seu veículo tinha sofrido uma pane total e que achava ter sido hackeada a distância. Mostrou seu crachá da Casa Branca, disse suspeitar que aquilo tivesse a ver com questões de segurança nacional e acrescentou que seus colegas provavelmente também investigariam o episódio. Deu ao policial o nome e os contatos de Eleanor, para mais informações, esperando que eles ficassem satisfeitos.

Não disse nada a eles sobre o último conteúdo do mostrador no painel, que tinha ficado aceso por um minuto inteiro, mesmo depois de o motor ter desligado. ADVERTÊNCIA, indicava. Só que a palavra ocupava a tela inteira, e não estava escrita na fonte padrão do fabricante do carro. Aquilo vinha direto dos hackers, tinha certeza. Como se ainda não tivesse entendido a mensagem.

— Então vamos dizer assim, Maggie: de quem você desconfia menos?

— Ninguém. Agora que o presidente se foi...

— Está se referindo ao presidente anterior?

— Sim.

— Já não está na hora de esquecê-lo? Não está na hora de seguir em frente ponto org?

Maggie sorriu.

— Mais do que na hora.

— Pois então vamos lá. Entre os seus colegas, quem você não odeia, além de Eleanor e as outras?

Maggie fez uma pausa, olhando para as árvores.

— É impressionante mesmo, não é?

Ela assentiu.

— Tudo bem. Nova abordagem. O que você sabe com certeza?

— Que Frankel está morto e alguém o matou.

— Quem faria isso? Vamos, Maggie. *Cui bono*?

— Bom, depende do que o médico disse a Kassian e Bruton, não é mesmo?

— Muito bem, continue.

— Se Frankel tiver se recusado a declarar o presidente mentalmente incapacitado, Kassian e Bruton tinham todos os motivos para matá-lo.

— Frankel conhecia o segredo deles. Ok. E se ele tiver concordado?

— Nesse caso, precisariam dele vivo.

— O que significa, Maggie, que outra pessoa precisaria dele morto.

— Sim. Alguém leal ao presidente.

— Ok, quem temos em mente?

— McNamara, óbvio. Apoiado por Richard.

Stuart assumiu um tom de empatia — e cansaço.

— As pessoas dizem que a política é brutal, mas vou te dizer, nem se compara ao amor.

Maggie fez uma pausa antes de falar qualquer coisa. Tinha receio de ficar com a voz embargada, e se começasse não conseguiria mais parar.

— Eu me sinto tão burra, Stuart. Muito burra mesmo.

— Você não é burra, Maggie. Muitas pessoas que eu conheço, sim. Uma longa lista, na verdade. Mas você, não.

— Mas ser *usada* dessa maneira. E nem ser capaz de enxergar. Quer dizer, por quê, meu Deus? Será que fiquei lisonjeada por ele ser mais jovem que eu e, você sabe, tão bonitão? Será que foi isso? Porque isso seria patético. E as coisas que ele disse, Stuart... As coisas em que ele *acredita*! Como é que eu não conseguia ver que esse homem... esse homem na minha cama, me tocando... Jesus, meu corpo se contorce só de pensar. Ele é um filho da mãe racista com todas as letras, Stuart. Um filho da mãe racista, misógino, antissemita.

— Puxa, que bom que nós não ficamos de fora. Esses caras normalmente guardam um lugar para nós também.

— Meu Deus, eu realmente tenho de me perguntar, Stuart. A essa altura da vida, por que continuo cometendo o mesmo erro? O mesmo erro estúpido, idiota, ingênuo.

— *Continua* cometendo? Acho que esse foi o primeiro agente da Gestapo que você namorou, a menos que esteja escondendo alguma coisa de mim.

— Não, você sabe... fazer tudo errado. Com os homens.

— É como eu digo: o amor faz a política parecer um passeio no parque.

— Não tenho tanta certeza de que era amor, Stuart. Estava mais para luxúria.

Ao dizer essas palavras, Maggie não teve certeza se estavam corretas. O sexo a tinha atraído para Richard e a mantivera junto dele, era verdade. Mas aquelas noites juntos, aquelas noites no sofá, vendo televisão, lamentando a situação do mundo e sua parte de responsabilidade nisso — também era tudo verdade. Talvez ela tentasse negá-lo agora, mas eles se tornaram muito próximos. Ela permitira isso a ele.

— Pois a luxúria é uma das três grandes motivações de Goldstein, como você bem sabe.

— "Sexo, dinheiro e poder. As três únicas motivações reais das pessoas."

— Com menção honrosa para a religião, em todas as suas formas. Fé, idealismo. Não devemos esquecer.

Ele a estava conduzindo de volta ao assunto em questão.

— No caso de McNamara, ele tem mesmo fome de poder, não resta dúvida — comentou Maggie. — E de dinheiro.

— Tudo isso está no mesmo pacote para esses caras.

— E para Richard, o sexo parece um fator a ser levado em conta. E não é só isso. Eles realmente acreditam. Aquelas mensagens de Richard. É como eu disse, Stuart, eles são racistas convictos. Mesmo. Eu quase fico querendo que fosse apenas uma questão de dinheiro e sexo ou coisa do tipo. Mas eles são muito mais assustadores.

— Você está com medo, Maggie? Não é crime ter medo.

Ela riu.

— Alguém acabou de tentar fazer o meu carro bater comigo dentro. — Fez uma pausa e prosseguiu: — Estou com medo pelo que pode acontecer comigo, Stu. E é preciso mesmo estar, pelo menos um pouco. Caso contrário, a gente começa a correr riscos absurdos. Mas isso é diferente. — Maggie olhou para ele. — Não acho que ele estivesse blefando. O presidente. Naquela noite. Acho que ele queria mesmo lançar um ataque nuclear. Ele *deu a ordem*. Por isso estou com medo, sim. Não por mim. Não só por mim.

— Por quem, Maggie?

Ela sentiu os olhos ardendo.

— As primeiras pessoas em que penso quando você diz isso... Eu penso em Callum e Ryan.

— Os filhos de Liz.

— Sim. Eu tenho medo de estragarmos tudo. Para eles.

— Vamos então tentar chegar ao fundo dessa cratera de merda. Está com as roupas para cavar na merda?

Maggie sorriu.

— Sempre.

— Nesse momento você precisa focar na questão principal.

— Que é...

— Você se lembra de quando eu lhe falei da mesa de JFK? Duas bandejas de entrada de documentos?

— Urgente e importante.

— Certo. E...?

— Não são a mesma coisa.

— Certo, de novo. Assim, qual é a pergunta *importante*?

— Quem está por trás de tudo isso? Quem matou Frankel? Quem tentou me matar?

— São três perguntas, mas tudo bem. E qual é a questão *urgente*?

Maggie mordeu o lábio, olhando para uma árvore distante que, não se sabe como, ainda tinha um resquício de flores nos galhos. O céu era de um azul irretocável.

— Vamos, Maggie. Não tenho o dia inteiro.
— Puxa, eu estou atrapalhando, Stu?
— Lugares a encontrar, pessoas a conhecer.
— Tudo bem. A questão urgente é...
— Vamos, Mags. O que você precisa saber agora? O que é que você precisa saber *agora*?
— Eu preciso saber quando.
— Exatamente.
— E onde.
— Melhor ainda.
— Eu preciso saber quando e onde eles vão matar o presidente.
— Isso mesmo. Precisa. E eu tenho uma ideia de como você pode descobrir.

TRINTA E TRÊS

CHANTILLY, VIRGÍNIA, QUINTA-FEIRA, 12:27

Eram centenas de pessoas, muita gente mesmo. Para onde quer que Julian Garcia olhasse, havia homens — talvez houvesse uma mulher — caminhando com fuzis pendurados no ombro, cada um deles com uma bandeirola saindo do cano para indicar que as armas estavam à venda. Era o ambiente ideal.

Nunca havia frequentado esse tipo de evento. Seu trabalho já envolvia armas demais para que se sentisse atraído por uma exposição delas. Enquanto estacionava em frente ao local, que parecia um hangar, examinando os veículos por perto — com suas placas de "Não mexa comigo" fazendo alusão ao período colonial e um ou outro adesivo que exaltava a Confederação —, deixou os próprios preconceitos rolarem soltos. Imaginou que o lugar devia estar cheio de gente com delírio de grandeza e soldados de sofá — homens brancos obesos loucos para acariciar a coronha de um fuzil que nem saberiam segurar, muito menos usar em um momento de raiva.

Mas, depois de pagar os dez dólares da entrada e começar a percorrer os estandes, Garcia percebeu que havia, sim, muita gente desse tipo mas também uma grande quantidade de veteranos, em sua maioria da primeira Guerra do Golfo, não da segunda. Alguns, supunha, tentavam reviver os dias de glória — todo mundo conhecia alguém que jamais havia voltado a experimentar a felicidade da época em que usava uma farda. Outros, imaginava, simplesmente gostavam daquelas geringonças, criançonas que nunca se cansavam dos brinquedos. Para outros, ainda, era uma questão política. O governo, o pessoal do FBI e a elite liberal estavam sempre dispostos a impor uma ditadura; para detê-los, só mesmo os bons patriotas armados e protegidos.

Garcia havia esperado que esse sentimento diminuísse, agora que esse grupo tinha um presidente que falava como ele. O que poderiam temer desse sujeito que acreditava nas mesmas teorias da conspiração que eles? Mas acabou descobrindo que a maioria simplesmente se adaptara à nova situação. "Ele é só um homem" havia se tornado o novo mantra. "Está enfrentando um *sistema* inteiro."

Além disso, pensou Garcia, sorrindo para si mesmo, eles não estavam totalmente errados, todos aqueles debiloides, não é? Havia *de fato* uma conspiração por trás dos panos, impossível de ser vista, nas esferas mais altas do poder. Que diabos, ele devia saber disso! Fazia parte dela.

Como "Jorge Hernandez" explicaria o fato de estar ali? Para começo de conversa, faria o possível para evitar que alguém lhe fizesse essa pergunta. Não falaria com ninguém. Mas, se interpelasse um daqueles sujeitos em busca de um vendedor, como logo teria de fazer, deixaria claro que também estava acostumado a lidar com armas. Tinha crescido no Texas; seu pai, decidira Garcia, era um caçador de patos experiente. E, naturalmente, ele era um veterano.

O orçamento de Jorge era bem limitado. Percorrendo os estandes daquele mercado, onde cada vendedor expunha seus produtos — mosquetes antigos, facas, camisetas com o slogan "A Segunda Emenda... Ela não tem nada a ver com caça aos patos" — sobre mesas dispostas em longas fileiras, muito longas, ele buscava um bom fuzil que não chamasse a atenção. Não o compraria de nenhum vendedor oficial; precisaria mostrar a identidade, exatamente como em uma loja de armas comum. Melhor encontrar um indivíduo qualquer e pagar em dinheiro. Nenhuma documentação necessária.

Ele sabia exatamente que arma queria, o que dificultava um pouco as coisas. Chegou a pensar em procurar alguém que a vendesse pela internet, mas sua decisão já estava tomada. Percorreria o mercado até encontrar o que buscava.

Quarenta e cinco minutos depois, finalmente encontrou. Um homem — branco, na casa dos 50 anos, barrigão — examinava uma coleção de Tasers com um fuzil no ombro. Mesmo a distância, Garcia viu que era um Hunter Savage III de longo alcance: longo, fino, potente. Já vinha com o descanso de dois pés embutido. E do cano saía um Post-it com o recado, preso a um palito de picolé.

— Com licença, senhor. Sua arma está à venda?

— Está, sim.

— Posso dar uma olhada?

O homem a tirou do ombro e a entregou a Garcia, que sentiu seu peso. Como todas as armas ali, o gatilho estava envolvido em uma tira plástica de segurança.

— O senhor saberia dizer de quando ela é?

O homem estudava Garcia lentamente.

— Ela tem três anos.

— A pressão no gatilho está boa? Abafador em bom estado?

— Tudo em ordem, meu chapa. Se quiser, é sua por novecentos dólares.

— Pago oitocentos por ela.

— Nem um centavo a menos que oitocentos e cinquenta.

Garcia torceu o nariz, como se estivesse indo mais longe do que gostaria.

— Ok, oitocentos e cinquenta.

Meteu a mão no bolso e pegou o dinheiro, um maço grosso de notas de vinte velhas. A expressão do vendedor não tinha mudado. Garcia não se deixou abalar. Ao lhe entregar o dinheiro, decidiu que a tensão do encontro só o ajudava. O racista branco guardaria na lembrança que havia vendido sua arma querida a um hispânico moreno com boné de beisebol. E só. *Para falar a verdade, policial, eles parecem todos iguais.*

Depois disso, foi tudo mais fácil. Após duas tentativas, encontrou um vendedor de munição oferecendo o material de que precisava. E um estande bastante movimentado: clientes demais para que alguém pudesse se lembrar de quem tinha comprado o quê. (E, ao contrário do que acontecia em qualquer loja de armas, nada de câmeras de segurança. Aqueles caras destruiriam qualquer câmera que encontrassem por ali; por nada nesse mundo deixariam os federais espioná-los.) Ele pegou três caixas de balas Lapua .338, vinte por caixa. Por trezentos dólares, nada barato, mas valia a pena pela precisão infalível.

Em seguida, a mira. Garcia tinha decidido que era nisso que Jorge gastaria dinheiro. A arma era uma máquina — desde que funcionasse, tudo bem. A mira, além da munição, era o que importava. Considerando o que sabia da missão, havia decidido que precisava de uma mira com visão noturna infravermelha, e não demorou a encontrar a que queria: a mira térmica de fuzil X35 FLIR. Entregou com prazer os três mil dólares que o vendedor pediu; puxado, mas quase quinhentos a menos do que Jorge teria pago on-line. Garcia sabia que era um valor bem alto para se pagar em dinheiro, algo que seria lembrado. Manteve a aba do boné abaixada.

Por último vinha o silenciador. Ele refletiu sobre isso. Jorge usaria? Em certo sentido, a resposta só podia ser não. Mas e se ele precisasse disparar mais de um tiro? O silêncio poderia lhe valer um ou dois segundos vitais a mais. Seria mais prudente. E também caro, é verdade, mas ainda assim compatível com o que, pelo menos segundo Julian, Jorge vinha fazendo desde novembro: gastando quase nada, economizando cada centavo de sua renda de veterano para esse projeto. Ele encontrou o AAC Titan-Ti, abriu a caixa para verificar se era novo e entregou os mil dólares em cédulas de vinte.

Ao voltar para o carro, ouvindo rock tocando nos alto-falantes, Garcia se perguntava se havia deixado alguma impressão mais forte em alguém ali. Praticamente não abrira a boca; reduzira as negociações ao mínimo. Se alguém se lembraria de algo, seria o fato de ter usado dinheiro vivo e de ser um dos pouquíssimos rostos não brancos presentes. Mas esperava que, chegado o momento, essas lembranças fossem úteis. Fora isso, quando passou por um bando de ciclistas barrigudos, de rabos de cavalo já grisalhos, e colocou a mochila — agora bem pesada — e o fuzil na mala do carro, ele estava certo de ter passado pela Feira Chantilly de Armas & Facões como passava pela vida: quieto e despercebido.

TRINTA E QUATRO

WASHINGTON, D.C., QUINTA-FEIRA, 16:14

Talvez fosse uma reação retardada, mas, depois de pegar um táxi para voltar à cidade ao se despedir de Stuart e encontrar um café com uma mesinha no canto, Maggie quase desmoronou na cadeira. Felizmente, Stu tinha estado em modo de escuta, poupando-a do habitual sermão sobre homens e sua estranha falta de habilidade nesse campo, embora ela já o tivesse ouvido tantas vezes que seria capaz de reproduzi-lo. *Qual é o seu problema, Srta. Costello? Parece que, se forem bons, eles precisam viver a um milhão de quilômetros de distância ou estar envolvidos numa guerra com a qual você tem a missão de acabar ou alguma outra situação desesperadora, ou então, se estiverem disponíveis, é porque não prestam mesmo. Por que você não consegue ser tão esperta com relação a isso quanto é com todo o resto?*

E ela teria dado a resposta de sempre. *Diz o cara que acha que a coisa mais importante do Dia dos Namorados é que ele cai bem entre as eleições primárias de New Hampshire e Carolina do Sul — essas são exatamente as suas palavras, Stuart.*

Na verdade era doloroso reconhecer o que ela havia constatado durante a noite — a maneira como Richard tinha falado dela, a dedução inevitável de que eles só estavam juntos porque McNamara lhe pedira, como parte de uma operação de coleta de informações de inteligência focada na escória dos fiéis ao regime anterior que, como Maggie, tinham ficado. Era humilhante ter de fazer em voz alta, na frente de outra pessoa, a pergunta óbvia: para ele o tempo todo havia sido apenas isso? Toda aquela intimidade, todo aquele sexo — era apenas uma performance? O que passava por sua cabeça quando estavam juntos na cama? Ele era como um daqueles atores pornô tão experientes que por fora podiam parecer consumidos pelo desejo enquanto mentalmente faziam a lista de compras da semana? Para ele, dormir com Maggie era isso? Um trabalho?

Ou será que se excitava pensando em outra mulher? Por acaso se imaginava com a "princesa"? Era isso que o excitava? A proximidade do poder?

Ficar remoendo aquilo não adiantava de nada, ela sabia. Por isso tratou de colocar esses pensamentos atrás do muro que estava construindo na mente, onde sabia que no momento se acumulavam como água em uma represa. Quando tudo chegasse ao fim, quem sabe que estragos não provocariam?

Compartimentalização: tinha um doutorado no assunto. Consideravam que os homens eram melhores nessa área, mas ela se sentia capaz de enfrentar qualquer desafiante. Sua cabeça era cheia de pequenos compartimentos. Hoje mesmo tinha murado a salinha onde havia sido guardado o choque, e talvez até o choque pós-traumático, da experiência de quase morte no carro. Havia ao lado um compartimento onde tinha colocado cuidadosamente a angústia — e a impotência — que sentiu com a demissão de Liz por uma questão de princípios. Mais adiante, um armário — veio-lhe a imagem do depósito no convento — onde ela esperava jogar todo o lixo tóxico, o lodo e a lama que ainda eram expelidos por Richard. Como sempre, havia uma parte destinada a Stuart Goldstein e ao estado em que se encontrava ultimamente. Para não falar da área reservada à sua angústia em relação ao homem para quem ainda trabalhava — e sua convicção de que o presidente dos Estados Unidos ficava bastante satisfeito em levar o mundo à beira da destruição; na verdade, ele ficava feliz por ir além disso. E, por fim, o cômodo maior e mais escuro era onde isolava a culpa e o constrangimento causados pela convicção de que aquela situação perigosa e letal era responsabilidade sua.

Cada um desses espaços precisava ficar trancado e isolado dos demais. Como qualquer compartimentalizador sabe, a única coisa a evitar a todo custo era o rompimento dessas paredes e divisórias. Se as diferentes angústias irrompessem de seus silos e, pior ainda, se se misturassem, a pessoa não aguentaria. É preciso mantê-las separadas, as portas aferrolhadas.

Maggie pegou o celular. Sua primeira missão, por mais que a ideia a deixasse horrorizada, era mandar alguma mensagem para Richard fingindo normalidade. Ela não tinha certeza se ele sabia o que tinha visto durante a madrugada. Richard agira de um jeito estranho de manhã, mas podia ter sido uma reação ao fato de ela estar se comportando não menos estranhamente. Era possível que ele não suspeitasse de nada, e, quanto mais tempo as coisas continuassem assim, melhor. O que significava agir como se nada tivesse acontecido. Em um dia normal, ela lhe enviava mensagens pelo menos umas duas vezes. Então começou a digitar algumas palavras, para ao mesmo tempo manter as aparências e ganhar tempo.

Mas deu trabalho, precisou apagar e digitar várias vezes, achando que tal frase soava histericamente hipernormal; aquela outra, seca e distante demais. Acabou se dando por satisfeita:

E aí? Foi mal ter saído correndo hoje de manhã. Essa coisa toda no trabalho... É coisa demais! Vamos nos programar para ter um fim de semana de verdade, só nosso. bjs

Ela leu, releu, apertou Enviar e deu um suspiro profundo.

Em seguida, abriu o Twitter, iniciativa na qual tinha uma participação silenciosa. No seu emprego, podia ouvir, mas não falar. Tinha uma conta com zero tuítes em seu nome (falso), mas ela podia ver o que todo mundo — de Liz a McNamara, de Jake Haynes do *Times* ao próprio presidente — estava dizendo.

Haynes tinha acabado de compartilhar o link de uma matéria escrita em Londres que dizia que o presidente e seus negócios receberam um inesperado impulso, ainda que trágico: o principal advogado em um processo judicial contra a pretendida expansão europeia da empresa do presidente dos Estados Unidos tinha sido encontrado morto, em certa medida comprometendo a intenção de barrar juridicamente esses planos. Mas o restante de sua linha do tempo no Twitter era ocupado por uma história que em outra época teria deixado abismada a classe política de Washington, porém hoje em dia provocava apenas o revirar de olhos e uma torrente de piadas irônicas. Ela clicou no primeiro link que prometia fornecer os fatos básicos, em vez de comentários sarcásticos.

A equipe da Casa Branca está discutindo com o Departamento de Defesa para tentar atender a um pedido inusitado do presidente: uma farda que reflita seu papel como comandante em chefe das Forças Armadas.

Os funcionários, pedindo anonimato para falar livremente de um assunto que foram proibidos de discutir em público, disseram que o presidente tem se mostrado muito interessado em todos os aspectos do projeto. Ele recebeu no mês passado uma equipe de designers de moda, entre eles várias estrelas do programa de televisão Project Runway, *além de chefes e ex-comandantes das forças militares, para definir o visual adequado.*

"Ele sabe que existe o risco de sua imagem parecer um pouco com a do 'ditador do Terceiro Mundo' e tem se mostrado intransigente no sentido de evitar isso", disse um importante assessor em entrevista por telefone. O presidente teria analisado fotos do general Dwight D. Eisenhower, que foi depois eleito

presidente, enviando imagens da época em que ele era comandante na Segunda Guerra Mundial para a equipe encarregada, como possível fonte de inspiração.

Também explorou representações hollywoodianas de antigos líderes militares, entre eles Douglas MacArthur e George S. Patton, com particular interesse pela encarnação de MacArthur por Gregory Peck em 1977. Uma foto de Peck fardado foi anexada a um bilhete rabiscado pelo presidente, dizendo: "Por que não posso usar um quepe como ele?"

Os estilistas enfrentam um problema específico. As fardas daqueles que o presidente mais admira reservavam espaço para as muitas medalhas e fitas que haviam recebido por heroísmo e participação em ações passadas. Como o presidente não tem nenhum histórico de serviço militar, ainda não está claro o que ficaria no lugar, embora um assessor tenha comentado: "Uma alternativa seria aplicar algumas fitas de caráter simbólico. Acredito que só o Times *e a* MSNBC *fariam objeções. Os grupos de veteranos apoiam este comandante em chefe."*

Mas historiadores especializados na presidência e nas Forças Armadas contatados pelo New York Times *ironizaram a ideia de medalhas falsas, e mesmo da criação de uma farda para o presidente. "Era muito importante para os fundadores do nosso país que o poder militar e o poder civil fossem distintos e se mantivessem separados", declarou Norman J. Evans, professor emérito de estudos de guerra na Universidade Emory, em Atlanta. "O comandante em chefe é um cargo civil."*

Uma porta-voz da Casa Branca, recusando-se a confirmar ou negar que a criação da farda esteja em debate, descartou as preocupações dos historiadores. "As universidades estão tão por fora quanto a mídia dominante que não domina coisa nenhuma. Para começo de conversa, nenhum desses liberais queria que o presidente fosse eleito, e na minha opinião o povo americano está farto desses supostos especialistas."

Questionada se o presidente consideraria a hipótese de usar uma farda, ela disse: "Não é segredo para ninguém que o presidente faz questão de que os americanos tenham um líder que possam admirar e saudar."

Naturalmente, foi tuíte para todo lado. O primeiro a aparecer dizia simplesmente Quer uma farda, senhor presidente? Aqui vão algumas sugestões, apresentando em seguida uma galeria de canalhas da estirpe de Kadhafi, Noriega e Pinochet, cada um com seu quepe maior e mais pontudo. Um outro, inevitavelmente, mostrava uma foto de Adolf Hitler, embora errasse o alvo por pouco, pois o Führer estava à paisana. O restante era obra do Photoshop, com alguma montagem do rosto do presidente nos mais variados monstros da história.

Maggie deixou o celular de lado. Aquela reação recorrente dos críticos do presidente — a mesma atitude sarcástica, desiludida, humorística — já começava a irritá-la. Como dissera uma mulher no rádio outro dia: *Vamos rindo sem parar em direção a um Estado totalitário*. Se todos os criadores de memes, o elenco do *Saturday Night Live* e o restante desse povo soubessem o que ela sabia, entenderiam que não tem a menor graça. Pelo amor de Deus, o sujeito estava disposto a acabar com o mundo! Vai em frente, faz um GIF com isso.

Olhou para o relógio. O dia estava indo embora. Ela precisava responder às perguntas que Stuart havia lhe feito: o quando e o onde, principalmente. E, para isso, precisava colocar as mãos à obra.

Maggie entrou na Casa Branca pelo portão noroeste, como sempre, cumprimentou o guarda, como sempre, e passou seu crachá no escâner, como sempre. Só que dessa vez, no lugar do esperado sinal verde, a tela do dispositivo exibiu um X vermelho e emitiu um som de desagrado eletrônico.

— Tente de novo — pediu o guarda, olhando para seu monitor, e não para Maggie.

Ela tentou mais uma vez. O mesmo X, o mesmo som.

— Sinto muito, senhora. Não posso deixá-la entrar.

— Mas isso... — começou Maggie. — O cartão funcionou perfeitamente hoje de manhã. Deve ter algo errado com a máquina.

— A máquina está funcionando, senhora. O problema é o seu cartão.

— Mas eu trabalho aqui há...

— Qualquer problema, vá até a entrada de visitantes, portão sudeste — disse ele, com os olhos fixos na tela.

Maggie suspirou. Levou a mão à nuca para aliviar o efeito chicote sofrido horas antes. A voz de Liz pairava em sua cabeça. "Você precisa ver isso."

Liz. Não falava com ela desde que aquela ligação havia caído, depois de abafada pelo ar-condicionado e pelo barulho infernal no carro. Ela devia estar achando, não pela primeira vez, que Maggie estava por demais absorta no trabalho para se importar com a irmã, que acabara de saber que tinha perdido o emprego e nem se dera ao trabalho de pegar o telefone. Ligaria para ela assim que chegasse ao seu gabinete.

Agora Maggie estava no portão sudeste, perto de Hamilton Place. Viu um grupo de turistas esperando a autorização para entrar, e por trás dele uma manifestação silenciosa — cerca de dez pessoas com esparadrapo na boca, protestando contra a mais recente tentativa do presidente de restringir a ação dos poucos meios de comunicação que não eram seus.

Passou o crachá e mais uma vez ele foi rejeitado. Depois seguiu direto à cabine de vidro onde havia vários funcionários.

— Eu sou Maggie Costello, assessora especial do presidente no Gabinete de Assessoria Jurídica. Parece que o meu crachá está com algum problema. Podem autorizar a minha entrada, por favor?

O guarda pegou o crachá, digitou algumas instruções no computador e chamou um supervisor. Os dois discutiram, sem que ela conseguisse ouvir, enquanto apontavam para a tela. Maggie observava enquanto colegas de trabalho entravam e saíam, falando ao celular, ignorando totalmente os civis forçados a fazer fila para poder entrar. "Trouxas", dizia Richard, como em Harry Potter.

O funcionário superior veio falar com ela.

— Os direitos de acesso desse crachá foram alterados, Srta. Costello.

— Alterados? Como assim, "alterados"? Eu tenho de usar outra entrada?

— Não. Seus termos de acesso ao prédio foram alterados.

— Alterados para o quê?

— Esse agora é um crachá de não acesso.

— Você está me dizendo que eu não posso entrar? — Maggie sentiu atrás dela a presença de duas pessoas, suspirando ruidosamente.

— Correto.

— Mas... eu trabalho aqui. Não estou entendendo. O que diabo é um "crachá de não acesso"? Ele estava funcionando hoje de manhã. Alguém o alterou?

— Sim, foi alterado.

— Mas quando? Estava funcionando há poucas...

— Não posso dar essa informação no momento.

Incrível. Passava por ali há tantos anos e agora falavam com ela como se estivesse na Casa Branca pela primeira vez.

— Tudo bem. E a sua telinha aí — era uma bobagem descontar naquele cara, mas Maggie não conseguiu se conter — está dizendo *quem* decidiu alterar o meu crachá e me impedir de entrar no meu local de trabalho?

— Não posso dar essa informação no momento.

Ela deu meia-volta na direção da rua, frustrada. Teve consciência das pessoas que entravam e saíam, muito poucas àquela hora do dia, mas o bastante para aumentar sua humilhação. O pior de tudo, porém, o que os visitantes e os guardas do Serviço Secreto não podiam ver, era que ela se dava conta de que não havia praticamente ninguém lá dentro que pudesse chamar para vir socorrê-la, trocar algumas palavras com a segurança e deixá-la entrar. Não muito tempo atrás, ela poderia ter enumerado vinte nomes, do presidente para baixo, que teriam insistido para que fosse autorizada a entrar. Mas quem poderia chamar agora? A maior parte de seus aliados e amigos não trabalhava mais ali. Eleanor? A essa hora provavelmente já teria voltado para casa, e de qualquer maneira seria de um escalão muito baixo para começar a fazer exigências. McNamara? Podia muito bem estar por trás dessa ordem. Kassian? Mesma coisa. E seu chefe oficial, o assessor jurídico da Casa Branca, de qualquer maneira nunca estava por ali. Com isso, quem restaria com poder suficiente para autorizar sua entrada? Richard? A piada nem tinha graça.

Ela já estava prestes a voltar para casa, para se reorganizar e começar a trabalhar de lá mesmo, quando dois homens, nenhum deles uniformizado, vieram em sua direção. Um deles na casa dos 40 anos, baixo; o outro na casa dos 20, de cabelo mais comprido — o suficiente para Maggie concluir imediatamente que devia ser o nerd enviado para resolver o problema técnico com seu crachá. Os dois se aproximaram dela com determinação.

O sujeito mais velho falou primeiro.

— Srta. Costello?

— Sim.

— Algum problema com o seu crachá?

— Sim, exatamente.

— Ok. Queira nos acompanhar, por favor.

Maggie sorriu de alívio.

— Obrigada. Muito obrigada.

— Por nada. Vamos ver se conseguimos resolver isso.

Talvez fosse o cansaço ou a dor de cabeça causada pelo efeito chicote ou simplesmente por tudo o que vinha se acumulando, mas Maggie começou a falar pelos cotovelos. Enquanto os três se dirigiam ao Eisenhower Executive Office Building a oeste, passando por outro grupo de manifestantes com cartazes — todos com máscaras reproduzindo o rosto do presidente —, ela tentava, esforçando-se para acompanhar o passo deles, explicar que tinha certeza de que havia algum engano, que seu crachá sempre havia funcionado, que ninguém lhe dissera que havia qualquer tipo de problema e que tinha certeza de que, se suas condições de acesso tivessem de ser alteradas, alguém teria lhe informado, e que estava sendo um dia daqueles, na verdade ela havia sofrido um acidente de carro, não exatamente um acidente, mas quase, e mesmo assim se sentia...

Só agora, tendo chegado a um pátio de estacionamento atrás do prédio, descendo uma rampa em direção ao que devia ser um depósito subterrâneo, ela se deu conta de onde estava. Repreendendo-se por ter baixado tanto a guarda, tentou manter a compostura.

— Tá bom, eu já sei o que está acontecendo aqui. Por que vocês não me dizem o que...

Nesse momento, com uma velocidade incrível, o mais jovem dos dois levou a mão à sua boca e, ao mesmo tempo, a empurrou de encontro a uma pilastra.

— Por que você não cala a porra da boca!

E ela ficou ali, grudada na pilastra. A mão do sujeito não tapava apenas sua boca; o vê formado pelos dedos também obstruía suas narinas. Não conseguia respirar.

Maggie ouviu a voz do mais velho. Ele estava com a boca bem perto de seu ouvido.

— Presta bem atenção. Agora chega de brincadeira. A gente sabe o que você está fazendo e você vai parar com isso. Você vai ser uma menina boazinha e parar de meter essa cara de putinha irlandesa onde não deve. Você me entendeu?

Maggie se contorcia, mas o homem que tapava sua boca também pisava em seu pé com o pé esquerdo, ao mesmo tempo que pressionava o joelho direito em suas pernas, mantendo-a imobilizada. Ela queria desesperadamente respirar.

O cara mais velho gritou:

— VOCÊ ME ENTENDEU?

A atenção de Maggie estava toda voltada para a mão que cobria sua boca. Com um leve movimento instintivo da mandíbula, ela conseguiu abrir os lábios o suficiente para expor os dentes e morder um dos dedos.

Mordeu com força, percebendo com satisfação que havia atingido não só pele e carne, mas também osso.

O rapaz pulou longe, gritando de dor. Maggie arfava com dificuldade, tentando respirar, enquanto corria rampa acima para sair dali. Tinha corrido dois ou três metros quando sentiu uma mão no tornozelo, puxando-a para o chão. Caiu de joelhos com todo o seu peso. E agora sentia o peso do corpo de um dos homens — com certeza o mais velho — em cima dela. Em um instante, as mãos dele tinham envolvido seus punhos, mantendo-a imobilizada no lugar, de cara para o chão.

Ele estava de novo com a boca perto de seu ouvido.

— Você está fazendo com que isso seja muito divertido, Maggie. Não tem ninguém por aqui. Só nós dois... e o meu amigo.

— Sai de cima de mim!

— Por quê? A festa só começou!

Maggie fechou os olhos. A dor no pescoço era terrível. Seus punhos eram apertados cada vez com mais força.

Maggie sentiu que o sujeito estava ajustando o peso em cima dela, o que lhe deu a oportunidade de que precisava.

Nesse instante, ela aproveitou o braço direito momentaneamente livre para fazer força contra o chão, levantando-se o suficiente para se virar. Com o movimento, conseguiu impulso para libertar o punho esquerdo. Então conseguiu erguer o joelho, com força suficiente para golpear o saco dele.

O homem colocou as duas mãos no meio das pernas, e agora ela estava de pé outra vez. O sujeito mais novo, ainda voltado para o dedo que sangrava, vinha em sua direção quando ela ouviu três sonoros bipes, seguidos pelo som de um motor. Os três se viraram e notaram as luzes vermelhas de um caminhão que descia a rampa de ré. Maggie correu tropeçando na direção do veículo, querendo ser vista pelos retrovisores laterais.

Os dois homens se entreolharam, pensaram rápido e correram na direção oposta, para a escuridão do depósito. Maggie ficou na altura da cabine do caminhão, apontou o polegar para cima em agradecimento ao motorista e foi cambaleando para a rua. O motorista fez menção de abrir a porta, como se para ajudá-la, mas Maggie o dispensou, gesticulando muito para insistir que estava bem. Torcia para que ele não visse sua meia-calça toda rasgada, os joelhos feridos e sangrando. Encontrando a saída, ela arrancou a meia-calça e a jogou em uma lata de lixo.

Com escoriações, em estado de choque e furiosa com a agressão — como ousavam fazer aquilo com ela? —, ainda havia espaço para pensar. Primeiro, Maggie considerou, mas logo descartou, a hipótese de procurar a polícia. De que adiantaria, se ela já sabia mais desse caso do que eles jamais conseguiriam saber? Considerando quem e o que estava envolvido, a força policial dificilmente poderia lhe dar proteção. Além do mais, o tempo que levaria, as explicações que teria de dar, as informações que teria de revelar — acabaria sendo obrigada a deixar o campo de batalha. Não sabia quem havia feito aquilo com ela, mas a última coisa que faria nesse mundo seria recompensá-los entregando os pontos.

O segundo pensamento que ocorreu a Maggie enquanto caminhava com dificuldade para casa foi que seus carrascos tinham cometido um erro. Talvez não se dessem conta, mas ela, sim. Ao persegui-la, eles se revelaram. Haviam colocado um letreiro em seu covil — e ela o vira.

TRINTA E CINCO

CENTREVILLE, VIRGÍNIA, QUINTA-FEIRA, 16:37

O Centro de Tiro Bull Run ficava à margem da I-66, cercado por um parque natural. Havia um parque aquático para crianças perto, mas ele ficava praticamente deserto em dias de aula como hoje. Havia uma área de tiro com arco e sócios do centro curtindo uma tarde de tiro ao prato, mas nada disso interessava a Julian Garcia. Ele queria estar lá fora, no verde, contemplando as árvores.

Para alguém de Nova York, por exemplo, aquilo provavelmente pareceria um campo de treinamento de golfe. Público misto, uma quantidade igual de homens e mulheres, cada um em sua pista, de frente para um vasto gramado que se transformava em uma floresta. Mas, em vez de um conjunto de tacos, cada cliente pagante recebia uma arma.

Alguns tinham várias, dispostas em uma prateleira, e as experimentavam uma a uma, até encontrar a melhor. Garcia ficou observando um marido autoritário que mostrava diferentes armas para a esposa. Ouviu o sujeito dizendo para o agente de segurança do campo: "Essas manifestações todas agora, com tumultos e tudo mais... Achei que estava na hora de a madame aprender a se defender. Nunca se sabe..."

Garcia estava ali com outra finalidade. Tinha pago seus trinta dólares aos caras no balcão, todos armados, e levara suas próprias armas e munição, as balas Lapua .338s e o Savage, para a última pista. A pista ao lado da sua estava vazia, o que era como ele preferia.

Ocupou a mesa, montando os dois pés do fuzil para ter um bom apoio. Abriu a mochila e pegou o restante do kit: protetores auriculares, óculos de tiro, mira telescópica. Essa hora seria a mais crítica de seus preparativos até agora.

Observou os amadores se divertindo, enquanto aguardava o sinal do agente. Para sua irritação, eles usavam alvos de zumbis — em vez de uma figura humana genérica, cada alvo era a imagem de uma criatura esquelética, morta-viva, quase sempre com um ponto vermelho bem no centro do crânio ou do peito, pedindo para levar uma bala. Provavelmente ficava mais divertido assim, supôs Garcia, parecendo um tiro ao alvo no parque de diversões. Mas em algum nível que ele nunca havia articulado, aquilo parecia meio ofensivo. Se tivesse de pôr em palavras, diria que a guerra não era um jogo, atirar não era um esporte e todas as pessoas que havia tido de alvejar eram seres humanos, e não zumbis. Mas tais pensamentos não chegavam a tomar forma.

Ouviu-se então a sirene, e a voz no alto-falante anunciou que era o momento de "todos os atiradores mudarem o alvo".

Garcia já havia apontado o telêmetro para o alvo, e, com o laser, descobrira que estava a cento e cinquenta e cinco metros do cano da arma. Resolveu ir até o alvo para erguê-lo e, sem pedir permissão, levá-lo para longe, bem longe. De tempos em tempos, parava, baixava-o de novo e apontava o telêmetro, como se fosse o controle remoto de uma televisão, para a mesa onde sua arma descarregada continuava repousada. Duzentos e setenta e cinco metros. Ainda não era o suficiente. Ele continuou andando até alcançar a distância desejada. Exatamente trezentos e quinze metros. Percebeu que os outros atiradores olhavam para ele. Sem problema.

Em seguida, pegou do bolso um aquecedor para as mãos que havia comprado em uma loja de artigos de camping a caminho dali. A bolsa cheia de um gel translúcido, com um disco de metal no interior, precisava apenas que o disco fosse quebrado para que se aquecesse. Considerando as informações que tinha recebido sobre o local da missão e a proteção que o alvo teria — a distância e, sobretudo, o grau de visibilidade de que disporia —, um tiro na cabeça, requerendo uma linha de visão desimpedida, estaria fora de cogitação. Assim, ele quebrou o disco de metal e prendeu a bolsa no meio do alvo, sobre o ponto vermelho que cobria o coração do zumbi.

Então voltou para sua posição, apalpando a munição no bolso da jaqueta. Ao chegar, sentou-se à mesa, carregou o fuzil e olhou pela mira térmica. Lá estava o calor da bolsa aparecendo como um pequeno círculo branco, suficiente para orientar o primeiro ou os dois primeiros disparos até ser destruído. Ele olhou pela mira de ferro do fuzil e, certificando-se de que estava bem alinhado, disparou.

Sentou-se e consultou a mira telescópica, constatando que errara por quase oito centímetros, às onze horas. O aquecedor de mão continuava no lugar. Garcia ajustou a mira e apontou de novo. Voltou à mira telescópica. A bolsa se foi, mas ainda havia trabalho a ser feito.

Ele continuou, fazendo dezenas de disparos, cada um seguido de uma série de microajustes cada vez mais ínfimos. A arma era nova para Garcia; ele havia separado o tempo necessário para isso. E, se parecia decidido, aplicado — um homem empenhado em um trabalho muito específico —, melhor ainda.

A sirene do agente de segurança do campo tocou três vezes, sempre anunciando uma mudança de alvo, até que ele se deu por satisfeito. Na sessão seguinte, fez apenas uma pequena regulagem, logo no início. Em seguida, a mira telescópica revelou que ele havia atingido o ponto vermelho — no peito de um zumbi babão e em decomposição, com sangue pingando das mãos, estendidas como se quisessem carne fresca — todas as vezes. Cada ponto vermelho, como a bolsa de calor, fora atingido e perfurado até ser completamente destruído.

Considerando as balas que usava, pensava ele ao guardar seu material e fazer o caminho de volta pela loja, com seus coldres e kits de limpeza de armas, seu alvo teria morrido na primeira tentativa. Mas pelo menos neste dia Garcia teve a satisfação de constatar que havia feito ainda melhor — tinha matado o presidente muito mais vezes.

TRINTA E SEIS

WASHINGTON, D.C., QUINTA-FEIRA, 20:22

Maggie havia conseguido voltar ao apartamento. Foi como chegar a um porto seguro. Mas ele parecia mais vazio que o normal. Ela deduziu que tinha voltado a morar sozinha.

Olhou para o sofá, ainda com a marca dos dois. E pensar que havia sido apenas na noite passada... Tinha enviado uma mensagem só para dizer um oi para Richard, à qual ele respondera muitas horas depois também sem dizer nada específico — Completamente atolado agora. Falamos mais tarde? bjs R —, e o contato entre os dois tinha se resumido a isso.

Maggie queria tomar um banho, livrar-se de tudo o que havia acontecido naquelas últimas e infernais horas. Olhou-se rapidamente no espelho. O corretivo tinha desaparecido, deixando à mostra as olheiras escuras e profundas. Ela parecia um animal que tinha fugido de um predador. A ideia de dar aos seus perseguidores essa satisfação a deixou horrorizada. Endireitando os ombros, Maggie passou a mão pelos cabelos e foi até a cozinha com passos firmes.

Apática, tentou comer alguma coisa, mas não conseguia relaxar. Era evidente que estava sendo seguida, se não no mundo real, virtualmente.

Sem dúvida estava sendo espionada ali também. No entanto, aquele era o seu terreno; havia medidas que podia tomar para se proteger.

Pela enésima vez, avaliou a situação. Eles descobriram quando ela estava no carro; alguém se sentou diante de um computador, seguindo seus movimentos e passando a controlá-los, na tentativa de matá-la ou mandar um aviso.

E descobriram quando ela tentou entrar na Casa Branca, certamente alertados pela tentativa fracassada de usar seu crachá; deve ter sido o sinal de convocação para os dois capangas irem ao seu encontro. Teriam ordens de matá-la ou simplesmente de amedrontá-la e fazê-la recuar? Maggie estava inclinada para a segunda opção.

Mas isso não passava de suposição sua. Que tivessem planejado matá-la, e que certamente o teriam feito se não tivessem sido interrompidos pelo caminhão de entregas, continuava sendo, no mínimo, uma possibilidade.

O fato de seu crachá da Casa Branca ter sido misteriosamente desativado já era por si só um golpe forte. Ser impedida de entrar no local de trabalho, onde se sentira privilegiada por poder servir nos últimos anos, ver a porta ser batida na sua cara — isso era humilhante. Teria sido demitida por Kassian, era isso? Se fosse, que motivos ele poderia alegar que não representassem uma flagrante tentativa de obstrução da justiça?

Não tinha lógica, sabia, mas ela também se sentia terrivelmente magoada. Poucos meses antes, era considerada indispensável pela Casa Branca e pelo presidente anterior. Agora a achavam tão indesejável que nem a deixavam entrar no prédio.

Foco, pensou Maggie. Deixe as emoções de lado. O importante era que a tentativa de usar o crachá havia feito seus agressores entrarem em ação, o que confirmava que se tratava de um acerto de contas interno. Quem quer que fosse seu inimigo, estava dentro daquele prédio.

Será que isso queria dizer que Richard tinha tomado conhecimento de que Maggie agora sabia de sua relação secreta com McNamara e os dois decidiram pressioná-la para que não desse com a língua nos dentes? Algo nessa história parecia não bater. Claro que seria devastador para Richard ser exposto como um mentiroso, traidor e racista enrustido, e muito ruim para McNamara ser pego falando como um predador sexista babão (embora, Deus bem sabe, o mesmo poderia ser dito do presidente, e isso não o impediu de ser eleito). Mas não havia naquela correspondência nada tão tenebroso que justificasse o assassinato de Maggie Costello como queima de arquivo, havia?

Na verdade, era Bob Kassian, apoiado por Jim Bruton, quem tinha um motivo mais convincente. Na reunião com o chefe de Gabinete naquela manhã, Maggie praticamente o acusara de estar envolvido no assassinato do Dr. Frankel. A simples necessidade de abafar essa história já seria motivo o bastante para tirá-la do caminho. Mas, se seus cálculos estivessem certos — e os dois planejassem assassinar o presidente —, teriam ainda mais motivo para garantir seu silêncio.

Um barulho em seu celular. Mensagem de texto. Seria Richard finalmente? E se ele se convidasse para ir para a casa dela? Era esse o problema com as mensagens de texto: não dava para ignorá-las sem ficar óbvio que estavam sendo ignoradas. Em uma ligação, pelo menos, dava para expor isso e alegar que estava ocupada...

Não era Richard, mas sua irmã.

Espero que você esteja bem, Mags. Fiquei preocupada quando você desligou tão de repente mais cedo, ainda mais porque estava no carro. Se cuida. Eu vou para a cama agora. Eu sei que está cedo, mas estou com uma dor de cabeça terrível. Não precisa se preocupar em ligar hoje à noite. E não se preocupe comigo. Logo eu consigo outro emprego. Se não, sempre tem o convento ;) bjs L

Ela pegou o iPad, que Liz havia lhe passado depois de, como sempre, tê-lo trocado pelo modelo mais recente. Era raro Maggie usar aquele aparelho, só para assuntos pessoais; o iPad era seu único dispositivo totalmente desconectado do sistema da Casa Branca. Naturalmente, tratando-se de Liz, estava repleto dos mais atualizados aplicativos de criptografia. Na época, Maggie a provocara:

— E o que você precisa esconder que poderia ser do interesse das agências de espionagem do mundo inteiro, Liz?

— É exatamente com esse tipo de mentalidade que eles contam. "Quem não deve, não teme." Eu esperava mais de você, Margaret.

— Aah, agora é Margaret? — retrucara Maggie, fazendo uma careta para as crianças, que começaram a rir. — *Margaret*. Meninos, quando a sua mãe começa a me chamar de *Margaret*, podem ter certeza de que eu estou numa enrascada, que a tia Maggie foi muito desobediente. — Ela sacudiu o dedo. — Margaret, que feio! Que feio! — O menino mais velho, Callum, com quase 4 anos, adorou. Maggie e Callum passaram o restante da tarde escolhendo qual seria o nome *dele* de menino desobediente.

Ela ligou o aparelho e abriu o navegador. Não fazia a menor ideia do que estava procurando. Entrou no site de Casa Branca, foi até a seção de "Últimas notícias" e "Agenda". Como temia, contudo, havia apenas os eventos de "Hoje". Nenhum detalhe sobre a agenda do presidente.

Pensou em entrar em contato com Eleanor, mas hesitou. Se havia grampos eletrônicos no carro de Maggie, eles certamente também estavam monitorando seu telefone. Saberiam imediatamente se ela ligasse para um número da Casa Branca. Mas olha só, ela podia ligar pelo Skype usando esse iPad. Eles não teriam como saber onde...

Espera aí, alguma coisa aconteceu. As telas com os aplicativos começaram a passar sozinhas. Talvez isso acontecesse quando o aparelho ficava sem ser usado por muito tempo.

Pensou em seguir a única recomendação técnica que tinha aprendido com Liz. Estava prestes a desligar e ligar novamente o iPad quando se deu conta de que agora a tela era ocupada pelo aplicativo do termostato.

Muito estranho. O mostrador no centro marcava a temperatura de trinta graus Celsius. Estava ficando laranja, que era como informava que o sistema estava acionado, com o boiler a toda.

Mas não havia hipótese de ela querer o aquecimento agora, no calor de uma primavera em Washington que já entrava no início do verão. Alguém teria entrado no apartamento desde a manhã?

Maggie foi olhar o termostato na parede. Marcava vinte e um e o mostrador estava preto, sinal de que o aquecimento não estava ligado. Ela sentiu os aquecedores: frios. Mas o iPad era categórico — continuava aceso no laranja, com o boiler tentando chegar a trinta graus.

Mas é claro! Não era o seu aplicativo de aquecimento que Maggie tinha à frente, mas o de Liz, ainda ativo no iPad que havia sido dela. (Maggie pretendia "limpar a máquina", como dizia a irmã, mas claro que nunca conseguiu tempo.) Maggie voltou ao sofá, brevemente lamentando um clima tão para baixo que era preciso ligar o aquecimento na Geórgia em pleno mês de maio.

Certo, ela precisava ter ideia dos movimentos do presidente nos próximos dias. Na última semana, mais ou menos, ele praticamente não tinha aparecido em público. Desconfiava de que todos os eventos tinham sido cancelados para dar lugar às constantes reuniões de crise que aconteciam no Salão Oval por causa da Coreia do Norte. Imaginou Kassian e Bruton sentados, vez ou outra se entreolhando, perguntando-se se não estariam cometendo um erro terrível. Ou será que nessas reuniões o presidente dizia coisas que só serviam para reforçar sua decisão, convencendo-os outra vez de que ele representava um perigo?

Ela tentou abrir o navegador no iPad para começar novas investigações. Mais uma vez ele se recusou. Só o aplicativo do aquecimento continuava aberto. Sabe-se lá por que, ele se recusava a desaparecer. Maggie pressionou os botões de controle de temperatura, apertando a seta para baixo. Nenhum resultado. Pressionou de novo. Nada ainda. Começou a apertar com força e aleatoriamente outros botões na tela.

Nenhum deles surtia o menor efeito. O mostrador continuava laranja, com o aquecimento central ligado e impossível de desligar.

Até que, de repente, ela se tocou. Um segundo depois, sentiu um pavor tão nauseante que achou que podia desmaiar.

Por favor, meu Deus, não.

A própria Liz tinha feito isso, vinculando seu boiler ao aplicativo. Mas não tinha funcionado. *Da última vez que eu liguei o aquecimento central, a casa ficou cheia de fumaça. Além do mais, a gente está *torrando* aqui em Atlanta...*

Maggie se lembrava agora com toda a clareza. Liz nunca usava o aquecimento central. Tinha sido avisada de que, embora seu velho boiler funcionasse bem com água quente, era perigoso para o aquecimento da casa: poderia causar um incêndio ou nuvens de monóxido de carbono.

Mas agora ele estava ligado.

Maggie verificou a hora. Jesus Cristo, as crianças deviam estar num sono profundo. E o que Liz tinha falado? *Eu vou para a cama agora. Eu sei que está cedo, mas estou como uma dor de cabeça terrível.*

Maggie sabia o suficiente sobre envenenamento por monóxido de carbono para ter consciência de que era assim que acontecia. O ambiente não ficava tomado por colunas de fumaça cinzenta. Era inodoro, passando por baixo da porta e enchendo os corredores sem que ninguém se desse conta. A dor de cabeça vinha primeiro, depois a tontura e os vômitos e, se a pessoa não saísse, a morte.

Ela pegou o telefone e ligou para a casa da irmã. Estava chamando.

Vamos, vamos. Por favor, Liz, atende. Atende.

"Aqui é a casa de Liz, Paul, Callum e Ryan. Não podemos atender agora. Por favor, deixe o seu recado após o sinal."

— Liz, aqui é a Maggie. Por favor, me ouve... Eu acho que tem um vazamento de gás ou algo assim no seu apartamento. Saia com as crianças agora! Por favor, Liz... Depois eu explico. Por favor, por favor, atende se estiver me ouvindo.

Mas alguma coisa na sonoridade deixava claro para Maggie que se tratava de um desses sistemas eletrônicos de caixa postal — sua mensagem estava sendo arquivada digitalmente, e não era reproduzida na casa. Ninguém a ouvia, ela tinha certeza.

Tentou o celular da irmã.

Chamada não completada. Tente novamente.

Maggie tentou de novo, com o mesmo resultado. Tentou então o celular de Paul. De novo: *Chamada não completada. Tente novamente.*

Pensou em Callum, deitado e respirando aquele ar venenoso. Viu Ryan, gritando pela mãe. E Liz, inconsciente e incapaz de ajudar.

Meu Deus, o que diabos ela poderia fazer?

Teria de ligar para a emergência e explicar. Seus dedos tremiam, mas lá estava a mensagem de novo.

Chamada não completada. Tente novamente.

Alguém tinha bloqueado seu celular.

Maggie pegou o telefone fixo, que usava muito raramente. Mudo. Deus do céu, eles tinham bloqueado todos os telefones da casa.

Por favor, por favor, meu Deus. Eles não podem morrer. Por favor, não deixe esses meninos morrerem.

Ela saiu correndo do apartamento para o corredor, batendo na porta dos vizinhos que nunca tinha visto. Mas estava tarde. E ela estava em Washington, alguns já deviam estar dormindo — ou pelo menos preferiam se fingir de surdos a terem que atender a uma estranha. Ela agora esmurrava as portas, uma após a outra.

— Por favor, por favor... É uma emergência!

Por fim, uma porta foi aberta no fim do corredor e apareceu uma mulher de origem indiana, vestindo uma camiseta e não muito mais. Maggie tinha certeza de que a reconhecia, mas não sabia de onde.

Maggie a encarou e disse:

— Eu preciso ligar para a emergência. Agora. Meus telefones não estão funcionando.

Sem pedir mais explicações, a mulher abriu mais a porta e fez Maggie entrar. De pé em um batente do outro lado da sala estava um homem de cuecas boxer que também parecia estranhamente familiar.

Ela pegou o telefone e, agitada, apertou os três dígitos. Quando foi atendida, balbuciou uma descrição da situação que não teria feito sentido para ninguém.

— Se acalme, querida.

Maggie fechou os olhos. A verdade era que ela queria se desmanchar em lágrimas sem parar. Queria se encolher feito uma bola. Queria gritar para Jesus, Maria e José. Era capaz de enfrentar toda a merda que estavam jogando nela — quando era só com ela —, mas isso, não. Isso, não.

Em vez disso, o que fez foi cavar fundo e focar. Com toda a calma possível, explicou que a vida de duas crianças corria perigo. Era preciso entrar em contato com o atendimento em Atlanta, Geórgia, e mandar ajuda urgentemente para o seguinte endereço, pois estava ocorrendo um vazamento de monóxido de carbono, envenenando naquele exato momento uma família que estava dormindo. Inevitavelmente, ela teve de repetir cada ponto pelo menos duas vezes. O endereço, três vezes.

Por fim, desligou o telefone e, ao se virar, se deparou com um copo de uísque estendido para ela.

— Ou uma xícara de chá? — perguntou a dona do apartamento. — O que você preferir.

Maggie entornou o uísque, agradeceu e começou a andar até a porta. Mas a mulher pousou delicadamente a mão em seu ombro.

— Por que você não fica, pelo menos até saber o que aconteceu?

A doçura em sua voz deixou os olhos de Maggie marejados.

Passaram-se talvez sete minutos até que seu celular, aparentemente agora desbloqueado, tocou.

Maggie atendeu. E ouviu as palavras que temia:

— Maggie Costello? Aqui é do Corpo de Bombeiros de Atlanta.

— Sim. — Sua voz estava baixa, tímida.

— Os seus parentes estão sendo transferidos de ambulância neste momento para o Hospital Grady Memorial, em Atlanta.

— Eles estão vivos?

— Sim, estão.

Maggie fechou os olhos e suspirou.

— Os meninos estão inconscientes, mas acho que eles vão ficar bem.

— Graças a Deus.

— Graças a Ele e às pessoas que você contatou nessa rua. É a eles que deve agradecer.

— Como assim?

— Eles chegaram aqui antes de nós. Tiveram a presença de espírito de arrombar a porta. Acredito que eles tenham salvado a vida da sua família, na verdade.

— Eu não estou en...

— Eu preciso cuidar das coisas aqui. Obrigado por estar atenta.

E desligou.

Maggie olhou para o casal que a recebera, ambos agora de roupão. Apontou para o telefone.

— Eu acho que eles vão ficar bem. Muito obrigada.

— Tem certeza de que não quer ficar aqui? Ou tomar outra dose de uísque?

— Não, está tudo bem. Mas muito obrigada pelo que fizeram. Nem sei como agradecer.

Maggie se levantou lentamente da cadeira e atravessou o corredor de volta ao seu apartamento.

Lá dentro, caiu em uma cadeira e, pela primeira vez, permitiu-se soluçar longas e desesperadas lágrimas.

Que coisa terrível ela havia feito para levar aqueles dois meninos a serem expostos a um perigo tão letal? Por que não ficara longe dessa porcaria toda? Ok, Frankel não tinha se matado: por que ela não podia simplesmente fazer vista grossa, como todos os outros imbecis em

Washington? O que aquilo tudo tinha a ver com ela? E, sobretudo, o que aquilo tudo tinha a ver com Liz e sua família? Nada, essa era a resposta. Nada.

Devia entrar em um carro e ir para Atlanta agora mesmo, dirigir a noite inteira e dar um abraço na irmã e pedir desculpas por arrastá-la e à sua família para esse pesadelo. Eles miraram em Liz e nos filhos como forma de atingir Maggie — para feri-la, ameaçá-la, assustá-la e obrigá-la a desistir do que quer que estivesse fazendo. Teria ido para a Geórgia naquele exato instante, não fosse o medo de colocar em risco quem estivesse próximo dela. Já havia causado mal suficiente.

Mas, graças a Deus, eles estavam bem. Os bombeiros tinham chegado a tempo. Embora aparentemente alguém tivesse chegado antes e feito toda a diferença. *As pessoas que você contatou nessa rua.*

Maggie tomou um banho e estava para cair em sono profundo quando pegou de novo o telefone, esperando encontrar talvez uma mensagem de Liz. Mas não. O que viu foi uma série de tuítes com a hashtag #OTwitterSalvouUmaVidaHoje.

E então ficou sabendo que, às nove e trinta e seis, uma apresentadora da CNN, Anushka Saddiqui, tinha tuitado um apelo aos seus quatrocentos mil seguidores pedindo que qualquer pessoa no bairro de Cabbagetown, no centro de Atlanta, fosse para um determinado endereço resgatar uma família em perigo. A mensagem tinha sido retuitada por milhares de outras pessoas em questão de segundos, até ser vista por alguém na rua de Liz. Esse homem tinha corrido até a casa dela e arrombado a porta. Os bombeiros chegaram depois, desligando o boiler que por algum motivo havia sido programado para trinta graus Celsius.

Era por isso que Maggie tinha reconhecido a vizinha. Pensando bem, o cara que vira de cueca também era um rosto familiar da televisão, com um número ainda maior de seguidores no Twitter — embora uma rápida olhada na Wikipédia permitisse a Maggie constatar que ele era casado com uma mulher que não era Anushka Saddiqui.

Exausta como estava, Maggie não conseguia dormir. Estava decidida: aquilo tinha de acabar, antes que outras vidas fossem postas em perigo. Ela precisava descobrir quem estava por trás de todo aquele caos.

Olhou para o celular, e o que viu nele finalmente lhe informou o que precisava fazer.

TRINTA E SETE

PROVÍNCIA DE OMAHEKE, NAMÍBIA, 14:21, QUATRO DIAS ANTES

Ron Cain tinha um Hemingway no bolso, gesto que achava que seria apreciado pelo velho escritor. Estava apalpando o livro enquanto sacolejavam por uma estrada poeirenta perto da fronteira com Botsuana, suas cabeças quase batendo no teto do Land Rover a cada buraco do caminho.

Ron olhou outra vez para os companheiros de viagem. O "caçador profissional", ou CP, como ele se autointitulava, estava de short, as coxas enormes feito pernis, e ostentava uma desafiadora barba pré-explosão hipster. Carregava um mapa no colo. Ao seu lado, olhando pela janela, o mais novo dos dois guias. Ao volante, o mais velho. Não era a primeira vez que Ron se perguntava o que aqueles dois homens negros — mestre e aprendiz — pensavam dele.

Assim como eles, era negro. Mas era americano e rico. Será que o viam como um primo distante? (Ele não teria a pretensão de ser um irmão.) Ou seria tão estranho aos dois quanto os outros clientes habituais: mimado, privilegiado e basicamente frágil?

A questão racial foi o menor dos problemas que havia tido de superar para fazer essa viagem, pensou Ron. Ele odiava a dinâmica desse tipo de situação, independentemente de raça. Na mesma hora passava-se a ser o ocidental fracote, menos natural, menos masculino, menos respeitável do que os anfitriões simples da terra. Eles eram homens de verdade, e você não passava de uma criatura inábil criada em cativeiro. E ficava — ou pelo menos era o que acontecia com Ron — para sempre na defensiva, pedindo desculpa por não saber carregar um tripé de caça, por falar alto demais perto de um lago onde animais matavam a sede, por não saber que aquela constelação era Órion.

Ele lidava com isso mostrando deferência em relação à perícia dos homens locais, desempenhando o mesmo papel desde a adolescência, senão desde a infância: o aluno aplicado, atento, curioso.

Mas era angustiante, porque a deferência não era uma via de mão única. Eles podiam ser mais machões mas também eram empregados remunerados. É verdade que o CP não teria aceitado essa designação, mas a atitude padrão dos guias era de passividade. O dinheiro fazia de Ron o patrão. Negro, branco, qual a importância? A única cor que importava era o verde.

Mas ainda assim... Servir a um negro era complicado para todos eles, dava para perceber. O CP falava com forte sotaque africânder. Ron percebia perfeitamente que o sujeito não tinha sido criado para aquela situação.

O veículo continuava sacolejando, balançando de um lado para o outro. Lá fora, a relva era tão densa e alta que o carro parecia envolvido por nuvens. Pela maneira como o CP olhava para o mapa, volta e meia espiando pela janela, e pela breve troca de palavras entre o motorista e seu assistente, Ron desconfiou que estavam chegando. O rinoceronte-negro vinha escapando deles havia dois dias. Mas talvez agora estivessem no seu rastro.

O veículo parou trepidando, deixando pairar o silêncio.

— Agora a pé — avisou o CP.

Ron se levantou e pulou para o chão, sem se dar ao trabalho de buscar o apoio para o pé que tinha usado no dia anterior para entrar e sair do carro. *Estão vendo? Eu estou melhorando,* queria dizer.

Ron achava ótima a ausência de conversa durante a caminhada. Seu trabalho no Texas, como fundador e presidente de uma empresa de eletrônicos que havia crescido muito, fabricante de equipamentos especializados de TV via satélite e telecomunicações — antenas, transmissores, conversores —, já o obrigava a falar muito. Reuniões, reuniões, reuniões, o dia inteiro. A oportunidade de estar do outro lado do mundo, na floresta — longe de planilhas, cadeiras giratórias e relatórios anuais —, foi o motivo de ele ter feito essa viagem.

Não que a tivesse planejado. Tinha dado um lance por esse prêmio ridículo e moralmente questionável em um impulso. "O lote número 17 contém uma licença para matar... literalmente!", fora o que o mestre de cerimônias dissera no jantar de arrecadação de fundos, anunciando a oferta de uma licença para caçar e matar um animal da espécie mais ameaçada do mundo: um rinoceronte-negro. A ideia era de que a venda da licença por um valor astronômico permitiria financiar a preservação mas também incentivar os namíbios a manter os rinocerontes vivos e afastar caçadores ilegais — esses animais passariam a ter um valor mensurável em dinheiro vivo. Como troféus para americanos ricos e entediados, com a cabeça cheia de fantasias hemingwaianas, esses animais certamente valiam um alto preço. O lance tinha chegado a trezentos e cinquenta mil dólares.

A mulher de Ron acompanhara aquilo horrorizada. Seu marido jamais havia sequer caçado patos, muito menos rinocerontes. Ele ia contar como pretendia usar a licença, mas a atitude dela o irritou.

— Você está falando sério? Caçar na África? *Você?*

— Sim, eu. Por que não?

Por algum motivo que não conseguia entender, sua esposa nunca havia lhe parecido tão branca quanto naquela noite.

Eles agora caminhavam em fila, o guia mais velho à frente, seguido pelo CP, depois Ron e o sujeito mais jovem por último. Ron carregava um fuzil em uma alça no ombro, mas não conseguia se livrar da sensação de que a arma não passava de um esplêndido objeto cênico. Claro, sabia que estava carregada. Mas só dispararia quando fosse instruído a fazê-lo. Não confiaria nos próprios instintos predadores. Nem estava certo de que os tinha.

Pelo menos não ali, no mato. Em casa, a história era outra. Esses instintos o tornaram rico. Nos negócios ele sabia ser predador — e forte. Por isso não abrira mão do processo judicial, apesar de todas as recomendações. Não dava a mínima para a elevada posição conquistada pelo sujeito — ele havia cometido um roubo, pura e simplesmente. Cinco anos atrás, muito antes de a política entrar na conversa, ele e Ron assinaram um contrato de prestação de serviço na casa dos milhões de dólares. Ron cumprira sua parte do acordo, fornecendo equipamento e pessoal por um período de dezoito meses. Só em salários, tinha lhe custado uma fortuna. Mas a conta de sua empresa nunca fora paga.

Ele havia se mostrado legal e paciente, mas ficou claro que estava sendo passado para trás. Aquele indivíduo, que agora aparecia na televisão toda hora, todo dia, na verdade tinha roubado dele. Conseguira o que queria — montar uma infraestrutura em várias cidades, como havia solicitado —, mas não tinha pago pelo serviço. Fora confrontado com os fatos, mas se recusava a pedir desculpas e nem sequer parecia vagamente constrangido com o que havia feito. Ter conseguido "tanta coisa de graça", como disse, fazia dele um cara "esperto". O que fizera por si mesmo, faria agora pelos Estados Unidos. O povo o amava, imaginando seu novo presidente passando a perna nos chineses ou nos europeus ou em quem quer que fosse. Mas Ron tinha ficado chocado.

E por isso entrou na justiça. Não que achasse que ia vencer. Os juízes pareciam tão assustados quanto qualquer outra pessoa com o poder daquele homem. Seus seguidores se referiam a ele como "o rei", e já rolavam conversas sobre vê-lo no poder por *pelo menos* oito anos. Esse "pelo menos" não passara despercebido a Ron, que havia sentido um frio na espinha. O que exatamente esse homem teria em mente?

O CP parou, olhou ao redor — apenas virando o tronco enquanto mantinha os pés fixos no chão — e levou um dedo aos lábios. Todos eles se detiveram, calados.

Pouco depois, o guia mais velho assentiu com a cabeça, como se concordasse. Só então Ron ouviu o que o outro tinha ouvido, o mais leve estalar de um galho pisado. Estaria ouvindo também um rumor na mata, como se abrissem caminho por ela? Ele prestou o máximo de atenção. O som parecia vir de trás deles. Sentiu a pulsação mais rápida. Estariam sendo perseguidos pelo rinoceronte? Ele estava achando graça da ironia da coisa; imaginou aquilo como um conto de Hemingway, com uma bela e inesperada virada: o predador tornando-se a presa.

Os homens fizeram uma pausa, leram as expressões uns dos outros — ignorando Ron, como ele bem percebeu — e decidiram seguir em frente. Mais de meia hora havia se passado e o calor começava a se fazer sentir quando o guia ergueu a mão para sinalizar outra parada. Quando todos se detiveram, ele apontou para o chão. Um monte de bosta.

— Fezes de rinoceronte — explicou o CP tranquilamente. Ele se abaixou e afundou as mãos na porcaria marrom e macia. — Ainda quente — comentou. — Ainda úmida, vejam. — E apontou para os besouros rola-bosta já em ação. — Passou por aqui há uma hora, no máximo.

Continuaram andando, mas agora com renovado vigor. O CP estava animado, Ron podia notar. Estavam se aproximando. Certamente encontrariam o animal ainda hoje, talvez até esta tarde.

Ele se lembrou do dia anterior, quando chegaram a uma pequena clareira marcada por uma árvore solitária e sem relva, e onde se viam ossos brancos espalhados na areia vermelho-sangue. O CP convidara Ron a se adiantar e pegar um dos ossos gigantes, tentando imaginar o corpo de que um dia tinha feito parte. Ron sentira o peso nas mãos.

— Imagine só. Esse animal devia pesar mais de uma tonelada — dissera o CP solenemente. — E sabe o que aconteceu aqui, meu amigo? — Ron fez que não com a cabeça. — Um rinoceronte-branco, mais jovem, entrou em confronto com o nosso rinoceronte. Mas se deu mal. Nosso rinoceronte o feriu mortalmente. E o deixou morrer aqui.

O CP, de pele escurecida e castigada pelo sol, fez uma pausa, para ver se Ron tinha captado a mensagem. E, na dúvida, acrescentou:

— Esses rinocerontes dominantes são muito agressivos, sabe? Muito agressivos. Eles se comportam assim para marcar seu território. Não estão preocupados com programas de proteção de animais. Não sabem que os rinocerontes estão ameaçados de extinção. Simplesmente fazem o que a natureza lhes diz que façam. O que significa matar qualquer rinoceronte que considerem uma ameaça. Então agora você sabe: quando finalmente conseguir matar esse animal, na verdade vai estar fazendo um favor aos outros. Você vai ajudar a conservar a população de rinocerontes, entendeu?

A imagem de um animal tão poderoso que era capaz de fazer outro sangrar até a morte, deixando um monte de ossos, quase abalara a determinação de Ron. Mas não chegou a tanto. E agora lá estavam eles, fechando o cerco em sua presa.

Quando aconteceu, foi muito rápido. Eles já caminhavam fazia umas duas horas desde que encontraram a bosta do rinoceronte. O mato era tão denso que só conseguiam ver uns dez metros adiante. Ouviu-se um ruído, o som de mato pisoteado em velocidade, e de repente lá estava ele: um animal correndo, algo parecido com uma espada saindo de sua cabeça.

— Ron! Agora! — sussurrou o CP. Mas Ron ainda se limitava a olhar, impressionado com a estranheza pré-histórica do animal, tão pesado, e, no entanto, movendo-se com tanta rapidez com as pernas minúsculas, como se arrastasse as patas de um modo rápido, cômico, glorioso.

Ron estava prestes a explicar o segredo que guardava desde o leilão, a partir do momento em que levantara a mão para fazer o lance. Ia explicar que, no fim das contas, não queria abater aquele animal majestoso. Que pagara trezentos e cinquenta mil dólares porque queria que as organizações namíbias de preservação dispusessem de recursos para reservas, vigias, guardas florestais e coisas do gênero, queria ver como era perseguir uma fera rara com uma arma de fogo na mão, e, acima de tudo, porque queria impedir que algum outro idiota se apropriasse da licença e a usasse para matar realmente. Estava prestes a explicar tudo isso quando ouviu um tiro, barulhento como fogos de artifício.

Não!, pensou Ron. O CP se adiantou por mim. Ele abateu aquele animal lindo, embora não tivesse o direito. A licença era minha, mas ele não pôde esperar. A culpa é minha, pensou Ron. Eu devia ter dito antes. Como eu sou burro!

Ron levou um tempo — pareceram minutos, mas não deve ter passado de um segundo ou dois — para perceber que havia sangue em sua camisa, feito uma mancha. Ele a tocou e ficou impressionado ao constatar como estava molhada. Olhou para o CP, como quem perguntasse: como o rinoceronte conseguiu fazer isso?

E então foi jogado no chão, empurrado pelo jovem guia. O CP tinha erguido o fuzil e estava atirando. Não na direção do animal, que tinha fugido, mas de onde tinha partido o tiro que havia atingido Ron. Caído, a mão ainda sentindo o calor e a umidade do sangue espalhado no peito, Ron entendeu que estava havendo uma troca de tiros, balas vindo das duas direções. Os guias estavam agachados mas também atiravam. Até que o joelho de um deles pareceu ceder e o sujeito foi ao chão, com a elegância de uma gazela.

Quanto tempo durou isso? Minutos? Segundos? Ron não fazia a menor ideia. Até que ouviu a voz do CP, e em seguida o choro do guia mais velho.

A última coisa que ouviu foi o CP falando pelo rádio, avisando que seu grupo tinha sido atacado, possivelmente por caçadores ilegais, e que havia um morto. Resvalando para a inconsciência, Ron Cain se perguntou se esse homem seria ele.

TRINTA E OITO

WASHINGTON, D.C., SEXTA-FEIRA, 14:56

Maggie Costello tinha aprendido o macete mais importante de todos nos anos que passou como mediadora em negociações de paz. Na verdade, "macete" não dava realmente a ideia da sua importância. Era um sanduíche de *pastrami* completo, como diria Stuart. Quem não entendesse isso não tinha a menor chance de sucesso. Podia perfeitamente dizer às partes em confronto que voltassem para casa, se equipassem e se preparassem para entrar em guerra outra vez na manhã seguinte.

Mas *entender* não bastava. Era preciso ser capaz de *fazer*, dar o salto mental e emocional.

Para simplificar, era necessário pensar como o inimigo — ou, no caso de negociações de paz, como os dois inimigos. Era preciso se colocar na pele deles, vestir sua camisa. Pensar no que desejaria, no que precisaria obter se fosse um deles. Na verdade, nem mesmo isso seria suficiente. Ela recordou o que Stuart dizia sobre o assunto. *Estou pouco me fodendo para o que você faria se fosse um deles. Quero saber o que eles vão fazer, levando-se em conta que são quem são.* Ele estava falando de estratégias de campanha, levar a melhor sobre a oposição. Mas a mesma lógica se aplicava nesse caso.

Era, portanto, essa a tarefa no momento. Para impedir o atentado contra a vida do presidente, ela precisava entrar na cabeça de Kassian e Bruton e, sobretudo, do Sr. "nome não fornecido" que, imaginava, tinha sido incumbido do assassinato propriamente dito. Precisava pensar no quando e no onde.

O ponto de partida era o tipo de informação que para ela, em outros tempos, estaria ao alcance de um clique. Precisava retomar de onde havia parado quando os hackers começaram a interferir no sistema de aquecimento de Liz — tinha de descobrir os próximos movimentos do presidente.

Maggie voltou a ler a mensagem de Liz, confirmando que ela e os meninos passavam bem, e que agora estavam acomodados em segurança... em outro lugar. Liz era esperta; ela sabia que precisava ficar escondida até tudo isso acabar.

Quando por fim se falaram, Liz, ofegante, havia agradecido à irmã. "Você salvou as nossas vidas", dissera. Mas isso não duraria muito. Liz acabaria descobrindo a verdade, e faria uma correção na avaliação: *Você salvou as nossas vidas, Maggie, mas depois de colocá-las em risco.*

Seria só coincidência? As pessoas que a estavam perseguindo simplesmente teriam detectado que Maggie estava usando um iPad, presumiram que era seu e assumiram o controle dele? Estariam apenas tentando apavorá-la fazendo com que seu apartamento ficasse insuportavelmente quente? Seria só mais uma pequena "advertência", antes destinada a intimidar que a matar?

Ou seria um ato terrivelmente mais grave? Será que eles sabiam que estavam controlando o aquecimento da casa de Liz, que estava com defeito e era perigoso? Bastava terem lido as mensagens e os e-mails trocados entre Maggie e Liz para saber disso. As duas falaram do assunto, estava lá, preto no branco. Parecia ridículo, mas ela sabia do que essas agências eram capazes — era um trabalho de uma ou duas horas no máximo. Se tivessem um algoritmo capaz de dar busca em sua vida on-line e encontrar o que mais aterrorizasse Maggie, certamente teriam encontrado isso bem rápido.

E, se sabiam disso, saberiam também que Liz era mãe de dois meninos? Que tipo de gente era essa, disposta a ligar uma máquina ciente de que provavelmente mataria duas crianças pequenas? Robert Kassian seria capaz disso? E Jim Bruton? Ou seria obra do seu recruta? Teria ele entrado nessa missão sem nenhum senso moral?

A única maneira de descobrir, a única maneira de punir quem havia posto em risco a vida de seus sobrinhos e também a sua naquela estrada, a única maneira de levar os assassinos do Dr. Frankel à justiça seria desvendar a verdade por trás dessa trama.

Maggie foi a pé até o centro e ligou para Eleanor de um telefone público. Pediu a ela que fosse ao seu encontro no lugar de sempre e que fizesse tudo em cópia impressa. Esperava que, por Deus, o risco fosse minimizado assim. Maggie sentia que já pusera tantos inocentes em risco que não suportaria a ideia de prejudicar Eleanor também.

A amiga a fez esperar, impossibilitada de dar uma escapulida discreta da Casa Branca até o meio da tarde. Mas em questão de minutos as duas estavam sentadas a uma mesa de canto, examinando o documento que Eleanor havia conseguido com uma colega — mulher mais ou menos da idade dela que trabalhava no Gabinete Social da Casa Branca. Foi uma ideia inspirada da parte de Eleanor. Tradicionalmente terreno feminino e desprezada como o departamento do chá e da louça de porcelana, o Gabinete Social era destinado a ser ignorado por McNamara ou Kassian ou quem quer que estivesse se interpondo no caminho de Maggie. Mas o único documento ao qual tinha acesso permanente e atualizado era, naturalmente, a agenda do presidente.

Maggie examinou cada evento. Reunião a portas fechadas com a liderança do Congresso. Evento público com o primeiro-ministro da

Grécia. Mesa-redonda com as lideranças da indústria de tecnologia do país.

Teve de descartar cada um desses, embora efetivamente se questionasse sobre todos eles. E se os conspiradores fossem capazes de matar o presidente em um ambiente fechado? Certamente seria o ideal. A presença do Serviço Secreto seria mínima. Como eles agiriam? Podiam envenenar a comida. Mas havia um funcionário encarregado de supervisionar e provar a comida do presidente, para prevenir justamente essa possibilidade. Qual a probabilidade de que essa pessoa fosse convertida à causa de Kassian e Bruton?

Ou talvez os conspiradores planejassem simplesmente abordar o presidente em um momento de tranquilidade e investir contra ele com uma faca. É impossível entrar no prédio com uma faca capaz de realmente causar danos. Uma seringa contendo alguma droga letal? Seria esse o pedido do chefe de Gabinete e do secretário de Defesa a Frankel, não apenas um atestado médico, mas administrar uma dose fatal? Impossível, no mínimo porque fazer uma coisa dessas equivaleria a um ato de suicídio da parte de Frankel — condenar-se a passar o resto da vida na cadeia —, e ela já concluíra havia muito que o médico não era do tipo suicida.

Como tampouco eram Kassian e Bruton. Estavam claramente empenhados em garantir que suas digitais não fossem encontradas nem por perto de qualquer lugar ligado a esse crime. A maneira mais segura seria montar uma cena em que ficasse parecendo um assassinato em público.

Quais eram, então, os eventos programados em público? Dali a quatro dias o presidente discursaria em um grande comício em Cleveland, como parte de sua interminável turnê de "agradecimento". Mas o evento estava programado para um estádio fechado: a segurança seria intensa. Ninguém conseguiria entrar com qualquer tipo de arma.

E se o assassino estivesse disposto a sacrificar a própria vida? Alguém seria capaz de usar um colete de explosivos para atacar o presidente? Teoricamente, poderia funcionar. Mais uma vez, contudo, como seria possível alguém passar pelo cordão de segurança do Serviço Secreto levando algo assim?

Não. A única maneira era à moda antiga. Se alguém quisesse matar aquele homem sem que fosse imediatamente identificado como culpado, tinha de ser dando um tiro a distância. O que significava que o presidente teria de estar ao ar livre e em um lugar previamente divulgado, para permitir algum preparo.

Ela voltou a examinar a agenda. Segunda-feira parecia óbvio. Era o Memorial Day, feriado em homenagem aos militares americanos mortos em combate, com uma cerimônia há muito programada no Cemitério Nacional de Arlington. Também seria ao ar livre. E certamente qualquer soldado poderia estar presente portando uma arma. Sem dúvida seria isso. *Nome não fornecido* era militar, ele conseguiria se infiltrar com uma arma.

Mas o Serviço Secreto devia ter algum procedimento para prevenir esse tipo de ação. Eles estavam habituados a garantir a segurança do local, era o que faziam todo ano. Revistariam todo mundo que entrasse e saísse. Na verdade, ela ouvira dizer alguns anos antes que, mesmo em eventos militares, as únicas pessoas autorizadas a portar armas de verdade e utilizáveis eram os próprios agentes do Serviço Secreto. Não podiam correr o risco de que alguém do público tomasse a arma de um soldado e disparasse.

Além do mais, ela estivera em Arlington duas vezes com o presidente anterior e se lembrava dos comentários que ouvira de integrantes da equipe. O lugar era naturalmente protegido, cercado de árvores e destituído de um ângulo privilegiado para tal finalidade.

Nada parecia se destacar muito para ela. Por fim, Maggie se deparou com uma linha da agenda que lhe passara despercebida, dentre outros motivos porque não a havia compreendido.

Véspera do fim de semana do Memorial Day, evento de caráter restrito, MGMEUA.

— O que é isso?

Eleanor tirou os óculos para ver melhor.

— MGMEUA. Hmmm... Acho que essa eu nunca ouvi.

Maggie já estava digitando as letras no celular de Eleanor. A resposta veio um segundo depois.

— Memorial de Guerra dos Marines dos Estados Unidos da América. Onde fica?

Ela pressionou mais um ou dois botões e agora estava olhando para um mapa. Ele mostrava que era um memorial à parte, em uma clareira própria, bem ao norte do cemitério de Arlington, mas distante o suficiente para não contar com a proteção natural do cemitério. Ficava perto de uma avenida, o Arlington Boulevard, bem na linha de visão de vários prédios altos.

— Eleanor — chamou Maggie, apontando para as palavras na agenda. — O que é isso?

A outra passava os olhos no restante da papelada que havia trazido.

— Aqui — disse, apontando para um documento que parecia uma tabela. — Diz aqui que é uma cerimônia privada, com uma pequena coletiva de imprensa, duas câmeras. Parece que o presidente vai depositar uma coroa de flores, receber uma saudação militar, talvez entregar uma medalha. Nenhuma observação.

Algo reverberou ao longe na mente de Maggie. Seu chefe tinha feito algo semelhante certa vez, logo no início do mandato: uma visita na véspera do Memorial Day, um momento de silêncio e oração, imbuindo-se de suas responsabilidades como comandante em chefe. Fora ao Memorial do Vietnã, sozinho, muito depois de escurecer, sem câmeras. Típico de McNamara: ele havia roubado a ideia, copiando a aparência de solenidade, mas sem se esquecer de providenciar a presença de câmeras. Ela quase podia ouvir sua voz: *Eu adoro essa coisa de sinceridade; vai funcionar muito bem para a gente.*

— O que está escrito aqui?

Maggie apontava para uma linha com uma letra minúscula abaixo de cada item da agenda. Indicava quando aquela parte do documento tinha sido alterada pela última vez, ou quando o item havia sido acrescentado.

Maggie levou um momento para entender a combinação de dígitos que tinha à frente. O evento só fora acrescentado à agenda na quarta-feira, dia seguinte ao assassinato de Frankel e menos de três dias depois da ordem de ataque do presidente na Sala de Crise.

Era difícil fazer alterações de última hora na agenda do presidente. Pouquíssimas pessoas estavam autorizadas a fazê-lo. Mas uma delas era o chefe de Gabinete da Casa Branca. Não era menos difícil organizar cerimônias em um lugar como o Memorial de Guerra dos Marines. Pouquíssimas pessoas tinham autoridade para isso. Mas uma delas era o secretário de Defesa.

— E quando vai ser isso?

— Você está com um daqueles seus olhares intensos, Maggie, do tipo que me assusta.

— Eleanor, por favor.

Ela tirou os óculos de novo e analisou o documento.

— É hoje. Está dizendo quatro da tarde. — Então olhou para o relógio. — Meu Deus, Maggie! É *agora*!

Eleanor levantou a cabeça, mas Maggie já saía pela porta.

TRINTA E NOVE

ARLINGTON, VIRGÍNIA, SEXTA-FEIRA, 15:46

Era errado admitir que sentia prazer nessa parte do trabalho? Claro que tinha satisfação nas etapas preparatórias, certificando-se de que estava tudo certo, mas isso era diferente. Já não se tratava de um trabalho que um meticuloso engenheiro de TI ou um civil capacitado pudesse realizar. Isso demandava o olho e a habilidade de um atirador.

Posicionado a certa distância da janela para que o cano da arma não o denunciasse aos olhos perscrutadores do Serviço Secreto, Julian Garcia havia transformado a mesa e a cadeira do quarto de hotel em uma estação de tiro. Fazer a mesa ficar na altura certa tinha exigido algum improviso, envolvendo o pé da segunda cama, mas ele ficou satisfeito.

Olhou pelo visor noturno. A cobertura de juta e os biombos já haviam sido instalados muitas horas antes, e ele fora informado de que o fariam. Era o procedimento padrão do Serviço Secreto em lugares como aquele, na tentativa de proteger o evento, impedindo uma visão clara de qualquer um dos prédios no entorno. Espiando agora pelo visor infravermelho, Garcia via uma série de formas brancas: a equipe de reconhecimento da Casa Branca, certificando-se de que tudo estava em seu devido lugar.

Ele estivera lá embaixo mais cedo, feliz por ter sido confundido com um turista. Com o boné enterrado na cabeça, e evitando ser capturado em eventuais fotos, havia se misturado à pequena multidão respeitosa que andava devagar e com reverência ao redor do Memorial de Guerra dos Marines, logo ao norte do Cemitério Nacional de Arlington. Era impressionante, não restava dúvida. A escultura dos seis marines, eternamente fincando a bandeira em Iwo Jima, sobre uma profunda base de granito preto polido — não fora necessário a Garcia nenhum fingimento para inclinar a cabeça em respeito aos que tombaram em todas as batalhas lembradas naquele lugar. Ele leu as palavras entalhadas em ouro e acreditou nelas. *Um extraordinário heroísmo era uma virtude comum.*

Deu um passo atrás, identificando o ponto bem em frente ao memorial onde, segundo tinha sido informado, o alvo ficaria. Como disseram, havia no chão um minúsculo quadrado de fita preta, invisível para quem não o estivesse procurando, para assinalar o lugar onde o alvo trocaria apertos de mão e receberia um grupo de representantes condecorados dos Marines, atuais e do passado. Nada de estranho nisso — o presidente sabia que tinha de se posicionar ali para oferecer os melhores ângulos às câmeras. Mas isso era de grande ajuda para Garcia.

As outras tarefas do dia correram tranquilamente. Hernandez reunira todas as suas forças e pegara um táxi, sozinho, até o hotel Virginian Suites, onde tinha feito o check-in naquela manhã. Garantira o quarto do terceiro andar, cuja reserva havia sido feita por Hernandez depois de Garcia tê-lo avaliado e classificado como o ideal para a tarefa. E carregava uma sacola de aparência apropriadamente pesada.

Garcia havia entrado no prédio usando a porta dos fundos e o elevador de serviço. Usava um macacão de operário e carregava duas bolsas grandes, certo de que, ainda que tivesse sido visto, não o teriam notado. Quando chegou, encontrou Hernandez estirado na cama, cochilando. Garcia notou que havia na mesa de cabeceira várias caixas de comprimidos. A visão daqueles remédios inúteis o fez sentir pena do amigo.

Garcia voltou a olhar pelo visor. A distância era de trezentos e quinze metros, tal como tinha planejado.

Olhou para o relógio. Não faltava muito.

— Por favor, você vai receber uma gorjeta muito melhor se dirigir o mais rápido possível.

Eram três e cinquenta e três. O motorista corria pela via expressa da E Street, não tão rápido quanto Maggie gostaria, mas o mais rápido que iria sem que botasse um revólver na cabeça dele.

Estava sentada na beira do banco de trás, inclinada para a frente, de tal maneira que sua cabeça ficava sobre o ombro do motorista, preenchendo o espaço entre os assentos dianteiros, a boca perto do ouvido dele. Queria que suas instruções fossem ouvidas de imediato, sem ter de repeti-las. O motorista, que tinha uma bandeirinha da Etiópia pendurada no retrovisor, estava agitado, dava para perceber. Achava que a passageira talvez fosse louca. E ela não o culpava.

Maggie agarrava o celular com uma das mãos, e sentia que ele estava ficando pegajoso. Tentara ligar para o chefe do Serviço Secreto, mas a ligação não tinha sido transferida para ele. Tinha tentado ambos os telefones de um agente que conhecia há muito tempo. O primeiro havia caído direto na caixa postal. Agora estava digitando o segundo.

E estava chamando. Tocou uma vez, tocou duas. *Por favor, atende. Atende, atende, atende.*

Quatro chamadas. E então uma voz.

— Bailey.

— Jeff? É Maggie. Olha só, eu tenho motivos para acreditar na iminência de um atentado contra o presidente. Neste exato momento. Você tem que...

— Maggie? É você?

— Sim, ouve o que eu estou dizendo. Alguém vai tentar matar o presidente. Está para acontecer a qualquer momento. — Maggie via os olhos do motorista se arregalando em pânico total. Ele agarrava o volante com força. Para se prevenir, ela se virou para ele, em voz baixa mas firme: — Continue dirigindo.

— Maggie, a ligação está muito ruim. O que foi que você disse?

Ela começou a gritar.

— Você tem que tirar o presidente do local. Ele está no memorial dos marines. Em Arlington. Bem...

— De onde você está ligando?

— Cacete, pelo amor de Deus, Jeff. É urgente. Depois eu explico. Você só tem que entrar em contato com a equipe no local e dizer que uma funcionária da Casa Branca tem indicações claras da iminência de um atentado contra o presidente. Eles precisam sair de lá agora!

A linha ficou muda. Maggie esperava, pelo amor de Deus, que ele tivesse desligado e estivesse tomando as providências. Mas então ouviu os três bipes indicando que a ligação tinha caído. O telefone perguntava se ela queria tentar de novo, o que ela fez. Pressionou o botão verde, mas um segundo depois viu a mensagem: *Número ocupado. Tente novamente.* Mais uma vez, mesmo resultado.

Eles estavam cruzando a ponte Theodore Roosevelt. Eram quatro e dois. Ela olhou para trás para ver se estavam sendo seguidos. Olhou para o painel do carro e raciocinou que aquele táxi era suficientemente velho e desprovido de tecnologia para ser impossível hackeá-lo. A única pessoa capaz de conduzir aquele carro era seu motorista apavorado.

Maggie calculou que estavam a cinco minutos do lugar. E ela não tinha cinco minutos.

Tentou a Casa Branca de novo, dessa vez pedindo para falar com McNamara. *Caixa postal.* Ela deixou uma mensagem agitada e incoerente. "Mac, aqui é a Maggie. Eu sei que vai parecer loucura, mas eu acho que tem um atentado iminente. Contra o presidente. A qualquer minuto. Uma tentativa de assassinato. Você tem que tirar o presidente de lá. Por favor."

Tentou de novo, dessa vez pedindo para falar com o gabinete de McNamara. A secretária atendeu e, sem esperar, Maggie disse:

— É uma questão de vida ou morte. Aqui é Maggie Costello. Preciso falar com Mac agora.

— Por favor, aguarde.

Maggie esperou, mas McNamara não atendeu. Nem a secretária dele. Tentou outra vez o Serviço Secreto, mas foi transferida para a linha de informações, onde uma voz gravada garantia: "Sua ligação é importante para nós. Verificamos esta linha com frequência e vamos anotar todas as informações que nos fornecer. Você não precisa deixar seu nome nem o número de telefone, mas se o fizer estará nos ajudando..."

O que diabos ela devia fazer? Ninguém falava com ela, todo mundo batia a porta na sua cara. Seis meses antes, poderia ligar para qualquer número na Casa Branca, sabendo quem estaria do outro lado, e sua chamada seria atendida em um instante. Agora era feito uma louca qualquer da rua, batendo às portas da Casa Branca, completamente ignorada.

Pensou em ligar para a polícia, mas sabia que eles também a descartariam como uma drogada qualquer. Até conseguir explicar quem era, seria tarde demais.

Só restava ligar para uma pessoa. Ela não o faria em nenhuma outra circunstância. Mas era grave demais. Encontrou o número e ligou.

O público era pequeno: doze fileiras de doze cadeiras de jardim, ocupadas por marines uniformizados e suas esposas ou maridos, compondo um modesto quórum ao ar livre. A coroa de flores já estava lá, em um cavalete, à esquerda do pedestal da estátua. Mas, fora isso, o cenário era tão simples e sóbrio quanto possível para uma visita presidencial. Nenhuma banda militar tocando em homenagem, nenhum pastor pigarreando para entoar uma oração. Apenas duas câmeras oficiais, um punhado de repórteres e, naturalmente, o pessoal do Serviço Secreto. Por ordem de McNamara, o visual devia transmitir solene recato: um homem em um momento de recolhimento, contemplando a perda e o sacrifício dos heróis dos Estados Unidos.

De sua janela no terceiro andar do hotel, Julian Garcia via muito pouco. Os biombos e a cobertura cumpriam sua função. Mas, graças à transmissão ao vivo da CNN, com a câmera fixa na escultura dos homens de Iwo Jima fincando sua bandeira, tinha uma boa noção do que estava acontecendo. Embora o mastro que eles seguravam fosse de bronze, a bandeira propriamente dita era real: estava bem no centro da imagem na tela da TV, tremulando ao sol de maio.

Faltam poucos minutos para a chegada do presidente. Ainda não sabemos se ele fará uma declaração oficial. As fontes da Casa Branca informam à CNN que é esperado que ele tenha um momento de contemplação em silêncio ao depositar a coroa de flores em memória aos marines que deram a vida pelos Estados Unidos em batalhas ocorridas desde 1775. Esse evento foi acrescentado quase de improviso à agenda do presidente, com muito pouca preparação. Soubemos aqui na CNN que foi basicamente uma iniciativa do próprio presidente. Haverá cerimônias oficiais na segunda-feira, é claro, mas agora, na véspera do fim de semana do Memorial Day, ele queria ter seu próprio momento de oração e reflexão. Vamos ficar aqui acompanhando, e, quando o presidente chegar, é claro que estaremos lá. Enquanto isso, vamos falar com o analista político sênior da CNN...

Jorge estava sentado na cama agora, sem dizer nada. Sabia que não devia atrapalhar a ação de outro soldado.

Julian olhou para a TV e voltou a olhar a imagem no visor infravermelho. Correspondiam perfeitamente, exceto por um ínfimo atraso na imagem. Quando alguém entrava no enquadramento da TV, Garcia via uma forma branca surgir na mira de sua arma.

O público estava sentado, na expectativa. Agora, a qualquer minuto...

— Richard, é você?
— Sim, Maggie. Sou eu.

A voz era seca, mas ela não se importou.

— Graças a Deus. Olha só, eu não posso explicar, mas acho que um atentado contra a vida do presidente está para ocorrer. A qualquer segundo alguém vai tentar matá-lo.

— O quê?

— Sei que parece loucura, mas você tem de mandar uma mensagem para quem estiver com ele. Guarda-costas ou Serviço Secreto ou McNamara. Precisam tirar o presidente de lá.

— Tirá-lo de lá? De onde?

Maggie sentiu uma pequena palpitação de alívio. Finalmente alguém a ouvia.

— Ele está no Memorial de Guerra dos Marines. Por favor, Richard. Vai. Vai logo.

— Maggie, isso está parecendo meio absurdo. Você tem certeza? Não é mais um...

— Richard, se você fizer isso, vai ser um herói nacional. Se eu estiver errada, pode simplesmente botar a culpa naquela irlandesa maluca com quem você andou fodendo. Tá bom? Só vai logo!

Ela desligou. O relógio do painel marcava quatro e onze.

O táxi saiu do Arlington Boulevard. Ela viu uma aglomeração de veículos parados à frente, impedindo a passagem. Vários tinham as luzes do teto piscando em silêncio: a polícia estadual. Os demais eram SUVs pretos. Nenhuma garantia de que o presidente já tivesse chegado; podia ser apenas a equipe de reconhecimento. Talvez ainda tivesse tempo. Jogou uma nota de vinte no banco do carona e saiu do carro ainda em movimento.

Maggie começou a correr até a barreira improvisada. Sabia que era um erro. Sabia que isso a anunciaria como alguma desvairada, uma pessoa do povo a ser mantida distante. Muito melhor seria caminhar até eles com confiança, decidida com seu típico terninho de Washington, mostrar seu crachá da Casa Branca e dizer que tinha informações que precisavam ser transmitidas imediatamente ao comandante deles.

Em vez disso, ela se aproximou ofegante, segurando o crachá e dizendo:

— Eu sou da Casa Branca. Alguém vai atirar no presidente!

— Com licença, senhora. A área está isolada. A senhora não pode passar.

Ela tentou passar pelo primeiro homem, um policial do estado da Virgínia, o que, no entanto, só serviu para chamar mais atenção.

— Senhora! — gritou ele, virando-se para agarrá-la. Com isso, dois outros policiais foram alertados e agora se adiantavam para impedir sua passagem.

Percebendo o tumulto, um quarto homem — de terno e com um fio enroscado saindo da orelha — também se aproximou.

— Meu nome é Maggie Costello e sou assessora especial do presidente no Gabinete de Assessoria Jurídica.

Ela tentou levantar o crachá para que os quatro pudessem vê-lo, mas o movimento brusco deu uma pancada no primeiro policial. Ele então agarrou seu antebraço, apertando com força.

— Senhora, devo pedir que a senhora pare agora mesmo e...

— Me ouve! — gritou Maggie, tão alto que se sentiu sacudida pela própria voz. — Me ouve, porra! Alguém vai matar o presidente. Eu vim avisar que existe uma ameaça real à vida dele. Agora. Um de vocês precisa informar à equipe que o acompanha agora mesmo, ou a culpa vai ser de vocês. Estão entendendo?

Seu olho ainda estava no visor quando ele ouviu a voz na televisão.

E agora aí está o presidente, que veio prestar sua homenagem na véspera do Memorial Day. Ele trocou primeiro um aperto de mão com o curador do Memorial de Guerra dos Marines, como vocês puderam ver, e agora está cumprimentando vários veteranos e suas famílias que vieram se reunir nesse lugar sagrado. Ele está apontando para alguns rostos na multidão, sorrindo, quase como se fosse um comício de campanha. E agora um assessor parece estar sussurrando algo no seu ouvido e a expressão do presidente ficou mais séria, mais de acordo, diriam alguns, com uma solenidade dessas.

Garcia esticou as mãos duas vezes, relaxando os dedos. Olhou para a TV. Agora o curador conduzia o presidente, os dois dando a volta no monumento. A CNN mostrou ambos parando diante de algumas batalhas cujos nomes estavam gravados no pedestal: a Insurreição Filipina, a Rebelião dos Boxers, Granada.

O assassino colocou o olho na mira novamente. Uma vez que o presidente tivesse completado o percurso, seria o momento natural para pegar a coroa de flores, encaminhar-se para a marca prevista, fazer uma pausa e dar um passo para o estrado. Dentro de alguns segundos.

— Pelo amor de Deus, não perca mais tempo. Pega essa porra desse rádio e diz o que eu estou dizendo!

Ela viu o agente do Serviço Secreto olhando para o policial mais veterano, um momento de consulta silenciosa. *Essa mulher é louca? Ou será que vamos levar a culpa por não ter passado a informação?*

Por fim, com estudada relutância, o agente deu um passo à frente, fazendo sinal para que os policiais a soltassem.

— Muito bem — disse ele, sem pressa. — Que tipo de informação você quer que eu transmita?

Maggie não tinha tempo nem para suspirar sua exasperação.

— Diz que existem informações concretas de uma ameaça à vida do presidente. Ele precisa sair de lá. Se estiver em contato com o público, vai ter de ser levado para algum lugar...

Mas ela não chegou a concluir a frase.

Garcia havia esperado por aquele momento. Acreditava ser o que o tornava diferente dos colegas. Nesse instante de máximo estresse, não sentia o pulso bater mais rápido, mas diminuir. Era uma sensação física, seu corpo entrava em um estado mais estável, quase meditativo.

Estava convencido de que podia sentir a pressão sanguínea nas veias caindo à medida que se preparava. Se levasse a mão à testa, estaria mais fria; tinha certeza.

Agora estava no olho do furacão. Logo haveria barulho e clamor, mas nesse exato segundo tudo estava sereno, silencioso. Em nenhum outro momento experimentava tranquilidade como essa. O senso de dever, de foco completo e total. A dedicação de mente, corpo e espírito a um único objetivo. Ele adorava esse momento. Se pudesse, o estenderia. Mas sabia que era por natureza passageiro, transitório. Não podia durar.

Esperou mais meio segundo e lá estava ele, a forma branca da imagem térmica do presidente de pé onde deveria estar, correspondendo perfeitamente à imagem na TV. A silhueta branca ocupava toda a lente da mira, com as linhas marcadas no vidro claramente cortando o peito do presidente. Era um homem grande, alvo nele era o que não faltava. E assim todas aquelas intensas horas de preparo e planejamento, todos os anos de experiência e treinamento agora fluíam por Garcia para chegar ao dedo indicador da mão direita. Sem o mais microscópico tremor, sentiu o gatilho ceder, viu e ouviu a bala explodir ao sair da câmara em busca do ar, percorrendo velozmente aqueles trezentos e quinze metros de estacionamento, árvores e parque natural, rasgando a cobertura de juta e passando sobre as cabeças das cento e tantas pessoas para finalmente atingir o terno azul-escuro que cobria o peito do presidente dos Estados Unidos.

Primeiro ouviu um único grito, tão alto que a calou. Maggie ficou paralisada, assim como os homens ao seu redor. O intervalo entre esse instante e os gritos subsequentes duraria, quando voltou a ouvi-los — nos vídeos da TV que eram infindavelmente repetidos —, menos de meio segundo. Mas naquela primeira vez pareceu se prolongar por um longo e ressonante hiato em que o próprio ar vibrava de medo, descrença e choque.

E, quando acabou, o barulho foi uma explosão de som concentrada, um estrondo de gritos e pânico incontido.

O agente que vinha falando com ela se virou e imediatamente correu em direção à comoção. Só então Maggie se deu conta de que estava muito perto. Tinha sido detida na rua que separava o Cemitério de Arlington do memorial dos marines. A cerimônia transcorria pouco mais de noventa metros à frente.

Apesar disso, nos primeiros segundos ela não via nada. Seguindo os agentes até a origem do barulho, ela só ouvia os gritos das pessoas que passavam correndo, famílias fugindo do memorial o mais rápido possível. Isso significava que o assassino estava ali? Estaria no meio da multidão? Será que estava sentado no meio do público e de repente se levantou e abriu fogo? Maggie havia considerado essa possibilidade.

Ou teria sido a outra hipótese que havia imaginado? Ficou pensando nos assassinatos de Anwar Sadat e Indira Gandhi, mortos pelos próprios guarda-costas. Esse tinha sido o plano de Kassian e Bruton? Teriam recrutado um membro do Serviço Secreto para essa missão?

Agora, porém, passando pelas árvores e se aproximando da escultura, via uma porção de agentes cercando um homem caído no chão, e esse grupo por sua vez cercado por outro anel de agentes de armas empunhadas e voltadas para quem quer que ousasse se aproximar.

Maggie não precisava de confirmação, embora ela tenha vindo de um rádio usado por um guarda ou um paramédico — naquela confusão, não deu para ver qual dos dois. Mesmo em meio a todo o barulho e confusão, a mensagem era clara: "O presidente foi abatido. Repetindo, o presidente foi abatido."

José estava de pé agora, ao lado de Garcia. Não olhava para a televisão nem pela janela. Estava completamente voltado para o amigo.

— Limpe as digitais — disse, fazendo com a cabeça um gesto em direção ao fuzil.

Garcia obedeceu. E eles se entreolharam.

— Ainda dá tempo, sabe — disse Julian. — Você ainda pode mudar de ideia.

Jorge sorriu.

— Não dá mais tempo. Agora cai fora daqui.

Os dois se abraçaram, por um segundo apenas, mas o suficiente para que fluíssem entre eles os trinta anos de companheirismo, confiança e gratidão.

Julian olhou ao redor uma última vez, verificando se não estava deixando para trás algo seu. Então se livrou da calça e do avental de plástico que usava, amassou-os e os enfiou na mochila. Notou que Jorge já estava com a Glock 17 na mão direita. Estava pronto.

— Vai — mandou Jorge.

— Obrigado, irmão — respondeu Julian.

Ele fechou a porta sem fazer barulho ao sair e se dirigiu à escada de incêndio logo em frente, como havia planejado. Tinha descido poucos degraus quando ouviu o tiro, um único, bem nítido. Jorge Hernandez, o fiel soldado, tinha executado o plano até o fim.

Ao descer a escada, Garcia ouviu vozes no corredor do terceiro andar. Mas não ficou preocupado. Até onde sabia, sua missão tinha sido cumprida.

QUARENTA

WASHINGTON, D.C., SEXTA-FEIRA, 17:41

Aqui é a CBS News com um boletim urgente. É isto que sabemos até agora.

O presidente levou um tiro nesta tarde durante uma cerimônia no Memorial de Guerra dos Marines dos Estados Unidos, ao norte do Cemitério Nacional de Arlington. Acredita-se que tenha sido atingido por apenas uma bala. Ele foi levado com urgência, na limusine presidencial, para o Hospital Universitário George Washington, onde começou a ser atendido imediatamente. Até o momento não temos informações sobre o seu estado.

A polícia acredita que o atirador tenha sido Jorge Hernandez, de 48 anos, cujo corpo foi encontrado em um quarto do terceiro andar do hotel Virginian Suites, que fica a apenas algumas centenas de metros de distância, e com vista, do memorial. Fontes da polícia disseram agora à CBS que encontraram um fuzil mirando exatamente para o lugar onde o presidente se encontrava quando foi atingido. Acrescentaram que aparentemente Hernandez se matou. Testemunhas no hotel Virginian Suites afirmam ter ouvido um tiro segundos depois de a televisão ter mostrado imagens do presidente baleado.

Passamos agora ao vivo para a correspondente Clare Romine, que está em frente ao Hospital Universitário George Washington. Clare, quais são as novidades?

John, estamos aguardando uma coletiva oficial do diretor médico do hospital, mas tenho aqui uma informação importante, frisando apenas que ainda não foi confirmada: fontes da Casa Branca disseram à CBS que o presidente usava algum tipo de proteção, um colete à prova de balas, se preferir, o que pode ter consequências importantes para o estado dele daqui para a frente. Reiterando apenas que a informação ainda não foi confirmada. John?

Clare, isso é comum? O presidente usar um colete como esse?

John, eu cubro a Casa Branca há vários anos, e, como você sabe, o Serviço Secreto nunca aborda questões operacionais... Eles nunca falam publicamente sobre como protegem o presidente...

Ok...

Mas, com base no que sabemos, eu diria que a resposta é não... não é comum o presidente ser protegido dessa maneira. A mim parece inusitado. O que, naturalmente, vai provocar questionamentos nos próximos dias quanto ao conhecimento, ou às informações, ou aos avisos que a Casa Branca tinha a respeito de ameaças ao presidente.

E, Clare, naturalmente, o que a maioria dos americanos se pergunta neste momento, na verdade pessoas do mundo inteiro, mesmo sabendo que por enquanto as informações ainda são muito vagas, é o que mais você pode nos dizer quanto ao estado em que o presidente se encontrava ao chegar aí ao hospital?

Bem, John, como você disse, as informações oficiais ainda são muito vagas por enquanto, mas eu conversei com alguns profissionais de saúde aqui e o que eles me disseram, mais uma vez, ainda sem confirmação, foi que o presidente estava consciente ao chegar aqui. Relatos conflitantes sobre se ele conseguiu ou não sair da limusine sozinho... Uma testemunha disse que viu uma cadeira de rodas sendo usada, outra, que ele se escorava em dois assessores, mas o fundamental é que, segundo essas informações extraoficiais, o presidente estava consciente ao chegar. John?

Obrigado, Clare. Ao vivo do Hospital Universitário George Washington, Clare Romine. E voltaremos lá assim que começar a coletiva do diretor médico, que vamos transmitir ao vivo, é claro.

Vamos ver o que já sabemos sobre o suposto atirador. Como podem imaginar, apenas fragmentos de informação por enquanto... Muitas pessoas em estado de choque e confusas. Mas as redes sociais andam muito depressa, como sabemos. Vamos falar mais sobre isso com o correspondente nacional da CBS News, Kyle Chapman. Kyle, está nos ouvindo?

John, é claro que estamos apenas nas primeiras horas dessa investigação, não sabemos de muita coisa ainda, mas, se for confirmado que o atirador foi Jorge Hernandez, como declarado, o que podemos dizer é que ele não era um homem que escondia sua hostilidade ao presidente. O perfil dele no Facebook...

Sim, estamos exibindo na tela agora.

Pois então, como podem ver, ele se identifica como "patriota, militante e combatente". E depois continua, postando poucas semanas atrás: "Em nome de Jesus, parem com as deportações!" E vemos uma imagem bem perturbadora do presidente...

Claro que muitos telespectadores vão considerar esse material revoltante.

Exatamente, John, uma imagem bem polêmica e manipulada do presidente com os olhos esbugalhados...

Como se fossem os olhos do diabo...

Exatamente, e também esta citação: "Com labareda de fogo, tomando vingança dos que não conhecem a Deus e não obedecem ao evangelho de nosso Senhor Jesus Cristo!"

Meu Deus!

Mas acho que a mais impressionante mesmo, em vista do que aconteceu hoje, é esta de pouco depois da posse do presidente, em janeiro. Hernandez postou um artigo sobre a intenção do presidente de construir instalações para detenção de imigrantes ilegais, mas ele o introduz com outra citação das Escrituras. E, como eu estava dizendo, de fato parece uma advertência, em vista do que aconteceu hoje.

Podemos ver também na tela?

Aqui está. "Minha é a vingança e a recompensa; porque o dia da sua ruína está próximo."

E claro que vão questionar o Serviço Secreto sobre como essas advertências tão evidentes passaram despercebidas. Kyle Chapman, por enquanto é isso, obrigado.

Se você acabou de sintonizar com este boletim especial da CBS News, o presidente dos Estados Unidos aparentemente foi vítima de uma tentativa malsucedida de assassinato. Ele levou um tiro às quatro e treze da tarde de hoje, no Memorial de Guerra dos Marines dos Estados Unidos. Acredita-se que ele sobreviveu e está sendo submetido a tratamento médico de emergência. Fique com a CBS para saber os detalhes do assunto à medida que forem divulgados.

E surgiu, há poucos instantes, um novo desdobramento. Vamos ver agora mesmo...

QUARENTA E UM

WASHINGTON, D.C., SEXTA-FEIRA, 19:20

Ela havia fracassado. Maggie só conseguia ver desse jeito. Estava decidida a impedir o atentado contra a vida do presidente, descobrir quem estava por trás dele e se interpor em seu caminho, mas não tinha feito nada disso. Hoje, um homem havia atirado no presidente — e ela estava a poucos metros de distância quando o atentado aconteceu.

O fato de ele ter sobrevivido não trazia muito consolo, apenas confusão. Sob certos aspectos, pensava Maggie, era o pior resultado possível. Agora viriam toda a divisão, o medo e a paranoia provocados por uma tentativa de assassinato — inclusive com risco de causar uma guerra civil, com metade de um país dividido considerando que a outra tentara matar seu líder —, mas sem o efeito purificador e curativo do afastamento daquele a quem sua irmã se referia como esse "homem do mal". Ele continuaria lá, mais furioso e belicoso do que nunca. Para dizer mais cruamente o que ela nunca teria coragem de falar em voz alta, os Estados Unidos sentiriam toda a dor de um assassinato presidencial, mas sem nenhum benefício.

E ela permitira que isso acontecesse. Se pelo menos tivesse chegado lá mais rápido. Se tivesse feito aquele motorista de táxi dirigir um pouco mais rápido. Se tivesse conseguido falar com seus contatos no Serviço Secreto. Se tivesse contatos melhores. Se não tivesse feito tantos inimigos. Se, se, se... Tinha sido uma noite de "se".

Apesar do caos no memorial, um dos agentes do Serviço Secreto que havia impedido sua passagem quando ela saltou do táxi tivera a presença de espírito de detê-la em seguida e exigir que fosse imediatamente interrogada. O que foi feito ali mesmo, em uma das tendas da segurança.

Ante a pergunta incansavelmente reiterada — como é que Maggie sabia da iminência de uma tentativa de assassinato? —, ela dava a mesma resposta fria: em sua condição de integrante do Gabinete de Assessoria Jurídica da Casa Branca, ela conduzia uma investigação relacionada à segurança do presidente, cujos detalhes ainda não podiam ser revelados. Insistia que naturalmente haveria uma investigação completa no momento devido, e que ela, é claro, cooperaria. Contudo, naquele momento, as informações de que dispunha eram confidenciais e não podiam ser compartilhadas com as pessoas que a interrogavam. Basicamente, Maggie estava fazendo um jogo duplo, ao mesmo tempo impondo sua autoridade e jogando areia nos olhos deles com o juridiquês da Casa Branca.

E funcionou. Quando o Serviço Secreto confirmou sua identidade junto à Assessoria Jurídica — e, curiosamente, não houve nenhuma insinuação de que ela já fosse carta fora do baralho —, foi liberada, mas avisada de que nos próximos dias seria contatada para prestar um novo depoimento.

Quando finalmente se afastou do memorial, pegando carona com um jornalista da TV que conhecia, ela viu que o Twitter estava tão confuso e ambivalente quanto ela própria. A primeira onda de reações apresentava a necessidade de preservar a devida solenidade. Havia, naturalmente, uma hashtag #RezempelosEUA. Uma porção de celebridades expressou seu pesar da maneira esperada:

Deus sabe que tenho minhas divergências com o presidente. Mas hoje estou rezando por ele.

Ou então:

Sendo vermelho ou azul, não se esqueça: nós temos mais coisas em comum do que diferenças.

Um comediante que era cruel com o presidente desde o primeiro dia do governo tomou uma atitude respeitosa.

O cara é um babaca — mas os babacas também têm direito de viver. #MeuPresidente

Aos poucos, contudo, com o passar das horas, e especialmente quando chegaram do hospital informações de que ele estava consciente e tinha sofrido apenas um ferimento superficial entre o peito e o ombro, além de uma costela fraturada, toda aquela compostura meio forçada diminuiu um pouco.

Kennedy, Luther King, Bob Kennedy: todos na mira. A única vez que o atirador erra tinha que ser com esse cara. #CedoDemais?

Um importante analista de política internacional, muito crítico à Casa Branca, tuitou:

Suspiro de alívio para a família presidencial, claro. Já para o resto dos Estados Unidos e do mundo? Nem tanto

O que abriu as portas para mais alguns nesse mesmo espírito.

Claro que não é assim que se resolvem as coisas, mas teria sido uma forma perfeita de acabar com a crise com a Coreia do Norte #prontofalei

E ainda:

Nota para Deus: quer dizer que um cara mentiroso, trapaceiro, ladrão e racista é abençoado com a maior sorte do planeta. Como assim?

Maggie bloqueou a tela e jogou o celular no sofá. Nada daquilo estava ajudando. Havia uma ligação perdida de Liz, mas ela sentiu que isso também não ajudaria. Desconfiava de que a irmã estivesse amaldiçoando a oportunidade perdida. Qualquer que fosse a posição escolhida por Liz, Maggie estaria do lado errado.

Mas sua confusão não era apenas de caráter emocional ou moral. Maggie também estava intrigada com os fatos pura e simplesmente. A mesma pergunta não saía de sua cabeça desde que tinha ouvido as primeiras notícias. Na verdade, desde o instante em que vira aquele monte de agentes cercando o presidente no memorial e pressentiu que ele estava caído, mas não morto.

Por que diabos ele estava vestindo um colete à prova de balas? Isso significava que o Serviço Secreto já havia recebido algum aviso da ameaça, mas como?

Maggie não havia comentado nada com ninguém sobre suas investigações. Na verdade, não era bem assim. Estupidamente, tinha contado a Richard sobre a conversa de Kassian e Bruton com o Dr. Frankel, algo que ele naturalmente teria passado a McNamara, mas nada além disso.

No entanto, pode ter sido o suficiente. Ciente desse fato, teria McNamara seguido a mesma linha de raciocínio que ela e chegado à mesma conclusão? A inclusão inesperada de um novo evento na agenda certamente teria chamado sua atenção, especialmente se ele já estivesse desconfiado. McNamara era um grosseirão perverso, sexista e racista, mas não era burro. Longe disso.

Porém, sendo assim, ficava ainda uma pergunta bem mais difícil. Se McNamara sabia que o presidente corria um risco mortal, a reação racional não seria fazer com que ele usasse um colete à prova de balas, mas cancelar todos os eventos públicos até a ameaça ser neutralizada. Com que diabos estaria McNamara jogando, deliberadamente expondo o chefe da nação a esse tipo de risco?

Ela queria conversar com Stuart. Precisava avaliar tudo isso com ele, ouvir sua voz enquanto examinavam juntos a questão. Mas, do outro lado do sofá, seu celular se iluminou com um alerta de notificação. Ela o pegou — um tuíte do próprio presidente. Depois de lê-lo e relê-lo, Maggie teve uma pista para a resposta à sua pergunta.

QUARENTA E DOIS

CASA BRANCA, SEXTA-FEIRA, 19:31

— Mas que merda foi essa que aconteceu?

— Acho que não vamos poder falar disso aqui, Jim.

Robert Kassian e Jim Bruton estavam em seu ponto habitual na colunata, o passadiço que liga a Ala Oeste à Residência. Foram convocados por Crawford McNamara, e Kassian esperava que ficasse parecendo apenas um encontro casual de dois funcionários chegando cedo para a mesma reunião. Mas Bruton estava agitado demais para que alguém se deixasse enganar.

— Alguém tem de me explicar o que diabos foi isso que aconteceu, porque eu não estou entendendo porra nenhuma.

— Jim — interveio Kassian, falando com toda a calma. — Essa é justamente a pergunta que você devia responder. Era você quem estava cuidando do lado operacional do plano.

O pescoço de Bruton ficou vermelho.

— Não deu nada errado do meu lado. Nada! O nosso cara recebeu a ordem de acertar o alvo e foi o que ele fez. Bem na mosca.

— Será que ele ou — Kassian baixou a voz — o outro poderia ter dito alguma coisa a alguém?

— O quê?

— Um simples alerta? Talvez a um amigo no Serviço?

— Fala sério, Bob. Você conhece esses caras. Sabe como eles são.

— Eu sei. — Kassian meneou a cabeça, em uma mistura de resignação e descrença. — É que... O fato é que o presidente não usa colete à prova de balas. Só dessa vez. Que por acaso era...

— Veja bem, nós fizemos como tinha de ser feito. O círculo de confiança era reduzidíssimo. Nenhum daqueles dois teria dito uma palavra sequer. Jamais.

— Ok.

— E não existe nenhum registro de ligação entre nós e eles. Total *omertà* em relação aos homens da companhia. Não, aconteceu alguma coisa, Bob. Não sei o quê, mas algo aconteceu. E quanto a nós, ninguém sabe de nada. Não se esqueça disso.

Kassian respirou fundo, absorvendo o oxigênio pelas narinas.

— Tem razão. E essa agora é a nossa vantagem. Ninguém sabe. Enquanto nos mantivermos firmes e fortes na nossa história...

— Que é...?

— Que não sabemos de nada, nem fizemos nada.

— E se ele perguntar como é que Hernandez sabia da história no memorial?

— Ele era um veterano. Pelo boca a boca.

— Ok. E Frankel?

Bruton estava suando.

— Não tivemos nada a ver com a morte dele.

— Eu sei. Mas e a reunião? Costello sabia que a gente esteve com ele. Por quê? Por que a gente foi lá?

— Vamos dizer a verdade. Estávamos alarmados com o estado mental do presidente.

— Coreia do Norte.

— Exato. Era perfeitamente justificável irmos à casa dele tratar do assunto.

— Não em busca de uma declaração de incapacidade.

— Claro que não. Só para ouvir a avaliação dele quanto à estabilidade e à aptidão do presidente. A gente estava preocupado.

— Ele estava se comportando como um louco.

— Preocupados com seu *comportamento instável*, Jim.

— Ok.

Fizeram uma pausa, se entreolharam e olharam ao redor, para o Jardim das Rosas, com suas belezas ocultas pelo pôr do sol. Kassian sentiu algo que não sentia há muitos, muitos anos, talvez desde aquele combate nas imediações de Tikrit: medo físico, genuíno. Desde o início sabia que estava assumindo um risco enorme, claro que sabia. Porém, por mais estranho que fosse confessá-lo agora, mesmo para si mesmo, ele nunca havia contado realmente com a possibilidade do fracasso. Não se obrigara a encarar o abismo, a imaginar esse momento: o presidente vivo, e ele e Bruton sendo acusados de ter mandado matá-lo. Não imaginara como as coisas se desenrolariam — a acusação inicial, a detenção, o julgamento, a condenação, a sentença de prisão, a desgraça. Ele se sentia caindo em um poço.

— Senhores?

Era a assistente de McNamara, uma nova. Como a anterior, era jovem, esbelta e absurdamente bonita. A outra tinha ido embora às pressas. Kassian estivera envolvido demais com outros assuntos para se preocupar com o que havia acontecido, embora desconfiasse que, se o fizesse, encontraria algo muito sujo. Era grande a probabilidade de que McNamara, como seu chefe, fosse uma ação popular por assédio sexual esperando permanentemente por acontecer.

Ocorreu-lhe que era assim que as coisas funcionavam na atual presidência. Apenas um dos episódios que aconteciam ali todo dia — toda hora — teria sido suficiente para derrubar governos anteriores. Mas, com esse presidente, a torrente era tamanha — os tuítes, as mentiras, o comportamento inadequado e grotesco, os conflitos de interesse, os atos de agressão gratuita, as ameaças à segurança nacional — que os meios de comunicação, o Congresso e o próprio país não conseguiam acompanhar. Quando começava a crescer a indignação com o que ele havia feito na terça, o presidente fazia algo ainda mais escabroso na quarta. Era como aquela fala de Stalin, dizendo que um milhão de mortes era uma estatística. Um único escândalo podia acabar com um bom presidente, mas mil escândalos davam imunidade a um mau presidente. Quanto pior seu comportamento, mais ele podia agir impunemente.

Eles foram conduzidos ao gabinete de McNamara. Como se poderia esperar, ele não se levantou, mantendo os pés descalços sobre a mesa, mostrando as solas grossas. Hoje não estava de short, mas de jeans, talvez em reconhecimento à solenidade da ocasião. E via televisão, com o controle remoto em uma das mãos e um copo descartável gigante de Coca-Cola Zero na outra.

— E aí, galera? — saudou, relaxado como se estivesse recebendo os amigos para um churrasco de sábado, e fez um gesto para que se sentassem à sua mesa. Era como se estivessem na sala do diretor da escola.

— Olá, Mac. Notícias terríveis.

Era Bruton, decidido a não ser passivo.

— Terríveis — concordou Kassian.

— Claro, claro — fez McNamara. — Mas acho que vamos dar um jeito. — Ele sorriu. — Eu ofereceria a vocês algo para beber, mas nem dá vontade, se é que me entendem...

Ele mantinha os olhos fixos na tela. Estava na Fox, com uma transmissão ao vivo de seu repórter em frente ao hospital, alternando com imagens de um presidente sorridente, com algumas ataduras, polegares para cima da janela do quarto cerca de uma hora antes. McNamara havia tirado o som, mas nas legendas podiam-se ler "recuperação notável" e "ferimento superficial".

Os três ficaram algum tempo olhando para a TV. Em silêncio. Por fim, Bruton e Kassian trocaram um olhar e Kassian franziu o cenho. *O que está acontecendo?*

Finalmente, McNamara falou, ainda prestando atenção à Fox News, e não aos dois sujeitos que estavam em seu gabinete.

— Algum de vocês é advogado?

— Não — respondeu Bruton. — Minha mãe achava que eu devia ter mais ambição na vida. Preferia me mandar limpar o esgoto debaixo do puteiro da região. — Era uma frase de efeito ensaiada; Kassian já a ouvira antes. Normalmente rendia uma risada, mas não hoje.

— É uma pena, meninos. Achei que um de vocês podia me ajudar com um problema jurídico.

Meninos.

— Mas é claro, Mac — interveio Kassian, querendo entrar na brincadeira, se pelo menos fosse para evitar a volta do silêncio. — E qual é o problema?

— "Mac"? Você disse "Mac"? — Enfim ele desviou o olhar da televisão. — Mas olha só que cara de pau, é mesmo muita *chutzpah*, como diria a judeuzada por aí.

Kassian cometeu o erro de parecer surpreso.

— *Sr. McNamara* para você, não acha? Não tem nada de "Mac" nessa situação. Nada de "Mac" mesmo.

— Eu não...

— Quer dizer, *ele* pode me chamar de Mac. — McNamara apontava para Bruton. — Ele é, por enquanto, o secretário de Defesa. Mas você? Acho que não.

— Olha só, Mac... — Era Bruton, tentando assumir o controle da situação. A única maneira como sabia se comportar.

McNamara ergueu a palma da mão em objeção, o que o deteve.

— Posso falar da minha questão jurídica? Eu poderia consultar a Assessoria Jurídica, mas logo vocês vão ver por que isso seria *complicado*. Posso?

Kassian e Bruton assentiram, em um gesto cuja implícita deferência adquiria uma proporção ainda maior por ter sido em dobro.

— Eu preciso saber qual é a sentença máxima por conspiração para assassinar o presidente dos Estados Unidos em exercício. Então, meninos, porventura algum de vocês sabe? Aceito um chute. — Ele começou a imitar o som de um relógio de programa de perguntas na TV, fazendo em voz alta a contagem regressiva até zero. E cantarolou um jinglezinho para assinalar o último segundo: tra-lá, tra-lá, tra-lá-lá.

— Vamos parar com essas brincadeirinhas de merda, Mac — interveio Bruton. — Eu não estou no clima. E desconfio que também falo por Bob.

— Oh! Eu desconfio que você *realmente* fala por Bob nesse caso. Na verdade, eu desconfio de muitas coisas quanto a vocês.

McNamara se levantou e caminhou até ficar perto dos dois, postando-se bem diante deles, com a bunda apoiada na beira da escrivaninha.

— Por que você não diz o que quer, Mac?

Era Bruton ainda tentando retomar a iniciativa.

— Tem razão. Preciso tirar isso do peito. — Ele voltou a se movimentar, andando pelo gabinete. — Vocês querrer que eu fale sobre mein infância, ya? Talvez um pouco de psicanálise seja terapêutico, ya?

— Mac. Por favor.

— Bom, digamos assim: eu tenho o que se poderia chamar de síndrome de Lealdade ao Presidente. Sabem o que é isso? Não, acho que não. Mas o meu caso é muito grave. Por isso eu sou meio *obcecado* em cuidar dos interesses dele. E nesse exato momento ele está numa cama de hospital na Virgínia, vítima de um atentado contra a sua vida.

— Nós sabemos — disse Kassian tranquilamente.

— E nós sabemos quem foi. — Bruton de novo, aproveitando a deixa. — Jorge Hernandez. Ele atirou no presidente e se matou logo em seguida.

McNamara assentiu.

— É. Exatamente. Todo mundo viu as postagens no Facebook. E as cartas de ameaça ao presidente. A casa do maluco. A gente tem todo o resumo da ópera sobre o sujeito.

— E supostamente o Serviço Secreto estava em alerta máximo por causa disso — interveio Kassian. — Motivo pelo qual o presidente estava usando um colete à prova de balas.

— Parece que sim — anuiu McNamara, de volta à mesa. Só que agora ele não prestava mais atenção à tela de TV. Olhava apenas para os dois.

— E, definitivamente, é nisso que o público vai acreditar. Mas eu não estou falando do público. Estou falando de mim. E estou falando do presidente. No que *nós* deveríamos acreditar?

— Eu não sei o que você está querendo dizer — respondeu Kassian.

— Estou dizendo que tenho bons motivos para acreditar que o pobre Sr. Hernandez, sujeito com uma doença terminal, solitário e com poucos amigos, sem família, não era afinal um lobo tão solitário assim.

— O que você quer dizer, Mac?

— Eu estou dizendo, Jim, que acho que você e o nosso Bob aqui transformaram Jorge, o Curioso, num bode expiatório do seu planozinho. — Ele voltou a erguer a mão. — Não venham bancar os inocentes comigo, senhores. Só vão passar vergonha.

Lançou um olhar para a televisão, que agora exibia, mais uma vez, uma sequência de fotos tiradas pela polícia dentro da casa de Hernandez, com a inserção de uma foto três por quatro na tela. A legenda dizia: *Dentro da mente de um assassino*.

— Vou contar para vocês. — McNamara sorriu. — O pessoal da imprensa está se matando nesse momento. Seria o primeiro dia de folga deles desde o Natal. Um deles me mandou uma mensagem de texto: "Com vocês na Casa Branca, a gente literalmente não tem folga."

Kassian não sorriu. Estava vendo o poço se abrir mais.

— De qualquer maneira, o que sabemos é o seguinte. Sabemos que vocês foram visitar o médico do presidente na noite de segunda. E na manhã seguinte o sujeito foi encontrado morto.

Bruton ficou indignado.

— Os dois fatos não têm nenhuma relação!

— Se está dizendo, senhor secretário... Eu estou apenas expondo o que sei. Lembrem-se, eu também não sou advogado. — Ele voltou a sorrir. — Também sabemos que um evento foi incluído de última hora à agenda do presidente. Você, Bob — disse, apontando para ele —, é uma das pouquíssimas pessoas com poder para fazer isso. Esse evento simplesmente foi incluído na manhã de quarta, quando mal haviam se passado vinte e quatro horas desde que o Dr. Frankel "se matou". — Ele fez aspas no ar. — Ficou parecendo que o Plano A não funcionou, e vocês recorreram ao Plano B.

— Mas que diabos...

— Me deixa concluir. E qual é o local do evento? Um lugar basicamente controlado pelo seu departamento, senhor secretário. Nada difícil para você... para vocês dois... estabelecer a lista de convidados, o formato, o cerimonial, nesse caso. E, uma vez feito isso, também não era difícil transmitir os detalhes importantes ao seu homem armado, quem quer que fosse. Estou certo?

— Eu vou lhe dizer uma coisa, meu amigo: você está parecendo meio, assim, fora da casinha. — Bruton continuava tentando manter o tom informal, leve. — Tudo bem, eu sei que você ganhou muito dinheiro com essas teorias da conspiração sem pé nem cabeça, mas já está indo longe demais. É como se você estivesse provando do próprio veneno. Mas isso não é interessante para você, não nessa cidade. Porque as pessoas aqui cagam no seu veneno o tempo todo.

— Ok. Talvez pareça mesmo um pouco exagerado. E nem vamos mencionar aqui o fato de que um sujeito como esse, desesperado, com uma doença terminal, seria *muito* fácil de ser manipulado para realizar uma missão dessas. Bastaria prometer cuidar da família minúscula que ele tivesse depois que se fosse. Uma bela e polpuda pensão de veterano não seria muito difícil para... sei lá... o secretário de Defesa providenciar, não é? Mas nem vamos tocar nesse assunto. Nem *precisamos* chegar até isso. E querem saber por quê? Muito bem, aqui vai.

Minutos antes de o tiro ser ouvido, adivinhem quem estava ligando para todos os telefones da Casa Branca, inclusive o meu, e deixando mensagens frenéticas? Uma certa Maggie Costello. A confiável, espertíssima e fodástica servidora da Casa Branca e dos Estados Unidos. E adivinhem o que ela disse. Querem saber? Vocês nem precisam pensar muito. Vamos lá!

Ele digitou algumas teclas do computador e a sala foi tomada pela voz de Maggie, ofegante e desesperada: *Mac, aqui é a Maggie. Eu sei que vai parecer loucura, mas eu acho que tem um atentado iminente. Contra o presidente. A qualquer minuto. Uma tentativa de assassinato. Você tem que tirar o presidente de lá. Por favor.*

McNamara sorria.

— Essa mensagem foi deixada às quatro e seis de hoje. Cinco minutos antes de um veterano ensandecido, um desertor solitário e louco perigoso, atirar no peito do presidente. Não é pouca coisa, não é?

Kassian sentia que estava empalidecendo. Não queria olhar para Bruton, temendo que mesmo um olhar de relance parecesse uma declaração de culpa. Mas percebeu, de algum jeito na visão periférica, que o outro, seu oficial comandante, tinha engolido em seco.

— Então é isso, rapazes. Sabemos que Costello seguia uma única pista depois da morte de Frankel. — McNamara fez uma pausa, olhando de Kassian para Bruton e vice-versa. Estava saboreando a situação. — Exato. As únicas pessoas em quem ela focava eram... vocês.

Fez-se silêncio na sala. Uma centena de frases diferentes passava pela cabeça de Kassian — *Você não tem provas de nada; É tudo circunstancial; Ninguém acreditaria numa palavra do que você dissese* —, mas todas pareciam uma confissão. Ele não disse nada.

Então Bruton falou, com a serenidade de que Kassian se recordava naqueles dias em campo, sob céus desertos, diante da morte.

— Mac, você precisa respirar um pouco. Nem Bob nem eu estávamos sequer perto do memorial dos marines ontem. A polícia está com a arma. Tem as digitais. Os exames de balística. Tem a história da vida toda desse tal de Hernandez. Se começar a sugerir que somos culpados desse crime, as pessoas vão achar que você perdeu o juízo. Não vai nos destruir. Você vai se destruir.

McNamara abriu um sorriso forçado.

— Acabou? Já acabou? Uma pena. Eu estava gostando. Você é bom nisso. Não me surpreende que todo liberal da cidade queira chupar o seu pau. *O rosto aceitável de um governo inaceitável.* Quem foi mesmo? A *Time*?

— *Newsweek*.

— *Newsweek*. Eu me enganei. Mas entendo. Você é suave. Suave feito seda. Que nem a bunda dessas putas que dizem que o chefe gosta de comer, você sabe, as mais novinhas. O Bob sabe do que eu estou falando. "Não está propriamente dentro da lei." Qual a idade da sua filha, Bob? A que estuda em Sidwell Friends?

Kassian se contraiu.

— Você está sendo nojento.

— Seja como for... Vocês são bem suaves, os dois. Mas não se esqueçam que eu ainda nem falei com Costello. Não sei o que foi que ela descobriu sobre vocês dois que a convenceu, corretamente, de que o presidente estava prestes a levar um teco. Mas, seja o que for, se foi o suficiente para levá-la a fazer uma previsão cem por cento certa, tenho certeza absoluta de que também vai ser o suficiente para servir de base para uma acusação judicial.

— Não estamos em campanha, Mac. — Era Kassian. — Você não pode simplesmente sair por aí mentindo e, quando a imprensa cobrar, dizer: "É essa mídia liberal, não se pode confiar nela." Estamos falando da lei. De tribunais. Eles não estão comprados pela sua pós-verdade de bosta.

— Não se preocupe com isso, Bob. Quando eu tiver extraído toda essa informação de Maggie Costello, quando tiver chupado os peitos da vaca leiteira irlandesa, eu vou ter muita coisa para mostrar nos tribunais. Espera só. — Ele voltou a digitar no teclado. — E olhem só. Aqui está a resposta à minha dúvida jurídica. De acordo com o Código Penal americano, a sentença para o assassinato do presidente dos Estados Unidos, quando considerado homicídio de primeiro grau, é de prisão perpétua ou de morte. Mas é verdade que o seu planozinho não deu certo, de modo que se trata de tentativa de assassinato, o que significaria apenas vinte anos numa prisão federal.

McNamara desviou o rosto da tela e fingiu secar o suor imaginário da testa.

— Ufa, né?! Ah, mas peraí. — E já estava de volta ao teclado. — Como é que é isso aqui? Conspirar para afastar um presidente à força, especialmente quando se está sob juramento, é considerado ato de traição contra os Estados Unidos. Meu Deus! Aposto que é assim que a opinião pública veria a coisa, vocês não acham? Depois de ser bem instigada? E os juízes não iam querer contrariar, não é? Ainda mais quando a Fox, o Breitbart e, você sabe, *nós* dizemos que eles são "inimigos do povo". Eles não vão gostar nem um pouco. Vamos ver então como é que funciona a traição.

E digitou mais um pouco, com ar de fingida preocupação.

— Caramba, amigos! Não parece nada bom. Parece que, pelo Título XVIII do Código dos Estados Unidos, seção cento e quinze, "Quem quer que, devendo obediência aos Estados Unidos, mover guerra contra eles ou aderir a seus inimigos, ajudando-os e apoiando-os dentro dos Estados Unidos ou em qualquer outro lugar, será culpado de *traição* e condenado à *morte*." Quer dizer, nada bom mesmo. *Morte*. — Ele fez biquinho, em uma expressão de desgosto. — Que horror! E vejam só, mesmo que não botem vocês naquela cadeira, nem deem uma injeção letal, ou seja lá como fazem hoje em dia, parece que de qualquer maneira podem acabar com a vida de vocês. Vocês "cumprirão pena de prisão por não menos que cinco anos e serão multados... e não poderão exercer nenhum cargo oficial nos Estados Unidos".

Ele girou a cadeira para encará-los, os olhos naquele rosto de cabeça calva brilhando de inteligência e satisfação.

— E antes que digam o óbvio, que agiram por "patriotismo" e nunca se associaram a inimigos dos Estados Unidos ou qualquer besteira do gênero, pensem só por um momento como é que a coisa vai *parecer*. É o que importa aqui. Acreditem, conspirar para assassinar o presidente dos Estados Unidos vai parecer traição para a maioria dos americanos.

— Você está se precipitando muito, Mac. Se precipitando *mesmo*.

— Estou, Jim? Será? Pois peço vênia para discordar. Acho que você só acha isso porque ficou *muito para trás*. Não é doloroso para você, esse sentimento? Estar tão fora de compasso com todo mundo, não só aqui, na Casa Branca, mas no país, no *mundo*? Está tudo mudando tão rápido, e vocês dois... baluartes dos velhos tempos, do *ancien régime*, como costumam dizer nas suas grandes universidades...

— Você estudou em Yale *e* Harvard, Mac — interveio Kassian, mas McNamara estava empolgado demais para ouvir.

— ... insistindo nas velhas maneiras de fazer as coisas, contemplando da janela com suas perucas empoadas, horrorizados com a visão da ralé lá embaixo através dos seus binóculos de ópera. Ficam lá de cima se lamuriando pelas "normas" e pela "ética" e pelos "padrões", com saudade dos relógios de sol e dos pombos-correio. O mundo seguiu em frente, meus amigos. Seguiu em frente e deixou vocês para trás. E o pior, o mais *trágico*, é que vocês nem se dão conta disso. Continuam achando que o importante são as regras e os fatos e os dados e a razão e a ciência e todas essas coisas sobre as quais construíram sua vida e sua carreira. Só que nada disso importa mais. Esse mundo acabou. E vocês sabem quem já entendeu isso, não sabem? Sabem quem entendeu antes de qualquer um de nós, embora seja mais velho que vocês dois? Ele é mais velho *que eu*! Mas ele entendeu. Não aqui. — Ele deu uma batidinha na própria cabeça. — Ele não entende nada aqui. Não mesmo. Ele entende *aqui*, nas entranhas. E ele entende *aqui*. — McNamara apontou para entre as pernas. — Nos colhões. No pau, é onde ele sente as coisas. Exatamente como todo mundo por aí. — Fez um gesto para a janela, para os grandes Estados Unidos lá fora. — Por isso é tão absurdo, para começo de conversa, que vocês tenham chegado a trabalhar para ele. Vocês nunca o entenderam como todo mundo lá fora o entende e como ele os entende. Nunca sentiram essa emoção.

"Nunca entenderam que esse homem diz o que vocês diriam se a sua boca não tivesse de pedir autorização ao cérebro primeiro. Ele é aquela parte de vocês que diria a um amigo 'eu quero muito comer o rabo da sua esposa', mas não diz porque 'isso não se faz', não está certo, não é politicamente correto. Mas querem saber? Ele diz mesmo assim. Os negros: eles dão medo, cometem crimes e ninguém quer ser vizinho de um deles. Os hispânicos: são preguiçosos e trapaceiros. Os judeus: ricos, espertos, não são confiáveis. Os gays: o que fazem uns com os outros é doentio e vai contra a natureza e a ideia de se 'casarem' é ridícula. Mulheres entre 16 e 70 anos: com a luz certa, você comeria a maioria delas, e aquelas que não dá para foder, é melhor nem ouvir uma palavra saindo das suas bocas gordas e feias, obrigado. Corrigindo: mulheres entre 13 e 79! Temos de incluir a Jane Fonda e aquelas gemeazinhas lindas do *America's Got Talent*. Não dá para desperdiçar.

"Vocês estão me ouvindo? Começaram a entender? O presidente é todo homem branco dos Estados Unidos sem o filtro. Talvez não vocês, mas todos nós. E foi por isso que votaram nele. Porque ele é quem eles seriam, se pudessem. Ele ganha bilhões, não paga impostos, nunca paga as contas, larga a mulher quando ela começa a ficar só *um pouquinho* caída e casa com uma modelo mais nova... literalmente! Insulta todo mundo que fica no seu caminho, diz o que bem entende e só fica mais rico e mais poderoso.

"Senhores, estão vendo? Ele é o nosso id nacional, sem amarras. É o bebê em cada um de nós, solto para fazer o que quiser. 'Quero comer aquilo, quero bater naquilo, quero foder aquilo, quero aquilo para mim.

Quero, quero, quero.' E sabem o que mais? Tudo o que ele quer, quer, quer, ele tem, tem, tem. É lindo.

"Então é óbvio que votaram nele. Ele é como uma fantasia. Um sonho que virou realidade. Ele é como o começo dos Estados Unidos, quando os caras brancos podiam cavalgar pelo país atirando nos índios e comendo as índias, tomando as terras que quisessem e arrastando um negro numa corda para fazer o trabalho sujo. Quem não gostaria disso, se pudesse? É como nós fomos criados, garotos como eu, quando íamos ao cinema sábado de manhã. Os caubóis não eram gays, nem 'latinos', nem mulheres, nem porra de gênero não binário nenhum. Eram brancos e machos e ficavam por cima. Era o destino deles. E agora, depois de todos esses anos, vem esse cara e diz: 'É isso mesmo. É como tem que ser. E é como vai voltar a ser. Vou devolver o emprego a vocês, o respeito e vou colocá-los de novo onde têm de estar, por cima.' — McNamara começou a cantar: — *A-number-one, top of the heap, king of the hill.*

"No alto do monte, cara. De onde dê para ver todo mundo que era mesmo para ficar abaixo de você. Começando pelas mulheres e os negros e os gays e a 'comunidade latina' e a 'comunidade de deficientes' e todos os outros que ficam de mi-mi-mi há tanto tempo que nos obrigam a pedir desculpas pelo simples fato de levantar da cama de manhã e ser um homem hétero branco. Que se fodam! Chega de desculpas. Estamos de volta ao nosso lugar."

Os olhos de McNamara ardiam de exaltação, as veias do pescoço saltavam.

— Essa é a mensagem dele. E acho que vocês nem chegaram a *ouvir*. Prestaram tanta atenção nas vovós e nas mamães dizendo como deviam se comportar, ouvir todos os lados, ser sempre "inclusivos", respeitar a "diversidade" e essa besteirada toda, e isso durante tanto tempo que nem foram capazes de captar o sinal. Como se estivessem num campo, brincando de achar a estação de rádio, e nem sequer acertassem a frequência. Imaginem só. E ainda por cima dois militares. Tão cheios de

Convenções de Genebra e direitos humanos e Declarações da ONU e o resto todo que seus paus encolheram e viraram botõezinhos. E antes eram carvalhos! Que Deus nos ajude.

"Mas o pessoal aí fora ouviu perfeitamente. Em alto e bom som. Eles entenderam o que ele estava dizendo. E gostaram tanto que o elegeram presidente. E foram eles, senhor secretário e senhor chefe de Gabinete, que vocês traíram com sua conspiração para assassinar o homem em quem votaram. Claro que a traição é definida como um ato contra os Estados Unidos, e não contra o presidente, mas essas pessoas decidiram transformar esse homem, esse homem que vocês desprezam, na encarnação dos Estados Unidos por quatro anos. Ele é o chefe de governo e de Estado. E vocês queriam *matá-lo*. E são mesmo culpados. São traidores, e devem pagar com a vida."

O silêncio que se seguiu parecia vibrar e zumbir, como os ouvidos zunem depois de um show bem barulhento. Bruton sentia como se tivesse levado um soco no plexo solar; parecia estar sem ar. Mantivera a guarda alta quase o tempo todo da fala de McNamara, com um sorriso cético brincando nos cantos da boca, como se estivesse perplexo mas ao mesmo tempo achando divertida a performance, em vez de preocupado. Mas, nos últimos momentos, algo próximo do medo parecia tê-lo contaminado, espalhando-se pela corrente sanguínea.

Kassian entendeu. Sentiu a mesma coisa. Havia começado a vislumbrar os contornos da montanha que tinha pela frente, uma silhueta no escuro, e bem intimidante. Tentou se recompor, descartar a retórica, o impressionante poder de persuasão do que McNamara dizia, e manter o foco. Mas era difícil, pois temia que em pelo menos um ponto, ainda que um único, aquele sujeito de olhos vidrados podia estar certo.

QUARENTA E TRÊS

CASA BRANCA, SEXTA-FEIRA, 20:24

O chefe de Gabinete analisava como as coisas poderiam se desenrolar. Os fatos e os indícios certamente estavam a favor dele e de Bruton; não havia provas concretas suficientes para mover um processo contra os dois. Tinham tomado bastante cuidado, foram meticulosos, para se certificar de que não fosse haver essa possibilidade. Garcia levaria o segredo para o túmulo. Tinha sido treinado para manter o sigilo. E sua lealdade era total.

Além disso, não havia nenhum incentivo imaginável para que se manifestasse. Claro que lhe seria prometida imunidade para ser testemunha do governo. Mas por que essa questão sequer chegaria a ser colocada? Por que sair voluntariamente das sombras para fazer uma confissão de que puxara o gatilho, quando não havia o menor indício apontando para ele? Até McNamara aceitava que Hernandez tinha disparado o tiro. Ninguém estava procurando outra pessoa.

Mas, ainda assim, McNamara tinha lá suas razões. Tinha razão ao dizer que os elementos habituais, fatos, provas, talvez não fossem decisivos. Não mais. Kassian e Bruton podiam se valer do fato de não haver provas suficientes de uma conspiração pelos padrões jurídicos, mas o mundo tinha mudado. Era o mundo da pós-verdade. Agora era uma questão de percepção e emoção e de uma elite odiada desafiando o povo e sua vontade sagrada, encarnada pelo homem que colocaram na Casa Branca, e, nessa batalha, o chefe de Gabinete e o secretário de Defesa estariam do lado errado.

Se isso chegasse a ir a julgamento, seria um circo e tanto, com direito a uma multidão com sede de sangue em torno do ringue, e nessa luta não havia a menor garantia de que a verdade fosse prevalecer. Então Kassian caiu em si. Porque é claro que a verdade estava do lado de McNamara. Ele seria o mestre feiticeiro da imprensa, dos canais de TV a cabo e das redes sociais, naturalmente seria, mas também contaria com outra vantagem. O fato é que ele estava certo. Kassian e Bruton de fato conspiraram para matar o presidente dos Estados Unidos. E, como McNamara havia enfatizado tão cruelmente, ele, como Bruton, era das antigas. Acreditava que, no fim, a verdade sempre aparecia.

A boca do poço se alargava.

— Ei, Bob, tudo bem com você? Sua cara não está nada boa.

McNamara inclinou a cabeça para o lado, simulando uma preocupação médica.

Bruton respondeu pelos dois. Ele decidiu fazer como faria o presidente: partir para a ofensiva.

— Com todo o respeito, Mac, você aqui é um empregado. Eu sou o chefe do Departamento de Defesa, confirmado no cargo pelo Senado, em votação quase unânime. Chefio uma organização que emprega mais de dois milhões de americanos. Sou também um homem que comandou tropas em batalha e matou com as próprias mãos. Assim como o Sr. Kassian aqui. E posso garantir isso, pois o vi fazê-lo. Você... — e nesse momento, inesperadamente, Bruton deu um soco no tampo da mesa, fazendo McNamara pular de susto. — Você, por outro lado, nunca nem chegou perto de um combate. Deu um jeito de se livrar, para continuar fumando maconha e batendo punheta em Yale. Portanto não *ouse* ficar aí sentado com seu jeans e sua camisa havaiana me passando sermão sobre os Estados Unidos. Você não sabe nada desse país. Não sabe nada de sacrifício. Não sabe nada de dever. E por falar em caubóis e índios: o mais perto que você chegou do Velho Oeste foi quando levou sua mulher para ver O segredo de Brokeback Mountain. Portanto, não fique achando que pode acabar comigo assim tão fácil. — Ele ergueu o indicador torto da mão direita e o brandiu bem na cara de McNamara. — Não vou deixá-lo chegar nem perto de mim.

McNamara se recostou, como se recuasse frente à ameaça de Bruton. Kassian sentiu ao longe um prenúncio de esperança. Não era a primeira vez que o seu comandante se posicionava ao seu lado em uma situação de desespero extremo e encontrava as palavras capazes de inspirá-lo, de fazê-lo acreditar na possibilidade de uma saída.

McNamara inclinou sua cadeira para trás o máximo que pôde e foi ainda além. Começou a assentir com a cabeça, um sorrisinho se espalhando nos cantos da boca. Pegou uma caneta e a jogou para cima, girando-a no ar.

— Belo discurso — disse. — Um discurso realmente impressionante, senhor secretário. Mas sabe de uma coisa? Pode guardá-lo para si. Ninguém vai se dar ao trabalho de ouvir.

Levantou-se e ficou caminhando do outro lado da mesa, ao longo da sua versão da parede washingtoniana do ego. Propositalmente, não havia ali fotos dele com senadores ou embaixadores ou líderes estrangeiros. Em vez disso, era uma galeria de Crawford McNamara com diferentes heróis de colarinho-azul: motoristas da NASCAR, jogadores de futebol, cantores de música country. Em qualquer outro lugar, isso o faria parecer um impostor ridículo. Mas, em Washington, só aumentava sua misteriosa aura de autenticidade.

— Não mesmo, ninguém vai dar ouvidos à argumentação da defesa, Jim.

— Não vai dizer que vai nos negar...

— Porque ninguém vai ouvir a argumentação da acusação.

— O quê? — questionou Kassian.

— Não vai ter julgamento.

— Como assim? Agora estamos na Rússia soviética? Você vai simplesmente nos atirar...

— Segurem a onda, senhores. Não vai ter julgamento porque não vai ter acusação. Eu vou guardar essa pequena informação para mim.

— Não estou entendendo. Por que...

— Eu e vocês. Vamos ser as três únicas pessoas a tomar conhecimento da intenção maligna que vocês traziam no coração em relação ao presidente eleito desse grande país. Além de Costello, creio eu. Mas não se preocupem com ela; dela cuido eu.

— Do que você está falando, Mac?

— Vocês são tão impacientes! Meu Deus! Muito bem. Pensem por um segundo apenas. Ponham-se no meu lugar. Eu vou até os federais e procuro a imprensa para contar a verdade sobre vocês dois. E o que acontece depois? Os próximos três anos da presidência vão girar em torno do osso mais suculento que a imprensa de Washington já mastigou desde que vocês-sabem-quem esporrou o vestido todo daquela garota. "Valquíria na Casa Branca: o complô fracassado para matar o presidente." Podem imaginar como eles iam se lambuzar com essa história? O julgamento, os antecedentes do julgamento, as audiências no Capitólio. Iam montar até um canal a cabo especial: só assassinato, o tempo todo.

"E vocês dois? Meu Deus! Vocês dois seriam a dupla masturbação 'Redford e Newman' de todo liberal dos Estados Unidos. A NPR ia ficar de pau duro só de pensar. — Ele falou com uma voz mais grave, em uma ressonância baritonal de apresentador de televisão: — 'Os heróis de guerra que não aguentavam mais.' A *Vanity Fair* ia ficar toda eriçada: 'Os bastidores da luta de dois veteranos condecorados para salvar a alma dos Estados Unidos.' Não, muito obrigado!

— Então...

— Esperem, por favor! Como eu já disse, ponham-se no meu lugar. Ou tentem o seguinte: pensem na pergunta que o presidente faz a si mesmo toda hora, todo dia.

— O que é melhor *para mim*?

— Pronto, isso aí! Está vendo, Kassian? Você é inteligente. Inútil. E fraco demais para esse jogo. Mas inteligente. É exatamente essa a pergunta. E qual é a resposta? Quer dizer, se você fosse eu. — McNamara estava se divertindo. — O que é melhor *para mim*?

Bruton trincava os dentes. Parecia mobilizar uma força descomunal simplesmente para não começar a espancar McNamara ali mesmo.

— Desistiu? Ok, eu vou dizer. O que é melhor para mim é a repentina descoberta de que Jorge Hernandez era o mais recente exemplo de, e vamos botar mais uma vez essas três palavras juntas, terrorismo islâmico radical a dar um golpe no coração dos Estados Unidos.

Kassian se inclinou para a frente.

— Mas isso não faz o menor sentido. Você viu aquilo tudo no Facebook. As cartas doidas. Ele era um veterano latino, furioso com as deportações. Eles tinham deportado a mãe dele, pelo amor de Deus! E citava a Bíblia a cada três frases. Ele não tinha nada de muçulmano.

— Talvez não, pelo que foi revelado até agora. Mas você sabe como funciona o noticiário. É apenas a primeira onda. Mais informações virão à tona da noite para o dia. — Ele deu um sorrisinho. — E, antes que diga mais alguma coisa, Bob, pense no seguinte: vocês não são os únicos que podem inventar um histórico conveniente para o Sr. Hernandez. Acontece que é exatamente essa a minha especialidade, lembra?

E ele apontou para o único jornal emoldurado na parede. Era um pequeno perfil de McNamara publicado no *New York Daily News*, no dia em que ele foi recrutado para a campanha do presidente. Havia uma foto sua desgrenhado, carregando um monte de jornais debaixo do braço, com um copo de café na mão. A manchete: *O rei das notícias falsas*.

— Não vai demorar. Apenas algumas horas. Logo vamos ter um "Eu vi Jorge, o Maluco, na mesquita". Certamente vão ser encontrados veteranos anônimos que viam Hernandez desenrolar a esteira de orações cinco vezes por dia, dobrando os joelhos para Alá. E todas aquelas citações da Bíblia? Pois não é que ele fez questão de zombar da gente e da nossa fé?! Eu até ouvi comentários de que ele vinha pedindo aos amigos que o chamassem pelo seu novo nome, Muhammed Raheem!

— E por que alguém iria acreditar nisso?

McNamara riu.

— Sério? Depois da armação que tentaram fazer, você está *me* perguntando isso? Ora ora, camaradinhas. Vocês ainda não se deram conta? As pessoas acreditam em *qualquer coisa*. Desde que duas condições estejam presentes. Primeiro, elas precisam *querer* acreditar. Segundo, tem de aparecer no Facebook.

Bruton voltou a falar, mais tranquilamente que antes.

— E por que você faria isso, Mac? O que está planejando?

McNamara abriu um sorriso largo, estendendo um braço para apontar para o secretário de Defesa, ao mesmo tempo que tocava a ponta do próprio nariz, como se Bruton tivesse acertado em um jogo de adivinhação.

— Esperto! Mas que cara mais *esperto*! Excelente pergunta. Não dá para adivinhar?

— Eu não quero adivinhar.

— Ora, vamos. Vai ser divertido. Só para dar umas risadas.

— Mac, isso não é brincadeira.

— O chefe tem razão: vocês dois são muito estraga-prazeres. Tudo bem, vou contar. — Ele voltou a se sentar à mesa e apoiou o cotovelo nela, como os âncoras de jornais na década de sessenta. Sua voz caiu uma oitava e ele começou a performance. — Boa noite. Esta noite os Estados Unidos estão sendo atacados pelo islã radical. O presidente continua sob tratamento, enquanto fica claro que os homens por trás dessa tentativa de assassinato faziam parte das forças da "jihad internacional". A Casa Branca está conversando com o Capitólio, tendo sido apresentada aos congressistas uma solicitação de Estado de exceção e suspensão temporária da Constituição. O líder da maioria no Senado disse aos repórteres: "É uma medida sem precedentes. Mas são tempos sem precedentes."

McNamara se recostou e cruzou os braços, orgulhoso de seu trabalho.

— Você não ousaria fazer isso.

— Não insista no mesmo erro, Bob. Não continue a cometê-lo de novo e de novo e *de novo*. Foi o que fez com ele e agora está fazendo comigo. Não nos subestime. Péssima jogada, Bob. Péssima mesmo.

— A Suprema Corte impediria isso. Eles jamais permitiriam...

— Tem certeza, Jim? Essa Suprema Corte? Agora ele tem maioria de seis contra três. E os dois metaleiros que acabou de botar lá? Os dois devem tudo ao presidente. Não viu o que o mais jovem escreveu, o juiz sei-lá-como-se-chama? — Mac pegou uma folha e um par de óculos de leitura no meio da bagunça da mesa. — Pois vamos lá. "Nunca foi intenção do legislador que a Constituição fosse um impedimento à segurança pública, mas sim sua protetora. Se a Carta de Direitos de alguma forma limita a capacidade do país de se proteger, não é o país que deve ceder. A própria Constituição deve recuar ante aqueles a quem esse documento se destina a servir: Nós o Povo." Você acha que esse cara vai levantar alguma objeção quando o presidente disser que precisa proteger o país do inimigo jihadista? A gente nem conseguiu acreditar quando esse fanático foi aprovado no Senado. Sério. Uma surpresa muito agradável.

— E o que o presidente vai fazer com esse cheque em branco que você acha que todo mundo vai entregar para ele? Impor a lei marcial?

McNamara sorriu e meneou a cabeça, como se estivesse diante de uma dupla de alunos particularmente teimosos.

— Não importa o que fizermos, claro que não vamos dar *esse* nome, né? Quer dizer... que ideia!

— Eu não estou nem aí para o nome. O que vocês vão fazer?

— Qual você acha melhor? Lei da América em Primeiro Lugar? Ou Lei de Resgate de Vidas Americanas? Gosto da força de América em Primeiro Lugar. Mas a filha gosta dessa história de "salvar vidas". Acha que parece humanitário. Ficamos pra lá e pra cá. Mas o chefão ouve o que ela diz.

— Eu perguntei o que vocês vão fazer.

— É essa a questão, Jim. Não precisamos decidir nada agora. Não temos de nos impor limites. Vamos chegar lá, ah, se vamos, depois de uma tentativa de assassinato de um presidente eleito, por uma odiosa organização terrorista, podemos fazer a merda que a gente bem entender. Podemos intensificar as deportações. Podemos dar continuidade à proibição dos turbantes. Mas não precisaríamos ser tão seletivos assim sobre quem vai levar um pé na bunda. Poderíamos começar a incluir cidadãos americanos, o que, convenhamos, é o que importa. E nem precisam ser só muçulmanos. Pode ser qualquer um "cuja presença não contribua para o bem público".

— Jesus!

— Não, ele pode ficar. Por enquanto! — Mac deu uma bela gargalhada com a própria piada. — Mas, falando sério, o alcance dos atos do Executivo vai ser enormemente ampliado. Podemos finalmente passar a cuidar da imprensa. Sabe como é, aquela história de concessões e autorização para publicação. Podemos agilizar as coisas. Sem autorização oficial, sem publicação. Simples. E a internet. Ela está mesmo precisando de uma bela faxina. E, quando tudo isso tiver sido tirado do caminho, podemos de fato começar a mudar as coisas no país.

— Eu não quero ouvir mais nada.

Bruton se levantou.

— Ah, não, ainda não. Eu ainda não agradeci a vocês.

— O quê?

— Eu preciso *agradecer* a vocês. Vocês prestaram um enorme serviço ao seu país. Com essa ideia louca... e digo *louca mesmo*... de assassinato, vocês nos proporcionaram essa abertura incrível. A oportunidade de botar a mão no poder de verdade, a sério. E já imaginaram o que isso não vai fazer pelos nossos números nas pesquisas? Fiu! A gente ficou devendo essa a vocês. Mesmo.

Bruton estava à porta.

— Depois me mande flores. Tchau, Mac.

— Acho que não. É melhor você se sentar de novo.

Kassian se virou na cadeira e, sem dizer nada, implorou ao seu comandante que ainda não abandonasse o campo de batalha. Bruton ficou junto à porta, mas não segurava mais a maçaneta.

— Estou ouvindo.

— Muito bem. Obrigado. Resumindo. Vocês não vão ser detidos. Não vão ser executados. Ninguém vai ficar sabendo da sua traição. Essa é a boa notícia. Mas eu não posso simplesmente deixá-los sair assim. Vocês têm de permanecer no cargo. Se vamos estar sob lei marcial... epa, acabei falando... vamos precisar que os militares sejam chefiados por alguém que mereça a confiança do povo americano. E receio que essa pessoa seja você, general. Sua popularidade nas pesquisas é tão alta que chego a ficar tonto. E com ânsia de vômito. Mas isso significa que precisamos de você. O mesmo se aplica a você, Kassian. Exceto o detalhe dos índices. Ninguém ouviu falar de você, é claro. Mas em Washington o pessoal confia em você. E vai parecer que existe certa continuidade se vocês permanecerem aqui. "Nada de novo, pessoal. A mesma coisa de sempre, a mesma coisa de sempre." Se surgirem rostos novos, especialmente na Defesa, todo mundo vai começar a dizer a palavra com "g"... — McNamara fez uma pausa para causar efeito. — Sabem qual é — sussurrou. — Golpe.

— Quer dizer que você vai confiar em mim na direção do Pentágono? Depois de tudo o que acabou de dizer?

— Porra nenhuma! Como você foi pensar uma coisa dessas! De jeito nenhum, Jim. Eu não confiaria em você nem para buscar a minha roupa na tinturaria! Quem vai cuidar disso é o Bob. Brincadeirinha! Não, não, não. Não existe necessidade de confiança. Você vai se sentar na cadeira do secretário do Departamento de Defesa, mas não vai decidir nada. Os seus adjuntos e assessores vão estar no controle, o nosso pessoal. Você vai servir de fachada. O mesmo vale para você, Bob. Poder nenhum. E eu vou vigiar e ouvir vocês o tempo todo. Vinte e quatro horas por dia, sete dias por semana. Câmeras, microfones, agentes especiais; vigilância constante, em casa, no gabinete, estejam mandando mensagens para a amante ou limpando as hemorroidas depois de cagar. No instante em que fizerem o menor sinal de cabeça um para o outro ou trocarem olhares, sete badaladas de um sino vão me alertar. Se vocês pedirem pizza, eu vou ficar sabendo. Se cheirarem as calcinhas da filhota, eu vou ficar sabendo. — Ele começou a cantar de novo, um sucesso dos anos oitenta que revelava com precisão sua idade. — *They're watching you, watching you, watching you!*

— Você vai colocar dois membros do governo praticamente em prisão domiciliar.

— Você sabe resumir as coisas, Kassian. É esperto mesmo, tenho de reconhecer. Não tanto quanto eu, caso contrário não estaria tão ferrado nessa história. Mas esperto. — McNamara arrumou os papéis na mesa e deu um longo suspiro, um homem cansado no fim de um longo mas recompensador dia de trabalho. — Muito bem — disse por fim. — Saiam daqui. Vão. Vão!

Enquanto Kassian se levantava para ir ao encontro de Bruton na porta, McNamara observou, mais consigo mesmo que para eles, que só faltava cuidar de uma pessoa. Ao deixar o gabinete de Crawford McNamara e contemplar o abismo em que havia caído com seu amigo e mentor, Robert Kassian tinha certeza de estar ouvindo o principal assessor do presidente cantarolando uma música familiar. Não se enganara. Crawford McNamara se divertia ao som de "When Irish Eyes Are Smiling".

QUARENTA E QUATRO

WASHINGTON, D.C., SÁBADO, 6:47

Recebi muitos parabéns por ser o 1º presidente a sobreviver a um tiro. Dizem que não se pode fazer nada contra o terrorismo. Estão ERRADOS!

Maggie leu uma vez, e depois de novo e mais outra. Como sempre, a leitura dos tuítes dele era uma experiência com vários níveis. Primeiro, a descrença. Era sério mesmo? Ele estava realmente dizendo isso? É claro que ele não tinha como...

Dessa vez, essa sensação foi redobrada. Maggie precisou absorver o fato de que isso significava que o presidente tinha sobrevivido ao atentado, e ainda por cima estava bem o suficiente para não só poder posar calado para as câmeras, como tinha feito na noite anterior, mas também pegar o celular e tuitar para milhões de seguidores adoradores. Maggie sabia que ele tinha sobrevivido, mas havia se perguntado se talvez não fosse precisar de uma cirurgia ou se não tinha sofrido pelo menos alguns ferimentos internos, ao contrário das informações otimistas que sua equipe vinha transmitindo a noite inteira. A julgar pelo que o tuíte aparentava, a propaganda era verdadeira, e ele havia saído praticamente ileso. Seu instinto dizia que devia acreditar nisso.

Depois veio o reflexo da checagem dos fatos. Sabia que não era a única que sofria disso. Havia se tornado um hábito — um péssimo hábito, como pudera concluir recentemente — entre muitas das pessoas que se opuseram ao presidente durante a campanha, e esse hábito tinha perdurado. O presidente dizia ou tuitava alguma coisa escabrosa e imediatamente todos os donos da verdade nos meios de comunicação estavam on-line, apontando seu erro ou sua mentira deslavada. Nesse caso, o erro — ou a mentira — era tão óbvio que a ignorância dele se tornava quase cômica. Claro que outro presidente já havia levado um tiro e sobrevivido à tentativa de assassinato, poucas décadas atrás. O episódio ficou famoso e ocorreu já na vida adulta do atual ocupante do cargo, como várias centenas de pessoas fizeram questão de lembrar no Twitter.

Maggie sentiu o mesmo impulso, mas era loucura. Essa questão distraía do novo horror, seja lá qual fosse, que ele estava de fato propondo. O presidente podia tuitar: "Olha só, latinos. Vocês vão ser deportados de trem para campos de trabalho em lugares ermos do Alasca. Todos começam a serem levados às 6.", e o coro liberal em reação seria imediato: "O certo é *a ser*."

Por isso Maggie tratou de ignorar o instinto e se obrigou a examinar o conteúdo, prestando atenção ao que o indivíduo de fato estava dizendo e levando-o a sério.

Dizem que não podemos fazer nada contra o terrorismo. Estão ERRADOS!!!

Terrorismo. Era essa a palavra-chave. Eles apresentariam o ocorrido como um atentado terrorista. Não como um ato tresloucado de um único indivíduo problemático, mas como obra de um inimigo sinistro. Ah, e lá estava uma continuação, tuitada um minuto depois.

Um atentado contra o presidente é um atentado contra os Estados Unidos! ISSO NÃO SERÁ TOLERADO!!

E depois outro:

Vamos convocar uma grande coletiva de imprensa para debater as MEDIDAS que tomaremos contra os inimigos dos EUA, dentro e fora do país!

Agora ela estava entendendo, e era como se o céu tivesse escurecido imediatamente. McNamara sempre dissera: nunca desperdice uma boa crise. E ele não desperdiçaria esta. Pelo contrário, daria um golpe de jiu-jítsu nela, utilizando o ataque em benefício próprio. Só Deus sabia o que ele tinha em mente. Tentaria alegar que Hernandez trabalhava secretamente para os norte-coreanos? A simples ideia era absurda, risível e desprovida de qualquer fundamento. O que significava, sim, que ele podia perfeitamente tentar.

Ou o presidente usaria o episódio para intensificar sua guerra contra os imigrantes? Tudo o que ele e McNamara queriam era um pretexto qualquer de segurança para acelerar as deportações. Naturalmente, isso não faria o menor sentido: Hernandez não era um imigrante ilegal, mas um cidadão americano, nascido nos Estados Unidos. Mas essa questão não seria um obstáculo. Eles distorceriam a lógica para mostrar que o atentado contra o presidente demonstrava exatamente por que era necessário passar a incluir americanos nativos como Hernandez. Ela conseguia até imaginar o que McNamara redigiria para o chefe. *Certos inimigos externos exploraram nossa generosidade, e nossa política de braços abertos, fomentando uma nova geração de terroristas aqui mesmo, nos nossos bairros, nas nossas cidades e comunidades. Essa nova geração pode parecer formada por americanos, mas eles trazem intenções malignas no coração...*

Ou os muçulmanos. O banimento sempre podia ter seu alcance reduzido ou ampliado. Ela se lembrou da troca de mensagens entre McNamara e Richard. *Quase me dá vontade de começar de novo o lance das estrelas amarelas — luas crescentes amarelas, que tal? — só para ver esse pessoal dando um showzinho. Você não disse que o chefe estava a fim?*

Esse pensamento fez seu coração afundar no peito. Quantos muçulmanos haveria no país? Pouco mais de três milhões? Não mais que um por cento da população, aproximadamente. E, no entanto, McNamara, com sua campanha de terror, tinha conseguido levar a base do partido a acreditar que eles representavam uma ameaça à sobrevivência dos Estados Unidos, todos escondendo um colete suicida debaixo da roupa, ou quem sabe uma velha cimitarra, pronta para ser desembainhada a qualquer momento para decepar a cabeça de um infiel distraído.

Maggie não era ingênua — sabia que o terrorismo jihadista era real. Estivera ao lado do presidente anterior nos momentos em que enfrentava o problema. Mas essa ameaça consistia em um núcleo de alguns milhares de fanáticos no máximo, e não em uma comunidade inteira de milhões de pessoas. Voltar-se contra todos eles, transformar toda criança muçulmana, toda avó muçulmana em um inimigo era completa loucura. E uma loucura perigosa. O mundo certamente já tinha visto aonde esse tipo de ódio podia levar. Será que os americanos precisariam aprender de novo essa lição?

Maggie passou a se perguntar se o próprio presidente acreditava em todo esse ódio antimuçulmano. E McNamara? Ou seria só conveniente para eles transformar os muçulmanos em bode expiatório para distrair a atenção enquanto a Casa Branca continuava não dando a mínima para as liberdades mais fundamentais da população? Podia ser convicção ou cinismo. O mais inquietante era que ela não sabia dizer qual dos dois era pior.

Voltou a pensar na mensagem que tinha visto na tela iluminada no meio da noite: *luas crescentes amarelas, que tal?*

Pensar que tais palavras tinham sido escritas pelo homem com quem ela se relacionara nos últimos meses. Era como se tudo ao seu redor, tudo que ela tocava fosse misterioso, confuso, e Richard não era diferente. Ela havia ligado para ele naquele momento de desespero, minutos antes de o presidente levar um tiro, e a verdade é que ficara feliz de ouvir sua voz. Mas aquela troca de mensagens entre ele e McNamara... Para além do insulto a ela, que diabos aquilo dizia a respeito dele? Até que ponto estaria envolvido com essa gente?

Ela passou os olhos pelo apartamento que nunca chegaram a compartilhar oficialmente, mas que havia sido para os dois um... porto seguro. Ou pelo menos era isso que Maggie tinha sentido. É claro que estava enganada, mas na época parecia que representava para ambos um refúgio das loucuras do novo governo. Depois de mais um dia insano no trabalho, eles fugiam para o apartamento e descarregavam, compartilhavam atrocidades (como as chamavam), riam dos loucos para os quais trabalhavam agora. E consolavam um ao outro com o toque, o cheiro, a pele, a ponta dos dedos e a língua. Ali se encontravam para se abraçar e fazer amor, necessário, urgente.

Embora amor não fosse a palavra certa. No caso dele, até luxúria podia ser um exagero. Talvez nem isso tenha sentido. Talvez nunca tivesse passado de uma missão para Richard, uma instrução de Crawford McNamara que devia ser seguida. Seu principal objetivo indubitavelmente era obter informações, e Maggie as fornecera. Ela havia lhe falado da conversa de Kassian e Bruton com Frankel e ele certamente passara esse dado vital ao seu treinador, seu cafetão: McNamara.

Estava com raiva dos dois, é claro. Mas não se comparava com a raiva que sentia de si mesma. Já não era uma criança. Como podia ter sido tão ingênua? Logo ela, que na vida profissional devia ser uma boa observadora do caráter das pessoas, uma aguçada analista de situações. Lembrou-se dos momentos que tinha compartilhado com Richard: a longa caminhada pelo parque National Mall na neve, em janeiro, a visita a Mount Vernon no início da primavera, a longa noite de sábado que se transformava em manhã de domingo, ambos tomados demais pelo desejo para conseguir dormir.

Ou ele só estava fingindo aquilo tudo, inclusive o sexo... Talvez nunca tivesse passado de uma atuação profissional para Richard: cada toque, cada gesto de ternura apenas um movimento cênico. Naqueles momentos em que seus olhos estavam incendiados, aparentemente tomados de apetite por ela, talvez ele só estivesse excitado com alguma nova confidência que Maggie acidentalmente havia deixado escapar. Talvez a maior emoção da noite acontecesse quando ela estava olhando para outro lado e ele podia finalmente pegar o celular e relatar tudo a McNamara.

E pensar no desprezo que Richard deve ter sentido quando ela confessou seus temores quanto ao atual governo. Maggie pensava estar compartilhando suas preocupações mais profundas com uma alma igual à dela; mas ele a via como mera "liberaloide sem noção", defensora de causas perdidas, de negros, judeus, muçulmanos e todos aqueles que ele odiava. Maggie voltou a estremecer.

Agora, olhava para o celular. Queria ouvir a voz de Stuart Goldstein, um adulto que acalmaria seus nervos e a obrigaria a ponderar os fatos e avaliar bem as coisas. Pensou em ligar para ele, em fazer contato, e manteve o telefone na mão, olhando para a tela por alguns segundos, sem se dar conta de que, depois de uma noite terrível, sem descanso, suas pálpebras estavam pesadas e ela caiu em um sono causado pela exaustão e pelo trauma.

Maggie acordou sobressaltada cerca de vinte minutos depois. Levou algum tempo para entender que o zumbido que interferia em seu sonho vinha lá de baixo. Levantou-se e pegou o interfone, mas... silêncio. Ninguém.

Um segundo depois, três batidas firmes à porta. Ela olhou pelo olho mágico: Richard. Talvez fosse o sono, mas por um instante ela se perguntou de verdade se ele ou McNamara ou os dois não teriam entrado em sua cabeça, se o fato de ter pensado pouco antes em Richard não o teria trazido ali. Ela abriu a porta.

— Parece que o negócio está pegando fogo no 1.600 — disse ele enquanto entrava. Palavras que poderia ter usado em qualquer uma das suas visitas nos últimos meses. Mas a voz de Richard estava diferente. Fria e monótona.

— Imagino — comentou Maggie, se segurando.

— Não, Maggie. Acho que você não imagina. Nem sei se tem a menor ideia.

— Do quê?

— Do que você mesma provocou.

— Eu?

— Sim, você. Você, meu amor.

Richard se livrou do paletó — linho, azul-cobalto, estaria no auge da moda cinco anos antes, e, portanto, agora era tendência em Washington — e ocupou o lugar de sempre no sofá. Arregaçou as mangas da camisa branca de algodão. A visão de seus antebraços expostos ativou uma familiar pulsação erótica no sistema nervoso de Maggie, devidamente descartada antes que seu cérebro tivesse a oportunidade de mandá-la de volta e fazê-la agir. Ela se perguntou se Richard tinha vindo correndo.

Ainda de pé, ainda junto à porta, Maggie olhava para ele, então perguntou tranquilamente:

— E o que houve, Richard?

— Bem, graças a você — observação que ele pontuou com um gesto de assentimento com a cabeça —, Mac foi para cima de Kassian e Bruton. Você devia tê-lo visto descrever a cena. Ele foi maravilhoso. Mac colocou os dois contra a parede.

Meu Deus, pensou Maggie. Agora ele até falava como McNamara.

— Colocou contra a parede? Por quê?

— Pela conspiração para matar o presidente, claro.

— Mas... eu não...

— A gente nem precisa mais pensar neles. Podemos esquecê-los. Estão acabados.

— Do que você está falando?

— Traição. Crimes muito graves e contravenções. Tentativa de assassinato. Um deles. Todos eles. — Richard abrira um sorriso de deboche. — Nem sei. Eu não sou advogado.

— Mas não faz sentido. Que provas pode haver contra eles?

— Você. — Richard sorriu. — Você, Maggie. A prova é você.

— O que isso quer dizer?

— Você estava atrás desses dois, investigando, convencida de que planejavam matar o presidente. E adivinha: alguém tentou matar o presidente. Logo...

— Isso não é prova! Isso é...

— O quê? Coincidência? Ora, Maggie. Você ligou para mim e sabe Deus para quem mais dizendo: "Vai acontecer! A qualquer momento!" E você estava *certa*, Maggie. De fato, aconteceu, em cima do lance.

— Mas isso não quer dizer...

— Aproveite, Maggie. Uma vez na vida, simplesmente aproveite. Nessa cidade, esse é o maior sucesso que alguém pode ter. "Previu corretamente o futuro." Tem gente que é capaz de matar para ter isso no currículo.

— Mas eu não disse que Kassian e Bruton estavam por trás disso.

— Se eu fosse você, procurava McNamara e exigia uma promoção. Você poderia voltar para o Conselho de Segurança Nacional. Ficar na política externa, talvez no Oriente...

— Eu *não* disse que foram Kassian e Bruton. Nunca mencionei o nome deles.

— E daí? Você disse que havia uma tentativa de assassinato iminente. É o que...

— Não, Richard. Você disse especificamente que eu era a prova contra Kassian e Bruton. Mas eu nunca mencionei o nome deles com ninguém.

Um olhar de avaliação, como mil engrenagens girando, passou pelo rosto dele.

— Mas você me disse que estava de olho nos dois. Aqui mesmo, nesse apartamento.

— Não, eu disse que estava de olho neles no caso de *Jeffrey Frankel*. Por causa do encontro que tiveram com ele na noite anterior à sua morte.

Maggie o ficou encarando. Ouviu os lábios dele darem um ínfimo estalinho; Richard estava ficando com a boca seca.

— Deve ter sido isso, então — concluiu ele. — Você desconfiava deles e estava falando de assassinato, aí McNamara deve ter juntado as peças.

— Não, Richard. — Ela estava elevando a voz conforme começava a ver os contornos do que tinha acontecido. — Não, não, não, não. Isso não faz sentido. Nenhum. Eu falei dessa história de Frankel para você, mas não para McNamara. E a primeira vez que cheguei a mencionar, ainda que vagamente, alguma coisa sobre assassinato na presença de alguém, foi quando fiz aquelas ligações, inclusive para você, *minutos* antes do tiro no presidente. E, apesar disso, não sei por que porra de milagre, todo mundo já estava preparado. Ele estava usando colete à prova de balas, pelo amor de Deus! Eles *sabiam* que ia acontecer.

— Agora você está ficando histérica. Não é...

Maggie se adiantou para ficar de dedo em riste no rosto dele.

— Não se *atreva* a me chamar de histérica, seu misógino desgraçado. — O sotaque irlandês ficou mais acentuado. — Eu estou pensando com toda a clareza, muito obrigada. E vou dizer o que estou pensando. O único jeito de eles saberem da minha desconfiança em relação a Bob Kassian e Jim Bruton seria se *você* tivesse dito. Você foi o único para quem eu contei.

— Maggie, por favor. Olha só, a história toda...

— Não, é *você* quem vai ouvir. Você não se limitou a dar a eles só esse mínimo de informação, não é? Não, não, isso não seria o suficiente. Porque alguém tinha de estar ouvindo as minhas ligações ou hackeando as minhas mensagens ou algo assim para McNamara saber o que eu estava fazendo. Era a única maneira de eles...

— Eu não sei do que você está falando.

— Sabe muito bem, sua cobra de duas caras.

— Maggie! Que diabos...

— Você hackeou o meu computador ou o meu celular ou alguma outra coisa e entregou tudo quanto é informação para o seu amiguinho patético, Crawford McNamara. — Veio-lhe um pensamento. — Meu Deus, foi assim que eles ficaram sabendo do boiler de Liz! Foi você quem disse, não foi? Você contou a eles. Eram *crianças*, seu canalha. Elas podiam ter morrido.

— Eu não tive nada a ver com isso.

— Não minta para mim. O sistema de aquecimento da minha irmã foi hackeado e quase...

— Hackeado? Você disse hackeado? Para começo de conversa, eu nem precisei hackear nada seu, Maggie. Você deixou tudo na porra de um *bloco de anotações*. Escreveu tudo preto no branco: Kassian, Bruton, assassinato, tudinho.

Agora ela se lembrava. Aquelas anotações no meio da noite, deixadas na mesa de cabeceira. Tinha ficado tão abalada com o que aconteceu em seguida, que até se esqueceu de que estavam lá.

Richard não deu trégua.

— E *você* passando um sermão em *mim* sobre celulares hackeados? Essa é ótima! Você é mesmo a maior autoridade do mundo no assunto, não é, Maggie?

Maggie hesitou. Richard a confrontava, forçando o peito para a frente, invadindo seu espaço.

— E aí? Eu não estou ouvindo, Mags. O gato comeu essa sua língua irlandesa? Ou não sabe o que dizer porque não quer assumir que espionou o meu celular enquanto eu estava dormindo na sua cama? Deu uma boa passeada pelo meu arquivo do aplicativo de Notas, não foi? E na manhã seguinte, quando eu fui abrir, aquele documento era o que havia sido consultado por último. "Última visualização: 5:33." Quando eu estava dormindo profundamente. Mais óbvio impossível, Maggie.

— Pode abandonar essa pose de ofendido, Richard Parris. As coisas que você disse para aquele homem. Sobre mim. Sobre *nós*.

— Ah, me poupe desse papo furado de internato de freiras, Maggie. Você já está por aqui há tempo suficiente para saber como as coisas funcionam. E, se ainda não sabe, já era mais que hora de saber.

— Pois vá em frente, Richard. Diga como é que funciona. Me dá uma luz.

— Você não quer que eu faça isso, Maggie.

— Não, Richard. Quero, sim.

Ela cruzou os braços e ficou ali plantada, esperando.

— Tudo bem, Maggie. — Ele deu um passo para trás. — A única coisa que todo mundo quer por aqui é poder. Exatamente. Não amor. Nem amizade. Nem "tornar o mundo um lugar melhor". Poder. É o que eu quero, é o que Mac quer e, embora não seja adulta para reconhecê--lo, é o que *você* quer.

— Ah, não...

— Sua irmã tem razão, Maggie. Você está sempre no seu pedestal, com a sua aura, seu currículo cheio de boas ações na África e na merda do Oriente Médio, mas olha só para você. Ainda está aqui. Em Washington. Agarrada ao seu precioso emprego na Casa Branca porque até o simples cheiro dele a excita: poder. Você não consegue largar.

— Obrigada, Dr. Freud. Eu realmente...

— E você obtém poder do mesmo jeito que todo mundo. *Informação*. É essa a moeda corrente. Então, é claro, eu tirei uma foto do seu bloco enquanto você tomava banho, assim como ficava de olho nas suas mensagens e nos seus e-mails sempre que podia. Eu estava mantendo McNamara atualizado. E foi o que fiz desde que a gente começou a dormir junto. Mas, notícia de última hora!, você fez exatamente a mesma merda. Você não é melhor que eu. Não é melhor que nenhum de nós.

Maggie retrucou calmamente.

— Na verdade, Richard, acho que existe uma enorme diferença. Eu estava investigando o assassinato de um inocente. O Dr. Jeffrey Frankel foi morto porque estava atrapalhando alguém.

— E esse alguém era Bob Kassian e Jim Bruton.

— Talvez. Quando você leu as minhas mensagens e os meus e-mails, só viu isso. Eu fazendo meu trabalho. Mas o que eu vi você dizer a McNamara... Meu Deus, Richard. A maneira como você se referia às mulheres, aos muçulmanos. Eu não conseguia acreditar...

— Bem-vinda ao século XXI, Maggie. Você precisa se atualizar.

— Você só está dizendo isso porque ele fala assim. O presidente. Mas ele é o único que faz isso e consegue livrar a cara. A grande estrela carismática da televisão. Só Deus sabe como isso aconteceu, mas aconteceu: as regras para ele são diferentes. Mas McNamara? Você? Se essa história vazasse, já imaginou? McNamara estaria acabado. Seria inaceitável demais, até para esse lugar. E para um bandidinho nazista que nem você, seria o fim também.

Os belos traços de Richard se enrugaram em uma expressão que ela nunca tinha visto, uma careta de puro ódio.

— Sua piranha. Você não teria coragem.

— Tem certeza?

— Sim. Tenho. — Ele deu meio passo para trás e se empertigou. — Porque eu sei, Maggie, meu amor, que vamos sempre proteger um ao outro.

— O quê?

— Não finge que não sabe. — Richard suspirou. — Vai querer que eu soletre? *O segredinho sujo da Maggie.*

Ela sentiu que empalidecia.

— Ah, não fique tão assustada, querida. Seu segredo está bem guardado comigo.

— Richard.

— É sério. Você nunca vai dizer a ninguém o que viu outro dia no meu celular porque sabe que, se o fizesse, eu teria apenas de fazer uma ligação para... quem seria? O *Times*? O *Post*? Quem deve odiá-la mais? A NPR? A MSNBC? Talvez o *Guardian*. Ou a *Mother Jones*. A manchete seria enorme. "Revelação: A mulher que..."

— Você não teria provas.

— Mas eu conheço você, Maggie. Você não seria capaz de negar. Porque é verdade. E a santa Margaret de Costello é a última pessoa em Washington que ainda acredita em dizer a verdade. — Ele ergueu a mão na saudação de três dedos da escoteira devota. — Deus abençoe.

— Isso foi há muito tempo — disse Maggie tranquilamente.

— Nem tanto assim.

— Eu não acredito que contei para você. Como eu sou burra.

— Pois eu fico muito feliz que tenha me contado, Maggie. Meu segredo está bem guardado com você, porque, se não estiver, o seu segredo não vai estar mais bem guardado comigo.

QUARENTA E CINCO

DOIS ANOS ANTES

Ela se levantou da mesa e se espreguiçou. Maggie estava olhando para a tela havia muito tempo. Os olhos arderam quando ela os esfregou.

Olhou para o celular. Um convite para jantar com um grupo de amigas enviado há quase duas horas. Ela as tinha feito esperar, prometendo que chegaria logo, depois sugeriu que fossem fazendo seus pedidos sem esperá-la, depois disse que não faria questão da entrada e por fim prometendo chegar a tempo da sobremesa. As respostas começaram a diminuir. Já era tarde demais.

Não que esse trabalho fosse particularmente interessante. Mas era importante. O próprio presidente lhe pedira que se encarregasse disso. Ele havia sido informado de que um integrante do médio escalão de seu governo poderia ser alvo de acusações de corrupção. A suspeita era de que vinha recebendo propinas em dinheiro vivo de grandes empresas estrangeiras interessadas em canais preferenciais de comércio com os Estados Unidos. O caso já estava sendo investigado pelo órgão competente, mas o presidente temia que a investigação não fosse transparente, que o referido funcionário fosse transformado em bode expiatório de um problema mais amplo de corrupção. Queria que Maggie fosse "seus olhos e ouvidos", que olhasse por cima dos ombros dos investigadores e se certificasse de que estavam trabalhando direito.

O que tinha feito com que ela estivesse na Casa Branca em um sábado à noite, repassando páginas e páginas de registros telefônicos, verificando para quem o funcionário tinha ligado e quando. Eram tantos números que eles já começavam a dançar diante dos seus olhos.

Foi no momento em que se espreguiçava, olhando para as folhas que tinha à frente, com as sucessivas linhas destacadas em um verdadeiro arco-íris de cores diferentes, que ela se deparou com algo que não tinha notado até então. Um número recorrente, mas que parecia não ter sido identificado pelos investigadores.

Verificando e tornando a verificar, constatou que surgia várias vezes, nas mais diferentes horas do dia e da noite, usado aparentemente de vários países do mundo. Voltou-se para sua tela e, usando o banco de dados montado na investigação, digitou o número, na esperança de associá-lo a um nome.

Não identificado.

Era um número americano, e, como confirmavam os registros, não tinha sido feita nenhuma tentativa para ocultá-lo. Segundo o banco de dados, nem sequer era uma linha segura ou criptografada. Era um celular doméstico americano comum.

Maggie olhou para o relógio. Nove e vinte. Sábado à noite. Realmente não havia ninguém a quem pudesse perguntar. Mas precisava entregar o relatório ao presidente na manhã de segunda-feira, simultaneamente ao relatório oficial ou mesmo antes.

Maggie ligou para o que o pessoal das antigas ainda chamava de Mesa, o departamento que cuidava das comunicações feitas dentro de toda a Casa Branca.

— Oi! Você poderia me ajudar com um número?

— Quem a senhora está procurando?

— Justamente. Eu tenho o número, mas não o nome. Pode tentar identificá-lo para mim?

— É um número da Casa Branca, senhora?

— Não tenho certeza. Pode ser. Pode me ajudar?

Passaram-se talvez noventa segundos desde que Maggie tinha falado o número e fora convidada a esperar. Por fim, a telefonista voltou a se manifestar, dizendo:

— Aguarde, por favor, que vou transferir a ligação para o comandante de plantão.

Um lembrete de que até a central telefônica do prédio estava sob o controle dos militares.

Mais alguns cliques e uma voz masculina.

— Poderia me dizer do que se trata?

Maggie explicou quem era, com que autoridade investigava e acrescentou que seu sistema revelava se tratar de um telefone comum, não confidencial, que, portanto, não estava sujeito às restrições habituais.

O comandante respondeu então que, de acordo com suas informações, o número fornecido por ela era do celular particular de... e ele baixou a voz para dizer o nome.

Maggie pode até ter ficado sem palavras, mas, se ficou, logo tratou de disfarçar. Agradeceu ao comandante e desligou. Recostou-se na cadeira e deixou as deduções fluírem. Ela havia descoberto que o secretário de Estado usava rotineira e regularmente uma linha telefônica particular e não segura, de todos os pontos do mundo, inclusive para tratar de assuntos que pareciam de interesse oficial do governo dos Estados Unidos. Qualquer agência de inteligência de qualquer país, inclusive de potências hostis, poderia ser acusada de negligência profissional se *não* tivesse grampeado a linha.

Agora ela precisava decidir o que fazer com essa informação, se era seu dever transmiti-la às autoridades competentes. Normalmente, não haveria margem para dúvida. Claro que devia.

Mas havia um fator complicador. O secretário de Estado, que ficaria gravemente comprometido com a revelação, não era apenas uma das principais figuras do atual governo. Todos acreditavam que ele concorreria à presidência dos Estados Unidos, e era muito provável que fosse ganhar.

Se Maggie guardasse para si a descoberta, um candidato que respeitava e admirava teria o caminho mais livre para a Casa Branca. Mas também significaria que, por inação, estaria dizendo que a lei só se aplica quando é conveniente. Seria o mesmo que afirmar que ninguém está acima da lei, exceto quando se trata de um político de que ela gosta.

Era tentador. Podia deixar aqueles registros telefônicos de lado, declarar concluída sua investigação, e ninguém perceberia. O secretário de Estado estaria a caminho da Casa Branca, um resultado que Maggie desejava muito.

Mas ela sabia que não era o certo a fazer. Se acobertasse isso, não seria diferente das hordas de partidários sem escrúpulos e vigaristas que enchiam essa cidade. Soava estranho, ela raramente o dizia em voz alta — exceto na companhia do presidente a quem servia —, mas acreditava em algo melhor; coisas antiquadas como o império da lei e fazer o que é certo, mesmo quando inconveniente.

Não, ela teria de comunicar o que havia descoberto a respeito do secretário de Estado aos funcionários competentes. Caberia a eles decidir o que fazer com essa informação. Maggie acreditava no povo americano, que sabia que, mesmo tomando conhecimento desse erro cometido por alguém que logo seria candidato, não permitiria que interferisse em seu julgamento. Sem dúvida, os americanos ainda assim escolheriam a pessoa mais qualificada para ser o próximo presidente. Ao reunir seus papéis depois de uma longa noite, Maggie se sentiu tranquilizada por esse pensamento.

QUARENTA E SEIS

WASHINGTON, D.C., SÁBADO, 9:43

Richard a havia atingido em seu ponto mais vulnerável. A culpa era dela: ela havia feito a revelação, semanas depois de começarem a se relacionar.

Eles estavam na cama, naquela conversa de sempre, Maggie completamente sincera, e Richard — ela sabia agora — totalmente dissimulado. Que diabos estavam fazendo ali, trabalhando como criados daquele monstro inacreditável posto na presidência?

No início, Maggie apresentou apenas parcialmente seus motivos. Um emprego na Casa Branca era um privilégio; diante da oportunidade de fazer ainda que fosse um pouquinho de bem apenas, tinha-se a obrigação de aceitar; quem sabe ela não poderia, do seu jeito modesto, diminuir o impacto do novo governo, daquela merda toda? Mas, no fim das contas, diante do constante questionamento de Richard, os dois voltados um para o outro, aquecidos sob as cobertas em uma manhã terrivelmente fria de fevereiro, ela começou a contar.

Maggie explicou que sentia uma terrível responsabilidade, e por isso achava que era obrigada a servir.

— Você diz como um dever? — perguntou ele.

Não, ela respondeu. Era um sentimento de responsabilidade, no sentido de ser responsável pelo que havia acontecido.

— É uma coisa de culpa católica? — questionou ele.

— Não. É uma culpa de verdade. Eu fiz uma coisa terrível.

Ele franziu a testa como se isso por si só fosse uma pergunta, estimulando-a a dizer mais.

— Sabe esse escândalo todo da "linha não segura"?

— Sei, a história que acabou com a candidatura do principal adversário do nosso presidente...

— Sim, muito obrigada. Fui eu.

— Como assim, foi você?

— Fui eu quem descobriu. Fui eu quem descobriu que o secretário de Estado estava usando uma linha telefônica particular. Que virou uma linha telefônica "sem autorização", uma linha telefônica "secreta", uma linha telefônica "comprometedora". Fui eu. Eu que descobri... e passei a informação.

— Você procurou o FBI?

— O Departamento de Justiça, na verdade. Mas sim, procurei.

— Meu Deus!

— Pois é.

— Foi você! Meu Deus, Maggie, você mudou o curso da história.

— Muito obrigada.

— Quer dizer, não havia hipótese de ele ser presidente hoje se não fosse...

— Sim, obrigada, estou ciente disso.

Richard sorriu e disse:

— Eu sinto muito, Maggie. Retiro o que disse. Sério, essa campanha toda foi terrível. Mesmo sem a saga da linha telefônica, era muito grande a chance de que não acontecesse mesmo. Era a eleição da mudança. Você não pode ficar se culpando por causa...

— Você está brincando? Me culpar é o mínimo que eu posso fazer. Dá para imaginar como é a sensação? Esse completo sociopata está no

Salão Oval, esse pesadelo para o mundo inteiro acontecendo, e tudo porque eu tinha de abrir a boca.

— Maggie, realmente...

— Eu estou falando sério, Richard. Está na minha consciência o tempo todo, todo dia. Não consigo parar de pensar nisso. Toda vez que ele insulta alguém, toda vez que destrói alguma coisa boa ou faz uma das suas ameaças loucas, o tempo todo eu penso: "A culpa é minha. Não estaríamos aqui se eu não tivesse destruído a única pessoa que poderia tê-lo derrotado."

— Não tenho tanta certeza assim.

— Diariamente durante a campanha, eu checava as pesquisas de opinião, devorando cada minúscula informação que podia, só para me tranquilizar. "Não se preocupe. Ele não vai vencer. E então tudo isso vai acabar. O que você fez não vai influenciar nada. Pode tirar esse peso da consciência."

— Puxa, Maggie.

— E aí vieram todos aqueles escândalos e revelações, e eu pensei: "Graças a Deus. Agora ele não tem chance de vencer." Mas sabe-se lá como ele continuou na disputa, foi em frente. E aqueles eleitores davam entrevistas para a TV e diziam: "Sim, claro, ele pisou na bola feio. Mas e a linha telefônica secreta?" E eu queria gritar com todas as forças: "Quem se importa com a merda de uma linha telefônica?" Mas eu não podia dizer nada. Porque era minha culpa.

— E ele ganhou.

— E ele ganhou. — Maggie deu um longo suspiro. — Meu primeiro instinto foi fugir. Eu queria voltar para casa, para a Irlanda. Recomeçar. Virar professora ou coisa assim. Fazer algo útil.

— E...?

— E aí eu conversei com o chefe e ele foi categórico. "Você deve isso ao país, Maggie. Se você se for embora, haverá menos uma pessoa boa na Casa Branca. E a gente precisa de todas as pessoas boas disponíveis."

— Parece mesmo com algo que ele falaria. E McNamara manteve você no cargo?

— Para minha surpresa, sim. Ou pelo menos não me impediu. Mas o principal apoio foi Kassian.

— "Profissionais".

— Exatamente. Ele queria o maior número possível de pessoas para dar a volta em McNamara. Mas, falando sério, Deus sabe por que eu estou fazendo isso. O antigo chefe dizia: "Um dia, não sei quando nem como, você vai dar um jeito de fazer a diferença." Pois eu não consigo ver quando esse dia vai chegar. Não mesmo.

Isso foi mais de três meses atrás. E ela ficou com isso, agarrando-se às palavras do ex-presidente. Nos últimos dias, encontrou um jeito de se redimir: se conseguisse impedir um assassinato e o caos que se seguiria, talvez pudesse se sentir compensada. Mas, mesmo com o melhor dos resultados possíveis, seria uma compensação muito estranha: ela teria salvado a vida de um presidente que desprezava e preservado um governo que considerava verdadeiramente maligno.

Mas não tinha conseguido o melhor resultado. O presidente sobrevivera e agora McNamara e seus capangas haviam montado um golpe para — segundo Richard, e era corroborado também pelos primeiros comentários no Twitter — esmagar os últimos resquícios de resistência interna, descartando Bob Kassian e Jim Bruton. Agora ele e seu círculo teriam caminho aberto para fazer o pior. E, a julgar pelas últimas notícias, estavam avançando rápido.

Maggie viu que havia chegado um alerta de notícias no celular.

O presidente aceitou a renúncia do diretor da Comissão Federal de Comunicações, apurou a CNN. Fontes da Casa Branca informam que o novo diretor deverá ser um aliado próximo do presidente, e as especulações se concentram em sua filha mais velha. Segundo um alto funcionário do governo, "sua missão será aplicar um novo sistema de licenciamento para os meios de comunicação eletrônicos: apenas as redes que ela considerar 'justas e equilibradas' terão renovadas suas licenças". O funcionário acrescenta que os planos já estão adiantados e que, em seu leito no Hospital Universitário George Washington, o presidente assinou um decreto determinando que isso "não seja feito em meses ou semanas, mas em questão de dias, para o bem da segurança pública".

O país estava na iminência de um golpe que pisaria na Constituição, e os dois únicos homens que poderiam tê-lo impedido agora estavam neutralizados. E ela havia deixado que isso acontecesse. Tinha dado aos capangas do presidente o que precisavam para dar um passo que de outra maneira jamais teriam arriscado. Fornecera-lhes o evento traumático de uma tentativa de assassinato, só que com o devido aviso prévio para que eles pudessem assegurar seu fracasso. Havia se deixado trair por um homem com quem se relacionava, e com isso traíra o país que tinha aprendido a amar. Seu desespero era total.

Chovia forte lá fora; o apartamento estava escuro, mas ela não encontrava forças para acender as luzes. Ficou ali sentada naquele desânimo, pronta para mergulhar fundo, cair no abismo, em busca do fundo do poço, um lugar cujos contornos e arestas pelo menos ofereceriam o conforto da familiaridade. Era o que merecia.

Mas uma voz veio provocá-la. Maggie sabia que não poderia resistir. Em momentos como esse, a única pessoa capaz de fazer sentido, de ajudá-la a dar um jeito de consertar as coisas, era seu velho mentor Stuart Goldstein.

— O que foi que cê conseguiu, Costello?
— Eu não estou no clima, Stuart.
— Nadica. Foi isso que você conseguiu. Nadica de nada.
— Por favor.
— Nada total e absoluto.
— Sério, Stuart. Eu sei.
— Quer dizer que o Sr. McNamara sabia o que você sabia: que alguém ia atirar no nosso assim chamado presidente.

— Porque Richard contou.

— Sim. Menina tolinha. Eu disse que esse não ia dar certo. Não era para você. Bonitinho demais.

— Bonitinho demais?

— Você não pode confiar num homem que se veste melhor que você. Precisamos encontrar um largadão careca para você.

— Como você, não é?

— Podia ser pior, Costello, acredite em mim.

Maggie riu, e foi uma boa sensação. Fazia tempo que não sentia isso.

— Stuart, por favor, será que podemos recapitular...

— Claro, claro. Não me distraia com questões pessoais. Não é o meu forte, como bem sabe a Sra. Goldstein.

— Assim você não me ajuda, Stuart. Estou precisando de algo.

— Tudo bem. Precisamos achar um jeito de consertar isso. Pois então: o que você sabe de Eisenhower?

— Stuart, por favor. Não é a hora.

— É *exatamente* a hora.

— De aulas de história? Eu preciso...

— Quer que eu ajude ou não?

— Sim.

— Muito bem. Eisenhower. Três coisas. Pode começar.

— Meu Deus, Stuart. Sei lá. Comandante aliado supremo na Segunda Guerra Mundial. Conhecido como Ike. Eleito por dois mandatos.

— O que mais?

— Denunciou o poder do "complexo industrial-militar".

— O que mais? Uma coisa que ele disse.

— Acho que eu não tenho mais nenhum fato curioso sobre Eisenhower, Stuart. Podemos ir ao que interessa?

— "Sempre que me deparo com um problema insolúvel, trato de agravá-lo." Foi o que ele disse. "Não posso resolvê-lo tentando diminuí--lo, mas, se o tornar bem grande, começo a ver os contornos de uma solução." Assim era Eisenhower.

— E como exatamente isso pode me ajudar?

— Dê um passo atrás, Maggie. Veja o quadro completo.

— Eu *estou* vendo o quadro completo, Stu. Um presidente se valendo de uma emergência nacional para impor a merda de uma lei marcial, amordaçar a imprensa e reprimir minorias já parece bem amplo para mim.

— E o que mais está acontecendo? Enquanto você estava tão obcecada com Kassian, Bruton e Friedman...

— Frankel.

— Que seja... O que mais tem acontecido?

— Essa história nuclear? O presidente quase perdendo a cabeça e explodindo o mundo?

— Ok. Já está mais perto.

— Mas Kassian e Bruton sabiam de tudo. Estavam tão preocupados que achavam que a única alternativa seria matar o presidente. Não acreditavam que houvesse opção.

— Ok. Vamos pensar em outra coisa. Algo que vem acontecendo mais ou menos nos bastidores. Na periferia. Você se lembra do que eu sempre digo?

— "Verifique a visão periférica."

— Exato. Você ainda é a minha melhor aluna, Costello. Olhe para os lados. Pense em coisas que não ouviu muito bem, ou que ouviu bem mas não se recorda muito.

— Difícil, Stuart.

— Eu sei. Por isso pouquíssimas pessoas fazem isso. Mas certamente tem alguma coisa, Maggie, tenho certeza. Com babacas de verdade feito McNamara e o seu chefe, sempre tem.

— Obrigada, Stuart.

— Não me agradeça. Continue buscando.

Maggie ainda passou os olhos pela escuridão de seu apartamento por um instante e se dirigiu a um interruptor. Estava na hora de sair à procura — e ela sabia exatamente por onde começar.

QUARENTA E SETE

WASHINGTON, D.C., SÁBADO, 10:23

Há três noites, ao espiar no celular de Richard, ela havia ficado abalada, magoada e enojada, mas não perdera completamente a cabeça. Tinha mantido equilíbrio suficiente para muito rápido colar e copiar a conversa do então namorado com Crawford McNamara pelo Signal e mandar o texto em um e-mail para si mesma, a partir da conta de Richard, em seguida tomando o cuidado de apagar a mensagem da caixa de enviados dele.

Havia mandado a cópia para uma conta de e-mail tão privada que ela era a única pessoa que sabia de sua existência, quanto mais o endereço. Ao criá-la, seguira a orientação do filho de Eleanor, que tinha acabado de ser contratado para o Departamento de Tecnologia da Informação da Casa Branca, durante uma negociação particularmente tensa que conduzira para o presidente anterior em uma teleconferência por um canal confidencial. Como sugerido, Maggie inventou um pseudônimo para o endereço e instalou a chamada "autenticação de três fatores", o que significava a adoção de três diferentes obstáculos de segurança para entrar na conta de e-mail. Também tomava o cuidado de só acessá-la de um computador ou endereço de IP que não fosse o seu. Se não conseguisse ir a um café com acesso à internet, ela ficava on-line usando um VPN que ocultasse o seu endereço de IP. Feito isso, usava o navegador supercriptografado adotado pelos puristas da segurança e também pelos mais variados tipos de criminosos, terroristas e consumidores de material pornográfico ilegal. Para um hacker realmente decidido, provavelmente não seria intransponível. Mas, como ninguém sabia que a conta de e-mail era sua nem tinha a menor ideia de sua importância, Maggie considerava que ali estava bem escondida e a salvo.

Maggie entrou e lá estava ela inteirinha, aquela conversa nojenta entre McNamara e o homem com quem tinha compartilhado a cama pela maior parte desse tenebroso inverno — as referências à filha do presidente, sua "abertura" e "toda molhadinha", assim como às partes íntimas e à higiene pessoal de Maggie.

Sentiu de novo aquele peso no coração, mas logo tentou, quase fisicamente, afastá-lo. Precisava seguir o conselho de Stuart, esquecer o óbvio e olhar para a esquerda e para a direita, verificando sua visão periférica.

Havia aquela conversa escancarada da supremacia branca. Era totalmente sem escrúpulos, claro. Podia acabar com a carreira tanto de Richard quanto de McNamara. Relendo agora, via que este não estava tão exposto quanto aquele; as piores coisas foram ditas por Richard. Além disso, McNamara poderia simplesmente alegar que a conversa era falsa. Sem vídeo nem áudio, sempre havia esse risco, especialmente em se tratando da equipe que cercava o atual presidente. Eles não tinham o menor problema em negar alegre e descaradamente a verdade mais óbvia mesmo que estivessem de cara para ela. A imprensa enlouquecia, mas o exemplo vinha de cima. O presidente era capaz de dizer com facilidade que o preto era branco e a noite era dia, se lhe conviesse. E havia uma parte do país tão devotada a ele que as pessoas festejavam quando o presidente dizia isso.

Então o truque era olhar para os lados. Era o que tentava agora, percorrendo as páginas de mensagens, tentando ignorar as referências machistas à "princesa" e a ela própria, além do racismo de cair o queixo. A abordagem de Stuart exigia que ela encontrasse algo mais. "Pense como uma jornalista", ele gostava de dizer. "Não adianta provar que o que todo mundo já sabe que é verdade de fato é verdade. Encontre algo novo."

O racismo, e até o asqueroso cadastro de muçulmanos, estava na primeira categoria. O que estaria na segunda? De início, Maggie não viu nada, ou pelo menos nada substancial. Ficou imaginando quem poderia ser a "Rosemary" a quem McNamara se referia — não reconhecia o nome. O que, no entanto, se aplicava a praticamente toda a equipe da Casa Branca no momento. Ela teria de ler o documento de novo, dessa vez mais devagar.

Mesmo assim, só encontrou duas linhas que talvez passassem no teste da visão periférica de Stuart, ambas parecendo prosaicas e nada promissoras. Primeiro, aquela estranha referência a Nova Délhi.

Nossos amigos vão precisar de instruções sobre o próximo pacote. Carregamento em Nova Délhi, detalhes de expedição como discutido.

Não lhe pareceu mais inteligível agora do que no meio da noite. A que poderiam estar se referindo? E quem seriam os "nossos amigos"?

A segunda era na mesma linha. A mesma palavra — "pacote" — aparecia nessa mensagem igualmente obtusa de Richard.

Pacote do meio do Atlântico foi despachado. Suponho que tenhamos endereço de entrega do próximo. É só dizer que eu arrumo.

Naturalmente, Richard não estava incomodando o principal assessor do presidente com questões triviais do correio. "Pacote" certamente era um código para alguma outra coisa. Seriam drogas? Ou — sim, claro! — propinas? Era isso que Maggie tinha descoberto no meio da noite? Faria parte da função de Richard no Comércio o envio de envelopes cheios de dinheiro para diferentes partes do mundo? Considerando os interesses empresariais globais do presidente, era perfeitamente plausível. Mas seria um abuso grave de poder, levando-se em conta que Richard e McNamara eram empregados do governo federal. Seus salários vinham do contribuinte americano, e, no entanto, ali estavam eles, aparentemente cuidando dos negócios, dos negócios corruptos, de uma empresa privada. (Maggie já estava ouvindo as cabeças pensantes da TV a cabo jurando que nada disso era um problema. *Ajudar uma empresa americana importante é exatamente o que a Casa Branca deve fazer. Tenho certeza de que eles fariam o mesmo por qualquer boa empresa americana. Na verdade, aposto que nem se deram conta de que era uma empresa do presidente. Quanto aos pagamentos de grandes quantias em espécie, é assim que a coisa funciona no mundo inteiro. Os negócios não são coisa de escoteiro, e, se alguém ficar chocado, é porque precisa crescer. Só posso dizer que os Estados Unidos têm muita sorte de ter no comando alguém que entende isso. Seu antecessor não moveu uma palha pelos empregos americanos...*)

Agora Maggie examinava com mais atenção as mensagens pelas quais havia passado batido da primeira vez. Havia uma referência a uma "entrega complicada" na África. Richard tinha escrito: *Local de entrega remoto, inacessível. Perto da terra dos bosquímanes! Equipe grande de entregadores e equipamentos necessários. Alguns nossos, outros contratados em Nam.*

Maggie leu a mensagem pelo menos três vezes, mas sua perplexidade só aumentava. Sua maior confusão era quanto à localização. Aquela propina seria paga na África, o que, mais uma vez, era plausível, considerando o alcance das atividades comerciais do presidente (que, não obstante alguns pouco convincentes estratagemas jurídicos para ocultar o fato, continuavam em andamento). Mas por que então Richard falava de contratar pessoas no Vietnã, usando a abreviatura hollywoodiana que dava vergonha? Quem ele pensava que era? Ora essa, "Nam"...

Apenas quando esticou as pernas e jogou um pouco de água fria no rosto foi que a ficha caiu para ela. *Nam.*

Mas claro! "Nam" não era Vietnã. Era Namíbia.

A simples palavra fez tocar um sininho na cabeça de Maggie. Quanto mais tocava, mais alto ficava. Ela botou as mãos no teclado e as sentia tremer ao digitar as primeiras letras.

QUARENTA E OITO

WASHINGTON, D.C., SÁBADO, 10:55

Maggie escreveu "Namíbia" na ferramenta de busca do navegador. Wikipédia, Tourism Board, Lonely Planet. Depois, as matérias de jornal. No alto aparecia uma reportagem da Reuters postada nove horas antes, e que, considerando o que vinha acontecendo em Washington, certamente não recebera a menor atenção. O texto, por sua vez, remetia a uma notícia de três ou quatro dias atrás. Maggie leu a mais antiga primeiro:

De nosso correspondente de Segurança Nacional
Windhoek, Namíbia

Quatro cidadãos americanos se encontram detidos na cidade de Windhoek, em consequência de um tiroteio na mata que feriu um turista americano e causou a morte de um guarda-florestal local.
Ron Cain, CEO de uma grande empresa de tecnologia de telecomunicações em Dallas, levou um tiro no ombro durante o tiroteio, quando participava de uma caçada ao rinoceronte-negro com autorização do governo

namíbio. Cain, de 44 anos, pagou US$ 350.000 em um leilão pela polêmica licença, realizado durante um evento de caridade no início do ano.

O consulado dos Estados Unidos informou que o grupo de Cain havia localizado o rinoceronte momentos antes e estava prestes a abrir fogo, quando foi atacado por um grupo de homens armados. As primeiras informações indicavam que os atiradores eram caçadores ilegais locais querendo se apoderar do rinoceronte e seu lucrativo chifre. Mas as autoridades namíbias já se certificaram de que os quatro eram americanos. Nenhum deles foi identificado ainda.

Os guias de Cain, dentre eles um caçador profissional recém-licenciado das Forças Armadas sul-africanas, reagiram com disparos. Um dos guardas florestais foi morto, mas o grupo de caçadores conseguiu dominar os agressores, dois dos quais ficaram gravemente feridos. Um deles estaria em "estado grave".

A identidade e a motivação dos atiradores americanos ainda estão cercadas de mistério, mas espera-se que novos detalhes sejam revelados em uma audiência até o fim desta semana. Sabe-se que veteranos das Forças Armadas americanas são contratados como assessores e consultores de segurança tanto dos grupos de caçadores ilegais quanto das unidades que os reprimem no sul da África.

Acredita-se que o rinoceronte-negro marcado para a morte pela licença de Cain escapou ileso.

Não parecia grande coisa. Maggie leu a notícia mais recente.

Windhoek, Namíbia — Um dos quatro cidadãos americanos detidos após um tiroteio fatal morreu hoje no hospital em consequência dos ferimentos. Fontes da Namíbia e do consulado americano se recusam a divulgar seu nome, alegando que devem primeiro informar os parentes.

Os americanos foram detidos após um confronto na província de Omaheke, anteriormente conhecida como Hereroland setentrional, em uma região distante ao norte do país, que feriu um turista americano e causou a morte de um guarda-florestal. O turista participava de uma caçada autorizada a um raro rinoceronte-negro, entre especulações de que os atiradores faziam parte de um organizado grupo de caçadores ilegais. Funcionários americanos em Windhoek se recusam a confirmar ou negar que os atiradores fossem veteranos das Forças Armadas dos Estados Unidos.

O americano ferido, identificado como Ron Cain, já voltou aos Estados Unidos.

A cabeça de Maggie começou a girar. Ela abriu outra aba no navegador e, seguindo seu instinto, digitou "Hereroland, Namíbia". Poucos resultados no começo e o Google Maps em branco, mas acabou se deparando com a imagem de um mapa de agrimensura da década de sessenta, dividindo o país em regiões. Lá estavam Damaraland, Tswanaland e, a leste, Hereroland. Ela olhou mais de perto, e, quando percebeu o que havia diante de si, sentiu uma onda de adrenalina nas veias, como se tivessem lhe aplicado uma injeção. A região vizinha, na fronteira norte de Hereroland, era assinalada com uma única palavra: *Bushmanland*.

Maggie voltou à mensagem de Richard a McNamara. *Local de entrega remoto, inacessível. Perto da terra dos bosquímanes! Equipe grande de entregadores e equipamentos necessários.*

Terra dos bosquímanes. *Bushmanland*. Não podia ser coincidência.

Ela pegou o telefone, mas pensou melhor. Sua linha certamente estava grampeada. Pensando bem, havia uma boa chance de que também estivessem espionando o homem para quem ela ia ligar.

Maggie entrou no quarto e foi direto ao grande armário de madeira que havia comprado em uma feira de antiguidades logo depois de se mudar para ali. Não abriu as portas, e, em vez disso, reuniu forças para afastá-lo alguns centímetros da parede. Então estendeu o braço por trás do móvel e tateou na parte posterior. Depois de alguns segundos, encontrou o que estava procurando. Fechando os olhos para se concentrar, agarrou o objeto e deu um puxão forte. Estava preso com fita adesiva, mas cedeu sem muita resistência.

Era um celular de segurança não registrado que tinha usado para se comunicar com seu contato no Departamento de Estado durante aquelas negociações de paz (embora na época temesse ser espionada pela inteligência russa, e não por seu próprio governo).

Ligou o aparelho, abriu o Signal e mandou uma mensagem criptografada curta para seu contato.

Olá, Jake. Aqui é Maggie C na Casa Branca. Pode entrar em contato quando receber essa mensagem? Use o Signal.

Como esperava, ele ligou menos de vinte segundos depois.
— Maggie. Como vai?

Sempre se divertia com essa saudação típica de Washington. Calorosa o suficiente para parecer humana, mantendo a ilusão de que poderiam ser amigos, e não apenas partes de uma transação. Mas não tão calorosa a ponto de sugerir um prolongamento da conversa e postergar a negociação que seria feita. O tom, uma impaciência enérgica contida o bastante para não parecer rude, dizia: *Ótimo, nós nos conhecemos. O que você quer?*

Sendo justa, não daria para culpar Jake Haynes por não ter muito tempo para conversa fiada. Ele era o principal jornalista do *New York Times* sobre questões ligadas à comunidade de inteligência. Era provável que ele não tivesse conseguido dormir nas últimas vinte e quatro horas.

— Tudo bem — respondeu Maggie. — Eu queria perguntar uma coisa a você.

— Caramba, Maggie, você também?

— Eu também o quê?

— Correndo atrás dessa história dos jihadistas? Está todo mundo em cima disso. Em peso. Mas quer saber o que eu tenho notado? É só gente da Casa Branca. Sem querer ofender. E, quando é da Agência, é o pessoal com cargo político que pega o telefone. Os profissionais não querem saber. O que, vai me desculpar, não cheira nada bem.

— Não é sobre isso.

— Eu já falei com gente na Tanzânia, no Quênia, no Líbano, na Líbia, e eles não estão encontrando nada sobre isso, Maggie. A mensagem básica parece que é: assassinato de presidente não é para eles. Complicado demais...

— Jake?

— Sim?

— Não é sobre isso. É outra coisa.

— Outra coisa? *Não tem* outra coisa. Não nessa semana.

— Por favor, me escuta. O que você sabe daquela história da Namíbia?

— Namíbia? Você está brincando? Maggie, não sei se você percebeu, mas alguém tentou *matar o presidente dos Estados Unidos* ontem à noite. Não é pouca coisa. Você quer falar com o pessoal da Internacional?

Maggie tomou uma decisão imediatamente. Teria de assumir um risco.

— Jake, me escuta. Eu posso ter uma grande história para você. Tem a ver com o presidente.

— Mais que uma tentativa de assassinato?

— Talvez.

— Estou escutando.

— Quando estiver pronto, eu dou para você o que tiver. Se lembra de Jerusalém?

Graças a Maggie, na época integrante de uma equipe de mediação entre israelenses e palestinos, Jake havia sido o primeiro jornalista a tomar conhecimento de um desdobramento que tinha mudado tudo.

— Foi a história que fez a minha carreira. Como eu poderia esquecer?

— Ótimo. Então você já sabe: eu cumpro a minha palavra.
— Ok.
— Então. Namíbia. Quatro cidadãos americanos foram detidos lá. Só que agora são três. Um deles morreu hoje de manhã.

Ela ouvia o teclado do outro lado. Ou Jake a estava ignorando e tinha voltado à história do assassinato... ou já estava no caso.

— Espera aí, ouvi, sim, alguma coisa sobre isso. — Maggie sabia que ele estava lendo algo no monitor enquanto falava com ela. — Ontem. Antes do atentado.

— O que foi que você ouviu?

— É uma fonte, Maggie. Não é...

— Jake, a gente fez um trato, certo? Vamos compartilhar o que conseguirmos. Você vai acabar ganhando, eu prometo.

— Cuidado, você está começando a parecer o presidente. — Ele imitou a voz, como todo mundo fazia. — *É pra ganhar. GANHAR!*

— Jake?

— Ok, tudo bem. Não dava para fazer nada com o material. Nosso correspondente de Joanesburgo estava acompanhando... recebi uma mensagem dele... e a gente ia mobilizar um pessoal, mas aí, você-sabe--quem conseguiu você-sabe-o-quê. E aí a gente...

— Desistiu?

— Por enquanto. Me dá um refresco, Maggie. É muita coisa. De qualquer maneira, por que está falando sobre isso comigo? Deve ter gente da CIA com quem você possa falar. Você sabe, aquele prédio grande na Virgínia. Código de área sete-zero-três...

— Tem havido muita mudança na Agência ultimamente, caso não tenha notado.

— O expurgo? Nem me fala. É como se voltassem à estaca zero. Perdi praticamente metade da minha agenda de contatos. Mais, na verdade.

— Pois então — retomou Maggie. — O que o cara de Joanesburgo disse?

— Uma mulher, na verdade — corrigiu ele, não tão ocupado a ponto de deixar de lado a arrogância.

— O que ela disse?

— Como eu falei, não foi confirmado...

— Mas...?

— Mas ela ficou sabendo pelo consulado que os quatro americanos eram veteranos das Forças Armadas...

— Isso a gente já sabe.

— Meu Deus, Maggie, você pode me deixar concluir uma frase?! Eles eram veteranos das Forças Armadas. — Ele fez uma pausa dramática. — Atualmente empregados por Langley.

— Sério?

— Sério. Agentes secretos. Só Deus sabe o que estavam fazendo lá. Ficamos imaginando se seria alguma execução. Sabe como é, capturar um jihadista africano, levá-lo para um esconderijo... O bom e velho *modus operandi*.

— E era isso?

— Eu já disse. Graças ao pequeno incidente no Memorial de Guerra, deixamos isso de lado.

— Mas não tinha nenhum jihadista por perto. Eles atiraram num turista qualquer caçando um rinoceronte. Por que diabos a CIA se importaria com isso?

— Maggie, até onde eu me lembro você era a alta funcionária da Casa Branca e eu era o jornalista mal pago com a orelha encostada no buraco de ventilação do ar-condicionado. Você é que supostamente devia saber das coisas, e eu é que devia estar fazendo perguntas. O governo federal é bem grande, você sabe. Se Langley é um muro intransponível, que tal o Departamento de Estado?

— As relações andam meio tensas ultimamente — comentou ela, preferindo não revelar que não sabia mais em quem podia confiar, depois da história de Richard. — Mas você tem razão. Quer dizer, sobre as perguntas. Vai em frente. Faça uma pergunta. O que quiser.

— Muito bem. Aí vai. — Jake pigarreou. — Rosemary.

Maggie esperou. E acabou respondendo com outra pergunta:

— Rosemary? Que Rosemary?

— Exatamente. "Que Rosemary?" Essa é a minha pergunta. Todo mundo menciona esse nome quando fala comigo. Rosemary isso, Rosemary aquilo. Mas fui checar a lista do pessoal da Casa Branca e só existe uma Rosemary, que é alguma senhora idosa no protocolo. Não faz sentido.

— E quem é que está sempre mencionando esse nome?

— É claro que eu vou dizer quem é, não é?

— Não, eu só quero saber que tipo de pessoa. De que nível?

— Sênior. Então Rosemary foi nomeada recentemente? Será a nova ligação com as agências? Faria sentido, considerando o que acabou de...

— Jake, eu vou voltar a falar com você sobre isso.

— Ah, pelo amor de Deus, Maggie. Você não pode fazer isso comigo. Depois da informação que eu passei?! Vamos lá, Maggie, a gente tem...

— Porque eu quero entregar o ouro todo para você. Acredite, vai valer a pena. Um pouco de paciência.

Maggie desligou e fez uma observação mental que tratou de arquivar. Em seguida, voltou ao jornal que havia acessado. Jake tinha desconfiado inicialmente que o ocorrido na selva da Namíbia fosse um caso de execução malsucedida. Isso deixaria indignados alguns blogueiros liberais e renderia lições de moral barulhentas na página de opinião do *Times*, mas não era nada significativo. Se fosse apenas isso, Maggie podia deixar de lado.

Mas seu instinto dizia outra coisa. Se fosse uma operação regular de contraterrorismo, por que diabos McNamara e Richard estariam envolvidos? Era alguma outra coisa, Maggie sentia.

A chave estava no alvo da operação. Ela duvidava de que os agentes da CIA estivessem atrás do guarda-florestal, o sujeito sem sorte que tinha sido morto no fogo cruzado e até agora nem fora identificado. A verdade era que eles não mobilizariam todo aquele equipamento e mão de obra — *Equipe grande de entregadores e equipamentos necessários* — para eliminar um guia turístico africano. Ainda que secretamente fosse um jihadista fanático, haveria maneiras mais fáceis de capturá-lo.

Não, o ponto de partida devia ser aquele "turista" americano. Ela conhecia os fatos básicos, nada além disso. Quem era ele de fato?

QUARENTA E NOVE

WASHINGTON, D.C., SÁBADO, 11:07

O jornal tinha revelado um fato decisivo. Ron Cain estava na Namíbia atrás de um rinoceronte-negro, um dos animais mais raros do mundo. E o fazia com a devida licença.

Felizmente, essas licenças por sua vez também eram raras, tão valiosas, na verdade, que seu leilão em um evento de caridade no Texas era matéria de jornal. Uma rápida busca, usando as palavras "rinoceronte", "licença" e "caçada" tinha revelado a história toda.

O empresário de tecnologia Ron Cain, de Dallas, causou polêmica ontem à noite entre grupos de preservação de animais ao pagar US$ 350.000 pelo direito de abater um rinoceronte-negro, uma espécie em extinção no sul da África daqui a alguns meses.

Cain, fundador da empresa de equipamentos de telecomunicações KRG, sediada em Dallas, causou espanto no jantar anual de caridade...

Maggie pulou o restante e digitou o nome de Cain. Alguns perfis sucintos nas páginas de economia do *Dallas Morning News*, uma nota menor no *Wall Street Journal,* várias matérias sobre lucros anuais e uma outra do *Washington Post,* na época da campanha eleitoral.

... entre os que estão processando o candidato se encontra o empresário do Texas Ron Cain. Ele alega que sua empresa de equipamentos de telecomunicações KRG prestou "serviços no valor de centenas de milhões de dólares a esse homem e nunca recebemos um centavo". Segundo Cain, a KRG cumpriu um contrato de obras para a construção de infraestrutura e equipamentos de satélite e fibra ótica destinada a permitir uma enorme expansão no mercado do Texas. "Mas o cliente nunca nos pagou. Nossa empresa teve de pagar os salários de centenas de operários, além de fornecedores, e até agora estamos esperando o pagamento."

O caso do Texas é um dos vários que estão sendo investigados pelo *Post,* revelando uma prática de "dar um calote" em empreiteiros e fornecedores que, segundo analistas da indústria, se revela tão constante que "praticamente redunda em um modelo de negócios". Um desses fornecedores, que pediu anonimato, disse: "O que é preciso entender é que, com esse cara, não é exceção, mas a regra. O normal com ele é não pagar as contas. É o seu *modus operandi.*"

Maggie passou a realizar uma busca mais focada. *Ron Cain, processo judicial, KRG.* E descobriu que Cain não o havia encerrado, o processo ainda estava em andamento. Na verdade, haveria uma audiência... no mês seguinte.

Maggie respirou fundo, fechando os olhos por um breve momento. Seus nervos estavam à flor da pele; sentia-se exausta, forçando muito a barra. Precisava fazer aquilo metodicamente.

Tudo bem. O ponto de referência seguinte era Nova Délhi. O que era mesmo que McNamara tinha dito? Ela percorreu as mensagens até encontrar. *Nossos amigos vão precisar de instruções sobre o próximo pacote. Carregamento em Nova Délhi, detalhes de expedição como tratado.*

Essa busca era mais difícil. "Nova Délhi" aparecia muito mais vezes que "Namíbia". Ela refinou a busca com o nome do presidente, o que também rendeu centenas de resultados, muitos ligados aos seus interesses comerciais na Índia, que eram extensivos. Refinou ainda mais, dessa vez pela data. Só queria ver matérias de até um ou dois meses atrás.

Foi passando pelos títulos. "Planos de encontro com o primeiro-ministro da Índia" e "O comércio é nossa maior prioridade" logo ficaram para trás. Ela precisava limitar ainda mais o escopo. Acrescentou o nome da empresa do presidente no filtro.

Tinha diante de si dezenas de resultados, não mais centenas. Ela havia passado rapidamente os olhos pela maioria quando chegou a um link do *Times of India*. Título: "Luz verde para parque temático." Abaixo, o subtítulo: "Presidente americano comemora com parceiros 'um novo alvorecer para Nova Délhi'."

Ela continuou lendo, e já havia praticamente desistido quando chegou ao penúltimo parágrafo.

O plano foi aprovado por uma associação de proprietários de terras do município depois de vários anos de desentendimentos e processos judiciais. A resistência era liderada pelo magnata imobiliário Aamir Kapoor, que morreu no início deste mês. As escavações no local começarão na primavera do próximo ano, dando prosseguimento a um plano de vendas compulsórias, liberações e "realocações voluntárias" de moradores, segundo as autoridades municipais de Nova Délhi.

Agora Maggie tinha um nome. Mais alguns cliques, e leu:

Ontem foi enterrado Aamir Kapoor, que morreu tragicamente em um acidente em uma das rodovias de maior movimento de Nova Délhi. Entre os que prestaram homenagem ao Sr. Kapoor, que tinha 43 anos, estava o cofundador de sua empresa imobiliária, que disse: "Aamir nunca perdeu contato com suas raízes. Ele queria preservar a Nova Délhi que conhecia da infância. Resistiu firmemente contra aqueles que queriam destruir a cidade, mesmo quando eram muito poderosos. Sentiremos muito sua falta." Acredita-se que o Sr. Kapoor foi atropelado por um carro em alta velocidade ao sair do bairro de Nizamuddin. Ninguém foi acusado pelo incidente.

Maggie estava agitada, alternando com rapidez entre abas da tela, voltando sempre à conversa entre Crawford McNamara, talvez o mais íntimo confidente do presidente, e Richard, seu ex-namorado. Mesmo agora, tendo lido tantas vezes aquele diálogo, não conseguia acreditar que fosse verdade.

Ia começar a pesquisar sobre o terceiro "pacote" ao qual eles se referiam, identificado como "meio do Atlântico", quando se deparou de novo com duas frases pelas quais havia passado direto pelo menos umas dez vezes quando lera, mas que agora lhe saltavam aos olhos.

Entra na fila. Bem, talvez eu possa fazer a Rosemary ver qual é a dos dois.

Era McNamara, falando da filha do presidente e do marido dela. Especificamente, se os dois ainda faziam sexo. Mas quem diabos seria Rosemary?

No *Times*, Jake Haynes achava que Rosemary devia ser o nome de alguma funcionária, possivelmente a nova encarregada da ligação da Casa Branca com as agências de inteligência. Para Maggie, isso parecia pouco provável. Toda a sua rede de aliados, contatos e conhecidos podia ter sido afastada no expurgo, mas ainda assim não havia muitas mulheres de nível superior na Casa Branca com histórico de atuação na segurança nacional para que houvesse alguma de quem Maggie nunca tivesse ouvido falar, muito menos que não tivesse conhecido. A verdade é que essa mulher teria sido uma colega — senão uma rival — de Maggie. Claro que ela saberia de sua existência.

E havia mais uma coisa. O atual presidente e sua Casa Branca tinham um terrível perfil em matéria de promoção de mulheres. As chances de que McNamara viesse a quebrar esse padrão, confiando um papel de tão alto nível a "Rosemary", eram muito pequenas.

Mas agora esse ceticismo inicial tinha uma base mais sólida. Afinal, ali estava McNamara, na cópia da troca de mensagens, dizendo que Rosemary poderia ser uma fonte útil de boatos sobre a relação conjugal da filha do presidente com o marido. O que tornava mais provável que Rosemary fizesse parte da equipe social ou quem sabe trabalhasse na Residência. Poderia ser uma empregada, talvez uma faxineira. (Maggie teve uma súbita e culposa lembrança da tenente Mary Rajak e da faxineira anônima que foram assediadas e agarradas pelo presidente; ainda não tinha feito nada pelas duas.)

Mas, se tudo isso que presumia fosse verdade, por que diabos Jake teria lhe perguntado a respeito dela? *Todo mundo menciona esse nome quando fala comigo. Rosemary isso, Rosemary aquilo.*

Quem diabos era ela?

Maggie pegou o celular secreto e digitou um número. Quando ouviu sua voz — ao vivo, e não na caixa postal —, sentiu um alívio cálido e relaxante, como um copo de uísque.

— Oi, sou eu. Não diga nada. Podemos nos encontrar no lugar de sempre? Ótimo. Agora mesmo?

CINQUENTA

CASA BRANCA, SÁBADO, 14:45

Maggie foi ao banheiro feminino para verificar uma última vez. Estava vazio, o que, considerando o equilíbrio entre os gêneros na Ala Oeste ultimamente, não era de surpreender. Ela se olhou no espelho. Tinha passado batom e a mais leve maquiagem nos olhos. Não que quisesse se sentir mais atraente — como estava prestes a se encontrar com Crawford McNamara, de bom grado teria se preocupado em ter a pior aparência possível.

Não, seu principal objetivo era disfarçar a exaustão que de outra maneira estaria estampada em seu rosto, aquelas olheiras cinzentas agora já gravadas na paisagem como um traço permanente. Conhecia McNamara bem o bastante para saber que não se podia demonstrar nenhuma fraqueza a ele, e a fadiga visível definitivamente era um sinal de fraqueza. Força e autoconfiança — era o que o chefe projetava e o que McNamara buscava. Não encontrando isso no interlocutor, ele o ignorava ou o esmagava, dependendo de seu estado de espírito. Com roupas decentes e a melhor aparência possível, podia relaxar os ombros, manter a cabeça erguida e encará-lo.

Conseguir ser recebida por ele tinha sido mais fácil do que esperava. Ela mandara um e-mail diretamente para McNamara:

Tenho uma informação que pode ser útil. Preciso comunicar a você. Quando seria melhor?

Ele havia respondido imediatamente, do celular.

Quem recusaria uma oferta dessas? Venha ao meu gabinete às 15h. M.

Era perfeito para Maggie. Assim teria tempo de... se preparar. E de ter as duas conversas que precisava ter primeiro. Antes de entregar o celular na recepção de visitantes, pois seu crachá continuava bloqueado, enviara uma última mensagem para confirmar.

Entrando. Me deseje sorte. bjs M

Naturalmente, ele a fez esperar. Cinco minutos, dez, doze. Maggie se recusava a ficar nervosa, mesmo que fosse — e principalmente se fosse — essa a intenção. A pontualidade e sua ausência eram armas em Washington, raramente sacadas por acidente. O truque era não se alterar, recusar-se a receber a mensagem que estivesse sendo enviada. Talvez McNamara buscasse um exercício de poder mesquinho — *Viu só como eu posso fazer você esperar?* —, mas Maggie não lhe daria esse gosto. Ela usou o atraso para repassar mais uma vez os pontos fundamentais.

Inicialmente, tinha se recusado a acreditar. Quando o padrão foi delineado, partira do princípio de que só podia ser falso. Verificara cada elemento, em busca da falha, da contradição, da data ou do lugar que não se encaixasse e, portanto, fizesse desmoronar toda a teoria. Mas não havia encontrado nada.

Precisava de uma segunda opinião; queria muito conversar calmamente sobre o assunto com Stuart. Pensou em procurá-lo para repassar os detalhes com ele. Mas até falar disso em voz alta parecia um risco grande demais. Assim, tivera de se contentar em contemplar as anotações em seu bloco em cima da mesa em casa, a página escurecendo gradativamente conforme ela a preenchia mais e mais. Chegou a uma imagem tão impressionante, que começou tudo novo.

E assim fora durante quatro horas, mesmo quando tentara descansar meia hora para compensar a noite sem sono. Volta e meia despertava e voltava à mesa, convencida de que tinha encontrado uma informação que explicaria tudo de outra forma. Parte dela queria encontrar algo assim. Desse jeito, poderia se enroscar no cobertor e esquecer toda essa história, esperando que tudo desaparecesse... e a levasse junto.

Quanto mais buscava, contudo, quanto mais questionava cada ângulo, mais sólida a teoria parecia se tornar. Mas agora, só agora, ela seria testada. Era tudo ou nada.

— Sra. Costello?

Maggie levantou a cabeça e assentiu para a secretária absurdamente glamorosa, com um vestido com um decote tão profundo que a mãe de Maggie o consideraria indecente. O que Richard teria dito a respeito dessa a McNamara?, perguntou-se. Que fantasia os dois teriam alimentado sobre aquela mulher, os celulares pegajosos de suor nas mãos? Maggie podia imaginar.

— Mac vai recebê-la agora.

Maggie entrou, lembrando-se do que havia combinado consigo mesma sobre postura e contato visual. McNamara estava sentado à sua mesa, de calça cargo, os pés para cima, mastigando grissini ruidosamente (havia vários dentro de um copo, como se fossem lápis) e usando a mão livre para rolar páginas no computador.

Ele ergueu uma das mãos à guisa de saudação, mas não desviou o olhar do monitor.

— Sabe do que eu gosto? — perguntou, ainda sem olhar para ela.
— Do quê, Mac?
— Desses liberais sujando as fraldas descartáveis por causa da *verdade*. Eles nunca se cansam! Sempre falando de fatos e provas e dessa merda toda, mesmo diante do maior banco de dados possível mostrando... *provando*... que o povo americano está cagando para tudo isso.
— E o banco de dados é...
— ... a eleição. Eles *sabem* muito bem. Os números estão aí, à mostra tanto para eles quanto para você e para mim. Eles sabem que o nosso homem muitas vezes, sabe como é...
— Era meio nebuloso em matéria de verdade?
— ... tinha uma relação de tensão criativa com o senso comum. Digamos assim. — Um sorrisinho despontava nos cantos de sua boca. — Mas não estavam nem aí. Nem um pouquinho. Todos eles tinham seus "verificadores de fatos" e seus "esquadrões da verdade", sempre atualizando aquelas listinhas das "inverdades do presidente"... que palavra mais educada, não? Quanta delicadeza! E toda noite eles colocavam essas listas no Twitter. — Então McNamara fez a encenação do âncora de jornal de cara amarrada: — "Hoje ele fez vinte e três afirmações falsas"... E sabe o que os eleitores acharam?

Maggie estava decidida a não responder, pois resolvera que nesse encontro não aceitaria provocações. Mas sua determinação nem chegou a ser testada, pois o próprio McNamara respondeu à pergunta levando um dos punhos aos lábios e soprando um ruidoso som de peido como sinal de desaprovação.

— É isso o que o povo pensa. — Ele continuava olhando para o monitor. — Mas, apesar disso, nossa querida mídia e os liberais não largam o osso. Estão agora mesmo cumprindo de novo seu papel! — McNamara apontava com ar de descrença para a timeline do Twitter.
— E, enquanto isso, o chefe continua fazendo história. Decidindo como vai ser o tempo. Literalmente! Verdade! Você viu a propaganda dele

de hoje à tarde? Que maravilha! Primeiro dia fora do hospital, e ele mostrou do que é capaz. E você sabe como é, com isso está mandando a mensagem perfeita: "Direto de volta ao trabalho." O vídeo está por todo o Twitter. Você precisa ver.

Como um diretor de cinema, McNamara ergueu as mãos desenhando a forma de uma tela de TV.

— Vamos lá. O lugar é o Jardim das Rosas. Tem uma fogueira acesa, estalando, com fagulhas e tudo mais. E então uma figura começa a surgir em meio à fumaça. E imediatamente, ao ver os contornos, percebe-se: é o presidente. Envolto na fumaça. Poderoso. Em seguida, diante das câmeras, ele mostra um documento volumoso, muitas folhas. Segura-o no alto para todo mundo ver. E sabe o que é?

Maggie meneou a cabeça.

— Está escrito na capa, em letras garrafais: *Tratado global sobre as mudanças climáticas*. Nós inventamos a capa, especialmente para esse momento. Enfim, aí ele segura bem alto, deixando todo mundo ver perfeitamente. E então mostra a página com a assinatura do presidente anterior. Segura bem na frente das câmeras também, para terem tempo de dar zoom na assinatura. E arranca a página, joga no fogo. Aplausos estrondosos.

— Da imprensa?

McNamara fez um ar de censura.

— Do nosso pessoal. As três primeiras fileiras, como sempre. Eles aplaudem e gritam. E ele tira outra folha e joga na fogueira. E mais outra. É um delírio só! E ele vai arrancando folha após folha. E o povo em delírio. Até que o material todo é queimado. Não sobra nada. E aí ele diz: "Quero agradecer a todos pelas manifestações de solidariedade e orações pela minha recuperação. Como podem ver, suas orações foram atendidas. O seu líder está de volta... e o trabalho continua." Simples assim. Aí ele dá meia-volta e se dirige de novo à Casa Branca, passando pela fumaça. E o povo continua aplaudindo. Realmente, foi demais. Você devia ter estado lá. Teria adorado.

Só então, como se se lembrasse de algo, Mac olhou para Maggie. De um salto, levantou-se.

— Mas que falta de modos da minha parte! — Ele abriu um sorriso largo, os olhos brilhando de calor humano. — Falando em aplausos, *você* é quem eu devia estar aplaudindo de pé. — E começou a aplaudir. — Nossa, Maggie Costello! O que foi que você fez! Que maravilhoso serviço prestou ao país! Eu não consigo nem...

Ele balançou a cabeça, como se tomado pela emoção.

— Eu não fiz nada, Mac.

— Não fez nada? Está brincando? Foi o seu gesto que salvou a vida do presidente! Se não tivesse me alertado para o fato de o Dr. Frankel ter sido assassinado, não teríamos *a menor ideia* de que havia uma conspiração contra o presidente. Sério, Maggie. Foi tudo graças a você.

— Com uma ajudinha de Richard Parris.

Maggie percebeu uma breve centelha no olhar de McNamara, mas só isso.

— Você nos deu o alerta de que precisávamos para aumentar a proteção do presidente dos Estados Unidos. A república tem uma enorme dívida com você, Maggie. — McNamara estendeu a mão para cumprimentá-la e se sentou, indicando que ela fizesse o mesmo. — Vou me certificar de que esse ato de patriotismo seja devidamente reconhecido.

— Fico grata, Mac. Mas não é esse o motivo que me traz aqui. Eu quero conversar com você sobre Gary Turner.

Dessa vez, nem uma centelha.

— Nunca ouvi esse nome, Maggie. Pode me esclarecer?

— Claro. Ele é o agente secreto da CIA que foi morto dias atrás em serviço na África. Morreu ontem em consequência dos ferimentos.

McNamara manteve o contato visual, mas pressionou o botão do viva voz do telefone.

— April, pode pedir ao Stowe que mande alguém da equipe feminina, por favor?

McNamara apontou para o celular, como se dissesse "A gente não se livra mesmo dessa burocracia!", e voltou ao monitor.

Maggie observava atentamente o rosto de McNamara quando uma jovem alta, com um corpo escultural e exageradamente arrumada — cabelos longos tingidos de loiro com cachos espessos, batom vermelho brilhoso e uniforme justo — bateu à porta e entrou, esperando ouvir as instruções de McNamara.

— Maggie — disse McNamara —, é apenas uma questão de rotina, mas eu vou me retirar por um ou dois minutos enquanto essa simpática jovem verifica se você não está com algum gravador. Não gosto nada disso, mas, considerando o que aconteceu com o presidente, precisamos tornar mais rígidos alguns procedimentos por aqui. Tudo bem?

Maggie percebeu a evidente empolgação de McNamara com a cena que havia criado, mas entendeu que não contemplava a alternativa de recusar. Levantou-se, pronta para ser apalpada. Mas o que se seguiu foi uma busca muito mais intrusiva, íntima. A mulher, sem dizer nada, fechou as persianas do gabinete de McNamara e pediu que Maggie se despisse, item por item. Verificou as roupas íntimas dela, passando os dedos por trás das alças do sutiã, olhando por baixo de cada bojo e examinando suas axilas. Fez Maggie tirar os sapatos e vasculhou seus cabelos, do jeito como as freiras no convento costumavam procurar piolhos.

Foi a revista mais completa pela qual Maggie já havia passado, e, considerando os lugares para onde já viajara, os senhores da guerra a cujos esconderijos tinha sido levada, com os olhos vendados, na calada da noite, não era pouca coisa. Enquanto acontecia, e em parte para puxar conversa, Maggie disse:

— Eu percebi que você não está usando o uniforme do Serviço Secreto.

— Eu não sou do Serviço Secreto.

— Não? Para quem você trabalha então?

A mulher passava as palmas das mãos pelas costas de Maggie quando respondeu:

— Segurança do presidente.

Maggie levou um momento para se dar conta de que ela se referia à Segurança Presidencial, uma nova unidade particular de proteção criada para trabalhar paralelamente ao Serviço Secreto. Fora constituída sobretudo com os guarda-costas pessoais que o presidente havia empregado como empresário. Inevitavelmente, a imprensa passara a chamá-la de "guarda pretoriana", e os tabloides de Nova York ficaram particularmente empolgados com o regimento de "belas amazonas" cada vez mais frequentemente visto (e fotografado) ao lado do presidente. Mas era a primeira vez que Maggie se deparava pessoalmente com a nova unidade.

Por fim, a mulher lhe dirigiu um gesto de cabeça seco e introduziu McNamara novamente no gabinete. Maggie não teve certeza, mas achava que a tinha ouvido sussurrar "Está limpa".

— Peço desculpas mais uma vez — disse McNamara enquanto se sentava outra vez à mesa. — Está todo mundo muito tenso, você entende.

— Claro.

— Então. Onde estávamos?

Maggie encarava McNamara ao dizer as frases seguintes.

— Eu estava perguntando sobre Gary Turner, o agente que acabou de morrer na Namíbia. Pelo que sei, acho que ele estava lá para despachar um pacote que você tinha enviado. Uma "entrega complicada", como você disse. Na sua troca de mensagens com Richard.

McNamara engoliu em seco, mas logo se recompôs.

— Não estou entendendo.

— Lamento. — Maggie sorriu. — Eu preciso ser mais clara. Sempre faço isso! — E voltou a dar um sorriso inocente. — Na sua troca de mensagens criptografadas com Richard Parris, que ele guardava num arquivo, vocês falam do despacho e da entrega de vários "pacotes". Um desses pacotes estava na selva da Namíbia. E, curiosamente, coincidindo exatamente com essa mensagem, um grupo de agentes da CIA estava na selva da Namíbia, onde executou um bem coordenado plano para matar um cidadão americano: Ron Cain, de Dallas, Texas. — Maggie fez uma pausa. — Avise se eu estiver falando rápido demais.

Ela não baixava os olhos, não consultava suas anotações, mantendo o tempo todo o contato visual.

— Eu investiguei o Sr. Cain, para ver o que ele podia ter feito para despertar o interesse da Agência. E o fato é que ele nunca esteve no radar da CIA. Nenhuma ligação com terrorismo, nada a ver com nenhuma lista de vigilância, nem com nenhuma suspeita de espionagem contra os Estados Unidos. Nenhuma ligação com o crime organizado, nem suspeita de desrespeito a sanções impostas pelo governo americano. Nada.

McNamara sustentava o olhar. Nenhum dos dois queria ser o primeiro a ceder.

— Na verdade — prosseguiu Maggie —, ele só tem uma ligação com o governo americano. — Fez uma nova pausa, esperando uma pergunta. Mas ela não veio. — O presidente deve a ele milhões de dólares.

— É, Maggie, você é mesmo incansável, isso eu tenho de reconhecer. Parece mesmo muito interessante e vou querer ver o relatório completo e detalhado que você vai fazer para que nós...

— Eu ainda não acabei, Mac. — Ela sorriu de novo. — O negócio é que Ron Cain foi o que teve sorte. Outras personalidades do mundo empresarial em outras partes do mundo não tiveram a mesma sorte.

McNamara se recostou na cadeira, simulando um sorriso. Mudança de tática.

Maggie deu uma olhada nas anotações, embora não precisasse. Virou uma página para examinar a seguinte. Sabia que, em Washington, o que gente como McNamara mais temia não era uma acusação isolada, mas um dossiê cheio delas.

— A sua conversa com Richard menciona outra "entrega", em Nova Délhi. Por coincidência, nesse dia, um certo Sr. Aamir Kapoor também teve uma morte inesperada. E ele também tinha negócios com o presidente. Era o único obstáculo impedindo a concretização de um projeto muito lucrativo na cidade.

O sorriso de McNamara havia se ampliado, estava menos forçado.

— Sabe com quem você está parecendo, Maggie? Os perdedores que fizeram de mim um homem muito rico. — Ele adotou a voz e a expressão facial de um nerd paranoico. — "Você sabia que no 11 de Setembro um caminhão de entrega foi desviado de uma estrada em Nova Jersey dez minutos antes de o primeiro avião se chocar?" Provas circunstanciais, coincidências, dois mais dois igual a dez! Maggie, eu não quero ser grosseiro, mas você está parecendo meio maluquete. Elaborando uma teoria da conspiração do nada. Um comedor de curry é atropelado em Nova Délhi e você acha que foi a CIA? Acha que eles podem estar enviando mensagens secretas para você pela sua televisão, Maggie? Talvez fosse bom dar uma olhada no micro-ondas também. E se todos aqueles bipes forem mesmo um *código*? Tenho de reconhecer que esperava mais de você.

Maggie tinha previsto essa reação. Com estudada calma que não sentia, retrucou:

— Você se livrou de quase toda a equipe que incomodava em Langley, Mac. Quase todos eles. Mas ainda tem alguns aguentando firme. E, quando eles veem algo que não parece certo, dão com a língua nos dentes. Especialmente para uma velha amiga em quem confiam. Como eu.

Isso pareceu arrefecer McNamara, sem detê-lo. Ele se recostou de novo, estreitando os olhos.

— Pois é, Mac, o que eles dizem é que essa é uma nova área de operações da CIA. Como no pacote do "meio do Atlântico", por exemplo.

— Maggie, isso não tem nada...

— Foi como Richard descreveu para você, e pelo contexto dava para ver claramente que você estava entendendo. Devo admitir que "meio do Atlântico" me confundiu um pouco. Comecei a pensar nos Açores, nas Bermudas, nos mais diversos lugares. Mas aí eu descobri sobre Birkir Arnason.

Tinha certeza de que McNamara empalidecera, só um pouquinho.

— Você sabe quem é ele, não sabe? Eu não sabia. Não é exatamente um nome muito conhecido. Um desenvolvedor de aplicativos islandês. Uma potência nos jogos on-line. Islândia, quem diria? — Outro sorriso. — Pois há poucas semanas ele teve um fim terrível. Um cara superexperiente em caminhadas e escaladas, e, apesar disso, não se sabe como, numa manhã perfeitamente clara, sem vento nem tempestade, visibilidade total, caiu num lago geotérmico e não se queimou apenas, Mac, ele *dissolveu*. Um cara realmente legal, pelo que se dizia. Filantropo. Já havia financiado três hospitais infantis e não tinha nem 30 anos ainda. Mas olha só. Ele também tinha uma ligação com os interesses comerciais do presidente. Birkir se recusava a vender sua empresa, que representava o último elo numa rede global que renderia bilhões ao presidente. O presidente queria muito essa empresa, mas muito mesmo. Mas Birkir insistia em dizer não. O tolinho do Birkir.

— Maggie, você está fazendo papel de boba. Empilhando uma coincidência depois da outra.

Ela se inclinou para a frente, deixando para trás o sorriso. Com uma voz tranquila mas firme, disse:

— Não, Mac, acho que você é que está fazendo papel de bobo. *Desonrando* a si mesmo e a este Gabinete. O que eu tenho aqui — ela deu tapinhas no dossiê — são indícios concretos de que você abusou de funcionários do governo americano para promover interesses comerciais privados. Foi o que fez na África, foi o que fez na Índia. Mandou a CIA matar um empresário do setor de tecnologia na Islândia e... ainda nem chegamos lá... assassinar um advogado corporativo que passeava com o cachorro na costa leste da Inglaterra. — Maggie olhou para os documentos. — Nenhuma dessas pessoas representava uma ameaça militar aos Estados Unidos. E, no entanto, você mandou americanos armados ao território de países aliados para assassinar pessoas inocentes, só para aumentar os lucros das empresas do presidente. Você usou as Forças Armadas americanas como um exército particular. E agora um jovem americano que cumpria seu dever patriótico está morto num hospital na África. O que você vai dizer à família dele, Mac? Que ele deu a vida tentando eliminar um concorrente do presidente? Como você acha que os pais do sargento Turner vão encarar isso?

McNamara continuava se balançando na cadeira, usando a amplitude máxima da inclinação, rodando um lápis na mão. Não disse nada por um momento, e mais outro. Por fim, falou, os olhos azul-claros cheios de um aço que ela ainda não tinha visto.

— Richard tinha razão. Você tem colhões. Era preciso mesmo ter colhões para entrar aqui e me dizer tudo isso. E que colhões! Você assumiu um risco, pois certamente sabia que poderia sair daqui agora e... bem, só Deus sabe o que poderia acontecer com você, Maggie. Você podia perder o controle do carro, digamos, ou algo terrível poderia acontecer, sei lá, com os filhos da sua irmã...

— Então foi você.

— Veja bem, Maggie. Você sabe como são as coisas. Ou, se não sabe, devia saber. Quando Richard teve a gentileza de me comunicar que tinha visto suas anotações, mostrando que você estava com tudo preparado, eu tive de tomar providências, você entende. Não podia correr o risco de deixar você ficar no caminho.

— Está dizendo que não queria que eu impedisse um atentado contra o presidente.

— Digamos que eu não queria que você impedisse que a natureza seguisse o seu curso.

— Natureza! Você queria que uma tentativa de assassinato fosse em frente para poder montar o seu golpe. Tudo certinho e controlado, vejam só. Considerando como o Serviço Secreto costuma fazer seu trabalho, você sabia que ninguém conseguiria chegar perto o suficiente para dar um tiro na cabeça. Bastava botar um colete à prova de balas no presidente, e ele estaria bem. E você estava decidido a fazer acontecer, removendo todos os obstáculos do caminho do assassino. O que significava me botar para correr. E para isso estava disposto a pôr em risco a vida de duas crianças. Meu Deus!

Ele sorria.

— Não tenho nada a comentar.

— E agora está ameaçando fazer de novo.

— Ah, não. Estou só levantando hipóteses, Maggie. Apenas hipóteses. Mas sabe como é, o mundo é mesmo imprevisível. E aí de repente o seu dossiê, pfff — ele representou uma explosão com as mãos —, some.

Maggie fez um esforço consciente para recobrar o autocontrole, para manter pelo menos uma aparência de calma.

— Você não precisa se preocupar com o meu dossiê. Eu já cuidei disso. Tem uma versão eletrônica desse documento arquivada numa pasta bloqueada e criptografada. Mas se, por algum motivo, eu não conseguir fazer o login e abrir o arquivo nos próximos três dias, ele já está programado para ser publicado on-line automaticamente. Ele vai ser enviado para diferentes plataformas e para uma lista de e-mails. Também vai deixar claro exatamente por que eu desapareci e quem é o responsável. De modo que se livrar de mim serviria apenas para agravar muito mais o seu problema.

— O *meu* problema?

— Sim, Mac. O *seu* problema. Tenho aqui provas de que você vem conduzindo uma operação militar secreta e ilegal de dentro da Casa Branca. Você não tinha autorização do Congresso para conduzir essa operação, voltada contra civis, dentre eles um cidadão americano, e em parte conduzida em território de países aliados. — E agora ela chegava à frase que mais importava. — Você vai passar muitos anos na cadeia por ter feito isso sem autorização expressa do presidente.

Agora foi a vez de ele forçar um sorriso.

— Você é mesmo um amor, Maggie. Agora eu entendo o que Richard viu em você. Além do sentimento de dever que tinha em relação a mim, claro. Você é tão *inocente*. É coisa de católico? Eu achava que para vocês tudo não passava de uma questão de pecado e trevas. Talvez seja por você ser menina. Deu mais ouvidos do que devia às freiras.

— Por que eu sou um amor, Mac?

— Porque você não sabe de nada do mundo. Nem sabe nada *dele*. Por que você acha que a gente fez tudo isso? Dois anos! Comícios e discursos e debates e balões e Deus abençoe a América, em cidades de merda falando para uma gente de merda, com seus chapéus ridículos e todos aqueles "sonhos e esperanças" idiotas! Que gente mais idiota, Maggie! Não, de verdade, você devia ter visto. Aquele bando de idiotas e retardados com um dente na boca e uma bandeira na mão, loucos para acreditar em absolutamente *qualquer coisa*. Eu sentia pena daquelas pessoas, ainda sinto. Mas o presidente desde o início sabia com quem estava lidando. "Simplórios", era como os chamava. Podia dizer que ia devolver seus empregos, reabrir as minas, trazer de volta as carroças... qualquer coisa... e eles acreditavam. Mesmo quando estava bem ali, escrito *preto no branco*, que você queria mesmo era isenção fiscal para o um por cento mais rico, financiada pelo fim da assistência médica *deles*. Realmente...

"E por que você acha que ele encarou isso? Por que acha que ele foi a esses lugares de merda discursar para essa gente de merda? Não acha que ele tinha coisa melhor a fazer, garotas com metade da idade da filha que ele queria comer? Ele fez isso porque queria *poder*. E é isso que você não entende: o objetivo de se ter poder é usá-lo. A merda toda gira em torno disso.

"A sua turma nunca entendeu isso, especialmente o seu querido ex-presidente. Ele estava sempre 'sendo comedido' ou 'partilhando o poder' com os nossos aliados e essa merda toda. Não! Se você tem poder, você *usa*. Se não usar, perde. Foi o que o seu presidente fez, ele ficou assistindo enquanto o seu poder, o poder *americano*, diminuía cada vez mais. Era como o Super-Homem e a criptonita, algo horrível de se ver. O declínio do nosso país diante dos nossos olhos.

"Mas agora, não. Esse cara tem poder e o usa. E é isso que é incrível. Isso é *lindo*. Quanto mais ele usa, mais tem! Fica mais forte a cada dia.

"E sua riqueza faz parte desse poder, Maggie. Por isso o temem na Índia e na Rússia e no golfo Pérsico e em todos esses buracos fedidos de gente de pele escura. Eles sabem que ele é *rico*. E respeitam isso. Ele consegue o que quer. E também respeitam isso. De modo que, claro, alguns retardados são burros o suficiente para atrapalhar, e por isso são descartados. Mas isso só ajuda. Faz com que os outros o temam ainda mais. E, se o temem, temem os Estados Unidos. É outra coisa que você e os seus amigos nunca entendem. — McNamara elevava a voz. — O mundo não é a Cooperativa Feminista de Artesanato de Cestas do Massachusetts, sabia? Não dá pra ser mole e bonzinho e legal e compreensivo. Se agir assim, você é engolido vivo. Trace 'uma linha na areia' e não faça nada, e sabe o que acontece? Da próxima vez que traçar uma linha, todo mundo vai passar por cima dela... e por cima de você.

"É uma questão de poder, Maggie. Poder *pessoal*. Você está sempre falando da 'importância da ONU' e da OMC e da Otan e essa merda toda, todas as organizações internacionais e as 'alianças multilaterais', quando a única coisa que as pessoas de verdade realmente entendem, bilhões de pessoas, é o *indivíduo*. O indivíduo poderoso. Um rei, um imperador... É isso que as pessoas entendem. É o que elas *querem*. Um mundo onde um governante consegue o que quer fazendo os outros se borrarem de medo. Pois agora a gente finalmente tem um desses na Casa Branca, um governante de verdade. Então é claro que a CIA precisa fazer o que for necessário para torná-lo mais forte. Quanto mais ele se impuser, mais os Estados Unidos vão se impor. E não é essa a missão?"

Maggie aproveitou a deixa.

— Então você mandou a CIA matar essas pessoas sem autorização expressa do presidente?

— Claro que não! Você não está me ouvindo? É isso que o presidente *quer*. Eu providencio o que ele quer.

— Bom, Mac, você pode dizer isso ao juiz quando ele negar seu recurso no julgamento por colocar em risco a vida de um soldado americano. Que era o que você achava que o presidente queria. Só quero avisar que muita gente na sua posição tentou esse tipo de argumento muitas vezes. Nunca funciona.

McNamara lançou mão do celular e começou a pressionar as teclas.

— Você acha que eu sou burro, é isso? Acha que eu sou desses babacas que acabam pagando o pato pelo chefe? Esquece. Não vai rolar. Eu disse a ele: "Senhor presidente, essa gente, Cain, Kapoor, Arnason, o tal inglês, todos eles estão torrando o seu saco há *anos*. Pois agora o senhor é o homem mais poderoso do mundo. Tem as Forças Armadas mais poderosas do mundo à sua disposição. Se quiser se livrar desses caras, basta dizer."

— E o que ele disse?

McNamara digitou mais algumas teclas e ficou segurando o celular. Ela ouviu uma voz alta, clara e inconfundível encher a sala.

Ok, parece uma boa ideia. Manda ver.

Em seguida, ouviu a voz de McNamara, ainda mais alta. O tom era diferente, com mais deferência do que estava acostumada a ouvir. "Tudo bem, senhor presidente. Vamos cuidar deles. Claro que vai haver problemas jurídicos. Talvez alguém fique preocupado em Langley..."

Eu achei que você tivesse se livrado de todos eles, você não estava...

"Sim, foi o que fizemos, sim. Mas se alguém disser: 'Vejam bem, eles não eram alvos militares. Não representavam uma ameaça, é ilegal...'"

A gente já passou por isso com... você sabe, a história da tortura. Só diga a eles que, quando é o presidente que faz, quer dizer que não é ilegal. Ok?

Agora foi a vez de Maggie empalidecer. Ela se recostou no assento, como que para respirar. McNamara sorriu.

— Viu só? Eu estou protegido. Minha apolicezinha de seguro. E, antes que você tenha alguma ideia, tenho cópias dessa gravação em vários lugares. Não existe chance de botarem as mãos no McNamara aqui.

— Muito esperto.

— Finalmente! Em alguma coisa nós concordamos. Quem quiser me pegar vai ter que pegar o presidente dos Estados Unidos. O que ninguém vai querer, não é? Não com esse cara, não agora. Não com os supostos indícios que você tem. Algumas mortes em lugares estranhos de que ninguém ouviu falar? Nunca vão levar à frente. Essas mensagens que você diz ter, eu e Richard jogando conversa fora? Vamos dizer simplesmente que foram adulteradas. Montagens. *Fake news*. E aí passamos para alguns blogs a informação de que você é uma antiga funcionária insatisfeita, partidária do ex-presidente, que infelizmente perdeu as estribeiras recentemente. — Ele adotou sua nova voz. — "Segundo fontes da Casa Branca, a Srta. Costello começou a fazer acusações cada vez mais disparatadas. Chegou a acusar o respeitado chefe de Gabinete Robert Kassian, dizendo que tinha tramado o assassinato do presidente. Diante das questões de segurança levantadas, seu crachá para entrar na Casa Branca foi bloqueado. 'Eu acho que ela estava muito perturbada', disse uma fonte, mencionando o ressentimento gerado pelo recente rompimento do relacionamento com o assessor da Casa Branca Richard Parris, que a Srta. Costello não aceitava.'"

McNamara se recostou, sentindo orgulho do improviso.

— Isso seria ridiculamente fácil, Maggie. — Ele voltou a se inclinar para a frente, animado. — Ah, eu quase ia me esquecendo. Se aparecerem liberais e mijões querendo te dar uma força, sabe como é, hashtag "Estou com Maggie" — e McNamara ergueu a mão em uma saudação de punho cerrado —, podemos dizer a eles quem partiu seus corações nas últimas eleições. A gente pode revelar o nome da Srta. Virtude Impecável, a mulher que revelou o uso de um certo telefone sem proteção por parte de um importante político. É, o seu namorado me fez essa pequena confidência. — Ele imprimiu à voz um tom agudo e abafado, batendo as mãos, fazendo uma imitação zombeteira de um gesto de pânico feminino. — "Fui eu, Maggie Costello. É minha culpa esse *homem do mal* ter sido eleito presidente!"

Maggie sentiu as mandíbulas se contraírem. Estava decidida a não se deixar abater.

— Richard contou tudo para você, não é? Tudo o que eu dizia, no momento em que saía da minha boca, ele contava para você. Então você sabia o que eu pensava de Kassian e Bruton, depois da morte do Dr. Frankel.

— Sim, Richard é um colega muito leal. Ou era. Quer dizer, guardar as mensagens que eu enviava... Nada bonito, não? Provavelmente ele achava que seria sua apólice de seguro em caso de necessidade. Mas ele é jovem. Talvez não soubesse o que você e eu sabemos, Maggie: não brinque com profissionais. Mas claro, foi Richard, sim, quem me deu o primeiro alerta. Quando ele me disse que Batman e Robin tinham feito a visita noturna à casa do Dr. Frankel, bem... eu tive uma ideia do que estava acontecendo. Exatamente como você. Como vê, mentes privilegiadas pensam igual!

— Espera aí — interveio Maggie, quase como se falasse consigo mesma.

— Era óbvio. O que mais poderiam querer com o médico, senão que atestasse que o presidente tinha perdido o juízo?

— Espera aí, espera aí. — Ela olhou para McNamara, a mente girando no dobro da velocidade. — Eu nunca disse a Richard que eles foram procurar Frankel em casa.

— Tudo bem, não importa onde. A questão...

— Eu só disse que tinham se encontrado com ele, depois do incidente na Sala de Crise. Como você pode afirmar que foram procurá-lo em casa?

— Veja bem, a questão é...

— Não, não, não. Você *sabia* que eles tinham ido à casa do Dr. Frankel. Sabia o tempo todo. Provavelmente mandou os brutamontes da sua segurança particular segui-los naquela noite. Claro! E assim que eles saíram da casa do médico, concluiu que Frankel podia ter concordado em atestar sobre o presidente. Você precisava impedi-lo antes que ele assinasse a declaração. *Você* mandou matá-lo. Não foram Kassian e Bruton. Foi *você*.

— Como eu já disse, Maggie, se você tem poder, precisa usá-lo. E acabamos com a lição de hoje por aqui. — McNamara apertou de novo o botão do interfone. — April, Maggie decidiu nos deixar. Quer pedir à segurança que a acompanhe até o seu gabinete? Ela tem quinze minutos para empacotar suas coisas, sob supervisão, e se retirar. E, por favor, peça à Comunicação que cancele todos os códigos de e-mail e acesso imediatamente. Obrigado, April.

McNamara se levantou.

— Maggie, isso não é uma brincadeira. Você é uma garota inteligente. Já sabe como as coisas funcionam. Se você fizer qualquer uma dessas acusações infundadas de novo, vai sentir todo o poder da presidência dos Estados Unidos cair em cima de você. E lembre-se: tudo o que você tem pode ser descartado como mera especulação, uma teoria da conspiração descabida ou difamação partidária mal-intencionada. Talvez as três coisas. Resumindo: nós vamos destruir você. E, como já viu, não temos problema em adotar a solução extrema se for necessário.

Ele estendeu a mão. Maggie a ignorou. Ao sair, ainda o ouviu dizer:

— Tenha um ótimo dia!

CINQUENTA E UM

SILVER SPRING, MARYLAND, SÁBADO, 17:45

Maggie segurava uma caneca de chá, mais pelo calor que pela bebida. Não adiantava mesmo, os americanos não eram capazes de preparar uma xícara de chá digna, nem mesmo uma americana boa e acolhedora como Eleanor.

De qualquer maneira, sentia-se feliz por estar ali. Sentia com toda a certeza possível, dadas as circunstâncias, que estava em um lugar seguro, embora tivesse precisado fazer um caminho tortuoso para chegar — um táxi e dois ônibus —, só para garantir. Mas desconfiava de que nem a guarda pretoriana teria sob constante vigilância a casa de uma secretária de nível médio e meia-idade da Casa Branca que morava em uma rua residencial do subúrbio de Maryland.

Ainda assim, elas tomaram precauções. Eleanor botou Maggie para dentro rapidamente, sem se demorar na entrada. Fechou as cortinas, ligou a televisão com o volume alto e só falava do encontro do qual Maggie tinha acabado de sair usando eufemismos. Fora isso, tentou fazer com que a amiga ficasse confortável, dando-lhe algo para comer, deixando-a afundar em uma poltrona macia, ficando ao seu lado enquanto ela fechava os olhos e tirava uma breve soneca.

Enquanto esperavam que ele chegasse, as duas conversavam, o mais indiretamente possível, sobre tudo o que tinha levado àquele momento. Maggie disse que agora entendia por que McNamara se esforçara tanto para tirá-la do caminho: a manipulação de seu carro na estrada, a agressão física, o quase envenenamento de Liz e dos filhos. Temia que ela comprometesse o plano de assassinato, quando McNamara decidira que era do seu interesse permitir que seguisse em frente. Ao ver as anotações feitas por Maggie naquela noite, McNamara tinha resolvido deixar a iniciativa de Kassian e Bruton continuar seu curso.

No entanto, a questão da qual elas mais queriam tratar, mas que mal podiam comentar, era "Rosemary". Quando o jornalista havia perguntado a Maggie o que ela sabia dessa mulher de que todo mundo falava, ela não fingira desconhecer o assunto. De fato, tinha ouvido o nome uma ou duas vezes, mas não mentiu ao afirmar que não sabia de quem se tratava.

E assim, quando Maggie e Eleanor se encontraram no Au Bon Pain logo depois de sua conversa por telefone com Jake Haynes, Maggie perguntou de imediato à velha amiga: "Quem é ela?"

Eleanor baixou os olhos para a mesa, contemplando as unhas, e depois olhou para a porta, e de novo para as unhas.

— Você sabe que nós somos amigas, Maggie, mas tem certas coisas...

Maggie estendeu o braço para o outro lado da mesa, pousando a mão suavemente na de Eleanor.

— Você me conhece, Eleanor. Eu sou cuidadosa. Presto muita atenção. E jamais, de jeito nenhum, colocaria você em risco.

— Eu estou correndo risco só de estar sentada aqui com você.

— Diga que eu tive problemas com meu namorado. Você está me consolando. — Maggie deu um sorriso sem graça, deixando claro que entendia o risco que Eleanor estava correndo, que não fazia pouco caso dele. — Mas você está vendo o que está acontecendo. Está vendo por que eu preciso fazer alguma coisa.

A TV na parede logo acima delas estava sintonizada na CNN. A legenda na parte de baixo da tela dizia: *Forças Armadas anunciam novos poderes de emergência*. A estação tinha até criado uma logo especial: *Repressão*.

— Então — insistiu Maggie. — Quem é ela?

Eleanor deu o suspiro de alguém que sente que não tem escolha.

— Rosemary é uma secretária. Por assim dizer.

Maggie se lembrou do nome na lista de pessoal, a pessoa que havia considerado de baixo escalão para ser levada em conta. E se recriminou por isso.

— Como assim, "por assim dizer"?

— É que ela era secretária. Mas agora está morta.

— Morta? Não me diga que também foi assassinada. Mas que diabos...

— Não, me escuta. Eu não estou explicando muito bem. Sabe a história de Watergate?

— Claro.

— Já ouviu falar da história de Rose Mary Woods?

O nome parecia vagamente familiar, nada mais.

— Diga.

— Rose Mary Woods era a secretária de Nixon. Muito leal, mas muito mesmo... até no fim. Ela ficou famosa porque havia uma interrupção de dezoito minutos e meio numa das fitas de Watergate, e Rose Mary levantou a mão em juramento e disse que era culpa sua. Disse que estava transcrevendo a fita e devia ter apertado acidentalmente o botão de apagar, com o pé no pedal.

— No pedal?

Eleanor sorriu.

— Você não tem idade para saber. Que nada! *Eu* não tenho idade para saber. Foi há muito tempo. Outro mundo; antes dos computadores.

Mas então, a fita era gravada no Salão Oval. Você sabe que havia um sistema secreto de gravação, certo? É uma longa história. Não foi Nixon quem o botou lá, mas ele o usava.

— E as fitas contribuíram para derrubá-lo por causa de Watergate?

— Exatamente. Eles se livraram de tudo aquilo depois de Nixon. Acabaram com tudo. Nada de sistema de gravação.

— Ok.

Maggie estava começando a ficar impaciente.

— Então "Rosemary" é como se fosse um codinome.

— De quê?

Eleanor hesitou, então olhou nos olhos de Maggie. Seu olhar dizia: "Não me obrigue a dizer tudo."

Maggie mordeu o lábio quando o pensamento lhe ocorreu.

— Ah, meu Deus... — acabou dizendo. — Eles restabeleceram tudo. Rose Mary é o nome do sistema de gravação?

Eleanor assentiu.

Era a isso que Richard se referia nas mensagens para McNamara, pensou Maggie, embora a grafia estivesse incorreta. *E talvez eu possa fazer a Rosemary ver qual é a dos dois.*

— E aposto que foi McNamara quem mandou instalar.

Eleanor assentiu de novo.

— E grava tudo no Salão Oval?

— Não só lá. Está em toda parte.

— O quê?

— Em todo lugar. Áudio e vídeo. Qualquer ambiente que eles quiserem ouvir, a qualquer momento.

Maggie teve uma lembrança, algo que quase não havia registrado. Ocorrera durante a visita a Bob Kassian. Assim que a conversa havia ganhado um tom mais confidencial, ele pusera música clássica para tocar. E em um volume estranhamente alto. Maggie não tinha dado muita atenção — estava preocupada em questioná-lo sobre a morte do

Dr. Frankel. Mas agora recordava o que Kassian tinha dito quando a música começou a tocar. *Rosemary não gosta, mas me ajuda a relaxar.*

Naquele momento, havia presumido que "Rosemary" fosse a esposa de Kassian, ou talvez sua secretária. E esquecera o assunto. Mas agora entendia. Kassian tinha de se comportar como um dissidente em um regime autoritário: partia do princípio de que estava sob escuta e tomava as providências necessárias para que suas conversas ficassem inaudíveis. E ele era o chefe de Gabinete da Casa Branca.

— Isso significa que a qualquer momento McNamara pode escutar o que está acontecendo em qualquer gabinete, em qualquer lugar? — perguntou Maggie.

— E não apenas naquele momento específico. Ele pode reproduzir gravações de semanas antes. A tecnologia mais sofisticada.

— No meu gabinete também?

— Em todo lugar. Até no próprio gabinete dele. McNamara quer ter o registro de tudo que as pessoas disseram, tudo com que concordaram, para poder usar contra elas se necessário.

Então seu gabinete estava grampeado. McNamara tinha visto e ouvido todas as suas conversas, pessoalmente ou pelo telefone. Desde o início ela estivera exposta. Em casa, por Richard. E, no trabalho, graças a um olho oculto e onipresente.

— Como você sabe de tudo isso, Eleanor?

A amiga desviou o olhar, ainda mais contrariada.

— Eleanor?

— Olha só, Maggie. Eu contei o que sabia porque gosto de você. E acho que você está querendo fazer a coisa certa. Mas preciso colocar a minha família em primeiro lugar.

— Sua família? Mas o que isso...? Ah, sim. Claro. Martin.

O filho mais velho de Eleanor, que trabalhava na Casa Branca. Ele tinha conseguido um estágio no governo anterior, quando ainda contratavam pessoas negras. Estava no setor de tecnologia da informação, um dos geniozinhos da informática que faziam tudo funcionar.

— Maggie, por favor. Martin não pode perder esse emprego. Eu já estou velha, eles podem me demitir. Eu me viro. Mas Martin... Ele tem a vida toda pela frente.

Maggie não disse nada.

— Ah, não! Não me olhe desse jeito. Eu conheço esse olhar, Maggie Costello. Significa que você teve uma ideia.

Isso havia sido mais de cinco horas atrás, antes do encontro de Maggie com McNamara. E agora ali estavam as duas na casa de Eleanor, Maggie de olhos fechados, tentando descansar, enquanto Eleanor apertava as sobrancelhas, cacoete que às vezes voltava em momentos de muito estresse.

Por fim, as duas ouviram uma chave girando na porta. Eleanor se levantou e abraçou o filho sem dizer uma palavra. Sua cabeça mal alcançava o peito dele.

— Graças a Deus — disse ela por fim, baixinho.

Maggie notou que Martin não sorria.

Ele fez com a cabeça um gesto na direção dela, sentou-se no sofá e deu um longo suspiro.

Maggie se preparou para o pior.

— Então, impossível?

Martin olhou nos olhos dela e respondeu:

— Sim, impossível. Os protocolos de segurança do Rosemary são... digamos, triplicados. E tem o tempo que leva para transferir arquivos de vídeo em HD. Totalmente impossível.

Em seguida, ele enfiou a mão no bolso direito e apresentou um pen--drive, mostrando-o a Maggie e Eleanor.

— Mas eu consegui mesmo assim.

CINQUENTA E DOIS

SILVER SPRING, MARYLAND, SÁBADO, 20:01

Eles passaram o resto da noite vendo o vídeo do encontro de Maggie com Crawford McNamara e decidindo o que fazer com ele.

Eleanor não estava brincando quando falava da "tecnologia mais sofisticada". Som e imagem não podiam ser mais cristalinos. Não havia a menor dúvida de que era McNamara falando, nem quanto ao que ele dizia.

Os três — Maggie, Eleanor e Martin — se sentaram debruçados sobre um laptop, assistindo juntos. Maggie se contraiu quando o vídeo mostrou McNamara revelando que ela dera o alerta sobre o celular sem proteção usado pelo adversário do presidente na eleição. Eleanor tinha fechado os olhos, passando a mão na testa.

— Ah, Maggie — disse baixinho.

Logo depois, Martin se ofereceu para cortar o trecho.

— Dá para tirar fácil — avisou.

Maggie considerou a questão. Afinal, seria complicar as coisas sem necessidade; podia desviar a atenção do principal; melhor deixar as coisas o mais simples possível.

Mas então pensou em como McNamara e sua equipe reagiriam. "Estão vendo?", diriam. "Essa gravação foi manipulada. O que mais podem ter tirado?" Não, a gravação teria de permanecer intacta. Precisava mostrar toda a conversa. E toda a verdade. Essa ideia deixou Maggie apreensiva. O segredo que guardava havia tanto tempo, aquele que poderia arruinar sua carreira e, pior ainda, envergonhá-la diante de todos aqueles cuja opinião prezava, não seria mais um segredo.

Martin fez o que precisava ser feito, convertendo o arquivo, transformando-o em um link protegido.

— Precisamos de uma senha — disse por fim.
— Que tal "Rosemary@1974"? — sugeriu Maggie.

Feito isso, Martin se afastou do teclado. Era ela quem teria de enviar, decidir para onde iria. Cabia a Maggie.

Maggie enviou para quatro e-mails — as lideranças dos dois partidos na Câmara e no Senado — e depois para um quinto: Jake Haynes no *New York Times*. Era o mínimo que podia fazer.

Bem cedo no dia seguinte, Jake lhe comunicou quando a matéria estaria on-line, dando-lhe tempo para sair de Washington antes que um dilúvio de gente caísse em cima dela e de seu apartamento. Maggie já estava no carro quando a notícia estourou. E ouviu pelo rádio.

Aqui é a NPR News em Washington com as últimas notícias. Líderes da Câmara dos Deputados anunciaram que abrirão um processo de impeachment contra o presidente ainda esta semana. A iniciativa segue-se à divulgação de um vídeo no qual o principal assessor do presidente, Crawford "Mac" McNamara, admite a mobilização secreta de pessoal da CIA para matar civis, entre eles cidadãos americanos, exclusivamente para a promoção dos interesses comerciais privados do presidente.

O vídeo também contém uma gravação da voz do próprio presidente, aparentemente autorizando os assassinatos.

As revelações ocorreram após a morte do sargento Gary Turner, agente da CIA envolvido em uma dessas missões na África semanas atrás.

Hoje de manhã, o presidente da Comissão do Poder Judiciário na Câmara disse que terão início na segunda-feira audiências destinadas a arrolar os artigos do impeachment...

Maggie continuou dirigindo, estacionou e caminhou por alamedas e jardins até chegar a Stuart.

— E então, qual é a boa, minha garota?

— "Minha garota"? Desde quando você me chama de "minha garota"?

— Desde hoje. Não é pouca coisa o que você arrumou, Maggie Costello.

— Espero que sim.

— Embora eu deva confessar uma pequena decepção.

— É mesmo? Qual?

— Rosemary. Ou melhor, "Rose Mary". Como é que você não tinha sacado? Quantas vezes eu falei de Watergate com você? Rose Mary Woods. Tipo Watergate para leigos, Maggie.

— Você ficou decepcionado comigo, Stuart?

— Não, Maggie. Não fiquei.

Houve uma pausa, enquanto Maggie ouvia a brisa. Então ouviu de novo sua voz.

— Então, preparada para o que vem por aí? Essa história sobre você, eu digo. O celular desprotegido e tudo mais...

— Acho que sim. Vou ter apenas de dizer que acredito no cumprimento da lei. Não importa quem a tenha descumprido.

— Parece bom. Sincero, autêntico.

— E verdade, Stuart.

— O que, como eu sempre digo, é...

— ... sempre um bônus.

Maggie sorriu.

— De certa maneira, Stuart, vai ser um alívio. Estou carregando isso comigo há muito tempo. Acho que vai ser bom me livrar desse fardo.

— E o que você vai fazer depois?

— Depois? Caramba, eu nem pensei nisso! Mas vou encontrar alguma coisa. Trabalho é o que não falta, você sabe. Já viu o estado do vice-presidente?

Os dois deram uma boa gargalhada. Embora apenas na cabeça dela. Depois de um minuto de silêncio mais ou menos, Maggie se abaixou e, como sempre fazia nessas visitas, pegou uma pedrinha lisa, arredondada, e, seguindo o costume do cemitério, depositou-a na lápide.

Leu em silêncio a inscrição uma última vez. *Stuart Goldstein, sábio conselheiro, marido amoroso, eterno amigo.*

— Adeus, Stuart. Obrigada por tudo.

Voltou ao carro, verificou o mapa com o caminho para a casa de Liz em Atlanta e se preparou para a longa viagem. Não se importava. Na verdade, estava até ansiosa por isso. Teria o caminho livre pela frente, o sol brilhava e o verão estava chegando.

AGRADECIMENTOS

Como este livro trata de um complô, pude contar com vários parceiros de conspiração no caminho. Tom Cordiner e Steven Thurgood mais uma vez se mostraram generosos com seus conhecimentos relacionados à informática, enquanto Nick Hopkins me esclareceu sobre as tenebrosas artes da criptografia. Steve Coombe é uma mina de conhecimentos sobre armas, além de leitor sagaz e encorajador. Jason Burke foi um guia inspirado pelas ruelas de Nova Délhi; Andrew Miller compartilhou seus conhecimentos de Atlanta, e também sou grato a Nizad Salehi por me ajudar com a hermética ciência dos sistemas de aquecimento traiçoeiros. Robin Niblett, da Chatham House, me instruiu sobre a geopolítica do confronto nuclear na Ásia, ao passo que os textos de Bruce Blair se revelaram indispensáveis no que diz respeito aos protocolos e poderes nas mãos de um presidente americano no controle do mais poderoso arsenal nuclear do mundo. Também aprendi muito com o documentário *The Rhino Hunter*, do Radiolab.

Como sempre, Jonathan Cummings se revelou um enérgico aliado, capaz de localizar qualquer fragmento de informação com precisão de laser. A equipe da HarperCollins, com Sarah Hodgson, Liz Dawson, Julia Wisdom e Kate Elton, já me apoia há muitos anos, e eu não poderia ter maior apreço por seu profissionalismo. Mais uma vez,

Rhian McKay fez a revisão de texto com olhos de lince. Mas devo aqui destacar a participação de Jane Johnson, minha editora desde o início e até hoje, sete romances depois, uma autêntica companheira nessas jornadas. Quaisquer que sejam as pressões que enfrente, sua paciência, seu entusiasmo e sua percepção nunca esmorecem — admiro mais seu talento a cada livro que escrevo.

Jonny Geller, Kate Cooper e a equipe da Curtis Brown merecem um enorme agradecimento. Jonny acreditou comigo neste projeto desde o início. Espero que saiba quanto lhe devo — ele é o melhor amigo que qualquer autor poderia desejar.

Por fim, uma palavra aos meus filhos, Jacob e Sam, e à minha esposa, Sarah. Sei que as coisas podem parecer bem sombrias hoje em dia, em virtude de acontecimentos mundiais que nos cercam. Mas esses três me proporcionam constantemente carinho, luz e amor. Eu os amo mais a cada dia que passa.

Este livro foi composto na tipografia Palatino LT
Std, em corpo 10,5/17, e impresso em
papel off-white no Sistema Cameron da
Divisão Gráfica da Distribuidora Record.